# 偽りの襲撃者

サンドラ・ブラウン
林 啓恵 訳

JN178011

集英社文庫

# 偽りの襲撃者

**主な登場人物**

クロフォード・ハント……………………テキサス・レンジャー
ホリー・スペンサー……………………………判事
ニール・レスター…………………………巡査部長
マット・ニュージェント………………ニールの相棒。刑事
ジョー・ギルロイ……………………クロフォードの義父
グレイス・ギルロイ…………………クロフォードの義母
ベス……………………………クロフォードの妻。故人
ジョージア……………………………クロフォードの娘
グレッグ・サンダーズ………………弁護士。ホリーのライバル
デブラ・ブリッグズ………………………ホリーの秘書
マリリン・ビダル………………ホリーの選挙対策マネージャー
デニス・ホワイト……………………………ホリーの元恋人
コンラッド・ハント…………………クロフォードの父親
ハリー・ロングボウ…………………テキサス・レンジャー
ウェイン・セッションズ……………テキサス・レンジャー
ウィリアム・ムーア…………………クロフォードの弁護士
チェット・バーカー……………………………裁判所廷吏
パット・コナー…………………………警察官。裁判所守衛
チャック・オッターマン………………石油掘削会社の現場監督
スミッティ(デル・レイ・スミス)………………ナイトクラブの経営者
マニュエル・フエンテス………………麻薬カルテルの首領
ジョルジ・ロドリゲス…………………………射殺された男

# プロローグ

規制線で警戒にあたる屈強なハイウェイ・パトロール警官ふたりが彼女を注視していた。素知らぬ顔をしているけれど、この数日のマスコミの報道ぶりからして、彼女が誰か気づいていないわけがなかった。警官はふたりとも厳めしさを保ってはいるものの、なぜホリー・スペンサー判事が無残な殺戮の現場に近づこうとしているのか、興味津々にちがいない。

「……胸に弾痕……」

「……手首と足首に縛られた痕……」

「……半身が水に浸《っ》かった状態……」

「……惨殺され……」

レスター巡査部長はそんな言葉で規制線内の様子を説明した。これでも〝おぞましいので、詳しい説明は省い〟てあるという。そして、ここを離れろ、と彼女に命じた。家に帰ってください、あなたにできることはない。そうして巡査部長自身は規制線をくぐって、自分のセダンに乗りこみ、車を犯罪現場のほうへ向けた。

自発的にここを離れなければ、あのパトロール警官に追い立てられて、さらに騒ぎを大きくしてしまう。ホリーは自分の車に向かって歩きだした。

車を離れていたわずか数分のあいだに、警察関係者や救急隊員が増えていた。乗用車やピックアップトラックやミニバンが、狭い脇道の左右の路肩に列をなして停まっている。この分岐点は人の手が入っていない森林の奥にあり、ほとんどの地図には載っていない。アルマジロが描かれた看板が目印になっているのを知らないかぎり、見つけることはほぼ不可能だった。

そんな場所が今夜は大事件の現場になった。

大勢の人が集まり、騒然としている。ずらりと並んだ緊急車両の回転灯を見ていると、にぎにぎしい催し物会場を思いだす。犯罪現場に集まる野次馬の数が、血に群がる鮫《さめ》のように増えていく。何人かずつ顔を寄せあっては、死体の数や死者の身元や死因を、うわさ話のネタにしている。

生存者数を賭ける声をもれ聞いて、ホリーは、遊びじゃないのよ、と叫びそうになった。車にたどり着くころには息が切れて、不安で口がからからになっていた。車に乗りこみ、ハンドルを握りしめて、額を痛いほど強くハンドルに押しあてた。

「車を出すんだ、判事」

飛びあがらんばかりに驚き、背後をふり向いた。血を吸った服を見て、あえぎながら彼の名を小さくつぶやいた。

大きな赤いシミはできたばかりらしく、青白赤のフランスの三色旗のような周囲の明かりを受けててらてらと煌《きら》めいていた。暗い眼窩《がんか》の奥で目がぎらついている。玉の汗が浮かんだ額に、髪がへばりついていた。

彼は後部座席の角にもたれ、シートに左脚を投げだして、血のついたカウボーイブーツの爪先を車の天井に向けていた。曲げた右膝に置いた右手には、まがまがしい拳銃がある。

彼が言った。「おれの血じゃない」

「らしいわね」

彼は長身だった。その体を見おろして苦々しげにかすれた笑いをもらした。「やつは床に倒れる前に死んでたが、念を入れておきたかった。ばかなことをしたもんだ。シャツをだめにしてしまった。気に入ってたんだが」

屈託のなさや、落ち着きはらった態度を装っても、ホリーはごまかされない。この男はまさに一触即発、衝動に屈してなにをしでかすかわからない。

前方では警官たちが、野次馬の車列沿いに歩いて、その場を離れろと呼びかけている。彼の言うとおりにしなければ、彼を車に乗せた状態で見つかってしまう。

「レスター巡査部長があなた――」

「あのろくでなしを撃ったと言ってたか？　ああ。やつは死んだ。さあ、車を出してくれ」

# 第一章

## 四日前

クロフォード・ハントは目を覚ました。待ちに待った日が来た。目を開ける前から胸のなかで幸せのシャボン玉がふくらんでいたものの、ふときざした不安がひと刺しとなって、たちまち破裂してしまった。

願いはかなわないかもしれない。

いつものように手早くシャワーを終えつつ、身だしなみにはいつもよりも時間をかけた。デンタルフロスを使い、念入りにひげを剃り、髪も洗いっぱなしではなくドライヤーで乾かした。とはいえドライヤーの使い方がへたなので、仕上がりは相も変わらぬ髪形、つまり手に負えないぼさぼさ頭になっただけだった。床屋に行っておけばよかった。

もみあげに交じる白いものが目についた。それと目尻や口元のかすかなしわ。いかにも壮年期らしい風貌だ。

だが判事はそれを生活苦の表れと見るかもしれない。

「そこまで気にしてられるか」自己点検する自分にいらだちながら、バスルームの鏡に背を向けて、ベッドルームへ戻った。まだ着替えをしなければならない。

スーツにしようか？　いや、そこまでめかしこむと、判事に好印象を与えようと必死になっていると思われかねない。それに、濃紺のウール混紡のスーツだと葬儀にでも行くようだ。迷った末にネクタイを締めて、スポーツジャケットを着ることにした。

腰の背側にホルスターがないのは心許ないが、拳銃は携行しないことにした。

キッチンでコーヒーを淹れ、シリアルをボウルに盛ってはみたものの、そわそわして胃がむかつくので、ディスポーザーに流した。シリアルが砕かれる音を聞いていたら、弁護士から電話がかかってきた。

「調子は？」ウィリアム・ムーアを優秀な弁護士たらしめている特質は、彼が好人物かどうかという点ではマイナスに作用していた。愛嬌や魅力が極端に乏しく、クロフォードの精神状態を尋ねるために電話をかけてきたにもかかわらず、その口調は、肯定的な返事以外は受けつけないと脅しているようだ。

「ぼちぼちだ」

「審判は二時ちょうどに開始する」

「了解。もう少し早くてもよかったんだが」

「その前に職場に寄るのか？」

「迷ってる。行くかもしれないが、決めてない」

「行くべきだ。仕事をしていれば審判のことを考えずにすむ」

クロフォードはどっちつかずの返事をした。「午前中はなりゆきに任せるよ」

「緊張してるのか？」

「いや」

弁護士は疑わしげに鼻を鳴らした。確かに多少動悸がする。

「打ち合わせはすんでる」弁護士は言った。「みんなの目、とくに判事の目をしっかり見ろ。態度はあくまで誠実に。きっとうまくいく」

言うはやすし。クロフォードは長いため息をついた。「いまのおれにできることはすべてやった。あとは判事の気持ちひとつ、おそらくすでに決まってるんだろう」

「さあ、それはどうかな。証言台におけるきみのふるまいいかんで裁定内容が変わるかもしれない」

クロフォードは電話に向かって顔をしかめた。「それでも、緊張するなって？」

「手応えはある」

「逆よりはましだな。だが、今日勝てなかったらどうなる？　つぎはどうしたらいい？　スペンサー判事に殺し屋を差し向けるぐらいしか思いつかない」

「負けることなど、考えるのもだめだ」クロフォードが黙っていると、ムーアは教え諭すように続けた。「しけた顔でこそこそと入廷するのだけは絶対にやめろよ」

「ごもっとも」

「冗談じゃないぞ。びくついているように見えたら負けだ」

「ごもっとも」

「胸を張って堂々と歩け。すでに勝ちをおさめたかのごとく」

「わかった、わかった」

依頼主のいらだちを察して、ムーアは引きさがった。「じゃあ、二時少し前に法廷の前で」電話はいきなり切れた。

開廷までにまだ数時間ある。とくにやることもないので、家のなかを見てまわった。冷蔵庫、冷凍庫、食品棚。いずれも食材のストックはじゅうぶんだった。昨日、家事サービスを頼み、働き者の女性三人が家じゅうをぴかぴかに磨きあげてくれた。バスルームは自分で整理整頓したし、ベッドも整えておいた。もはや手をかけられそうな場所は見あたらない。

最後に、使っていないふたつめの寝室に入った。家に帰ってくるジョージアのために何週間もかけて準備した部屋だ。今夜からは、愛しいあの子が毎夜ひとつ屋根の下で眠ることになる。そう自分に言い聞かせて、その逆は考えないようにした。

装飾はインテリアショップの女性に任せた。「ジョージアは五歳、まもなく幼稚園だ」

「お好きな色は？」

「ピンク。二番めに好きな色もピンク」

「ご予算は？」

「金に糸目はつけない」

彼女は要望を聞き入れてくれた。部屋じゅうピンク一色。ベッドのヘッドボード、整理ダンス、楕円形の鏡がついた化粧台だけ淡いクリーム色だった。

そこにジョージアの好きそうなものを足した。表紙にパステルカラーで虹やユニコーンなどが描かれた絵本を何冊か、各種動物のぬいぐるみ、バレエのチュチュとおそろいのきらきら光るバレエシューズ、ピンクのお姫さまのドレスと金の冠をつけた人形。インテリアショップの女性からも、これぞ五歳の女の子の夢の部屋です、とお墨付きをもらった。

あと足りないのは当の女の子だけだ。

最後にもう一度、室内を見まわしてから家を出たクロフォードは、気がつけば墓地へと車を走らせていた。最後に訪れたのは、母の日だった。あの日、クロフォードと義理の両親は、ジョージアを連れて彼女の記憶にはない母親の墓に参った。

ジョージアは教わったとおり神妙にバラの花束を供えると、クロフォードを見あげて言った。「もうアイスを食べにいける、パパ?」

クロフォードはジョージアを抱きあげ、亡き娘を悼む義理の両親をその場に残して車に戻った。重くてふらつくふりをするたび、ジョージアがはしゃいだ笑い声をあげた。そのことにベスが腹を立てるとは思えなかった。娘には自分の墓の前で泣くより、アイスクリームのコーンを手にして笑っていてほしいはずだ。

なぜか今日はここに来るべきだと感じた。手ぶらだが、花束があろうがなかろうが、地中に眠る人は気にしない。亡き妻の魂に語りかけるでもなく、ただ墓のかたわらに佇んでいた。言うべきことはもう何年も前に言いつくした。いくら胸の内を吐露しても、気分が晴れることはなかった。それがベスのためにならないこともまた、確かだった。

ただ花崗岩《かこうがん》の墓石に刻まれた日付を見つめて、その日を呪い、自分の過失を呪った。そして、もしジョージアの養育権を与えられるなら、どんな犠牲を払ってでも償うと天に誓った。


ホリーは裁判所の一階でエレベーターを待ちながら、腕時計で時間を確認した。エレベーターが到着して扉が開く。乗っている人たちのなかにグレッグ・サンダーズを見つけて、うめき声を嚙み殺した。

脇によけ、降りる人を通す。サンダーズは降りかけて足を止め、乗ろうとするホリーの行く手をはばんだ。

「これはこれは、スペンサー判事」彼は間延びした調子で話しかけてきた。「こんなところでお目にかかれるとは奇遇だな。あなたに最初に祝っていただけるとは」

ホリーは笑顔をこしらえた。「お祝いを強要するんですか？」

サンダーズは扉が閉まらないように手で押さえた。「いま法廷を出てきたところです。マロリーの評決なんだが、無罪になりましたよ」

ホリーは顔をしかめた。「祝う理由が見あたりませんね。あなたの依頼人は武装強盗に入ったコンビニで店員を殴打したかどで訴えられたんですよ。店員は片方の目を失ったわ」

「だがわたしの依頼人は、盗みをしていない」

「店員を殴り殺したと思ってパニックを起こして逃げたから」ホリーはその事件に詳しかったものの、被告側の弁護士であるサンダーズがきたる地方裁判所裁判官の選挙でホリーの対立候補であるため、その裁判は別の判事に割りふられた。

サンダーズは悦に入った笑みを浮かべた。「地方検事補は立証できなかった。わたしの依頼人は――」

ホリーはさえぎった。「すでに法廷で弁じてきたんでしょう？　いまここで再現してもらわなくてけっこう。失礼」

ホリーは脇をすり抜けてエレベーターに乗った。サンダーズは降りたが、まだ扉を押さえている。「わたしは勝ちを重ねている。十一月には……」彼はウィンクをした。「大勝利が待っている」

「そんなことを言ってると、ひどく落胆することになるんじゃないかしら」ホリーはエレベーターの五階のボタンを押した。

「今回はきみをねじこんでくれるウォーターズがいない」

ふたりは三基のエレベーターのうちの一基を占有していた。いらだった人たちが、顔をしかめている。他人の迷惑になっているし、サンダーズの言いがかりに乗せられて自分や恩師の身の証を立てるつもりもない。「あと十五分で審判がはじまるの。扉から離れてくださる？」

サンダーズは閉まりかける扉に抵抗しながら、ホリーだけに聞こえるように言った。「若くてかわいい弁護士だったきみがなにをしたら、老判事ウォーターズが知事に口をきく気になったのやら」

この〝かわいい〟は褒め言葉ではなく侮蔑だ。

ホリーは激しい怒りを覚えながらも笑顔をつくろった。「あら、ミスター・サンダーズ、尊敬すべきウォーターズ判事とわたしに不適切な性的関係があったとほのめかさなければならないとは、よほど十一月にいい結果を出す自信がないようね」こんどはお願いするのではなく、有無を言わせない口調で言った。「扉から離れて」

サンダーズはあきらめて両手を上げ、引きさがった。「きみはいまにしくじる。時間の問題だ」いまいましいにやにや笑いの前で扉が閉まった。

執務室に入ると、秘書のミセス・デブラ・ブリッグズがデスクでヨーグルトを食べていた。

「召しあがりますか？」

「いいえ。ばったり宿敵に会ってしまったわ」

「食欲も失せるというものですね。あの人を見ると、子どものころ祖父が飼ってたよぼよぼのラバを思いだしますよ」

「確かにそんな感じね。長い顔、大きな耳、歯をむきだして笑うところも」

「わたしが似てると思うのは、ラバを真後ろから見たとき見えるものですけど」

ホリーは笑った。「なにか伝言は？」

「マリリン・ビダルから二度、電話がありました」

「電話してこれから法廷だと伝えて。審判が終わったら連絡します」

「後回しにされるとご機嫌をそこねるかもしれません」

ホリーの選挙運動を精力的に取りしきってくれているマリリンだが、しつこすぎてたまに窮屈になる。「でしょうけど、いずれわかってくれるわ」

ホリーは部屋に入って、ドアを閉めた。養育権の審判に入る前に、しばらくひとりで気持ちを鎮めたい。サンダーズと鉢合わせをしたせいだ。そんな自分がわれながらいやになるが、いつになく胸がざわついていた。選挙でサンダーズを破って、暫定的に務めてきた裁判官の座を手に入れる自信はあるのだけれど。

裁判官の法服をまとうあいだも、サンダーズの捨て台詞が不吉な予言のように頭のなかでこだましていた。


「クロフォード?」

早めに着いたクロフォードは、否定的な考えを頭から追いだそうとつとめながら、プレンティス郡裁判所四階の波型ガラスの窓を見つめていた。

名前を呼ばれてふり返ると、ジョー・ギルロイとその妻グレイスが近くまで来ていた。ここにいる理由を考えれば当然の重苦しい表情だ。

「どうも、グレイス」

姑《しゅうとめ》は小柄で愛らしく、気立てのよさが目つきに表れている。ベスの軽く吊りあがった目は母親譲りだった。クロフォードはグレイスを軽く抱擁してあいさつした。

体を離すと、グレイスは好ましげな目つきでクロフォードの全身を見た。「似合うわよ」

「ありがとう。こんにちは、ジョー」

グレイスから離れて、ベスの父親と握手をした。日曜大工が趣味のジョーの指のつけ根にはたこができている。実際のところ、七十歳を超えた男としては、あらゆる面においてタフさを誇っていた。

「調子はどうかね」

クロフォードは作り笑いを浮かべた。「絶好調です」

大げさな返事を真に受けたわけでもないだろうに、ジョーは黙りこんで、笑顔を返すこともなかった。

グレイスが言った。「二人とも少し神経質になってるわね」そしてためらいがちに、審判の行方はどうなると思うかクロフォードに尋ねた。

「ぼくが勝つか負けるかってことですか？」

グレイスはつらそうだった。「結果を勝ち負けで考えないで」

「勝ち負けではないと？」

「われわれはあの子に最善の結果を望んでいる」ジョーが口をはさんだ。つまりジョージアがいまのまま自分たちのもとで暮らすのがいちばんということか。「スペンサー判事もそれを願っているはずだ」

クロフォードは言い分を述べるのは審判まで待つことにして、口をつぐんだ。いまふたりと議論しても意味がないばかりか、敵意をあおりかねない。詰まるところ、クロフォードと義理の両親が対立し、法的にくだされる結果が全員に大きな影響を与えるという、ただそれだけのことだ。どちらかが敗れて、失意のうちに裁判所を去る。ジョーとグレイス側に有利な裁定がなされたとき、彼らを祝福することができない以上、ふたりの幸運を祈ると言うつもりもなかった。向こうも自分に対して同様な思いを抱えているにちがいない。

ジョージアを審判に引きこむべきではないという点では双方の意見が一致していた。クロフォードは裁判所にいるあいだジョージアをどうしているのか、グレイスに尋ねた。「ご近所さんの孫娘と遊ばせてもらってるのよ。預けたとき大はしゃぎだったわ。クッキーを焼くんですって」

クロフォードは顔をしかめた。「この前、焼いたときは、まだ生焼けでした」

「毎回オーブンから取りだすのが早すぎる」ジョーが言った。

クロフォードはほほ笑んだ。「味見をするのが待ちきれないんでしょう」

「忍耐が美徳であることを学ばせなくては」

クロフォードは歯をくいしばって、笑顔を保った。舅《しゅうと》はこんなふうにして彼の欠点をたくみに指摘する。痛烈な嫌みがあった。タイミングも絶妙。クロフォードが答える前に、ギルロイ側の弁護士がエレベーターから降りてきた。ふたりは弁護士と話があるからと言ってその場を離れた。

やがてクロフォードの弁護士も到着した。ウィリアム・ムーアは態度と同じく、歩き方もきびきびしている。だが、今日はその確固とした足取りが、指定された法廷を探して廊下にひしめく数十人の陪審員候補者によってはばまれていた。

そのあいだを縫ってやってきた弁護士と連れだって、クロフォードはスペンサー判事の法廷に入った。

チェット・バーカーはこの裁判所の名物廷吏《ていり》だった。体格も性格もおおらかで親しみやすい。チェットがクロフォードの名を呼んで、声をかけてくれた。「正念場だな？」

「そうだね、チェット」

廷吏はクロフォードの肩を叩いた。「がんばれよ」

「ありがとう」

クロフォードが席に腰をおろすやいなや、チェットが一同に起立を求めた。判事が入廷し、壇に上がって背もたれの高い椅子に座った。まるで王座のようだ、とクロフォードは落ち着かない気分で思った。実際、王座のようなものだ。ここではホリー・スペンサー裁判長に絶対的な権力が与えられている。

チェットが開廷を告げ、一同に着席を求めた。

「ごきげんよう」判事が口を開いた。双方の弁護士に顔ぶれがそろっているかどうか尋ね、形式的な手順を踏むと、両手を組んで机に乗せた。

「わたしは本件をウォーターズ判事から受け継ぎましたが、内容は把握しています。二〇一〇年五月、ジョー・ギルロイとその妻グレイスは、孫娘ジョージア・ハントの暫定的な養育権を得ました」そこでクロフォードを見た。「ミスター・ハント、あなたはその裁定に異議申し立てをしませんでしたね」

「はい、裁判長。しませんでした」

ウィリアム・ムーアが立ちあがった。「よろしいですか、裁判長？」

判事はうなずいた。

弁護士は立て板に水の弁口《べんこう》で、クロフォードの養育権返還申し立てのおもな内容と、いまジョージアが彼のもとに戻ることが望ましい理由を手短に述べ、こう締めくくった。「ミスター・ハントは彼女の父親です。児童心理学者ふたりの証言にもあるとおり、彼は娘を愛し、娘から愛されています。ジョージアの鑑定結果の写しがお手元にあると思いますが？」

「ええ、読みました」判事は思案顔でクロフォードを見た。「ミスター・ハントにはのちほど証言していただくこととして、まずはギルロイ夫妻側の言い分をうかがいましょう」

弁護士がすっくと立ちあがった。クロフォードの請求を正式に却下させようと意気込んでいる。「四年前、ミスター・ハントは精神的な安定性が問題視されました。彼は反論することなく娘を手放した。つまり祖父母と暮らすほうが娘のためになるとわかっていたのです」

判事は片手を上げた。「ミスター・ハントも、当時は祖父母のもとに置いたほうがジョージアのためになると思ったと証言しています」

「ジョージアがこのまま祖父母と暮らせるような裁定をお願いします」弁護士は証人としてグレイスを呼んだ。グレイスは宣誓した。スペンサー判事は力づけるようにほほ笑みかけ、証言台の椅子に座るようにうながした。

「ミセス・ギルロイ、あなたとご主人はなぜ、義理の息子さんの養育権返還請求に異議を申し立てるのですか？」

グレイスは唇を湿した。「あの、ジョージアにとっての家庭はわたしどものところだけです。わたしどもはジョージアの生育にふさわしい、愛情あふれる環境を整えようと、精いっぱいやってまいりました」グレイスは夫婦で築いてきた健全な家庭生活をこまごまと述べはじめた。

ついにスペンサー判事がさえぎった。「ミセス・ギルロイ、ミスター・ハントを含むここにいる誰もが、あなた方がジョージアのためにすばらしい家庭を築いてこられたことを認めています。裁定は、あなた方がジョージアをしっかり養育しているかどうかではなく、ミスター・ハントにあなた方と同様のいい家庭を与える意志があり、そうすることができるかどうかによって決まります」

「彼がジョージアを愛しているのはわかっています」グレイスは居心地悪そうにクロフォードを見た。「けれど愛情だけではだめなんです。子どもに安心感を与えるには、安定した日々のくり返しが大切です。母親のいないジョージアには、母親に次ぐ存在がいります」

「パパだ」小声でつぶやいたクロフォードに非難がましい視線が集まる。そのなかには判事も含まれていた。

ウィリアム・ムーアがそっと腕をつついてささやいた。「順番がきたら証言できる」

判事はさらにいくつかの質問を放ったが、グレイスの考えは詰まるところ、いまジョージアを彼女たちの家から移せば、環境の激変が幼い人生の大きな傷となるということだった。グレイスはこう締めくくった。「わたしども夫婦は、わたしたちから引き離されることによってジョージアの情緒や精神の発達に大きな障害が生じることを案じています」

練習した台詞を言っているようにクロフォードには思えた。弁護士からそう言えと指導されたことであって、グレイスが自分で思いついたのではないようだ。

スペンサー判事はクロフォードの弁護士に、ミセス・ギルロイに尋ねたいことはあるかと尋ねた。「はい、裁判長、あります」弁護士は証言台に近づき、あいさつすらすっ飛ばして、いきなり本題に入った。「ジョージアは頻繁にミスター・ハントとともに週末を過ごしていますね？」

「はい、そうです。ジョージアがわたしたちから離れてもだいじょうぶだと思える年齢になり、クロフォードが……信頼できるようになってからは、彼のところで一泊するのを許すことにしました。ふた晩のこともあります」

「父親の家に泊まって帰ってきたときのジョージアの様子をお聞かせ願えますか？」

「様子？」

「精神状態や全般的なことです。あなた方のもとに帰ってこられて嬉しいというふうに泣きながら抱きついてきますか？　怯えたり、ショックを受けたりしていますか？　精神的に不安定な状態になっていませんか？　引きこもりがちになったり、無口になったりといったことは？」

「いいえ……元気です」

「泣くのは、父親があなた方のところに帰すときだけではないですか？」

グレイスはためらいがちに言った。「父親に送られて帰ってきたときに泣くこともあります。ときどきですけれど。毎回ではありません」

「父親のところに長くいたあとは、泣くことが多い」弁護士が言った。「つまり、父親と長くいればいるほど、あなた方のもとに戻されて父親と離れていることの不安を強く感じているということです」ギルロイの弁護士が異議を唱えようとしているのに気づき、手を振って席を立つ必要はないと合図した。「わたしからは以上です」

弁護士は判事に非礼を詫びたが、クロフォードには彼が要点を伝えて記録に残したことを失礼だとは思っていないのがわかった。

さらにグレイスへの質問が続いた。「最後にミスター・ハントが酔っているところを見たのはいつですか？」

「かなり前です。正確には覚えていませんが」

「一週間前？　一カ月？　一年？」

「それ以上です」

「それ以上」ムーアはくり返した。「四年前？　奥さんを亡くした直後の最悪の時期でしょうか？」

「はい。ですが――」

「ミスター・ハントがジョージアといるときに飲酒するのを見たことはありますか？」

「ありません」

「かっとなって娘に手を上げたことは？」

「ありません」

「どなりつけたことは？　荒々しい言葉や汚い言葉を娘の前で使ったことは？」

「ありません」

「お腹をすかせているのに食事を与えなかったことは？」

「ありません」

「車のチャイルドシートに座らせなかったことは？　娘を迎えにくる約束をすっぽかしたことは？　娘の精神的、肉体的要求に応えなかったことは？」

　グレイスは首を振り、小さく答えた。「ありません」

　ムーアは判事を見て、両腕を広げた。「裁判長、今回の審判は時間の無駄です。ミスター・ハントは失敗を犯した、それは本人も認めています。そのあと時間をかけて生活を立て直しました。ヒューストンからプレンティスに引っ越したのは、定期的に娘に会うためです。

　一年前に前任の判事からくだされた指示どおり、彼はカウンセリングを受けました。あれから一年、養育権を取り戻すという決意にいささかの揺るぎもありません。一方、ギルロイ夫妻側には、個人的な感情以外に、こちらの請求に異議を唱える理由が見あたりません」

ギルロイ夫妻側の弁護士があわてて立ちあがった。「裁判長、こちらの論拠は訴状に書いてあるとおりです。ミスター・ハントはすでに自分が不適格と――」

「ありがとう、訴状ならありますので」スペンサー判事が言った。「ミセス・ギルロイ、席にお戻りください。続いてミスター・ハントに証言してもらいましょう」

証言台からおりるグレイスは取り乱し、早くも負けが決まったかのようにしょげていた。

クロフォードは立ちあがり、ネクタイをなでつけて、証言台へ向かった。チェットに指示されて、宣誓した。席につき、ムーアの指示どおり、まっすぐに裁判長の目を見た。

「ミスター・ハント、四年前、あなたのふるまいのいくつかが、親として不適切なのではないかと問題になりました」

「ですからジョーとグレイスが暫定的な養育権を得ることに反対しませんでした。ベスが亡くなったとき、ジョージアはわずか十三カ月でした。つねに手をかけてやる必要があり、わたしにはそのような環境を準備できませんでした。果たさなければならない職務があり、そのほかにも問題がありました」

「深刻な問題がありましたね」

質問ではない。クロフォードは沈黙を守った。

判事はいくつかの公文書らしき資料に目を通し、そのうちの一枚を指でなぞった。「飲酒運転で逮捕され有罪となっていますね」

「はい、一度。ですが、それは――」

「公然猥褻《わいせつ》で逮捕、さらに――」

「立小便をしました」

「――暴行でも」

「酒場での喧嘩です。かかわった全員が留置されました。起訴されずに釈放され――」

「資料はここにあります」

クロフォードはじりじりしながら座っていた。未来が過去に破壊されようとしている。ホリー・スペンサー判事は寛大なタイプではない。値踏みするようにクロフォードを見つめてから、またしても彼の〝資料〟だという書類をめくりだした。あの白黒の書類に書かれた罪状によって、自分はどれほどの悪人に見えるのだろう？　眉をひそめた判事の表情からして、あまりいいとは思えない。

ついに判事は口を開いた。「カウンセリングには欠かさず通ったようですね」

「ウォーターズ判事から、毎回通うことが義務だと言われましたので。全二十五回、一度も休みませんでした」

「セラピストの報告書にすべて記載されています。目覚ましい進歩を遂げたとか」

「自分でもそう思います」

「称賛に値する努力です、ミスター・ハント。娘さんを愛しておられるのは明らかですし、養育権を取り戻そうとする姿勢もすばらしい」

いよいよだ、とクロフォードは思った。

「しかしながら――」

法廷の後ろのドアが勢いよく開き、中央の通路にホラー映画から飛びだしてきたような人物が拳銃を構えて駆けこんできた。一発めはクロフォードとスペンサー判事のあいだを抜けて証言台の後ろの壁に当たった。

二発めは廷吏のチェット・バーカーの胸のど真ん中に撃ちこまれた。

# 第二章

発砲音が立てつづけに響いた。クロフォードは銃声を数えようとしたが、法廷内の大混乱にのまれて、わからなくなった。

スペンサー判事がふらつきながら立ちあがり、引きつった声でチェットの名を呼んだ。ジョーが座っていたグレイスを床に押し倒し、その隣で身をかがめている。弁護士はあわててテーブルの下に身を隠した。法廷速記者が続く。

銃撃犯は逃げまどう人びとや耳をつんざく悲鳴など、ものともしなかった。全身白ずくめ、顔も透明プラスティックの仮面でつぶしている。ぴくりともしないチェットを平然とまたいで前進しながら、法廷の正面を狙ってひたすら撃ちまくった。

その光景が一瞬にしてクロフォードの脳裏に焼きつけられた。そしてとっさに証言台と裁判官席を隔てる柵を飛び越えると、判事を床に押し倒して、上に覆《おお》いかぶさった。

四発だろうか？　五発？　六発？　九ミリ口径の拳銃だった。弾倉のサイズによるが――

銃撃犯が証言台をまわりこんで壇上に近づいてくるのを察知してふり向くと、自分に銃口が向けられていた。クロフォードは後ろに足を蹴りあげ、ブーツの踵《かかと》が銃撃犯の膝頭をとらえる。その衝撃で犯人はバランスを崩し、腕が跳ねあがって、銃弾が天井に当たった。犯人は姿勢を崩したままよろけるように壇をおり、回れ右をして法廷脇のドアへと走った。

クロフォードは膝をついて立ちあがり、かがんで判事を見た。生きているのを確認するや、短距離離選手のように勢いよく駆けだして壇をおり、チェットのそばに膝をついた。ひと目で死んでいるのがわかった。善良だった彼の死を悼む気持ちを抑えて廷吏のホルスターのスナップを外し、携行品のリボルバーを引き抜いた。

後ろのドアから駆けこんできた別の法廷の廷吏が、クロフォードがチェットのリボルバーに弾が装塡《そうてん》されているかどうかを確認しているのを見て、あわてて動きを止めた。廷吏は自分の武器に手をかけた。

クロフォードは叫んだ。「テキサス・レンジャーのハントだ！　チェットがやられた」

「ああ、クロフォードか。くそっ。なにがあった？」

神経を尖らせた廷吏の後ろに人だかりができはじめている。「みんなを避難させて、階下の警官たちに銃撃犯がいると知らせてくれ。仮面をかぶり、頭から爪先まで白ずくめだ。おれと犯人をまちがえるなと伝えろ」

言い終えたころには、銃撃犯が出ていった脇のドアまで来ていた。ドアを細く開いてなにも起きないのを確かめてから、勢いよく開いて外に飛びだし、左右に銃口を向けた。細く長い廊下はがらんとして、事務室の開いたドアの外に女性がひとり突っ立っていた。口をぽかんと開けて、片手で喉元を押さえている。

「どちらへ行った？」

「なにがあったの？　あのペンキ屋さんは誰？」

「部屋に戻るんだ」

女性は非常階段のドアを指さした。クロフォードは女性に駆け寄り、彼女を事務室に押しこんでドアを閉めた。ドア越しに声を張る。「錠をかけろ。デスクの下に隠れて、出てくるな。警察に電話して、きみが見たことを伝えてくれ」

クロフォードは廊下を非常階段へと走った。

別の部屋から男が顔をのぞかせ、クロフォードを見て恐怖に目をみはった。「後生だから、助けて――」

「いいから聞け」説明している時間はない。安全が確認されるまで隠れていろと手短に指示した。男性は事務室に引っこみ、大あわてでドアを閉めた。

クロフォードは速度を落としつつ非常階段のドアに近づき、残りの距離を慎重に詰めた。ドアの上部三分の一にはめ込まれた四角い網入りガラスの窓をさっとのぞく。なにも見あたらないので、そろそろとドアを開き、銃を握った手を伸ばして階段の上下に振った。なにも起こらない。

階段の踊り場に出て立ち止まり、銃撃犯の行く先を告げる音や動きを探った。そのとき、背後で――

ふり向くと、保安官助手が廊下から一歩出てきたところだった。武器をかまえる者同士、顔見知りで助かった。口を開こうとする保安官助手に、クロフォードは人さし指を唇にあてて黙れと伝えた。

　保安官助手はわかったとうなずき、自分は下へ行くから、上へ行けと身振りで示した。クロフォードは声に出さずに、気をつけろ、と伝えた。

　壁伝いに階段をのぼり、つぎの階の踊り場まで行った。ドアを開けて、下の階とまったく同じ造りの廊下に出た。コンクリートの洗い出しの床、いかにも公共の施設らしいベージュ色の壁。気難しい顔をした歴代裁判官の額入り写真があちこちに飾ってある。廊下の両側には執務室のドアが並んでいた。

　廊下のなかばあたりで怯えた様子の男ふたりと女ひとりが小声で話をしていた。男のひとりがクロフォードの拳銃に気づき、両手を上げた。

「テキサス・レンジャーだ」クロフォードは小声で言った。「白ずくめの男を見なかったか？」最初に会った女性の表現を思いだして言いたした。「ペンキ屋を？」

　三人は首を振った。

「オフィスに入って錠をかけろ。ドアから離れて、警察以外にはドアを開けるな」

　クロフォードは階段に戻った。下から階段をのぼってくる足音がする。さっきの保安官助手が、このビルの一階にあるプレンティス郡保安官事務所から援軍を連れてきたのだろう。途中で階段をおりる銃撃犯に遭遇しなかったのはまちがいない。行きあっていれば、銃声が騒々しく階段じゅうに響き渡っていたはずだ。

クロフォードはさらに階段をのぼった。六階の踊り場まで来ると、ドアに近づき、ガラス窓から廊下の両側を見た。また別の職員たちが寄り集まっている。怯えつつも、縮みあがってはいないようなので、仮面をかぶった銃撃犯が猛スピードで通りすぎたところなのだろう。クロフォードはドアを細く開けた。銃声が聞こえたがどうかしたのかという質問をさえぎり、自分の身分を伝えた。隠れていろと小声で指示すると、全員がすかさず従った。非常階段に戻り、つぎの踊り場まで進む。いままでの半分の長さの階段の先に、屋上に出る扉があった。

扉付近の片隅に白いカバーオール、帽子、ラテックスの手袋、靴カバーが落ちていた。積み重なった品々の下には仮面があるのだろうが、クロフォードはいっさい触れなかった。脱ぎ捨てられた衣服の山から、そこに欠けているものが浮かびあがる。拳銃だ。

手すりから身を乗りだして下を見ると、さっきの保安官助手ほか数名の制服警官が足音を忍ばせてのぼってきていた。クロフォードは頭を動かして屋上につながる扉を指し示した。ひとりの警官がひとつ下の踊り場まで戻り、肩につけたマイクに小声で話しかけてから、クロフォードとほかの警官に親指を立てて合図をした。

すでに訓練どおりの緊急対策が取られているはずだ。裁判所は警官に包囲され、出入り口は封鎖されて、出入りしようとする者は足留めされる。ＳＷＡＴが配置され、近隣のビルの屋上では狙撃手が態勢を整えている。

銃撃犯はそこまで考えていなかったのだろう。犯人にとって結末はひどいもの以外にありえない。空でも飛べないかぎり、大手を振ってこのビルを出ることはできず、もはや逮捕は確実だと気づいたら、その前に何人か道連れにしようと思うかもしれない。すでにチェットを殺害して、それを目撃されている。大量殺人犯として名を残すため、いっそ派手にやってやれと思わない保証がどこにあるだろう？

クロフォードはスポーツジャケットを床に脱ぎ捨て、屋上のドアを細く開いた。「おい、おまえ」彼は犯人に呼びかけた。「話をしないか」

金属の扉に銃弾が雨あられと撃ちこまれるかもしれないとなかば覚悟していたが、なにも起きなかった。さらに数センチドアを開けた。「おれはテキサス・レンジャーだが、制服は着てない。バッジなら見せられる。いいか、これから屋上に出るぞ。武器は持ってない。おまえと話がしたいだけだ。かまわないだろ？」

いまや援軍の警官や保安官助手たちも間近に迫っている。ひとりがささやいた。「クロフォード、そんなことしてだいじょうぶか？」

こわばった笑みで危険は承知だと伝える。チェットの拳銃を腰のベルトの背側にはさみ、体が入るだけドアを開けると、両手を上げて砂利敷きの屋上に踏みだした。

まばゆい日差しに目が慣れるのに数秒かかったものの、すぐに男が見えた。男は身を隠そうともせず、屋上の端の低い壁際に立っていた。二十代後半から三十代前半のヒスパニック系で、腹のあたりがだぶついた、ごく平均的な身長の男だった。

人畜無害にしか見えないが、震える手には拳銃があり、クロフォードに銃口を向けている。

もう一方の手には火のついたタバコがあった。

クロフォードは両手を上げたまま言った。「いいか、バッジを見せるぞ」右手を下ろし、ベルトにつけた革のホルダーに近づけたが、男がタバコを取り落として「だめだ！」と叫んだので、手を元に戻した。「なあ、こんなこと、やめないか」

男は何度か拳銃を突きだした。

「撃ちたくないんだろ？」クロフォードは言った。「銃を下に置いたらどうだ？　そうすれば、誰も傷つかない。おまえもだ」

穏やかに諭しているにもかかわらず、男はますます興奮してきた。汗のしずくを払おうと激しくまばたきをしながら、左右をきょろきょろと見ている。ふたたびクロフォードに視線を戻し、さがれとばかりに拳銃を振りまわした。

ひょっとすると、英語が通じていないのかもしれない。クロフォードはふと閃いて、スペイン語で尋ねた。「英語を話せるか《アブラ・イングレス》？」

「ああ《シー》」語気を強めて、もう一度言った。「ああ《シー》」

身構えたような怒り声を聞いて、英語が不自由なのではないかという疑いが強まった。クロフォードは一歩進みでて、手のひらで地面を示した。「拳銃《ラ・ピストラ》。下ろせ」

「ノー」男はもう一方の手を持ちあげて拳銃を支え、腕を伸ばしてクロフォードに狙いをつけた。

くそっ！「おい、よせって。そんなことしても――やめろ！」

別のドアから屋上に出てきたらしく、突然、視界の隅に警官の姿が見えた。銃を持った男も同時に警官を見た。男は銃を警官に向け、二度引き金を引いた。狙いは外れた。だが、隣の屋上で狙いをつけていた狙撃手はちがった。

銃弾が命中するたび、男の体が衝撃で浮きあがる。やがて崩れ落ちると、ぴくりともしなくなった。

クロフォードはがっくりして壁まで後ずさりをし、そのままずるずるとしゃがみこんだ。さまざまな制服を着用した法の執行官たちが非常階段のドアから出てきて、砂利に血だまりを作っている死体を取り囲んだ。

肩に手を感じて見あげると、屋上に出るとき心配して声をかけてくれた保安官助手だった。

「あんたが撃ったのか？」

クロフォードは首を横に振った。

「運がよかったな」彼はクロフォードの肩を握ってその場を離れ、倒れた男を囲む警官たちに合流した。

クロフォードは顎を胸につけて顔を伏せた。「ばかなことをしやがって」

その声を聞いている人間がいたら、死んだ男に対する発言だと思っただろう。だがそうではなかった。

「ハント？」

ぼんやりと床を見つめていたクロフォードは、開いた取調室のドアから、なかに入るようにうながす殺人課の刑事を見やった。

気力を振り絞らないと、立ちあがることもできない。いやでたまらないが、早く終わりにしたいという気持ちも強かった。

取調室のなかにもうひとり、クロフォードの知らない私服刑事が壁にもたれて立っていた。これ見よがしに関節を鳴らし、ガムをくちゃくちゃやっている。その落ち着かない様子がクロフォードには奇異に映った。

ぶっきらぼうにクロフォードを部屋に呼び入れたのは年上のほうの巡査部長、ニール・レスター刑事だった。彼は小さなテーブルのそばにある椅子のひとつを示して、自分は反対側に腰をおろした。ふたりのあいだのテーブルには法律用箋と録画用ビデオが置いてある。

ニール・レスターはシャツのポケットからボールペンを取りだすと、カチカチ鳴らしてペン先を出したり引っこめたりしながら、クロフォードに冷ややかな視線を注いでいた。彼とは小学校のときから同級生だが、互いに好意を持ったことは一度もないばかりか、ハイスクールのときにクロフォードがニールの妹とつきあったせいで、反感まで招いてしまった。彼女とは短い関係で、すぐに別れたが、ニールはいまだにそのことを根に持っているようだ。

「なにか飲むか？」形ばかりの質問なのだろう。

「いや、いい」

「マット・ニュージェントを知ってるか？　最近、刑事になった」彼は頭を動かして、いまだにそわそわしている若者を示した。

クロフォードはおざなりに紹介されたその若い刑事に小さくうなずきかけた。

若い刑事は乱杭歯《らんぐいば》を見せてにっと笑った。「調子はどうです？」場違いなあいさつだ。クロフォードは答えずにニール・レスターに視線を戻した。相変わらずボールペンをカチャカチャいわせている。

「手順はわかってるな？」ニールが言った。

クロフォードはうなずいた。

「取り調べの内容は録音される」

クロフォードはうなずいた。

「準備はいいな？」

「そっちがよければな、ニール」

「これは公式な取り調べだ。ファーストネームは使わないように」

クロフォードはあきれて目玉をまわしそうになった。こうした杓子定規《しやくしじようぎ》なところもニール・レスターを好きになれない理由のひとつだ。むかしから規則と名のつくものには例外なく従い、従わない子がいると、大人に告げ口するようなガキだった。

いまクロフォードをいらだたせているのは、ニール・レスターがその姿勢に終始していることだった。クロフォードが苦境に立たされているのを喜んでいる。

とはいえ、個人的な感情は脇に置いておくしかない。ふたりの男が死に、どちらが死ぬときもクロフォードはその近くにいたという現実がある。ニールと落ち着きのないその相棒には警官としてなすべき義務があり、それにはクロフォードの取り調べも含まれる。

クロフォードは座ったまま体を動かしてみたが、成形プラスティックの椅子に大きな体が居心地よくおさまるはずもなかった。「わかったよ、レスター刑事。どこからはじめる？」

「まずは法廷のなかだ」ニールは人さし指に力を入れてスイッチを押し、録音を開始した。日付、時間、同席者の名前を述べる。「今日、家庭裁判所にいた理由は？」

「知ってのとおりさ」

ニールは鋭く目を細めた。「質問には答えるように」

クロフォードは深く息を吸い、吐きだしながら答えた。「養育権の審判のために裁判所に来ていた」どちらの刑事も黙ってこちらを見ている。クロフォードは腕を組んだ。「ジョージアの養育権の審判だ。スペンサー判事が裁定をくだそうとしたとき、銃撃犯が飛びこんできた」

「そこまでの裁判記録は入手してある」

「だったら、誰がなにを言ったかまで詳しく語る必要はないな」

「ところが、興味があってな」ニールが言った。「スペンサー判事はどんな裁定をくだしたと思う？」

おれがどう思おうと、この件には無関係だ。クロフォードはそう言いかけた言葉をのみこんで、肩をすくめた。「おれは最良の結果になることを願っていた」

「最悪の結果を恐れていた？」

いいだろう。そうまでしていたぶるなら、やり返してやる。「最悪の事態になるとは思ってもいなかった。まさかチェット・バーカーが撃たれて倒れるのを目の当たりにするとは」

案の定、その発言にニールはぐうの音も出なかった。気まずい沈黙をごまかすようにカメラを五ミリばかりクロフォードに近づけた。マット・ニュージェントが口を押さえて咳払いをする。

「こちらを向いて話すように」ニールが言った。「できるかぎり詳細に」

クロフォードは両手で顔を覆い、ゆっくりとこすりおろした。指先だけが顎についている。それから両手を下ろして身を乗りだし、テーブルの端に両腕をついた。

「証言台にいるときだった。法廷の後ろのドアから男が入ってきて、発砲した。法廷内はたちまち大混乱になった」

ニュージェントに銃撃犯の特徴を述べるように言われ、クロフォードは答えた。もちろん、ペンキ屋の衣服やマスクは証拠品として差し押さえられているから、ふたりはすでにだいたいの特徴を把握しているはずだ。「頭に帽子をかぶって、毛先だけがのぞいていた。袖から出ていた手にも手袋をはめていた。異様な仮面だった。目の部分だけ細く切りこみが入っていて、小さな鼻の孔がふたつ開けてあった。顔全体がつぶれて、ゆがみきっていた」

男が迷わず法廷の中央通路を突進してきたときの第一印象を思い起こした。「だが、そんな変装をしてなくても、あの男から悪意のようなものを感じ取ったと思う。男は一心不乱で、腹をくっていた」

ニールはうなずいた。「男はドアを入ったときに撃ったんだな」

「ドアから入るなり一発めを撃った」

「無差別に？　それとも狙いをつけて？」

「銃口は法廷の正面に向けられていた。肩の高さで腕をまっすぐ伸ばして」実際にやって見せる。「立てつづけに引き金を引いた。銃声が響き、チェットが――」クロフォードは言葉を切り、自責の念にかられてうめいた。「チェットが飛びだして腕を上げた。こんなふうに」体の前で、手のひらを前に向けて両腕を突きだす。「そして男に叫んだ。やめろ、とかなんとか。ただ叫んだだけだったかもしれない。そして倒れた」

「勇敢な死だった。殉職だ」ニールが言った。

「そうだな」クロフォードはため息をついた。「たぶん表彰される。だが彼は携行品の拳銃を抜いたことすらなかった。職に就いて以来、一度も。そして化け物の仮面をかぶった悪党に撃たれて死んだ。やりきれない」

今朝起きたとき、チェットは自分が死ぬなど予想だにしていなかったろう。クロフォードにしても、運命が悪球を投げつけてくるとは思っていなかった。鼻梁をもみながら、背もたれに体を預けた。

しばらくしてニュージェントが、やはりなにか飲みませんかと尋ねた。

「いや、いい。続けよう」

ニールがボールペンを鳴らし、法律用箋にメモを取った。「さて……チェットが倒れた。それからなにがあった？」

クロフォードは法廷でのできごとに意識を集中した。「大混乱。大騒動。悲鳴。ジョーが稲妻のようにすばやくグレイスとともに身を隠した。誰もがパニック状態であわてふためいていた」

「だがあなたはちがった」ニュージェントが言った。「証言台の柵を飛び越えたと法廷内にいた人が言ってましたよ。覚えてますか？」

クロフォードは首を振った。「はっきりとは覚えていない。ただ……とっさに反応していた。判事を床に押し倒し、なんというか……」前かがみになり、判事をかばったときの様子を再現した。「銃弾が当たる音がした。なにも感じなかったが、アドレナリンでいきり立ってたんで、撃たれてもわからなかったかもしれない。法服姿の判事は、撃たれたかどうかわからなかった。

男が証言台をまわりこんで裁判官席に上がってきた」クロフォードの説明は続く。「ふり向くと、男がまっすぐ銃でこちらを狙っていた。おれはそのとき息を詰めて、来たな、と思った。生存本能にかられたんだと思う。おれは男の膝を蹴った」

クロフォードは男が後ろによろめき、落ちるように壇をおりたと話した。「それで動揺したのかもしれない。わからないが。いずれにせよ、男は急いで走りだし、脇のドアから飛びだした」

ニールはほかの目撃者の証言と一致するというようにうなずいた。「それで？」

「おれはあとを追った」

ニールはニュージェントをちらりと見てからクロフォードに視線を戻し、おうむ返しに言った。「あとを追った」

「そうだ」

「すぐさま」

「考える暇はなかった。そういう意味で言ったのなら。勝手に体が動いてた」

「証言台の柵を飛び越えたときと同じように」

クロフォードは肩をすくめた。「だろうと思う」

「おまえは結果を考慮することなく、行動に走った」

「おまえたちだってそうするさ」クロフォードは言い返した。「曲がりなりにも警官なら」

「まあ、なんだな。おまえがどんな警官かはよくわかってる」

勢いよく立ちあがったせいで、椅子が後ろに倒れた。ニールをにらみつけたものの、ここで癇癪《かんしゃく》を起こせばこのいけ好かない男がほのめかしているとおりの人物だと証明することになる。それでふり向いて椅子を立て、ふたたび腰をおろした。見ると、ニュージェントがしきりに唾を飲みこんでいる。うっかり飲みこんだガムが食道に引っかかりでもしたようだ。

視線を戻すと、ニールが言った。「ひと段階、すっ飛ばしたな」

なんのことを言っているかぴんときて、クロフォードは答えた。「チェットのリボルバーを抜き取るために足を止めた」

「アドレナリンでいきり立ってても、最初に法廷に駆けつけた警官に身分を名乗るだけの冷静さは持ちあわせていたわけだ」

「警官はホルスターに手をかけてた。おれは撃たれたくなかった」

「そして警官に銃撃犯の特徴を伝えた」

「最低限の特徴を」

「そして応援を呼べと指示した。だが、応援を待つことなく、チェットのリボルバーを手にして、銃撃犯を追った。なぜだ？」

「なぜか？」

「過去の経歴に照らしあわせるに、もっと分別のある行動を取ってしかるべきだろう」

「分別のせいで死ぬこともある」

「無分別のせいで死ぬこともある。ハルコンでのように」

# 第三章

廊下の突きあたりのドアが開く。ホリーがそちらを見ると、クロフォード・ハントが出てきた。着衣は乱れ、腹を立てているようだった。彼はこちらに目をくれつつも、なにも言わずに男子トイレに向かった。

「わたしの番ね」ホリーは秘書に言った。秘書はホリーをひとりにできないと言い張って、事情聴取の順番がくるのをいっしょに待ってくれたのだ。「そばにいてくれて心強かったけれど、もう帰って休んで。たぶん明日は大忙しになるわ」

「ですが、ホリー――」

「どのくらいかかるかわからないのよ」

「いつまでだって待ちますよ。今夜はひとりになっちゃいけません」

マリリン・ビダルも、銃撃事件があったと知ると同じことを言った。なにもかも放りだしてダラスから車ですっ飛んでこようとしたが、ホリーは断った。「必要があれば電話するわ。いまは、混乱のさなかだから」

「混乱こそあたしの生きがいよ」

まったくもってそのとおりだが、なんとか説き伏せることができた。ダラスに留まることになったマリリンは、くれぐれも連絡を絶やさず、とくにマスコミからコメントを求められたときは電話するようにと念を押した。「マイクに向かってしゃべるときは、その前にあたしに相談してよ」

元恋人のデニスも執務室に電話をかけてきた。応対に出た秘書のミセス・ブリッグズは、ホリーは元気だと伝え、状況が変わったり、彼にお願いしたいことが持ちあがったりしたときは連絡すると約束した。

だが支援者には事欠かなかった。この町の人口はわずか二万人、銃撃事件のニュースはまたたく間に広がる。審判官であるメイソン判事は銃撃のとき隣の法廷にいて、すぐにホリーのもとへ駆けつけてくれた。プレンティスに引っ越してきてからできた数少ない友人も、事件の報に驚き、なんでもすると言ってくれている。

みんな、ホリーが警察から事情聴取されているあいだは、待つしかなかった。だが、いざというときに備えて近くにいてくれるというだけでなぐさめになった。そのうちにうろうろしていてもしかたがないとわかってみんな帰っていった。

最後に残ったのがミセス・ブリッグズだった。「だいじょうぶよ」ホリーは請けあった。「警察に頼んで家まで送ってもらうから、心配しないで」

「当然、そうしてもらってくださいよ。気が変わったら電話してくださいね。何時だろうと駆けつけますから」

ミセス・ブリッグズは念を押しつつ帰っていったが、ホリーには自分が助けを呼ばないであろうことがわかっていた。恐ろしい経験ではあったけれど、もはや犯人はこの世にいない。あとは災難の締めくくりとして、公式に声明を発表するだけだ。

これから数日のうちに、この危機的状況に自分がどう対処し、衝撃的な体験からどれほどすみやかに立ち直るかを、グレッグ・サンダーズに見せつけてやらなければならない。ここで弱さや怯えをあらわにしようものなら、彼は嬉々としてそれを暴き立てにかかるだろう。

クロフォード・ハントに続いてマット・ニュージェントとニール・レスターが取調室から現れ、廊下をこちらに近づいてきた。すでに銃撃の直後に家庭裁判所のなかで話を聞かれているが、正式な証言を記録に残すため、ここ一階まで来るよう要請を受けたのだ。一階には保安官事務所と並んで警察本部がある。

ホリーは立ちあがった。「わたしの番ですか?」

「いや、まだです、スペンサー判事」ニール・レスターが答えた。「ただの休憩でしてね。ミスター・ハントにはまだまだ訊かなければならないことがあります」

「そうですか」

「今日あんなことがあって、おつらいでしょう。なるべく早く帰っていただけるようにします」

「わかりました」

「ただ、ひとつお尋ねしたいことがあります。近親者探しに手間取っているため、被疑者の名前を公表してないんですが、運転免許証にはジョルジ・ロドリゲスとありました。お心あたりは？」

「いいえ」

「ですよね」ニュージェントが発言できるのが嬉しいとばかりに話に加わった。「テキサスの運転免許証でしたが、偽造品でした。よくできてるけど偽物です」

「不法移民だったんですか？」

「いま捜査中です」レスターが答えた。「だが、不法移民だったとしても、以前に判事が担当された裁判にかかわっていないとはかぎりません」

「可能性はあります。ご存じのとおり、わたしがここの裁判官席についてわずか十カ月ですが、訴訟はたくさんありました。就任以来、数多くの裁判や審判を受け持ちました」

「ロドリゲスはウォーターズ判事から引き継いだ案件かもしれません」レスターが指摘した。

「なんらかの恨みをいだいていたとか」

　恩師のクリフトン・ウォーターズ判事は、末期癌と診断されたとき、ホリーをプレンティスに誘った。法律事務所を辞めて、空席となる自分の席につかないかと打診してきたのだ。一か八かの転職だったが、吉と出ると信じて思い切って承諾したかいがあった。ウォーターズ判事の推薦のおかげで、ハッチンズ知事はホリーを受け入れ、ウォーターズ判事は彼女の宣誓就任式を見届けることができた。どちらにとっても晴れがましい日だった。

　ニュージェントが言った。「明日、執務室に警官を派遣します。裁判記録にロドリゲスの名前がないかどうか調べさせてください」

「ミセス・ブリッグズに伝えて、準備させておきます」

「こちらに来る前はなにをされていたんですか?」

「ダラスの法律事務所にいました」

レスターがポケットから小さな螺旋綴《らせんと》じのメモ帳を取りだし、事務所の名前を書き留めた。

「向こうにもロドリゲスの名前が残っていないかどうか記録を調べてもらいます」

ホリーは担当者の名前を教えた。「最大限の協力をしてくれると思います」

目の端にトイレから出てくるクロフォード・ハントが見えた。湿った髪を後ろになでつけて額を出している。顔を洗い、濡れた手で髪をかきあげたのだろう。彼は歩くことに集中しているらしく、こんども黙って前を通りすぎようとした。ホリーは行く手をはばんだ。

「ミスター・ハント、少しお話しできますか?」

ニール・レスターが制するように片手を上げた。「あの、判事……」

「彼と証言をすり合わせるつもりはありません」ホリーは刑事に言った。「捜査のじゃまをしようとか、職業倫理に反してミスター・ハントの養育権の件を話しあおうとか、そういうことではないんです。ただ、ひと言……」ふり返ってクロフォードを見あげて、息を詰めた。その顔からは氷の彫刻のごとき温度しか伝わってこない。「ありがとう、と命を救ってもらったお礼を言いたいだけです」

硬質なグレーの目に驚きが走ったが、そんな無意識の反応が垣間見えたのは、ほんの一瞬だった。「犯人の射撃の腕前がまずかっただけだ」

気持ちが高ぶって、ホリーは喉を詰まらせた。「チェット・バーカーを撃ったときは外しませんでした」

険しい目がふたたび揺らぎ、こんどは唇がゆがんだ。「あの距離なら外しようがない」

「あなたがかばってくれなければ、わたしのことも外しようがなかったはずです」

「あのときのことをどうご記憶ですか、スペンサー判事？」

ホリーは、質問したニール・レスターをふり向いた。「チェットが倒れたので、とっさに駆け寄ろうとしました。でも、男がそのまま通路をわたしのほうに突進してくるのを見たら、動けなくなって。マスクでゆがんだ顔がグロテスクで恐ろしかった。そのときミスター・ハントが柵を飛び越えてきて、タックルをかけるようにしてわたしを押し倒したんです。

じつはそれから数分のことは記憶があやふやです。立てつづけに銃声がして、いずれ弾《たま》切れになるにしても、その前に殺されそうだと思ったのを覚えています。最後の一発は天井に当たったんでしょう。まだ髪に漆喰くずが残っています」ホリーはうつむいて頭頂を見せた。

「クロフォードがやつの膝を蹴ったんで、狙いがそれたんですよ」ニュージェントが言った。

ホリーはクロフォード・ハントを見た。「蹴飛ばしたんですか？」

「反射的に」

ホリーはうわの空でうなずいた。「つぎに覚えているのは、あなたが背中をさすってくれたこと。なんと言われたかは覚えていないけれど」

「出血していないのを確認したんだ。撃たれたかと尋ねたら、撃たれてないと思うと答えた」

「そうなの？」

彼はそっけなくうなずいた。

ホリーは刑事ふたりを見た。「わたしはミスター・ハントに押し倒されましたが、その前に、身を伏せろと言われました」

「でも、あなたは伏せなかったんですね？」

レスターから尋ねられ、ホリーは悲しげに首を振った。「法廷内は大混乱でした。銃声を聞いた人たちが後ろのドアに殺到し、ミセス・ギルロイは金切り声をあげていた。法廷速記者もです。ミスター・ハントはチェットの上にかがみこんだ。そして彼の銃を手に取って、ほかの廷吏に警官を呼べと叫んだ。そして脇のドアから駆けだしていきました」

レスターが尋ねた。「銃撃犯が逃げだしてからクロフォードがそのあとを追うまで、どのくらいの時間がありましたか？」

「一分か、もっと短かったか。そんなにはありませんでした」

「それからどうなりました？」

「わたしにお話しできるのは法廷内のできごとだけですけれど」クロフォード・ハントを見あげて、ホリーはつけ加えた。「脇のドアの外でなにがあったかはわかりません」

ニール・レスターが言った。「われわれにもまだ全貌はわかっていません。ちょうどその話が出かかったところで、休憩にしたので」

　気詰まりな静寂がおりた。最初に動いたのはマット・ニュージェントだった。ズボンのポケットから小銭を取りだし、廊下の突きあたりに並ぶ自動販売機のほうへ歩きだした。

「コーラでも飲みませんか？　スペンサー判事は？」

「いいえ、けっこうです」

「ミスター・ハント？」

「いいや」

「わたしもいらない」ニール・レスターが答えたそのとき、携帯電話が鳴りだした。彼はベルトから携帯を外して、画面を見た。「失礼」じゃまされずに話をしようと少し離れて背中を向けたため、ホリーは期せずしてクロフォード・ハントとふたりきりになった。

　ただでさえ居心地の悪い状況なのに、ハントの体つきには威圧的なところがある。ブーツのせいで上背がさらに高くなり、ゆうに百八十センチを超えている。法廷に現れたときはぱりっとしたジーンズ、白いシャツ、黒いネクタイ、そしてスポーツジャケットを身に着けていた。

　それがいつしかジャケットを脱ぎ、ネクタイを緩め、シャツの襟元のボタンを外し、袖を肘のすぐ下までまくりあげていた。数分前に湿らせてなでつけてあった髪も、気がつけば元に戻っている。麦わら色の豊かな髪それ自体が意思を持っているようだった。

　彼は廊下の反対側に移動すると、壁にもたれてホリーをにらみつけてきた。ホリーにしてみれば、いわれのない敵意だった。

緊張を緩めようと、ホリーは話しかけた。「ギルロイ夫妻はだいじょうぶですか？　事情聴取を終えて帰宅が許されたとき、義理のお母さまはずいぶんと取り乱していらしたようだったけれど」

「ひどい動揺ぶりで、一時間ほど前にジョーと話したときも、まだ泣きやんでいなかった」

「おふたりには恐ろしくショッキングなできごとだったでしょうね」

彼は険しい顔でうなずいた。

「あなたのお嬢さんは？」

彼の表情がたちまちこわばった。「孫娘のいるご近所の女性のところに泊めてもらうことになった。今夜はそこにいるのがいちばんだろう。あの子にはグレイスとジョーがひどいショックを受けている理由がわからないし、しかもおれはここで足留めをくらってる」

ホリーは聞きのがさなかった。彼は娘が外泊するのを後押ししたのは自分、娘に関することがらの決定者は自分だと、暗に伝えてきている。彼は異論は拒否するように、顎を突きだしていた。

けれど、わずか数言にしろ彼にしゃべらせることができた。これで会話が終わったと思ったので、ホリーは横を向いた。

「そっちはどうなんだ？」

訊かれたことに驚き、ふり返って彼を見た。

「だいじょうぶかということ？」

同僚や友人に対しては社交辞令で通した。だいじょうぶよ、お気遣いありがとう。彼だってそんな答えを予期しているだろう。だが、われながら驚いたことに、ホリーはふだんの自分なら考えられない神経質な笑いをもらしていた。「それがそうもいかなくて」経験を共有した者として、彼には正直であってもいい気がする。

目だけを動かして、彼はホリーの頭のてっぺんから足の爪先までを見た。そしてまた視線を合わせて言った。「押し倒し方が乱暴だったな。ケガはなかったか？」

「いいえ」ホリーは首を振り、短く答えた。

「それは？」彼はこちらに向けて顎を小さく動かした。

「それって？」

「あざだ」

「ああ」恐る恐る手を上げて、指先で眉の上の柔らかい部分に触れた。「倒れたときに床で頭を打ったみたい」

「すまない」

「あやまらないで」

「こぶになってる」

「秘書から言われるまで、気づかなかったぐらいよ」

「しばらくは治らない」

「でもいずれ痛みはおさまる。最悪のことを想像すると、自分を見失いそう」

「だったら、そんなことは想像しなければいい」

「口で言うのは簡単だけど」ホリーは両手を腰のあたりで床と平行に突きだした。「見せないようにしてるけれど、手の震えが止まらないの」

「そういうこともある」

「いままではなかったわ」

「そうなのか？」

「ええ。そう簡単に怖がるたちじゃないの」

「今日の恐怖は簡単じゃない」

「あの男のイメージが頭に焼きついて、離れない」

「確かに、ぞっとするやつだった」

「正直に言わせて、ミスター・ハント。わたしは震えあがっていたわ」

彼はわずかにためらったのち、聞き取れないほどの小声でつぶやいた。「ここぞというときには冷静だった」

不承不承、口にされたそれとない賛辞だけに、お礼を言いにくかった。それでも黙って彼の目を見ていると、感謝の気持ちは伝わったようだ。

彼がいらだたしげにうめき、ホリーの手を指し示した。「震えが止まるのに数日かかるかもしれない。危険な目に遭うと、遅れて反応が出ることがよくある」

「当然、危険な目に関しては、わたしより経験豊かなんでしょうね」口にした瞬間に、失言だったと気づいた。高い頬骨を浮きたたせている彼の顔の皮膚がさらに張りつめたように見えた。「ミスター・ハント、そういう意味じゃない――」

「もういい」彼は冷淡に謝罪をさえぎると、壁から体を起こして、片手にソフトドリンクの缶を、もう一方にピーナッツの袋を持って近づいてくるニュージェントのほうを見た。

クロフォード・ハントは仏頂面で彼に話しかけた。「早く終わらせないか？」

ふたたび取調室の席につくと、マット・ニュージェントが尋ねた。「気詰まりでしたか？」

「なにが？」

「判事とふたりでですよ。今日法廷で対決したのに、いまは同じ立場、惨事を生き抜いた者同士です」

「同じ立場ではないし、今回の惨事に関係なく、ジョージアの養育権を与えてもらえなければ、判事にひどく腹を立てるだろう。それとこれとはまったく別の話だ」

ニールがビデオカメラのスイッチを入れた。「わたしがおまえなら期待はしない」

クロフォードは黙って聞き流した。ニール・レスターと養育権変更の申し立てに関してやりあうつもりなどさらさらなかった。

ニュージェントが事情聴取を再開した。「さっきの話だと、ロドリゲスが飛びこんできたとき――」

「〝銃撃犯〟が飛びこんできたと言ったんだ」

「似たようなもんでしょう?」

「とんでもない」クロフォードは言った。「こちらのレスター巡査部長からご指導があるだろうが、悪魔は細部に宿る。記録してるのはおれの証言なんだから、どうか正確に頼む。念のため、おれはいまこの瞬間まで男の名前は知らなかった。ロドリゲスと言ったか?」

「ジョルジ」ニュージェントはつけ加えた。

ニールが若い刑事をにらみつけ、無言で失言を叱責してから、クロフォードに視線を戻した。「その情報はここだけの話にしてくれ」

「おれが知らないとでも?」

ニールには、クロフォードも法の執行官であることが癪にさわるのだろう。相変わらず冷ややかな口調だった。「名前に聞き覚えはあるか?」

「ない」

「屋上で顔を合わせる以前に会ったことは?」

「ない。見かけた記憶すらない。判事に聞いたか? その名前に心あたりは?」

「判事は知らないそうです」ニュージェントが答えた。「ですけど、裁判記録を調べてます。ウォーターズ判事のも」

「スペンサー判事かウォーターズ判事を恨んでいた可能性はある。でなければアメリカの司法制度全般に不満があったか。確認すべき――」

「すでにやってる」ニールがぴしゃりと言った。

これでわかった。ニールは、捜査をしているのはおまえじゃない、と言いたいのだ。テキサス・レンジャーの管轄権は州全体におよぶ。クロフォードには、所轄の警察、州警察、FBIなどほかの捜査機関からの依頼がなくても、捜査に加わったり、捜査を開始したりする権限がある。だが今夜クロフォードがここに座っているのは、質問に答えるためであって質問するためではない。ニールはそれを明確にしたがっていた。

ニールが続けた。「銃撃犯が入ってきたとき、証言台にいたと言ったな。まちがいないか？」

「ああ」

「判事とはなんの話をしていた？」

「審判の裁判記録が手元にあるんだろ」

「ある」

「だったら……」クロフォードはニュージェントを見た。ピーナッツを口に放りこんでいる。

「なにを知りたいんだ、レスター巡査部長？」

「判事は、おまえがセラピストとの面談に欠かさず通ったと褒めていた」

「そうだ。それがなんだ？」

「その後の状況に対するおまえの反応に大いにかかわってくる」

「なにが言いたい？」

「そうかっかするな。わたしは職務に忠実なだけだ」

「なるほど」クロフォードは冷ややかにニールをにらみ、肩をすくめた。「どうぞ」

ニールは嬉々として従った。「なぜ、審判を開く前にカウンセリングを受けろと命じられた？」

「スペンサー判事に尋ねてみたか？」

「まだだ。訊いてみるつもりだが」

「そうか。こっちも理由を知りたい」

「おまえなりに推測してみろ」ニールは笑顔になったが、好意は感じられなかった。

クロフォードはいらだちをあらわに、ふたりの刑事を交互に見た。だが、だんまりを決めこんだところで、得になるだろうか。セラピーを強制されたことを恥じていると結論をくだされるまでのこと。実際、いくらかは恥じている。だが、それをニールたちに悟られたくはなかった。

「おれは妻の突然の死にうまく対処できなかった。四年前のことだ。そして去年、ジョージアの養育権の返還請求をした。担当はウォーターズ判事だった。判事は安定した家庭環境を確実に提供できることを重視して、そういうことを克服したかどうかを見きわめるために一年間のセラピーを命じた」

「そういうこととは？」

「過度の飲酒だ。朝、なかなかベッドから起きあがれない日もあった」

「典型的な鬱状態だな」

「典型的な悲しみだ」くそったれめ。内心そう思いつつ、口には出さなかった。

「おまえは責任ある仕事を避けるようになった。それで、レンジャーのヒューストン事務所からここに移された」

「実際はおれが異動を希望した。ジョージアが世話になってるギルロイ夫妻の家がこちらにあって、近くにいたかった」

ニールは不審げだった。「ハルコンでの事件とは無関係な異動だと?」

「その〝事件〟とやらは、ボスのフエンテスを含む麻薬カルテルの六名を殺したことか?」

「加えて警官二名と居あわせた数人が犠牲になり、おまえの行動は捜査対象となった」

ニュージェントがピーナッツを噛むのをやめた。録音機の低いうなり音だけが残った。

クロフォードは歯をくいしばり、目に胸の内を代弁させた。ひとりよがりな大ばか野郎のニール・レスターに自己弁護をして、それを記録に残されるなど、まっぴらごめんだ。

ようやくニールは先を続けた。「結局、不適切な行動はなかったとされた」

「そのとおりだ」

「だが、その一件を機に、おまえはおもにコンピュータ中心の業務を担当するようになった。クレジットカードの不正使用とか、保険金詐欺とか、児童ポルノ組織といった」

クロフォードはいま話題に出た捜査を担当したくてプレンティスへの異動を希望し、周辺の郡の法執行機関と連携して捜査する任務を与えられた。しかし、ニールはまちがっていない。いまは現場の仕事があると、それをほかのレンジャーに任せて、自分はデスク仕事に留まることが多い。ただし、その現状についてなにかを述べるつもりはないが。

ニールが突っこんできた。「なにか言うことはないのか？」

「ある程度はおまえが言ってくれた」

ニールがぼそりとつぶやいた。「必要とあらば令状を取って、セラピストからセラピーの記録を取り寄せてもいいんだぞ」

これにはクロフォードも反応した。全身が熱を帯びた。「それは秘匿《ひとく》情報だ」

「わたしなら裁判所に申請できる」

「どんな判事だろうと、セラピストに記録の提出は強要できない。無関係だからだ」

「無関係なら、内容を話したらどうだ？」

「中身を見たことはない」

「どんな内容だか考えてみろ」

暗黒の日々を思いださせられ、過去の罪を公然ともちだされるのはつらいものだ。今日はこれで二度めになる。とりわけ相手がニール・レスターとあっては苦痛もひとしおだった。だが、さりげなさを装った。「たぶんセラピストは、おれがベスを亡くした怒りを抑制するすべを身につけたと書いてくれてる。アルコールの過剰摂取や、抑鬱状態なども克服した、と」

「尋ねる気もないがね」ニールがさらりと言った。「事件の捜査に密接な関係がなければ」

職権を乱用するニールに無性に腹が立った。「なにが密接な関係だ、ニール。おまえはおれに屈辱を与えたいだけだ。おれがおまえの妹をなでまわしたことをまだ根に持ってるのか？」

ニュージェントが鋭く息をのんだ。

ニールは無言ながら、にらみつけるその目には憎しみがこめられていた。

クロフォードはたちまち自分の発言を悔やんだ。ため息をつき、髪をかきあげた。「不当な悪態だった。おまえみたいな最低野郎は罵倒されて当然だが、おまえの妹はちがう」

驚いたことにニールはまぎれもない笑みを見せた。悪意に満ちてはいたけれど。「おまえにはなんの期待もしていない。そもそも、おまえはそちら側にいて、わたしはこちら側にいる。わたしはこの射殺事件の捜査を担当する立場にあり、そのわたしを納得させられるかどうかは、おまえにかかっている」

不愉快きわまりない口調だった。「なにを納得させればいいんだ？」

「裁判所の屋上でジョルジ・ロドリゲスに向きあったとき、おまえが健全かつ安定した精神状態にあったこと、そしておまえの行動がロドリゲス死亡の原因になっていないということをだ」

# 第四章

クロフォードが呼び鈴を鳴らそうとしたとき、玄関のドアが開いた。「ミセス・アンバーソン？」

「こんばんは、ハントさん。ジョーから電話で聞いてますよ。お待ちしてました。さあ、どうぞ」

「ありがとうございます。夜分遅くにすみません」

「とんでもないわ。わたしのことはスーザンと呼んでください」

ギルロイ家の隣人は〝祖母〟という言葉の持つイメージよりも若々しかった。ほっそりして魅力的なスーザン・アンバーソンは心のこもった笑顔を見せて脇によけ、明るい雰囲気の玄関にクロフォードを招き入れた。

「あんなことがあったんだもの、ジョージアに会いたくなって当然だわ」

「ああいう経験をすると……」

言葉に詰まった彼の代わりにスーザンが続けた。「愛する人に会いたくなる」わかってますよと笑顔が語っていた。「ニュースで観ました。悲惨ね。グレイスが立ち直れるといいのだけれど」

「まだ彼女には会ってないんです。あなたが立ち寄っていいと言ってくださったとジョーから聞いて、こちらに直行したので。おやすみになる時間にすみません」

「フランクはもう寝たけど、わたしは宵《よい》っ張りなの。かまわないわ」

フランクというのは夫だろう。彼女以外と世間話をせずにすんでほっとしたし、スーザン・アンバーソンの態度もありがたかった。彼女は今日のできごとを根掘り葉掘り尋ねることなく、平屋建ての家の中央の廊下を奥へ案内してくれた。

「丸一日ジョージアを預かっていただいて、助かりました。迷惑をおかけしてなければいいんですが」

「いいえ、ぜんぜん。かわいい娘さんね。お行儀もよかったわよ」

「それをうかがって安心しました。お孫さんのお名前は？」

「エイミー。ふたりともくたくたになるまで遊ばせました」

スーザンについて寝室に入った。ふたつのベッドのあいだにサイドテーブルが置かれ、その上のランプが部屋を照らしている。ジョージアの豊かな金色の巻き毛とかわいらしい寝顔が見えると、胸が締めつけられた。ほころんだ唇のあいだから、寝息をたてている。

「いびきをかいてるな」感極まって、声がかすれた。

クロフォードの気恥ずかしさを察して、スーザンが腕に軽く触れた。「どうぞごゆっくり」

スーザンが立ち去ると、クロフォードは娘が眠るベッドに近づいた。もう片方にも同じくらいの年恰好の少女が眠っているが、もはやジョージアしか目に入らない。ベッドの端にそっと腰をおろした。ベッドのお供、ぬいぐるみのミスター・バニーを腕に抱えている。ただジョージアの顔を見つめて過ごした。やがて髪に触れ、巻き毛を指ですいた。と、ジョージアが唇をすぼめ、手の甲で頬をこすって、目を開いた。

眠そうにまばたきしながらクロフォードの顔を見つめた。「パパ！」

「シーッ、友だちを起こしちゃうぞ」

ジョージアは起きあがり、クロフォードと抱きあった。「むかえにきてくれたの？　もう明日？」

「まだだよ。どうしてるか気になって、ちょっと立ち寄ったんだ」

「よかった」大あくびをするとジョージアはまたベッドに横たわり、あお向けになって頭を枕につけた。

「新しいお友だちと仲良くなったか？　エイミーだっけ？」

「うん。いい子よ。おちゃかいをして、ミス・スーザンのおぼうしでおしゃれをしたのよ。ビーズのアクセサリーもつけた」

「そうか。クッキーはうまく焼けたかい？」

「上におさとうをかけたのよ。あたしはピンクのやつ」またあくび。「いっしょに寝る？」

「このベッドでふたりは無理じゃないかな」

「パパ、大きすぎるもんね」

「おれか？　ジョージアとミスター・バニーでベッドがいっぱいだぞ」腹を軽くつついてやると、くすくす笑った。「また明日会おうな。さあ、眠って。その前にキスしてくれ」体を近づけると、ジョージアは両腕で首に抱きついて、頬にキスをした。

「おやすみ、パパ。大好き」

「おやすみ、ベイビー。大好きだよ」

ジョージアは横向きになって、目をつぶった。クロフォードは静かな寝息が聞こえてくるのを待って、足音をたてずにそっと寝室を出た。後ろ髪を引かれる思いだった。


それから五分後、クロフォードはギルロイ家のキッチンで義理の父と顔を合わせた。夜更けだというのに、ジョーは一糸乱れずきちんとしていた。F４戦闘機乗りとしてベトナムに三度、従軍した。戦争終結とともに除隊したが、空軍魂が完全に抜けることはなかった。

ジョーはカウンターの上のコーヒーメーカーを指さした。「よかったら飲んでくれ」

「いえ、やめておきます」

「どうせ眠れん。わたしはそう思って飲んだ」

ふたりはダイニングテーブルに向かいあわせに座っていた。「グレイスはベッドに？」クロフォードは尋ねた。

「ようやくな。こっそり薬をのませてやった。グレイスが耳の感染症にかかったときの痛み止めが残っていたんで、それを砕いてカモミールティーに入れたんだ」

「害はありませんからね」

「ことっと眠ったよ」

「それこそがグレイスに必要なものです」

「アンバーソン家には行ってきたか？」

「その帰り道です。ジョージアが一瞬起きて、キスをしてくれました。おやすみを言ったら、またすぐに眠ってしまった。父親が来たことを覚えているかどうかわかりませんが、ぼくは会えてほっとしました」

「フランクには会ったか？」

「スーザンだけです。すてきな女性ですね」

「夫婦そろって善人だよ」

会話はそこで行き詰まった。はじめてベスに父親を紹介されたときからずっとこの調子だった。天候や近況の話が終わったら、なにを話題にしたらいいかわからなくなる。ベスがいっしょのあいだは、クロフォードも舅と気楽でなごやかな関係を築こうと努力したし、ジョーの趣味である大工仕事に興味があるふりもした。しかし最後には、彼とは懇意になれないという現実を受け入れ、礼儀にかなったあたりさわりのない関係でいられればよしとした。

さらにジョージアがギルロイ家で養育されるようになってからは、ジョーを刺激するようなことはいっさい避けてきた。微妙なバランスを崩せば、ジョージアへの面会権を制限する理由をジョーに与えてしまう。

　だが両者のクッションとなってくれるグレイスがいないまま、キッチンという家庭的な場所にいると、自分に対するジョーの敵意をひしひしと感じる。

「警察関係者と話をしたのか？　どうせ親しいんだろう？」

　法の執行官である婿は特別扱いしてもらえると思っている。クロフォードはその思いこみを解きたかった。「ご承知のとおり、ニール・レスターが捜査の担当者です。彼と初対面のニュージェントという刑事に調書を取られました。すでに全容をあらかた把握していて、ぼくから見た細部を確認したかっただけでした」

「たとえば？」

「あなたの身のこなしが思いのほか、素早かったこととか」

「なんだと？」

「男が侵入してきて発砲してきたとき、あなたは驚くべきスピードで機敏に反応した」

「毎日、三キロ歩いているから、身軽なんだ」

「でしょうね。グレイスのためにもよかった」

「標的にされたのはわれわれではない」ジョーは椅子を引いて立ちあがり、コーヒーのお代わりを注《つ》いだ。席に戻ってテーブルにマグカップを置いたが、それきり手に取らなかった。

「上でなにがあった？」

〝上〟が裁判所の屋上を指すことは、すぐにぴんときた。「テレビは観てませんが、大ニュースなんでしょうね。さっきスーザンから聞きました。どう報道されてるんです？」

「おまえさんが説得して投降させようとしたが、犯人は包囲されているのに気づいて保安官助手に発砲し、ＳＷＡＴの狙撃手にしとめられた、と」

「おおむねあたってます」

「テレビ記者はおまえさんがテキサス・レンジャーだという点を強調している」

「実際はレンジャーのバッジをつけたコンピュータおたくですがね」

「テレビの連中はヒーロー扱いしているぞ」

「自分じゃそうは思えない」

「わたしもそうは思わない」

徐々に興奮をつのらせていたジョーは、怒りとともにその言葉を吐きだした。首をめぐらせて妻が寝室で寝ているのを確認するようにしばし耳をすませてから、クロフォードに顔を戻した。

だが舅を制してクロフォードは攻勢に出た。「ぼくがこのドアを入ったときからなにか言いたそうでしたね、ジョー。さっさとぶちまけたらどうです」

「おまえはジョン・ウェイン気取りだった」

「ぼくはあの建物にいた人たち全員の命を脅かしていたセミオートマティックの拳銃を持った男を追ったんです。それともあの場に突っ立って、犯人が出ていくのを眺めていればよかったと？」

「あのビルには昼夜を分かたず、日々警官やら保安官助手やらが詰めている」

「ですが、近くに居あわせたのはチェットひとりで、彼は死んでました」

「銃撃犯になんと言った？」

もう数時間も、犯人との接触についてニールの質問に答えてきたので、ここでまた舅から尋問されるのは、うんざりだった。だが、ジョーと険悪になるのは避けたい。短気を起こしてもいいことはない。

「いずれ詳しく話しますが、ジョー、いまはくたくたなんです。ジョージアに会えるように手配してくれて、ありがとうございました。グレイスのことも心配だった。ふたりともちゃんとベッドに入ってることがわかったんで、家に帰って寝ることにします」

椅子を引いて立ちあがると、ジョーも立ちあがった。「決着をつけるときが来たようだ」

クロフォードは問いただすように片方の眉を上げた。

「なんの話かわかっているな」ジョーが言った。

「ええ、わかります。ですがもう何年も胸のつかえを吐きだすチャンスがあったのに、よりによって今夜ですか？　このタイミングで？　あんまりです、ジョー、せめてあと一日、不満を胸にしまっておけませんか？」

「ああ。あとになって警告しなかったと責められるのは、わたしとしても不本意だ」

「なんの警告です？」

ジョーは勝ち誇ったように、両手を腰にあてがった。「今日、わたしの切り札をおまえが使ってくれた。おまえはわたしのために失点してくれたんだ」短く笑った。「わたしはどうしたらこの件でおまえを負かせられるかさんざん頭をひねってきた。まさかおまえに助けられるとはな」

「この件というのは、養育権をめぐる議論のことですか?」

「議論だと?」ジョーはせせら笑った。「あんなスタンドプレーをしておいて、議論もなにもあったものか」

「スタンドプレーなどしていません。ただやつを止めて――」

「いいか、おまえはやられた廷吏から銃弾の入った銃器を奪い、いかれた男のあとを追った。屋上へ行く途中で裁判所の職員たちに会ったな? なかのふたりがテレビのインタビューを受けて、白衣の男は見なかったが、おまえの姿に度肝を抜かれたと証言していた」

クロフォードはドアへ向かった。「朝になったら連絡するとグレイスに伝えてください」

「最後まで話を聞け」

クロフォードはふり向いた。

「ベスがうちに連れてきたあの瞬間から気にくわなかった」

「いまさら言われるまでもありませんよ」

「ひと目で嫌いになった」

「ひと目で? なぜです? 知りもしないのに、なぜ反感を? おれがあなたより若くて強いから? その瞬間から、ミスター・トップガンはベスの愛情をめぐって張りあうようになったわけですか？」

「おまえを見たとたん、部下にしたくない男だとわかった」

「それはちがう」クロフォードは反論した。「見たとたん、自分には従わせられない男だとわかったからでしょう。だからとっさに反感をいだいた」

「ベスはおまえを勇敢な熱血漢だと思った。わたしは無謀さを見て取った。わたしが正しかった。おまえの無謀さがベスを殺した」

酒の力を借りて自己分析にはまりこんでいたあの時期、クロフォードは同じ論法で自分を責めた。そのあとも、胸が切り裂かれるような罪の意識をセラピストに打ち明けてきた。けれど、それを舅の口から聞かされ、いままで面と向かって責めることのなかったジョーとグレイスがひとり娘を失ったのを婿である自分のせいだと思っていたという事実を突きつけられるのは、胸にこたえるものだった。

ジョーはクロフォードを指さした。「おまえの無鉄砲な行動が、わたしから娘を奪った。だがそれがわたしに孫娘の養育権を与えてくれる。こんどは永久の養育権を。とことん争ってやるぞ。今日のおまえの衝動的な愚行のおかげで、わたしの勝ちは決まった」

ホリーはただ座って順番を待っていただけなのに、クロフォード・ハントの事情聴取が終わるころには、すっかりくたびれていた。それから取調室にこもること一時間、正式な証言を求められたり、刑事の質問に詳しく答えたりした。質問の多くはクロフォード・ハントの行動にかかわるものだった。ようやく帰宅できたのは、午前二時ごろだった。ミセス・ブリッグズに約束したとおり、警官に頼んで家まで送ってもらった。実際、ふたりの警官がパトカーでついてきて、裏口のドアまで送り届け、なかに入るのを見守ってくれたのはありがたかった。

ホリーは人目につかない二エーカーの土地に立つゲストハウスに住んでいた。いまは亡きウォーターズ判事の友人がここの所有者だ。古風で趣のある別荘風の建物で、鬱蒼たる緑に囲まれている。母屋との境にある背の高いアザレアの茂みと密生した常緑樹の生垣が道路からの視線を適度にさえぎり、裏庭を完全に目隠ししてくれている。

ふだんはプライバシーが保てるこの家が好きなのに、警官があいさつして帰ってしまうと、今日にかぎっては、ご近所がいないことが恨めしかった。無防備な気がして、神経がひりひりする。裏口のドアの錠をしっかりかけ、仮面をかぶった白ずくめの男がひそんでいないのを確かめたくて、家じゅうのクローゼットや部屋のドアの後ろを見てまわった。もちろんなにかが見つかるはずもなく、臆病風に吹かれる自分をあざ笑うしかなかった。

あの男は死んだ。

だが、何度くり返しても、透明な仮面の下のゆがんだ顔が頭にこびりついて離れない。これが消えるには長い時間がかかりそうだ。

なおもびくつくうちに、ミセス・ブリッグズに電話をしたくなったが、やめておいた。電話をすれば、彼女はこちらに来ると言って聞かないだろうし、そうなれば、自分の不甲斐《ふがい》なさにうんざりしなければならない。

マリリンに連絡するという手もある。彼女ならこの時間でもたぶん起きている。だが、今夜は彼女とやりとりする気力がない。元気なときでも気圧《けお》される相手なのだから。

結局、誰にも電話しなかった。この恐怖は現実離れしている。それでも、シャワーを浴びるときはシャワールームのドアを開けたままにした――透明のガラスのドアだけれど。寝るために着替え、キッチンへ行き、食器棚にデニスが置いていった酒瓶を見つけた。バーボンのように強い酒を飲む習慣はないが、強い酒が必要なときがあるとしたらいまがそのときだった。

すべての窓とドアの戸締まりを確認してから、バーボンのグラスを持ってベッドへ行き、枕を背もたれにして、ほっとしながら酒を口にした。

ジョルジ・ロドリゲス。わずかな断片を求めて記憶を探った。あの派手な襲撃事件が、自分かウォーターズ判事がくだした裁定に対する恨みを晴らすためのものだったとわかれば、それだけで安心できる。自分とロドリゲスをつなぐもの、報復の理由になりそうなわずかなヒントでも見つかれば、いくらかは終結したと感じることができるだろう。

だが、いまのところ殺害未遂の動機はわかっておらず、それがよけいに不安をあおった。それに、たとえホリーがこの状況で安心感を得られたとしても、有権者はそうはいかない。今回の裁判所での悲劇の裏になにがあり、それがホリーと関係があるのかどうかを知りたがるだろう。

サンダーズがそこを突いてくるのは目に見えていた。事実をねじ曲げたり、情報を操作したりして、ホリーの評判を落としにかかる。おそらくは彼も今夜は眠るどころではなく、あからさまな非難や中傷で猛攻撃をしかけるべく準備に余念がないはずだ。事件の記憶が新しいうちに攻撃したいだろうから、早ければ明日にも開始するのではないか。

そんなことを考えながらバーボンを飲みほし、グラスをサイドテーブルに置いて、ランプのスイッチに手を伸ばした。そこでふとためらいが生じた。今夜だけ、明かりをつけたまま寝ようか？　いいえ、ばかみたい。そう思い直して、ひと思いに明かりを消した。

ところが消したとたん、依然として両手が震えていることに気づいた。バーボンで神経が休まるどころか、銃撃犯の記憶が強まって、より鮮明でより恐ろしさを増したようだった。

横になりつつも、目が冴えて体がこわばり、意識が鋭敏になっている。

だから裏庭から物音が聞こえると、あわてて起きあがった。恐怖で鼓動が速くなっていた。

# 第五章

カーテンが開き、窓に彼女の顔が現れた。彼女はとっさに電灯のスイッチに手を伸ばした。

「つけるな」彼は窓越しでも聞こえる程度の小声で言った。

「こんなところでなにをしているの？」

「ドアを開けてくれ」

「どうかしてるんじゃないの？」

「裁判所指定のセラピストはそうは考えてなかった。さあ、ドアを開けてくれ」

クロフォードは迷う彼女をじりじりしながら待った。やっとかんぬきが外され、ノブのボタンが押されて、ドアが開く。クロフォードはなかに入った。ドアを閉めて元どおりにカーテンを閉めて、ふり向くと、彼女が一歩さがった。

「そう警戒するな、判事」

「それはどうかしら、ミスター・ハント」

「身体的な危害を加えにきたんなら、ノックなんかするか？」

彼女の背後には開いたドアがあり、その先にリビングが見えた。さらに奥にある短い廊下は寝室に続いているのだろう。玄関ホールの幅木で終夜灯が灯っている。その薄明かりが、歩いても家具にぶつからずにすむ程度にキッチンを照らしていた。

「ひとりなのか？」

「午前四時よ」

クロフォードは彼女に視線を戻した。「ひとりなのか？」

しばらくためらったのち、彼女は小さくうなずいた。

「母屋には誰が住んでる？」

「夫を亡くした八十代のご婦人」

「ひとりでか？」

「猫三匹と」

「介護人とか看護師はいないのか？」

「ひとりで暮らすと言って聞かないの。でも近くに人がいれば、自分も家族も安心だからって。ウォーターズ判事のお友だちだったの。住む場所が必要なわたしのために、判事が話をまとめてくれたんだけど、どちらにとってもいい結果になったわ」

母屋の住人について、彼女が嘘をつく理由は見あたらなかった。南ギリシャ様式を再現した壮麗な屋敷に、三匹の猫とともに余生を送る上品で独立心旺盛な老婦人。作り話にしてはできすぎている。

クロフォードはいくぶん緊張を解き、さらに判事を観察した。法廷ではポニーテールにしていた髪がほどかれ、鎖骨にふわりとかかっている。じろじろ見られて意識したのか、彼女は髪を耳にかけた。「もう一度、訊きます。ここでなにをしているの？」

「寝てたのか？」

「ええ」

嘘だとわかったので、クロフォードは黙って彼女を見つめた。

しばらくすると、彼女がため息をついた。「眠ろうとしたんだけど、銃撃のことが頭から離れなくて」

「誰の酒だ？」

「え？」クロフォードの視線をたどり、カウンターに置かれたボトルを見た。「わたしのよ」

「嘘だな」

「ええ、そうね、友人が置いていったの――」

「友人ってどんな？」

「――彼が置いていってくれてよかった――」

「彼？」

「――今夜のわたしには必要だったから」彼女は背筋を伸ばして、辛辣《しんらつ》な雰囲気を醸しだした。「わたしにはあなたに説明する義務などないのよ、ミスター・ハント。でも、あなたには説明してもらうべきことがたくさんあるわ。たとえば、こんなところでなにをしているのかとか、どうしてわたしの住所を知っているのかとか」

「テキサス・レンジャーはだてじゃない」

「ふざけないで」

「ふざけちゃいないさ。州警察で八年働いて、ようやく志願できるんだぞ」

 腹を立てる判事をよそに、キッチンの観察にいそしんだ。カウンターにはごくありふれた小ぶりの家電製品、流しの上の窓辺にセントポーリアの鉢、そして小型のダイニングテーブルに、二脚きりの椅子。きちんとしてこぢんまりした空間だ。ごてごてしたところはまるでない。おおむねクロフォードが思い描いていたとおりだった。

「ここに住んでどのくらいになる？」

「この町に引っ越してきた日からよ」

「ダラスから、だったな？」クロフォードは片方の眉を上げた。「町娘、田舎へ来る、か？」

カチンときたらしい。「もう一度、訊くわよ。ここでなにをしているの？」

「つぎにそれを訊こうと思ってた。なぜここにいるんだ？」

「言ったでしょう。老婦人の――」

「訊きたいのは、なぜプレンティス郡なのかだ。なぜこんな湿地の端っこの地味な町に？」

「健康上の問題で裁判官の職を辞さなければならなくなったウォーターズ判事が、後任としてやってみないかとわたしに声をかけてくださったから」

「後釜を狙うやり手弁護士はあまたいた。そのなかで、なぜきみだった？」

答えに窮する彼女を見て、いまの質問が微妙な問題に触れているのだとわかった。いかにもしぶしぶといった調子で、彼女が答えた。「ウォーターズ判事はわたしのことを生まれたときから知っていたわ。父ととても親しかったの」

「へえ」

「〝へえ〟って、なにが言いたいの？」

「えこひいきとか？」

「グレッグ・サンダーズ陣営の手伝いでもしたら？」

「あのほら吹き弁護士のか？　よしてくれ」

「自慢するのが大好きな男よ。でも実績はぱっとしないし、主義主張もあやふや。だから中傷という手段に訴える。彼に言わせれば、わたしは若くて経験が足りないんですって」

「確かに、あいつのほうがきみより二十歳も上だ」

「その分、わたしより輝かしい実績があってしかるべきだと思うんだけど、実際はちがう」

クロフォードは彼女の実績をひとつずつ挙げた。「ロースクールを首席で卒業するや、ダラスにある富裕層向けの家族法専門弁護士事務所に採用され、たちまち共同経営者になった。アイスホッケー選手の離婚裁判を担当して名をあげ、和解金として妻に大金をせしめてやった」

「ちゃんと宿題をしてきたようね」

「なにも落としてないか？」

「七年生のとき風紀委員だったわ」

「それは見落としてたが、ま、そうだろうな。きみはいわゆるがんばり屋だ。それでもサンダーズをはじめとする連中は、きみが知事から指名を受けられたのを、ウォーターズ判事のお気に入りだったからと考えたがる」クロフォードの視線は、またしても彼女の顔をふわりと縁どる髪をさまよった。「推薦されて任命するんなら楽なもんだ」

ふたたび彼女が身をこわばらせた。「知事がご自身で判断されたことよ。いずれにせよ、あなたとそのことで議論してもしかたがないわね、ミスター・ハント。十一月には実績にもとづいてわたしが選出されるわ」

今夜、取調室の前の廊下で彼女に会ったとき、黒い法服を脱いだ姿をはじめて見た。ダークスーツと青いシャツという恰好だった。フリルなどついておらず、いかにもまじめな女性法律家が法服の下に着ていそうな男仕立ての服だった。

だが、お堅いスーツ姿ではあったけれど、法服を脱いだ彼女はびっくりするほど小柄だった。そして裸足のまま、色褪《あ》せたぶかぶかのTシャツにコットンのバスローブを無造作にはおっているいまの彼女は、なおいっそう小さく見えた。権威を象徴するものがなければ、恐れるべきところなど、どこにもない。

とはいえ、態度や口調は威厳たっぷりだが。「ここに来た理由をまだ聞かせてもらっていませんよ、ミスター・ハント」

クロフォードは、むきだしの膝につくかつかないかの丈のTシャツの裾から、しぶしぶ視線を引きはがした。「いくつか尋ねたいことがある。だが、電話は信用ならないし、通話記録も残る」

「記録の有無にかかわらず、わたしたちが個人的に口をきくことは、許されないわ」

「なぜだ？　ニールと厄介なことになるからか？　それともニュージェントが怖いか？　あんなに冷酷な刑事はふたりといない」

若手刑事に対する侮蔑を聞き流して、彼女は言った。「事件は捜査中なの。わたしたちが言葉を交わせば、うっかり今日のできごとに対する相手の証言に影響を与えかねないわ」

「もう調書は取られたんだろう？」

「ええ」

「おれもだ。すでにどちらも証言を終えて、事前にすり合わせはしなかった。いまなら事件について話しても問題にはならない」

「だとしても、あなたの養育権の件がある。わたしたちが個人的に話をするのは倫理的に許されないわ。わからない？　ここに来たことで、あなたの不利に――」

「今日、どちらに決めるつもりだった？　おれか？　おれの義理の両親か？」

彼女はしばらくクロフォードの目を見つめていたが、つと視線をさげて、襟元のボタンのあたりに漂わせた。「わからない」

「でたらめを言うな」

彼女がまなじりを決して、ふたたび目を合わせた。「でたらめではないわ、ミスター・ハント。今日、法廷で両者の言い分を念入りに検討してから、判断するつもりだったの」

クロフォードは右手を心臓に置いた。「正義の女神はあくまでも公明正大ってか?」

彼女はいらだちもあらわに、さらに毅然たる態度を取ろうとした。ただし、裸足ではそれにも限界がある。「そのとおり、わたしは公正よ。わたしがくだした決定によって、あなたの娘さん――」

「ジョージアという名前だ」

「ジョージアの幸せがそこなわれることがあってはならない。わたしのいちばんの関心事は娘さんであって、あなたでも祖父母でもない。あくまでジョージアなの。わたしの希望は、引きつづきあなたとギルロイ夫妻の友好関係が保たれ、双方がにっこりと審判の結果を受け入れられるようにすることよ。敵意が生ずるような結果になれば、ジョージアに悪影響を与えかねない。それは誰もが望まないことだし、とくに裁判所はその点に留意する。だから、両者の言い分を精査し、あらゆる角度から検討して、熟慮しなければならない。決定をくだすのはそのあとよ」

クロフォードはしばらく黙っていた。「ご大層なスピーチだな、判事。拍手喝采ものだ。選挙資金集めのパーティまで取っときゃよかったのに。だがおれには通じないぞ。とくに、熟慮するというくだりは。きみは今日、法廷に入る段階ですでにおれの申し立てをどう裁くか決めてたんじゃないのか?」

「いいえ」

クロフォードはいまいましげに鼻を鳴らした。

「あなたがそう思うなら、それでけっこう。好きなように信じるがいいわ」ドアを指さす。「でも、どこかよそでしてちょうだい。帰ってくださる？」

「さもないと？」

「警察を呼びます」

それを言ったら自分も警官だが、クロフォードはふんと笑った。「ありえない。外聞が悪いぞ。選挙運動にも悪影響が出る。今日、あんなことがあったのに、さらに芳しくない注目を集めるのか？」首を振った。「いやいや。対立候補のサンダーズを筆頭に、ハッチンズ知事も、そして一般の人も、あの銃撃の原因がきみにあるのかどうか憶測をめぐらせてる」

彼女はまるで下腹部に一発くらったように、腹の前で腕を組んで、脇の下に両手を差し入れた。「やめて」

彼女が自分に落ち度がなかったかどうかを考えて、ひどく思い悩んでいたことがわかる。だが、彼女の気持ちを斟酌《しんしゃく》している余裕はなかった。賭け金が高すぎる。銃撃事件の捜査が終わったとき、今日の自分の行動によってなんらかの疑念が残らないようにしておきたい。もし残れば、ジョージアを取り戻せる可能性を失う。

だから追及した。「ジョルジ・ロドリゲスはきみに不平をいだいてたのか？」

「わたしが知るかぎりはないわ」

「いいかげんにしろよ、判事。ここにはおれたちふたりしかいない」

「わたしが警察に嘘をついたと言いたいの？」

「誰だって警察には嘘をつく」

「わたしはつかない。今夜までジョルジ・ロドリゲスという名前すら聞いたことがなかった。どうやったら嘘がつけるの？」

「単純な話だ。きみはこの十一月、実績にもとづいて選出されることを願っている。もし、後ろ暗いことがあるなら——」

「さっさと——」

「——選挙期間が近づいてるから、それが表沙汰《おもてざた》になるのは避けたい」

「——出てって！」

「じゃあ、スキャンダラスな違法行為はないのか？」

「ないわ！」

ニュージェントが口を滑らせたおかげで、判事が被疑者の名前に聞き覚えがないと言っていたのは知っているが、クロフォードは彼女の正直さを自分の目で確かめたかった。もし嘘なら、かなりの役者だ。嘘をうかがわせる兆候はまったく見あたらなかった。さっきは威勢のいい啖呵《たんか》を切ったものの、彼女とはいえ、彼女は怒りに打ち震えている。

から出ていけと言われたら、従わざるをえない。

「いいだろう、きみはロドリゲスを知らなかった。だとしたら、なぜやつはあんなことをした？」

いくぶん気勢をそがれたらしく、彼女はもどかしげに首を振った。さっき耳にかけた髪が前に垂れる。彼女が深呼吸をすると、Tシャツの下の地形が変化して、クロフォードの目を奪った。

「それがさっぱり」彼女は小さな声で答えた。「わたしも知りたいわ」

クロフォードは気を取り直して、言った。「ニールとニュージェントによると、十数人から事情聴取したが、入廷前にロドリゲスを目撃した人物はいなかったそうだ。たとえ仮面がなくても、ペンキ屋みたいなつなぎを着てうろついていたら、目につくはずなんだが」

彼女は降参とばかりに両手を広げた。

クロフォードは続けた。「犯人は裁判所内の事情に通じた人物と考えるのが妥当だ。まず第一に、監視カメラが出入り口以外にないのを知っていた。そして拳銃を持ちこめることも」さらりとつけ加える。「いまならまちがいなく、防犯強化のための予算が承認される」

「こちらに引っ越してきて、入り口に金属探知機がないと知ったときは驚いたわ」

「いつもほかにまわされて、却下されてしまう」

「それがチェットの不運を招いた」

「そうだな」

「チェットが標的だったということはありうる?」

「まず考えられない。彼のことは子どものころから知ってるが、彼はこの郡で最初の黒人保安官助手だった。知ってたか?」

彼女は首を振った。

「そして、ほぼ一貫して廷吏だった」チェットを思い浮かべながら、ふと口にした。「おれにウィンクしてくれた」

「え？」

「いま思いだしたんだ。おれに宣誓させたあと、持ち場に戻りながらこっそりウィンクしてくれた」

彼女はほほ笑んだ。「チェットらしいわね。杓子定規なことを言えば、廷吏が片方に肩入れするような行為をしてはいけないんだけど」

「だな。でも、とてもありがたかった」しばらくふたりは押し黙った。クロフォードはつのる寂しさを押しのけた。「とにかく、この世にチェット・バーカーの敵がいるとは思えない。彼が障害物になってはいたんだろうが」

「わたしという標的の」彼女が小さくつぶやいた。「狙いはわたしだと思っているのね？」

陰鬱な表情が率直な答えを求めているが、クロフォードは答える代わりに沈黙し、そこから引きだした結論に彼女が動揺したのは明らかだった。彼女は顔をそむけて、つらそうに下唇を噛んだ。

「いいか。現時点ではすべてが憶測の域を出ない。あいつがどんなによこしまな理由できみを狙っていたにせよ、もはやきみが傷つけられることはない」

「だとしても知りたい。わたしが殺しの標的になるほどのなにをしたのか、あるいはしなかったのか。なにがあったら、あそこまで過激な報復にかりたてられるの？」

「きみには無関係かもしれない」

「わたしが標的だと思うと、さっき言ったじゃない」

「いや、言ってない。きみが言ったんだ。だが、ロドリゲスだかなんだか知らないが、きみとか、裁判所とか、特定の動機はないのかもしれない。小動物を殺すのが趣味のいかれた人間だった可能性だってある。いつしか動物に飽き足らなくなっただけで、裁判所はそれを披露する恰好のステージにされたのかもしれない」

「最後のひと芝居のための特別のステージとして」

「そうだ、最後のひと芝居のための特別なステージとして。そして願いどおり注目を浴びた。地元政治家もマスコミも一般市民も答えを求め、警察は納得のいく答えを提供せねばと駆けずりまわる。警察にはやつをああいう形で殺害したことの正当性を示すことが求められる」

「正当化できたの？」

「おれは警官だと名乗り、犯人に銃をおろせと命じた。あいつはそれを拒否したばかりか、制服の保安官助手に向かって二発、撃った。もしＳＷＡＴの狙撃手が阻止してなければ、さらに発砲してただろう。ああ、判事、今回のことはなるようにしてなった。たんに……」

　クロフォードは決定的な瞬間を思い返した。時間にしてみればほんの数秒ながら、あれはその後の成り行きを変える決定的なできごとだった。自分はその場に居あわせ、すべてを目撃した。それでもなお、なぜあの若者がほぼ確実に殺される状況にわが身を置いたのかがわからなかった。

当惑が顔に出ていたのだろう。判事から胸の内を語って聞かせろと言いたげな表情で見られ、そうと決める前にしゃべりだしていた。「あと何秒か、あの男を説得できていたらと思わずにいられないんだ。ひょっとしたら、銃を置かせることができたかもしれない。あるいは保安官助手を引きさがらせて、おれに任せてもらうとか。でなきゃ――」

「あなたが殺されていたかもしれない」

そのひと言でクロフォードは現実に引き戻され、目の前に判事がいることや、ここに来た本来の目的を思いだした。「確かに。殺されてたかもしれない。そもそもやつのあとを追ったことを後悔してる。だが、追ってしまった。おかげで、望んでもいないのに、事件のまっただなかに引きずりこまれた。しかも似たようなごたごたはこれがはじめてじゃない」ひと息ついて、強調する。「きみもよく知ってるだろうが」

彼女は目を伏せて、床を見た。「お気の毒に。不運としかいいようがないわ」

「ああ、もちろんきみの胸は張り裂けんばかりだろうとも」

内容と裏腹の口調で語られていることに気づき、彼女が顔を上げた。「どうして疑うの？」

「おれの今日の熱血ぶりが、きみに完璧な口実を与えたからだ」

「なにが言いたいのかしら」

「わかってるはずだ」彼女に一歩、近づいた。「おれの申し立てに対する決定をいまこの場でくださなければならないとしたら、きみはおれにジョージアの養育権を与えるか？」

彼女は口を開いたものの、言葉は出てこなかった。

「そういうことだ」クロフォードは冷笑した。「今日あんなことがあった以上、きみはなんの後ろめたさも感じずに、おれに養育権を与えず、立ち去ることができる」

　その決めつけが、彼女の怒りに火をつけた。「あんなことがあったからには」彼女は手を前後に動かして自分たちを示した。「わたしにはもうあなたの審判を担当できないわ。辞退して、ほかの判事にお願いしないと」

「ますます好都合じゃないか。すべてから手を引ける」クロフォードは、手の埃を払うしぐさをした。「こっちは新しい判事と、また一からやり直しだ。たぶん、こんどもセラピー行きを命じられて、まちがいなくまたくだらないたわごとを聞かされる。そしてジョージアと離れ離れの日々がさらに続く」

「わたしのせいにしないで」クロフォードに負けじと、声を張った。「そういう厄介なことはすべて、あなたがうちの勝手口に現れたとき、自分で招いたのよ」

　そのとおりだが、認めたくない。「そうか。降りるというんなら、どう裁定するつもりだったか、話してくれてもかまわないよな」

「さっきも言ったとおり——」

「わからないと」

「そうよ」

「よく言うな。おれの〝資料〟をめくって考えるふりをしながら、その実、どう言うかもう決めてたんだろう。え？　ちがうのか？」

「わたしがどう裁定したかわからないし、それを知るために乗りこんでくるなんて、よくもできたものね」

「舅に通告された」

それで彼女もはっとしたようだった。何度か浅い呼吸をくり返して、尋ねた。「通告?」

「さっきジョーから、養育権をとことん争うと言われた。敵同士だと宣言された。もはや──きみは〝友好関係〟と言ったか?──そんなものは存在しない。くだらん。ガチな闘いだ。正式に宣戦布告がなされた。向こうがその気なら、応じるまでだ。だが、教えてくれないか。おれは時間を──もちろん、弁護士費用も──無駄にすることになるのか? これは負けの決まった闘いなのか?」

「お舅さんは、神経が高ぶってらしたのよ」

「戦闘機乗りのジョーがか? まさか。彼が神経を高ぶらせるなどありえない」

「でも今日はそうだったのよ、ミスター・ハント。午後あんな経験をしたあとなら、なにを言われても割り引いて考えないと──」

「なんだ、気に入らないな」

「え?」

「おれに話しかけるその口ぶりさ。法服姿で裁判官席に座って、いまいましい小槌を手にしてるときと同じだ。きれいごとや法律用語は抜きにして、本音で話せ。一個人としてだ。ギルロイ側とおれと、どちらを勝たせるつもりだった?」

「そういう話はあとに――」

「いや、いまだ！　おれの勝ちだったのか、負けだったのか？」

「言えるはず――」

「言え！」

「わたしをいたぶらないで！」

彼女の叫び声が割れ、クロフォードははっとして黙りこんだ。

「自分だけ動揺したなんて思わないで」甲高い声のまま、彼女は叫んだ。「あなたの置かれた状況には同情しているわ。本当に。それに、やさしくて朗らかで善良な廷吏がわたしを守って亡くなったことが悲しい。その人があなたのことを子ども時代から知っていて、あなたにウィンクしていったことも。泣きつづけているあなたの義理のお母さんがかわいそう。そしてあの男がどうしてあんな行動に走ったのかがわからないのが悲しい。もしその動機がわたしに関係しているんなら、なおさらよ」

彼女はカウンターにもたれ、握った両手の甲で頬の涙をぬぐった。そしてこぶしを開き、手のひらを見おろした。「震えを止められないことも悲しい。今夜は明かりをつけたまま寝ようかと本気で思ったことも、自分でも知らなかった臆病さが頭をもたげたことも」

言葉に詰まり、何度か唾を飲みこんだ。あえぐように呼吸をくり返す。「でも、仮面をかぶった男はあまりに不気味で、チェットが死ぬのを見るのは恐ろしかった。それに――」両手で顔を覆って、泣きだした。

「くそっ」クロフォードは毒づいた。ジーンズの尻ポケットに両手を突っこみ、判事が激しく泣きじゃくるのを黙って見ていた。しばらくすると言った。「なあ。もうやめろよ」

「自分ではどうにもできないの」

「できるさ」

「できない。怖くてたまらなかった。わたしのことだけじゃなくて……」

「なあ、そろそろ泣きやんでくれよ」

「――みんなが――あの男がすごく――」

「恐ろしかったんだろ？　ああ、わかるよ。おれも怖かった」

「ううん、あなたは怖がってなかった」

「そんなわけないだろ」

彼女は両手に顔をうずめて泣きつづけた。

「いいから、もう考えるな」

うなずくものの、泣きやまない。

クロフォードはポケットから手を出して、ダイニングテーブルに置いてあったホルダーからペーパーナプキンを取った。「ほら。涙を拭いてくれよ」差しだしたナプキンを見ようとしないので、近づいてそっと腕に触れた。「これを使って」

彼女は手探りでナプキンを取って目にあてた。だが、涙は止まらなかった。むしろ、神経にさわるすすり泣きの声が大きくなったようだった。

なんという気まずさだろう。クロフォードはもぞもぞと体重を左右の足に移し替えた。

「もういいだろう。泣いたってどうにもならない。しゃんとしてくれ」

「そうしたいけど、できないの」

「危機は去った」クロフォードは一歩近づいて、彼女の肩にそっと両手を置いた。励ますように軽く叩く。「もうだいじょうぶだ」

「わかってる、でも――」

「きみの身に危険はない。みんなだいじょうぶだ。わかるだろ？　もう安全なんだ」

なぐさめの言葉が届いたのだろう。しばらくすると彼女の首の力が抜け、頭が前に倒れた。彼女は顔にナプキンを押しつけたまましゃくりあげると、それで涙をぬぐって洟《はな》をふき、そうして両手を顔から離した。「ごめんなさい」

「気にするな。落ち着いたか？」

うなずいた拍子に彼女の額がクロフォードの胸に触れ、それきりそこにとどまった。クロフォードはそのまましばらく肩に両手を置いていたが、やがて首筋に手をまわして、うなじをそっともみはじめた。彼女が両手をクロフォードの腰に添えて、体を預けてくる。深く吸いこんだ呼吸で、その全身がわななないた。

「シーッ」彼女を抱きしめて、指を髪に差し入れた。その手で後頭部を支え、もう一方の手を背後にまわして背筋をなでた。その手が腰のくぼみを越え、お尻の丸みにたどり着く。もはやそこから動かない。

どちらの息も止まっている。
微動だにしないまま延々と時間が過ぎる。と、彼女が顔を上げた。
クロフォードはうるんだ緑色の瞳を見おろした。まずいことになってしまった。

# 第六章

クロフォードはうめき声で携帯電話に出た。「はい？」

「ニール・レスターだ。話がある」

サイドテーブルの上の時計がどうにか見えるぐらいに薄目を開き、十時過ぎだと知って驚いた。「なんの話だ？」

「寝てたのか？」

「そんなことを訊くために電話してきたのか？」

「減らず口はたいがいにしておいたほうがいいぞ」

クロフォードはあお向けになり、腕で目を覆った。「ひどい夜だった。ふたりの男が銃で撃ち殺されるのを見たんだぞ。おれがおかしいのはそのせいだ」

昨日のできごとがいっきにのしかかってきた。積み重なった不穏な記憶のいちばん上に、ホリー・スペンサー判事との性行為というできごとが載っている。

親指と中指でまぶたの上から目を押さえてうめいた。やっちまった。

ニールが尋ねた。「どのくらいで起きて着替えられる？」

「事情による。なぜだ?」

「そっちに着いたら話す」

つぎの瞬間、クロフォードは切れた携帯電話を握りしめていた。悪態をつきながら体を起こして、足を床に置いた。膝に肘をついて両手で顔を覆い、判事殿と官能的な茶番劇を演じたことがただの夢であることを祈った。しかし、記憶は鮮明になるにつれて、音と実体を伴って形を取りはじめた。

彼女。自分。燃えあがる炎。放たれる情熱。

呼び鈴が鳴った。クロフォードは膝のあいだに両手を垂らした。「嘘だろ」また呼び鈴が鳴る。下着を身につけ、大股で玄関まで行ってドアを開け、顔をしかめた。

「そこの歩道の脇に車を停めて、電話をした」ニールは親指で肩の後ろの覆面パトカーを指さした。「入っていいか?」

クロフォードは背を向けて、廊下を引き返した。しかしドアは開けたままだ。ニールが言った。「どこへ行く?」

「小便だ」

クロフォードはふり向きもせず、招かれざる客を放置した。用を足して、顔に水をかける。それから朝早くに脱ぎ捨てた昨日のジーンズをベッド脇で拾いあげ、ボタンをかけながらリビングに戻った。

ニールは玄関のドアを閉めつつも、入ってすぐのところに突っ立っていた。よれよれのクロフォードとは対照的に、身だしなみの鑑《かがみ》だ。丁寧に分けられた髪、しわひとつない服、ぴかぴかに磨かれた靴。きれいに剃りあげられた顔が照明を照り返している。

クロフォードは声をかけた。「キッチンはこっちだ」

ニールが合流したときには、コーヒーメーカーのタンクに水を入れ終えて、フィルターにコーヒーの粉を入れていた。クロフォードはつっけんどんに尋ねた。「なんだ、ニール？」

「監察医から、解剖の前に死体を見分したいなら来いと言われた」

クロフォードは一瞬手を止めつつ、コーヒーの粉の最後のひとさじを入れ、フィルターの容器をセットして、スタートボタンを押した。おもむろにニールをふり向き、じっくりと眺めた。「ふーん」

「なんだ？」

「頭がぶっ壊れてるようには見えないな。だが、どう考えたっておかしい。昨夜、あれだけ時間をかけて念入りにおれを怒らせたのに、一夜明けたらのこのこやってきて、おれを相棒扱いか？　とっとと帰れ」

ニールはむっつりと唇を結び、ぼそぼそ言った。「おまえを引きこむのはわたしの考えじゃない。署長じきじきに依頼があった」

「レンジャーが必要なら、タイラーの事務所に連絡して、手すきのやつを探せよ。おれは数日間の休暇を願いでて、上司から好きなだけ休めと言われてる」

「知ってる。だが、署長は――」

「犯人は確保された。あとは身元の確認だけで、おれの助けを借りるまでもないだろ。おれはベッドに戻る。でなきゃ、たっぷり走るか泳ぐかする。足の爪も切るかもしれない。ただおまえといっしょに遺体安置所へ行き、死んだ犯人を見分することだけはしない」

「おまえならそう言うだろうと思った」

「予想が当たったな」

「断る前に聞いてもらいたい」

「もう断った」

「よくよく見たらおまえはロドリゲスを知っているかもしれないと、そう署長が言っておられる」

「屋上でにらみあいをするまでは、会ったことも、見たこともなかった。昨日知らなかったものが、今日になって知りあいになるか？　じゃあな」

「もう一度見ても害はないだろうと、そう署長が言っておられる」

「害もなければ、益にもならない」

「やってみなければわからないだろう。おまえにしても近くからロドリゲスを見たわけじゃない。間近に見たら、記憶が刺激されるかもしれない」

「ありえない。それに、ほかに野暮用もあるんでね」

そんなものはなかった。ジョージアと出かける約束はあるものの、午後遅い時間なので、それまでは空いている。だが、いくら暇でも、ニール・レスターが担当する捜査にかかわるのだけはごめんこうむる。所轄署がテキサス・レンジャーの助けを必要としているのなら、ほかの誰かに頼めばいい。クロフォードとしては、昨日の事件から――そしてもろもろのできごとから――早々に遠ざかりたいばかりだった。

とはいえ、例によって例のごとく、ニールは署長の使い走りという職務に真剣に取り組んでいた。キッチン中央に突っ立ち、苦い顔をしながらもその職務にこだわっている。クロフォードは背を向けて、キャビネットからマグカップを取りだした。「コーヒー、飲むか？」

そっけなくいらないと断ってから、ニールは言った。「ロドリゲスが本名かどうか、確認できていないんだ」

「そりゃ困ったな、ご苦労さま」

「指紋も登録されていなかった」

「じゃあ、前科はないわけだ」

「そうだ。だが、偽造のＩＤを持っていた。そのくせグリーンカードとか就労ビザのたぐいは財布に入っていなかった。現金は三十ドルもなく、クレジットカードもない。そう、携帯電話もなかった。このご時世に携帯電話を持っていないとは、聞いたこともない」

「携帯を持った状態で警察に捕まりたくないと思っていれば、べつだけどな」

「おまえはロドリゲスは英語があまり話せなかったんじゃないかと言った」

「ただの推測だ。流暢《りゅうちょう》にしゃべれるのに、おれの言ってることがわからないふりをしたのかもしれないし、びくついてるせいで、知ってるはずの英語が出てこなかったのかもしれない。あんな埒《らち》もない大立ち回りを演じたんだぞ。理性的かつ明晰な思考ができるとは思えない」

「なぜあれを埒もない大立ち回りだと思う？」

クロフォードは片方の眉を吊りあげた。「おまえは思わないのか？」

「もちろん思う。だが、おまえがそう思った理由を聞かせてもらいたい」

「そんな暇はないんだろ」

「やはり、しょせんはごろつきだな。こうなると思っていた。わたしはなにも好きでここにきたわけじゃないんだ」

「ああ、そうだろうとも、ニール。まるでふん詰まりで苦しんでるような顔をしてるぞ」

「だが、こうして任されてきたからには、署長に報告できるネタを提供してもらわねば」

成果を持たずに署長のもとに戻ろうとどうしようと、おれの知ったことじゃない。そう言いかけたら、コーヒーメーカーがごぼごぼいいだした。どうせ待つなら話してもいいじゃないか。そう思い直して、頭を悩ませていたことを話題にしてみる気になった。

「犯人は複数の目撃者を前にして人を撃ち殺した」

「そうだ」

「死刑に相当する重罪を犯しておいて、逃げようとした」

「そうだ」

「なぜ屋上へ逃げた？」

「あの建物の一階には警察署と保安官事務所が入っている」ふたつの法の執行機関がある別館は、奥で裁判所の一階とつながっていて、全体として大きなU字を形成している。

クロフォードは言った。「だとしても、上よりは下のほうがはるかにましだ。屋上へ行けば、ひとつしか逃げる方法がなくなる。それに、やつはタバコに火をつけてた」

「フィルターなしのキャメル」ニールは肩をすくめた。「ニコチンを欲してたんだろう」

「まあな。だが……わからない」ぼんやりと裸の胸をかきながら、流しの上の窓から外を見た。雨になりそうだ。ジョージアとの午後の計画を変更しなければならないかもしれない。

「ほかには？」ニールが探りを入れた。

「あいつは捕まるか殺されるかが確実だった。そのふたつの選択肢しかなかった」

「自殺」

「それも、実行すれば死ぬ」

「なにが言いたい？」ニールが尋ねた。

「どうしてあんな扮装をした？」クロフォードは思考を口にした。「逃げることがほぼ不可能で、手錠をはめられるか死体袋に入るかの運命なら、なぜわざわざ変装する？」

「怖がらせるためじゃないか？」

「ありうる」クロフォードはぼそりと言った。「だとしたら、効果はあった」

クロフォードの思いはスペンサー判事が崩壊したあの瞬間に引き戻された。彼女は法廷で味わった恐怖に対する反応を、数時間にわたってなんとか堰《せ》き止めていた。だが、しっかり抑制していたものが、彼女の言うところのクロフォードのいたぶりによって決壊した。感情が爆発し、あふれだして止まらなくなった。

クロフォードはそんな彼女をなだめようとしたが、ぎこちなさは否めなかった。なにせふたりはその時点までいっさい触れあっておらず、握手すら交わしていなかったのだから。それで遠慮がちに体に触れているつもりでいたら、気づけば相手にしがみつき、絡みあい、無我夢中で交わっていた。

「聞いているのか？」

クロフォードは咳払いをして、ニールに顔を戻した。「すまん、なんだ？」

「目を開けたまま寝てたのか？」

「いいや。おまえの言ったことをじっくり考えてた」

「どの部分を？」

訳知り顔で偉そうに質問をするところは、幼いころと変わらず、そんな彼をじっと見つめるクロフォードも当時と同じだった。「なあ、巡査部長、おれの会話のしかたが気に入らないんなら、遠慮せずにとっとと帰ってくれないか」

ニールも頑として引かない。「もう一度、くり返す。裁判所の入っている建物のどの役所にも――郡にも州にも国にも――ジョルジ・ロドリゲスが訪ねてくる予定はなかった。未払いの交通違反切符も、支払うべき税金もなかった」

「結婚届を出しにきたのかもしれないぞ」

そんな軽口にも、ニールは笑うどころか、まばたきひとつしなかった。

「除外する前によく考えろよ、ニール。結婚の手続き窓口になっている治安判事の事務所は五階にある。この世の中には、身を固めるのを避けたくて破れかぶれになる男もいる」

ニールをからかうのは悪くないが、あまり楽しめなかった。裁判官席のある壇に突進してきたロドリゲスの狙いを思いだしたのだ。「あいつの目的は殺すことだった」ニールを見て、断言した。「やつが何者で、なぜあんな愚かな自殺行為をしたのかわからないが、殺す気だったのは確かだ」

コーヒーメーカーが最後にもう一度、蒸気が噴きだす音をたてた。クロフォードは自分のマグにコーヒーを注ぐと、カウンターにもたれて、思案顔で飲みはじめた。事件についてはロを閉ざしたまま、さっさと失せろとニールに言ってやろう。そう思ったにもかかわらず、なぜか尋ねていた。「やつが入ってくる姿は監視カメラに映ってたか?」

「一時四十一分に正面玄関から入っていた。興味深いことに、手ぶらだった」

なるほど、それは興味深い。「スポーツバッグも、袋も、バックパックもなしか?」

ニールはうなずいた。「つまり、昨日のために、前もって変装を隠しておいたか、さもなければ服の下に着ていたかだ」

「ありえない」クロフォードは言った。「ペンキ屋の服を脱ぎ捨てて、元の服に着替える時間はなかった。もしそうなら屋上に出たときにはパンツ一枚だか、素っ裸だかになってたはずだ」

「くそっ、そうか」ニールは考えこんだ。「だったら、ポケットに帽子と手袋と靴カバーと仮面を隠し持って、入ってきたんだろう」

「かもしれない」言いつつも、クロフォードは納得していなかった。「ほかには？」

ニールは首を振った。「ドアを通ったあとは、混雑にまぎれて姿を消した。そのころちょうど、陪審員候補者たちが流れこんできた」

「ああ」クロフォードは答えた。「おれが廊下の隅で二時の開廷を待ってたら、突然、四階の廊下に人がひしめきだした」

「陪審員候補者たちは、スペンサー判事の法廷のふたつ先にあるメイソン判事の法廷へ向かっていたんだ。情状酌量の余地があるレイプ事件なんだが、双方の弁護士が、多数の陪審員候補を要求していた」

「五、六十人はいたな」クロフォードは記憶をたどった。「大半がエレベーターを使わずに中央ホールの階段を上ってきた」

「彼らにまぎれこめば、あのクローゼットに忍びこむのもわけなかったろう。屋上のカメラが、二時二十八分にドアから出てくるロドリゲスをとらえていた。もはやペンキ屋の恰好はしていなかったが、拳銃を持っていて、それを屋上の端の低い壁の上に置いた」

監視カメラのおかげで、事件がクロフォードの記憶どおり、証言どおりに推移したことが確かめられたが、ロドリゲスの目的までは明らかにならない。それどころか、ニールの説明が終わったときは、残された疑問に歯がみする思いだった。クロフォードは欠けた情報の穴を放置しておけない性分だった。

　だが、心のドアを閉じて好奇心を閉めだした。

「身元が特定されれば答えもわかる」クロフォードは言った。「それまでは推測ごっこをするしかない」マグカップを掲げる。「がんばれよ」

「署長の希望で――」

「断る」

「署長は、おまえの上司であるヒューストンの副隊長にも話を通した」

「副隊長に連絡して取り消させるよ。おまえだってそのほうが嬉しいだろ？　おれたちはパンクしたタイヤを仲良く交換するような間柄じゃない。昨日、おれの作戦を非難したのは、おまえだろ？」

「口が過ぎた」

　堅苦しい謝罪の言葉を鼻であしらった。「気にするな、ニール。べつに傷ついちゃいない。おまえにどう思われようと、痛くも痒《かゆ》くもない」

「だったら、こちらも取り繕うのはやめる。わたしはおまえという人間も、ダーティハリー気取りの態度も気にくわない。だが」ニールはひと息吸ってから続けた。「今回の件はわたしではなく、おまえを高く評価してる人たちの判断による」

　それを口にするのが彼にとってどんなに苦痛か、クロフォードにはわかる。思わず同情しかけたほどだ。だが、動じなかった。「評価してもらったことには感謝すると署長に伝えてくれ。だが、おれがいなくてもロドリゲスの身元は特定できる。ほかのレンジャーが必要なら――」

「そういう問題じゃない」

「だったらどういう問題だ？」

「屋上でやつのそばにいて、やっと言葉を交わしたのは、おまえだけだ」

「取り調べのときにすべて話した。あれが衝動的な反応だったことも、おまえがずばり指摘したとおり、ああいう軽はずみな行動がどんな結果を生むか考えずに行動したことも、あのとき認めたとおりだ。いまとなっては後悔してる」

その発言に、ニールがショックを受けているのがわかった。

「おまえが思ってるような理由じゃないぞ」クロフォードは続けた。「おれは正しい行動をした。その考えは変わらない。後悔してるのは、純粋に利己的な理由からだ」

「聞かせてくれるか？」

断る理由もなかった。「銃撃犯を追ったせいで、ジョージアを引き取れる可能性がほぼなくなった。つぎの審判のとき、舅はおれが無謀にも自分の身の安全をかえりみなかった点を強調するだろう。ダーティハリーに幼い少女を託す判事がどこにいる？」

しかもその男が、自分を押し倒しておいて、さっさと退散したとあらば、なおさらだ。

クロフォードはキッチンでの時間を思い返した。ひょっとすると、ホリー・スペンサーの反応を大きく読みちがえていたかもしれない。自分の胸に顔をつけていた彼女が、その顔を上げて、自分を見た。あのときのうるんだ瞳、開かれた唇。あれが欲望ではなく、嫌悪の表情だったとしたら？

　ひょっとすると、彼女が放っていたのは、〝わたしを抱いて、いますぐに〟という信号ではなく、あれは、〝その汚れた手を尻からどけないと、家じゅうに響き渡る悲鳴をあげるわよ〟という、警告の表情だったのではないか。

　だが彼女は悲鳴をあげなかった。

　クロフォードは自分が読み取った信号に従って行動した。抱き寄せて持ちあげても、彼女は抵抗しなかった。リビングのソファに横たわらせると、彼女は両腕を伸ばしてきた。クロフォードを押しのけるためではなく、一刻も早くベルトのバックルを外そうと、自分と競いあうためだった。

　あの瞬間がまぶしいばかりに思いだされる。だが、彼女が同じように記憶しているとは思えなかった。激しい涙の発作にかられていたのは、自分ではなく、彼女だった。抱いてなぐさめてもらう必要にかられていたのも、自分ではなく、彼女だった。あそこで手を引いても、こちらは支障がなかった。

　だが……いまさら悔やんでもしかたがない。

　いま可能な最善の策は、とにかく彼女から距離を取って、ロドリゲスに関する未解決の疑問は誰かに任せることだ。これ以上、深入りする必要はない。

　クロフォードは体を伝いだした汗を腹立たしげに拭き取った。あの小さなソファで彼女と絡みあったことを思いだしたせいだ。低い声でうなるように言った。「おれが署長に電話をかけて、話をつける。署長といえども、おれの利益に反することはわかってくれるだろう。ジョージアといっしょに暮らしたければ、この件にかかわらないのがいちばんなんだ。出口はわかるな」クロフォードは背を向けて、流しにコーヒーの粉を捨てた。

「断るということか?」

「ここだけの話、ふざけるなってことだ」

「バーカー夫人にもそう言っていいんだな?」

クロフォードはふり向いた。「誰だって?」

「チェットの奥さんだ」ニールはスポーツジャケットの胸ポケットから封筒を取りだした。「今朝、奥さんの親戚が署に届けにきた。おまえ宛だが、署長気付だったんで、それをいいことに署長が中身に目を通した。そのうえでおまえに渡すよう申しつかった」

ニールが封筒を突きだし、クロフォードは実際に後ずさりをした。ニールはダイニングテーブルに手紙を置いた。「チェットがおまえを高く買っていたことがおもに書いてある。おまえがあそこまで非難されるのは不当だったと……ほれ、あの件で」ニールが苦虫を嚙みつぶしたような顔になった。

「彼女はチェットがおまえを高く評価していたと、何段落にもわたってくり返している。能力の高さとか、勇気とか、なんとかかんとか。わかるな? そのうえで、法廷での銃撃の真相を探り、夫の死について納得のいく説明をしてくれることをおまえに求めている。あと数カ月で退職のはずだった夫の死について」

クロフォードは水色の封筒を見おろした。端正な手書きの文字でクロフォードの名前が記されている。目をつぶって、罪深い言葉をひとしきりつぶやいた。

ニールが言った。「おまえが着替えてるあいだに、コーヒーをいただくとするか」

# 第七章

遺体安置所は郡立病院の地下にある。監察医のドクター・フォレスト・アンダーソンは犯罪学とフランス料理を趣味とする五十代の独身男だった。一方が手すきなときは、もう一方にどっぷりと浸かる。そのせいで縦と同じくらい横幅がある。

肥満しているだけでなく、高血圧のうえに糖尿病の医師は、こんな申し分のない教材になる体を持っているのに、その解剖に立ち会えないとは残念至極、とよく冗談を飛ばしている。

監察医は検視台へと近づいた。死体には覆いがかけられている。「背中から一発撃たれて、心臓を突き抜けた。本人はなにも感じなかっただろう」

病院でふたりを待っていたマット・ニュージェントとともに、ニールとクロフォードは検視台を前にして並んだ。監察医は向かいの、死体の左側に移動し、覆いをへそまではいだ。

クロフォードは職業柄、数え切れないほどの死体を見てきたが、そのたびに死の静けさにたじろいできた。死ほど人を均一化するものはない。暴力沙汰で死のうと、眠りのうちに安らかに死のうと、死が訪れたあとの肉体は冷たく色褪せ、いっさいの動きを失う。

気力を奮い起こすのに、何秒かかかった。クロフォードは死んだ男の顔を見た。

「これも致命傷になった」ドクター・アンダーソンが続けた。「うなじから入り、脊柱を傷つけて、ここから抜けた」喉仏があったあたりを指さす。

耳鳴りがした。血が沸きたっているように感じる。クロフォードは穏やかな鼻呼吸を心がけた。

「三発めは右脇腹の背中側から入り、腹部を通って左に抜けた。開けてみんことには損傷の程度はわからないが、広範囲におよんでいるはずだ。警官仲間を救うとなると、SWATは半端な仕事をしない」

隣のニールは、プロらしく抑制された態度を保っている。しきりに唾を飲みこんでいるマット・ニュージェントのことは、みな見ないふりをしていた。

アンダーソンが言った。「頭や顔に被弾してなくてよかったな。へたをすれば、見分けがつかなくなってた」監察医は三人を見た。「身元を確認できる人は出てきてないのか？」

ニールが代表して答えた。「いまのところはまだ」

「解剖をしたら、死亡前の数時間の行動が、多少はわかるかもしれない」監察医は、巨体に比べると滑稽なほど小さい左右の足に体重を移し替えては、体を揺らしている。「胃の内容物とか、体内のドラッグやアルコールとか。いまのところ注射痕は見つからないが、常習者は隠すのがうまい。徹底的に調べる必要がある」

「お願いします」ニールは一歩さがり、クロフォードを検視台の頭のほうに手招きした。進みでたクロフォードは腰をかがめ、間近にジョルジ・ロドリゲスの顔を注視した。だがその必要もなかった。ひと目で、結果は出ていた。

体を起こして、検視台を離れた。「知らないやつだ」

若手の刑事が、そのときだけは唾を飲みこむのをやめて尋ねた。「まちがいないですか？」

「まちがいない。この男を見たのは昨日がはじめてだ」後ずさりをした。「外にいる」


クロフォードがニールの車へと歩いていると、数分遅れで刑事ふたりが病院から出てきた。ニールは、クロフォードを家まで送るので署で待っていろと若い刑事に指示した。

ふたりとも押し黙ったまま車が数ブロック進んだ。ついにニールが口を開いた。「試してみる価値はあった」

クロフォードは助手席の窓から外を見ていた。さっき風があたるようにエアコンの吹き出し口を調整し、実際、冷風があたっているのに、それでも物足りなかった。体の内外がほてって、ぴりぴりする。「部屋を出るとき、監察医が何時に戻るかと訊いてたな」

「スペンサー判事にも確認を頼んだ」

クロフォードはニールを見た。「そんな必要があるのか？」

ニールは肩をすくめた。「ロドリゲスという名前には聞き覚えがなくとも、顔を見ればわかるかもしれない。試してみる価値はある」

「繰り言になってるぞ」

ニールが不満げな口調になった。「おまえがあそこへ行きたくなかったのと同じように、こっちだっておまえとはいっしょにいたくないんだ」

「ところが、おまえは署長の命令に従うしかない」

「町のお偉方が署長をついていてな。早くもヒスパニック系のコミュニティから警察署に通告が来ている。人種差別だとして、本格的な抗議活動を準備しているそうだ。ＳＷＡＴメンバーのうちふたりはヒスパニックなんだが。そこへきて、チェット・バーカー夫人からの嘆願だ」

「おれがおまえにつきあったのは、唯一、それが理由さ」

「バーカー夫人は答えを求めている。関係者全員がだ。おまえが近くからロドリゲスを見て、〝ああ、こいつか。なるほど、そういうことか。こいつがあんなことをした理由がおれにはわかる〟と言ってくれるのをみんなが期待していた。だが、そうはいかなかった。だから、もうおまえには用がない。おまえはバーカー夫人の願いを聞き入れた。それ以上の責任はない」ニールは信号で停まり、クロフォードを見た。「それなのに、なにを悩んでる？」

　クロフォードは小声で答えた。「なにも」

　ニールはなおも探るような目つきだった。だが信号が青になると、もはや話すことなく車を走らせ、クロフォードの家の前で停まった。クロフォードはドアを開けた。早く降りたかった。「がんばれよ」ドアを閉め、車の屋根を二度叩きながら、ニールがこの件が決着したとみなして、なにも質問せずに走り去ることを願った。

　いま圧力をかけられたら、破裂してしまいそうだ。

ホリーはふだんよりも遅く執務室に出勤した。バーカー家に立ち寄り、夫を亡くしたばかりの夫人にお悔やみのカードを手渡してきたのだ。悲しみにくれる家族のじゃまをしたくなかったので、玄関に出てきた人にカードを渡してすぐに立ち去るつもりだった。だが、チェットの娘が出てきて、家のなかに招かれた。「あなたならママが会いたがります、スペンサー判事」

それから一時間、チェットの家族と彼の思い出を語りあった。悲劇にみまわれたというのに、家族一同が自分の身を案じてくれていることにホリーは心を打たれた。

出勤してみると、レスター巡査部長から派遣されたふたりの警官が簡易テーブルに陣取り、ジョルジ・ロドリゲスに関連するものがないかどうか、ホリーの裁判記録や事件のファイルをひっくり返していた。

「いまのところなにもありませんよ」ミセス・ブリッグズが言った。「警察が来る前に、わたしもロドリゲスの名前を探して、目を通してみたんです」

「ウォーターズ判事は引退される前に全記録をメモリー・スティックに保存されたわ」ホリーは秘書に言った。「警察にはそれも確認するように伝えて」

「もうお渡ししました。ダラスの事務所にも連絡をして、早く警察に情報を与えるように頼んでおきました。みなさん、心配してくださって。正直に言えば、わたしもです。こんなことを言って申し訳ありませんけれど、とてもお疲れのご様子です」

「ただいま、ミセス・バーカーに会ってきたわ」ホリーの目は泣いたせいで赤く腫れているはずだった。

「お帰りになられたらいかがですか？　なにもこんな日に出勤しなくたって」

「ここで忙しくしているほうが、家で昨日のことをぼんやり考えてるよりましよ。だいじょうぶ、心配しないで」

ホリーよりも年上の秘書は疑わしげに眉をひそめつつも、反論はしなかった。「マスコミからじゃんじゃん電話が入ってますが、ご指示どおり、レスター巡査部長にまわしてあります」

「なにからなにまで、ありがとう」

「それから、ミズ・ビダルからも三回」

「わたしの携帯にもメッセージが入っていたわ。いまから電話します」

ホリーは執務室に入って、ドアを閉めた。デスクの席につくと、勢いづけにボトルに直接口をつけて水を飲んでから、携帯でマリリン・ビダルに電話をかけた。

マリリンは最初の呼び出し音が終わるとすぐ、喫煙者特有のがらがら声で電話に出た。

「どうしてかけ直してくれなかったの？」

「いま、かけてるじゃない」

「今朝、ダラスの地元テレビ局のニュースで事件のことを報じてたわよ。ものすごく詳しく。昨日の夜の電話だと、ずいぶん控えめに聞こえたけど。なんなのよ、ホリー、あなた、頭の壊れた男に殺されかけてたんじゃないの」

「心配させたくなかったの。実際、命が助かって本当に運がよかったと思ってる。あの恐ろしさは筆舌に尽くしがたいわ。目の前で廷吏が殺されて……恐ろしかった」

「たいへんだったわねえ。話したかったら聞くわよ」

　話したくなかった。だが、選挙運動を取りしきってくれているマリリンには、いまの精神状態を伝えておいたほうがいい。法廷に入ってきた銃撃犯の外見をはじめとして、いまにいたるまでの一部始終をマリリンに話した。

　クロフォード・ハントが自宅に来たことは当然ながら省いた。その件については自分の心のなかでも触れないようにしている。考えることすら御法度《ごはっと》だった。

「ひょっとしたら、傍聴席で裁判を見学したことはあるかもしれないけど、わたしが扱った事件にジョルジ・ロドリゲスが直接かかわっていたことはないわ。少なくとも、その名前では見つからなかった」

　歯に衣着せないのがマリリンの身上だった。「いいとも悪いとも言えるわね」

言わんとすることはよくわかる。「犯人とわたしのあいだに直接のつながりは確認されなかった。だから、わたしに非難が向くことはない」

「それがよい面」マリリンが言った。「じゃあ、悪い面は？　そのおかしなやからの動機が不明なだけに、根も葉もない憶測が飛び交う余地があること」マリリンが考えている証拠に、しばらく言葉が途切れた。「そのあたりをどう伝えるか、声明の出し方を少し考えてみないとね。ところで、あなたはだいじょうぶなの？」

「だいじょうぶよ」

「あたしをだまそうなんて百年早いわよ、ホリー」

「いくらか震えが残ってる」ホリーは認めた。「数日は残るかもしれないと言われたわ。それによく眠れなかった」訪問者が立ち去ってからは、一睡もできなかった。激しい屈辱感にくるまれて、興奮にほてった体をソファに横たえていた。

「誰か泊まってくれる人はいないの？」

マリリンの問いかけで現実に引き戻され、いいえ、と小声で答えた。

「デニスに連絡する気はない？」

「ないわ」

「もしかしたら――」

「その気はないの、マリリン」

「そのほうがいいかな。弱さの表れと思われたら困るし」

ホリー自身も前夜、同じ結論に達した。タバコをもみ消しているマリリンの姿が目に浮かぶ。ホリーに同情しつつも、決して現実をおろそかにしない。

「最善の策を考えてみる」

「わたしたちがどうこうできることではないわ、マリリン。なにかをするのは警察よ」

「警察には警察の、あたしたちにはあたしたちのすべきことがある。マスコミがコメントを求めてきてるんじゃないの？」

ホリーは、ミセス・ブリッグズから聞いたことを伝えた。「でも昨日、警察署を出るときに担当刑事から釘を刺されたの。犯人の身元が判明して、近親者と連絡が取れるまでは、事件についておおやけに話すなって。わたしの知るかぎり、いまのところ判明していないわ」

「それも、よくもあり、悪くもありね。あなたは逃げも隠れもせず、勇敢に現実に立ち向かっている姿を見せる必要がある。でも、まだ震えが残っているうちはそんな姿をさらすわけにいかない」

「そんなにひどい震えじゃないのよ、マリリン。あそこまでショッキングなできごとになると、数時間では忘れられないというだけ。少なくとも、わたしには無理だわ」

「そりゃそうね。わかってる。今日は休んで。しっかりするのよ。また連絡する」

それを最後に電話が切れた。ホリーが受話器を置くが早いか、ミセス・ブリッグズが、赤いバラを生けた大きな花瓶を持って入ってきた。「これが届きました」

ホリーは花に添えられていた小さな封筒を開いた。「グレッグ・サンダーズ」淡々とした口調で述べた。「お見舞いですって。健闘を祈る、とも書いてあるわ」

ミセス・ブリッグズは軽蔑を込めて鼻を鳴らした。「今朝の新聞をご覧になりました？」

「裁判所の警備態勢の見直しを主張しながら、このときとばかりに、個人的に郡政委員に財政支援を訴えかけていた、あれでしょう？　ええ、読んだわ」

「別の部分は？」秘書は声をひそめた。

ホリーはデスクの椅子を離れて、窓に近づいた。「昨日の悲劇は、わたしの隠された過去の行状によって引き起こされたものなのだろうか？」

「真っ向から疑問を投げかけてたわけじゃありませんが、要はそういうことです」

「彼もあからさまに誹謗するほどばかじゃないわ。でも世間の人の心にはその疑問が植えつけられた」

「あなたの心にも、ではないですか？」

ホリーはなおも見るともなく窓の外を眺めていた。「はっきりとしたことがわかるまで、自分に責任があるかもしれないと悩みつづけるでしょうね。そしてわたしのせいだとわかったら、死ぬまでその事実に苦しめられる」

「ご本人がどう言われようと、あなたはだいじょうぶではありませんよ。お願いですから、帰ってください。ベッドに潜《もぐ》って――」ホリーのデスクの電話が鳴って、秘書の発言をさえぎった。秘書は二度めの呼び出し音で電話に出た。「スペンサー判事の執務室です。はい、いらっしゃいます」彼女はホリーに受話器を差しだした。「レスター巡査部長です」

ホリーはデスクに戻り、受話器をつかんだ。ミセス・ブリッグズが部屋を出て、ドアを閉める。ホリーは言った。「もしもし、レスター巡査部長」

「きみに電話に出てもらうために、彼女にはそう名乗った」

胃がずっしりと重くなる。とっさに目をつぶった。それでも、ソファの横ですばやくズボンの前のボタンを留めながら、自分を見おろしている彼の姿は消せなかった。彼はさっさと歩きだした。シャツの裾をたくし入れたり、ベルトのバックルを留めたりする時間すら惜しんで。ふたりとも口を閉ざしたままだった。

「切るわ」

「いや、切らないでくれ」

「二度とこんなまねをしないで」

「聞いてくれ」

「話すことなどありません」

「わかってないな、判事。話すことはたくさんある」

「さよなら」

「話さなければならないことがある」

「いいえ、わたしたちのあいだにそんなものはないわ。二度と電話してこないで」

相手になにかを言う暇《いとま》を与えず、電話を切った。冷たく湿った手で受話器を戻すと、デスクの上で腕を組み、そこに頭を乗せて、深呼吸をした。けれど、呼吸を整えることも、記憶を遮断することも、できなかった。クロフォード・ハントとふたり、互いの服を脱がし、窮屈な狭いソファでスペースを求めて手足を動かした。もどかしげな自分のうめき声。いらだたしげな彼ののしり声。けれど彼のものが深々と入ってきたとき、ふたりの口からもれたのは、それまでとはまったく別の声だった。

しっかりと一度ノックして、ミセス・ブリッグズがドアを開けた。ホリーはあわてて姿勢を正した。戸口の秘書が、とまどい混じりの、気遣わしげな表情でこちらを見ている。だが、語らずとも、ホリーの顔に、詮索しないで、質問厳禁、と書いてあったのだろう。

ミセス・ブリッグズは咳払いをした。「おじゃまして申し訳ありませんが、スペンサー判事、遺体安置所に行く三十分前になったらお知らせするようにということでしたので」

# 第八章

クロフォードは空のペンキ缶を蹴散らしながら、雑草に覆われた小道を進んだ。缶に入っていたペンキはどうなったのか。家に塗られていないのは確かだ。最後に来たときよりも、さらにみすぼらしくなっている。

ポーチに上がると、腐りかけの厚板が体重でしなった。網戸を透かして、入ってこいと手招きしているコンラッドが見える。

「網戸をしっかり閉めろよ。蝿が入ると往生する」

クロフォードはなかに入った。「蝿にやられるにはご立派すぎる家だがな」

年配のコンラッドが首をかしげた。「なんだ、皮肉のつもりか？」

「なんにでもよく気がつくんだな」クロフォードはコンラッドの背後を指さした。「なぜ、ドアを開けてる？　エアコンが壊れたのか？」

がたつく扇風機が散らかったリビングルームの重たい空気をかきまわしている。リクライニングチェアに座ったコンラッドは、薄汚れた白いブリーフに、黄ばんだランニングシャツ一枚という恰好。靴も靴下もはいていない。

「昨日、コンプレッサーがおかしな音をたてはじめた。それで、電源を切った」

「修理は呼んだのか？」

「来られるのは早くて木曜らしい」

「息が詰まりそうだ」

「誰もおまえを招待しちゃいないし、ここにいろと頼んでもおらんぞ」コンラッドはリモコンをテレビに向け、ボリュームを上げた。

クロフォードはリモコンを取りあげて、電源を切った。

「なんだ、せっかく観てるのに」

「あれを観るの、何回めだよ？」

コンラッドは第二次世界大戦の映画を偏愛している。とくに、いかつい顎の兵士がラッキーストライクを吸いながら、ドイツ兵や日本兵を敵扱いする白黒映画には目がない。

クロフォードはコーヒーテーブル代わりの重ねた古いスーツケースの上にリモコンを放った。「結末は絶対に変わらない。つねにアメリカが勝つ」

「言っちまったな。せっかくの映画が台無しじゃないか」

クロフォードはダイニングテーブルから椅子を引きだして、リクライニングチェアの近くに移動しながら、こっそりあたりをうかがった。空の酒瓶もないし、飲酒している気配もない。だが、コンラッドがなんにでもよく気がつくというのは、あながち誇張ではなかった。

「六十二日めだぞ。いまも更新中だ」コンラッドが胸を張った。「疑ってるといかんから、念のためにな」

「疑ってない」

クロフォードは腰をおろし、椅子を後ろに傾けて、二本の脚で立たせた。両手を組んで頭の上に乗せる。「あんたはこれまでに数えきれないくらい馬車に乗っては、転げ落ちてきた。疑ってるように見えたとしても、当然だろ」

「今回は飲まない」

クロフォードは小ばかにしたように鼻を鳴らした。「イエスさまを見つけたか？」

「皮肉を言い、人を疑い、神を冒瀆《ぼうとく》する。絶好調だな」

「コンラッド、あんたはしらふでの生き方を知らない」

「いまはしらふだし、まずまずうまくやってる」

「だがあんたの場合は酒を飲んでる状態がふつうなんだ。何年へべれけで過ごした？」

コンラッドが顔をしかめた。六十八歳にしてはしわが多い。「さて、どうだったかな。今年は何年だ？」

クロフォードはあきれたように目をまわした。

「ただの冗談だ」

「おもしろすぎる」

「いまも、有給の職に就いてる」

「まだ製材所に行ってるのか？」

「掃除係だ。暑いし、埃っぽいが、賃金がもらえる」

「だったらなんで今日は行ってない？」

「休日さ」ひと息ついて、クロフォードをじろじろ見た。「おまえのほうはずいぶん忙しかったようだな」

「昨日の銃撃のことを聞いたんだな？」

「聞かずにいられるか」テレビを指さした。「ニュースはその話で持ちきりだ。映画を観る合間にあらかたの情報は仕入れた」彼は痛ましげな声を出した。「チェットのことが残念でならん。チェットのことはあいつが保安官助手になりたてのころから知ってた。廷吏に決まったときは、葉巻をひと箱プレゼントしたんだぞ。裁判所に出勤するたび、ほぼ毎回、顔を合わせた」

「話したことあったかな？　友だちと連れだって映画館の出口からこっそり入ろうとしたら、チェットに見つかっちまってさ」

「いや。それでどうなった？」

「チェットはほかの子を帰して、おれだけ残した。そりゃあ長いあいだ、突っ立っておれを見てた。で、こう言ったんだ。『その道を行くと、いずれ厄介なことになる。誰のせいでもない、おまえ自身のせいで』」

「おまえを立ち直らせようとしたってことか？」

「施設送りになるより、ずっとこたえた。チェットにもそれがわかってたんだろう」

「いい男だった」

「ああ。昨日、チェットが撃たれなければ、おれはここには来てない」

「ほう」コンラッドは息苦しげに言った。「生き残った者の罪悪感か。で、重い腰を上げてここに来たと？　チェットは寿命だった、それだけのことだから、くよくよするのはやめろとでも言ってもらいたいか？」

椅子の前脚をがたんと床に戻して、クロフォードは立ちあがった。開いた窓辺に近づいて風にあたるふりをした。実は腹を割って語らなければならないことがあるのに、コンラッドの顔を見ているとそれがむずかしい。大量のウィスキーを注ぎこんできたせいで充血したままになっているとはいえ、彼の目は相手の心のうちを的確にとらえる鋭い窓なのだ。

往年のコンラッドは州検事として人々の畏敬の対象だった。前途洋々だったが、あるとき妻が愛人とカリフォルニアへ駆け落ちした。妻に捨てられた苦しみを鈍らせるため、コンラッドは酒に頼った。だが、いくら飲んでも心の痛みをやわらげることはできなかった。

悲しみをかこつことが彼の仕事となるのに、たいして時間はかからなかった。フルタイムで悲しみに浸り、ほかはすべて二の次になった。他人事《ひとごと》のように、自分の人生が破綻するにまかせた。自分のキャリアと未来を棒に振り、町の酔っぱらいとなり、人々の冷笑を浴びた。

この老いたアルコール依存症者は、自分に対していっさいの幻想をいだいていない。痛々しいまでの率直さと自己卑下とで、みずからのあやまちを認めている。だからこそ、他人のあやまちや判断のあやまりに対しても、ずけずけと遠慮がない。情けもかけないし、大目にも見ない。クロフォードは人生をどぶに捨てた父を軽蔑する一方で、窮地に立たされて率直な意見を聞きたいときは、この荒れ果てた家に来るべしと心得ていた。

「で？」コンラッドがうながした。「上陸作戦のまっただ中だったんだぞ。そんな見せ場をじゃましておいて、おまえは窓から外をぼんやり眺めるだけか？　なにがあった？　なぜのろまな新兵みたいな顔をしてる？」

「昨日のあの行動のせいで、おれはなにもかもを台無しにしたかもしれない」

「銃撃犯を追ったことか？」

「ああ」

「どういうことだ？」

「まずは、義理の両親とのことだ」クロフォードはジョー・ギルロイとやりあったことを話した。「昨夜遅くに、グレイスのことが心配でギルロイ家を訪ねた。ジョーが礼儀正しかったのはせいぜい二分で、すぐに攻撃をしかけてきた。むかしからおれの大ファンってわけじゃないからな。おれはそんなやつに、おれの短気さを裏づける証拠を与えてしまった」

「そりゃまた大失態を犯したもんだ」

皮肉られて、さっとふり返った。「なんでこんなとこまで来て、話そうと思ったんだ——」

「わたしがおまえを甘やかさず、ありのままの率直な意見を述べるからだろう」

「だったらぐだぐだ言ってないで、さっさと意見を言えよ」

「いいとも。ジョー・ギルロイという男のたちを考えると、わたしなら、いくらやつがかっとしても侮蔑するようなまねはしない。ああいう独断的な頑固者は大嫌いだ。だが、この件については、言っちゃなんだが、向こうが正しい。銃撃犯を追えば、殺されることになったかもしれず、そうなればおまえの娘はふた親とも失う」

「それはおれも考えた」クロフォードは認めた。「でもすべて終わったあとだった」

「そのときの判断で、とっさに行動したんだろう」

「条件反射だ」

「条件反射だと？」コンラッドが鼻先で笑う。「おまえには生まれつきそんなところがある」

「じゃあ、ジョーの言うとおりだってことか？　おれは生まれつき無謀だと？」

「話は最後まで聞け。だが一方で」コンラッドが語気を強めた。「だったらおまえはどうしたらよかった？　大勢がいる建物内で、拳銃を持ったいかれ男を暴れさせておくのか？　おまえはテキサス・レンジャーだ。非番だったにしろ、その職責を負っている。まともな法の執行官なら誰だってそうだ。ちがうか？」

答えは明らかだった。クロフォードは答える必要性を感じなかった。

元検事は続けた。「おまえがスペンサー判事の命を救ったという点では、衆目が一致している。舅がどんなにおまえに対する偏見を判事に植えつけようとしても、無駄だということだ。おまえが体を張って守ってくれたことを判事は忘れない。その点は心配するな。判事はおまえの肩を持つ」

クロフォードはぼそっと言った。「それはどうかな」

彼の父親は、耳も達者だった。クロフォードの言葉を聞きつけて、かつて嘘をついている被告人を怯えさせた鋭い目を向けた。「どういう意味だ？」

「べつに」

「だったらなぜそんなことを言った？」

「忘れてくれ」

「判事に嫌われる理由があるのか？」

「いいや」その声が大きくなりすぎたせいで、コンラッドの眉が吊りあがり、額にしわが寄った。クロフォードはいらだたしげに手を振った。「あの柔和な外見にだまされないほうがいいという意味だ。あの判事は見かけよりずっと手ごわい。彼女がおれの過去を徹底的にほじくり返していたときに、男が銃をぶっ放しながら飛びこんできたんだ」

コンラッドがため息をついた。「最近、頭の壊れた連中が記録に挑み、競いあって乱射事件を起こしている。おまえの働きがなかったら、判事は死んでいただろうし、おそらく、おまえをはじめとするほかの大勢の人が道連れにされていた」

クロフォードはふたたび窓の外に視線を向けた。「かもしれない」

「みんなそう言ってる」

「人は無責任なことを言う。真実とはかぎらない」

コンラッドはしばらく待って、尋ねた。「おまえの娘は、父親がヒーローだと知ってるのか？」

「あの子にはそんなこと、どうでもいいんだ。おれがパパであれば、それでいい。それに、おれはヒーローじゃない」

「その点は議論の余地がある。おまえはみんなを守るために自分の身を危険にさらした。裁判所の屋上で犯人に立ち向かった」

クロフォードはなにも言わなかった。

「犯人の身元はわかったのか？」

クロフォードは首を振った。

「まあ、おまえが心配することじゃないがな」

「確かに一時間前まではそうだった」

コンラッドが鼻を鳴らした。「やっと問題の核心に迫ってきたか」

クロフォードはふたたび父親を見て、今朝ニールが訪ねてきたことを話した。「署長からの伝言と、チェットの奥さんからの手紙を持ってきた」彼は要点を説明した。「それで気づいてみれば、ニールに言われるがまま遺体安置所に向かってた。家から追いだすべきだったんだ」

「なぜそうしなかった？」

「ミセス・バーカーからの手紙があった。それに――」

「ふん！　ほら、きた〝それに〟が。いつ出るか待ってたところだ」

「おれはチェットが死ぬのをこの目で見た」クロフォードはこわばった声で言った。「屋上で男が撃ち殺されるのも見た。まだ結論が出ていない疑問に答えを求めるのは当然だろう」

「当然だな」コンラッドはしばらく待って、静かに尋ねた。「遺体安置所でなにか答えが見つかったのか？」

クロフォードは黙って見返し、コンラッドはすぐにその表情からなにかを察知した。彼はしょぼつく目を鋭く細めた。「なるほど。つまり、おまえがわざわざダウンタウンまで来ることになるほどの成果があったということか。ニール・レスターは大喜びだろう」

「やつには言ってない」

視線を交えたまま、コンラッドはリクライニングチェアの足乗せ台をさげて背筋を伸ばし、ひげの生えた顎を手でさすった。「話してないと――」

「おくびにも出してない」

長い沈黙をはさんで、コンラッドがようやく口を開いた。「当局に情報を提供しないのは、たいてい、なにかもしくは誰かを守ろうとしてのことだ」クロフォードから答えが与えられるのを待ったが、返事がないので言葉を継いだ。

「おまえがなにを知ったのか聞きだそうとは思わない。のちのち法廷で証言を求められるようなことを聞くのは億劫だ。だが、それがなんにせよ、すぐに警察に伝えるべきだ」

「なぜ？」

「義務。正義。その妨害。とっさに心に浮かんだ理由のうちのほんの一例だ」

「おれが黙っていれば、たぶん誰にもわからない」

「おまえが知っている。どんな内容だか知らないが、秘密を抱えて生きていけるか？」

クロフォードは顔をそむけ、小声で毒づいた。

「きついんじゃないか」コンラッドが言った。

「気づいたことを打ち明ければ、混乱のただなかにこの身を置くことになる」

「いまだっておまえはただなかにいる」

「この程度じゃすまない」クロフォードは言った。「F5級の大嵐だ」

「娘の養育権を得る妨げになりうるのか」

「まちがいない」

コンラッドはその点を消化するために何分かかけた。「そうか、わかった。だが、話さなかったらどうなる？」

クロフォードは深く息を吸いこんで、ゆっくりと吐いた。「さらなる大惨事の恐れがある」

「どの程度の惨事だ？　人命にかかわるのか？」尋ねた先から、彼は言った。「いや、答えるまでもないぞ。顔に答えが書いてある。死者が出るかもしれないんだな」

「可能性はある」クロフォードは力を込めた。「出るとは決まっていない。わからないんだ」

「だが、そうなることをおまえは恐れている」クロフォードが答えないでいると、こんどのコンラッドはしたり顔でにやりとした。「なるほど、今日おまえが来たわけがこれでわかった。おまえの良心のために、わたしに汚れ仕事をさせる魂胆だな」

クロフォードは両手を腰にあてた。「その発言には理屈があるのか？　おれには酔っぱらいのたわごとにしか聞こえないが」

「わたしが酒飲みなのは認める。だが、警察の捜査の妨害をしてるのはわたしじゃない」

「おれはなんの妨害もしてない」

「そんなのはただの屁理屈だ。おまえにもそれはよくわかってる」厳しい目でクロフォードをにらみつける。「おまえにはレンジャーとして、順法精神のある市民として、すべきことがわかっている。そう、あのドアから入ってくる前にわかっていたはずだ。ただわたしを肩にとまる天使代わりにして、アドバイスをささやかせたかっただけだ」

「天使だと？　笑わせてくれるじゃないか。良心にかかわる事柄をなぜあんたに尋ねにこなきゃならない？」

「うまくいかなかったとき、ひどいアドバイスをしたとわたしを責めることができるように。大嵐とやらに巻きこまれたらすぐにでも、酔っぱらいの愚か者がまちがった判断に従わせたとわたしをののしり、正しいことをしろとけしかけたわたしを憎む」言葉を切って、つけ加えた。「それでなくともわたしを憎む理由には事欠かないだろうが」

「言えてるな」クロフォードはぷいと背中を向けて、網戸を乱暴に押し開けた。がたんと開いたドアが外の壁にぶつかる。

「おい！　戻ってこい」

クロフォードは足音荒くポーチを突っ切りながら、おざなりに言った。「父親らしいアドバイス、ありがとうよ」

コンラッド――頭のなかですらクロフォードはコンラッドを名前で呼び、父と呼ぶことはなかった――を訪ねると、たいていは後味の悪さが残った。そのせいで訪問は間遠くなり、しかも訪ねるのはもっぱらクロフォードからと決まっていた。そもそもクロフォードがコンラッドを認めているのは、向かうから連絡してくることがないからだった。コンラッドはとうにそんな権利を失っている。

母親は離婚が認められて再婚が可能になると、クロフォードを引き取った。新しい夫とどもカリフォルニアで暮らすためだ。クロフォードはその件で自分の気持ちを尋ねてもらえないことに憤り、なにより父親が自分を手元に置こうと奮闘しなかったことに傷ついた。分離は永続的なものとなり、父と息子の関係は断裂した。だが、コンラッドの家から急いで遠ざかりながらも、さっきの会話が耳のなかでくり返しよみがえっていた。

それに、あのいまいましい落伍者の言ったことは、あらゆる点で正しい。クロフォードがコンラッドのもとを訪れたのは、自分でもやるしかないとわかっていることを、やれと背中を押してもらうためだ。だからこそ、なおさら不快だった。あの堕落した人間に倫理的に上に立たれてしまった。

運のいいことに、ジョージアを迎えにいくことになっていた。あの子が怒りを鎮めてくれる。ジョージアがいっしょだと、ものごとを正しくとらえられる。あのくすくす笑いを聞いたら、どんなに深刻な問題も、それだけで軽くなった。

「雨になりそうね」玄関に出てきたグレイスが言った。クロフォードはうなずいたが、悪天候だからといってせっかくの外出を中止にはできない。それでジョージアに雨具を着せてやった。

手をつないでブランコに向かって歩いていると、ジョージアが言った。「へんだよ、パパ」

「公園の遊び場に行くって約束しただろう。おれが約束を破ったことがあるか？」

「ないけど」

「ないだろ。だから、ここにいるんだ」

「でも、雨ふりだよ！」

「いやいや、これはただのぽつぽつ雨だ。それに、濡れたって溶けやしないさ」

クロフォードはジョージアをブランコに座らせて、押しはじめた。ジョージアのはしゃいだ笑い声が、音楽のようで耳に心地よい。天気が悪いおかげで、公園はふたりだけのものだった。遊具から遊具へと渡り歩き、結局三周してしまった。

ジョージアを連れて車に戻ると、彼女は明るいピンクの長靴を見おろして言った。「どろだらけになっちゃった」

「長靴は泥だらけにするためにあるんだ」

「おばあちゃんにおこられるかも」

「おれのせいにすればいい」

「おじいちゃんが言ってたよ。なんでもパパのせいなんだって」

　クロフォードは一度として、ジョージアの前で義理の両親の悪口を言ったことがなかった。ジョージアと仲たがいさせようとしていると非難されたくないからだ。ギルロイ夫妻が陰で自分のことをなんと言っているか、ジョージアから聞きだそうとしたこともなかった。だが、今回は例外にしてもいいかもしれない。ジョーは宣戦を布告し、このままだと泥沼の争いになる可能性もあった。ジョージアのシートベルトを留めながら、彼は尋ねた。「おじいちゃんはいつ、そう言ったんだ？」

「きょう、お昼を食べてるとき。おばあちゃんと話してて」

「どんな声だった？」

「大きな声」

「大きな声？　怒ってるみたいな？」

「そうかも。おばあちゃんがシーッて言って、その話はあとでって言ってた。これからなにする、パパ？」

　鼻の先をつまんでやりながら、クロフォードはアイスクリームをごちそうしようと言った。

「マクドナルドで？　お店んなかであそべるんだよ」

「よし、じゃあ、そうしよう」

　ジョージアが遊んでいるあいだ、クロフォードは携帯電話で娘の動画を録画した。滑り台を滑る前や、ジャングルジムをのぼったときなど、娘から「パパ、見て！」と声をかけられるたびに、その声が胸に突き刺さった。

頭の片隅に針金みたいに痩せて淡い金髪をした自分の記憶がかすかに残っている。飛びこみ台の端で縁に爪先をひっかけ、深いプールの底を見おろしながら、〝パパ、見て！〟と呼んでいた。

だがそのぼんやりしたイメージが、実際に自分とコンラッドのあいだにあったことなのか、実現しなかったことに対する子どもっぽい憧れなのかが、自分でもわからなかった。

クロフォードとジョージアは、見つけた《アイ・スパイ》ゲームをしながら甘くてべたべたのサンデーを食べ、そのあとギルロイ家に向かった。ジョージアは糖分たっぷり、雨にじっとり濡れて、全身に泥はねをつけ、へとへとに疲れているけれど、幸せそうだった。

「アイスクリームを食べたけど、夕食をちゃんと食べると約束してくれよ」

「うん、食べる」

「それにおばあちゃんから寝る時間だと言われたら、口答えするなよ」

「わかった」

「いい子だ。キスしてくれ」

ジョージアはクロフォードの首に抱きついた。「パパ、大好き」

ジョージアをしっかり抱き寄せて、髪の毛にささやきかけた。「パパも大好きだ」この子を取り返したいという思いを新たにした。なんとしても。

夕暮れどき、クロフォードは裁判所の駐車場に車を入れ、空いている場所を見つけてエンジンを切った。それから二時間、その場に留まり、いらだたしげにハンドルを指で叩きながら、雨に濡れたフロントガラス越しに、職員用の出入り口に目を光らせていた。尻が痺れてきたころ、ホリー・スペンサーが建物から出てきた。クロフォードはすばやくSUVから降り、水たまりの水を跳ねあげながら、駐車場の車列の途中で彼女の前に立ちはだかった。

　雨のなか、判事はうつむいてキーホルダーをいじりながら歩いていたので、クロフォードにぶつかりそうになった。それではっとして、立ち止まった。

　クロフォードは言った。「電話を切られたぐらいであきらめると思ったら大まちがいだ。しつこいたちなんでね」

　彼女は脇をすり抜けようとしたが、逆に動いて行く手をさえぎった。

「わたしから離れて」

「話さなければならないことがあると言ってるだろう」

「わたしはないと言ってるでしょ」

「いいか、あのこととは……関係ない」

〝あのこと〟がなにかは、口にするまでもなかった。彼女の顔がゆがむ。「娘さんの養育権のことなら――」

「ちがう。銃撃のことだ」

　重々しい口調を聞いて、彼女はのがれようとするのをやめた。雨が降っていることなどおかまいなしに、顔を上げて、クロフォードの顔を見つめた。

「まじめな話だ。だますつもりはない、判事。話さなければならない」

ためらったのち、判事は言った。「わかりました。そんなに重要なことなら、明日電話してください。九時には執務室にいるので、ミセス・ブリッグズに――」

「それじゃ遅い。今夜のうちに話さないと。いますぐ」

彼女が赤い御影石《みかげいし》でできた裁判所の建物をふり向いた。何十とある窓のどこかから、誰かが見ているのではといぶかっているようだ。顔を戻して、言った。「論外だわ、ミスター・ハント。ふたりでいるところを見られたらいけない――」

「なるほど、判事。確かに倫理違反だ。昨夜のことがあっただけに、お互い目を合わせるのも気まずい」クロフォードは一歩近づいて、低い声で言った。「だが、いまから話すことの前では、きみのソファでの行為も色褪せる」

クロフォードは見開かれた判事の目を見つめて、これからする話の重要性をわからせようとした。彼は後ろ向きに歩きだした。「二列先にある黒いＳＵＶがおれの車だ。ついてきてくれ。いいな？」

「でも――」

「ついてくるんだ」

強い口調で言うと、彼女も不承不承、小さくうなずいた。

# 第九章

午後ジョージアと遊んだ公園まで車を走らせた。雨降りで日没後とあれば人がいないだろうとあてこんでのことだ。一本きりの水銀灯が、がらんとした駐車場に寒々しい光を投げかけているので、路肩の木立の下の暗がりに車を停め、彼女がその後ろに車をつけた。

ＳＵＶから降りて、彼女の車に近づいた。ロックを開けてもらって助手席に乗りこみ、雨を降りこませないようにすばやくドアを閉めた。濡れた髪を指でかきあげ、その手を腿にこすりつけてジーンズで拭いた。彼女が警戒心をあらわにして自分を見ているのに気づき、猛然と怒りが湧いてきた。

「心配そうだから言っておくが、襲いかかるつもりはないぞ」

フロントガラスを照らす鈍い光が、彼女の顔に雨がしたたり落ちる模様を映しこんでいる。彼女の目には不安と反抗心の両方がない交ぜに表れ、まるで強がっている迷子のようだった。

「今夜、話さなければならない重要なこととはなにかしら、ミスター・ハント？」

「ミスター・ハントと呼ぶのはやめてくれ。ここは法廷じゃない。それに――」クロフォードはその先を言う前に口を閉じた。いまさらラストネームで呼びあうおかしさは、どちらもわかっている。最後に会ったとき、彼は自分の大切なものをジーンズにしまおうとしていたし、彼女のほうはTシャツの裾で隠そうとしていた。それでも隠しきれなかったことを、クロフォードははっきり覚えていた。

「それで？」彼女は冷ややかに言った。

「本題に入る前に」クロフォードは彼女の額を指した。「腫れは引いたが、あざが広がってるな」

「痛いのは触れたときだけよ」

「今日になって出てきたあざはないのか？」

「肩にひどいのが」

タックルして床に押し倒したことは、もうあやまらない。「ほかに具合の悪いところはないか？」

「だいじょうぶ」

「そうは見えない」

彼女は尖った声で答えた。「こんな状況だもの、ある程度はしかたがないわ」

「どんな状況だ？　昨晩のことか、それとも――」

「遺体安置所へ行ったこと」

「はじめて行ったのか？」

「ええ。二度と行かずにすむのを願うわ。行く必要があるとは思えなかったんだけど、レスター巡査部長にどうしてもと言われて」

「警察署長からの伝言を聞かされたのか？」

「どうして知ってるの？」

「おれも聞かされた。しかもチェットの奥さんからの私信つきだった」クロフォードは自分に対する称賛を省いて、手紙の内容を大まかに伝えた。「おれは銃撃事件とその捜査から距離を置きたかった。だが、遺された奥さんから感情に訴えられたら、断るに断れない」

「わたしは今日、お目にかかってきたわ。お子さんやお孫さんやお友だちが家にあふれていた。彼女には親身になって支えてくれる人が大勢いる」

「だが連れあいは射殺されて殉職した」

彼女はうなずいた。その後、しばらく無言だったが、やがて遺体安置所を訪れた話題を再開した。「結局、無駄足だった。ロドリゲスには見覚えがなかったの。レスター巡査部長から聞いたけど、あなたもだそうね」

クロフォードはうなずくだけにした。まだ問題を口にする段階ではない。彼女の信頼を獲得するのが先決だ。いまの彼女は運転席のドアに背中をつけている。その身ぶりや表情から、自分のことを信頼しておらず、ことあらば放りだそうとしているのが伝わってきた。

「いいか」彼は言った。「おれはさっき昨晩の話をするつもりはないと言った」

「ええ、わたしもないわ」

「おれたちは——」

「それを話しあうためにここに連れてきたのなら、こんな陰謀じみたお膳立ては無用よ」彼女は車窓の外をしぐさで示した。

「わだかまりを解いておかないと、いつまでも尾を引く」

「なかったことにすればいいの」

　クロフォードは厳しい目つきになった。「悪いが、きみがうまい手でも知ってるんなら別だが、取り消せるようなことじゃないぞ」

「心から取り除けばいいのよ」

「起きたことを否認するのか」

「否認じゃない。否認のはるか手前、つまり起きなかったことにするの。いっさいなかった。それだけよ。意志の働きによって――」

「取り除くのか」

「そうよ」

「わかった」

「それで決まりね？」

「ああ、いいとも」

　とはいえ、そんなことでうまくいくとは思えず、それは彼女もわかっているにちがいなかった。クロフォードの視線を受けながら、彼女はうつむいて、中指で眉間をさすった。

「例のバーボン飲みはどうなんだ？」

「彼は関係ないわ」

「別れたのか？」

「ええ」

「夫か？」

「大切な人よ」

「どのくらい大切？」

「正式な婚約まではしてなかったけど、どちらもそのつもりでいたわ」

「どのつもり？」

「いずれ結婚するつもり」

「で、なにがあった？」

彼女が顔を上げた。むっとしている。「あなたになんの関係があるの？」

「大ありさ。嫉妬した元色男に犯罪目的で追いまわされるのはかなわない」

「彼はそんな人じゃないわ」

「男女の仲になれば、男はそうなる。女のこととなると、男はみんな〝そんな人〟だ」

「デニスはちがうわ」

「デニス」名前をつぶやくと、苦味が残った。「デニスのなにがほかの男とちがう？」

「粗暴じゃないし、理性的で洗練されてる」

「なるほど。ものは言いようだな。つまり、女々しいの一歩手前ってわけだ」

腹を立てた彼女の呼気で、窓ガラスが曇りだした。「これで話は終わりよ」

「終わりなもんか。正直、やっとおもしろくなってきたところだ」

「わたしの車から降りて、ミスター・ハント」

「デニスはこのあたりのやつなのか？」

こわばった声で彼女は答えた。「フリスコという――」

「ダラス郊外だな。知ってる。遠距離になって別れたのか？」

彼女はしぶっていたが、クロフォードが根気強く待っていると、答えが返ってきた。「ウォーターズ判事の仕事を受けたときに、ふたりとも薄々予感してはいたの。距離がふたりの関係の負担になるかもしれないと」

「平易な言葉で頼む。こっちは法律審査委員じゃないんでね」

「わたしの話を聞きたいの、聞きたくないの？」

クロフォードは両手を広げて、続きをうながした。

「デニスもわたしも、関係を保とうと努力した」

「だが、保てなかった」

「そう。距離は広がっていった。地理的なものだけでなく、いろいろな面で。会う機会がどんどん減った。車で行き来するにも、週末だけのためには遠すぎた」

「どんな週末かによるが」皮肉を聞き取った彼女からにらまれたが、文句を言われる前に言葉を連ねた。「きみが引っ越したとき、デニスがここらに来ることはできなかったのか？」

「彼は医療用品会社の重役よ。手術用のハイテク機器を扱う会社。やめてほしいとは、とても言えないわ」

「そしてきみは、知事から任命されるチャンスをあきらめようとは、考えもしなかった？」

「まったくね」

ふむ。断固ノーか。デニスへの愛情も推して知るべし。クロフォードは筋違いな満足を覚えた。さっき言ったとおり、女のこととなると……そう、自分はデニスより下劣らしい。

「別れたのはいつだ？」

「数カ月前」

「連絡は取りあってるのか？」

「いいえ」

「険悪な別れだった？」

「いいえ。礼儀正しくなごやかに別れたわ」

「なるほど。デニスは粗暴じゃない」

彼女が深呼吸をした。いらだちを抑えるためだろう。「最初に話したとおり、こんな埒もないばかげた話をするまでもなく、デニスはもう関係ないの」

「わかった」聞くべきことは聞けたので、この話題にこだわる必要はない。

すると彼女が尋ねた。「あなたはどうなの？」

「なにが？」

「誰かとおつきあいしているの？」

「いいや」

「奥さまが亡くなってからずっと？」

「いいや」

じっと目を見られて、クロフォードのほうが折れた。肩をすくめた。

「二十分以上続いた関係はない」ひと息置いて、続けた。「だがそれも昨夜がはじめてだ。それまでは九十秒以上続いたことがなかった」

怒りと、おそらくは羞恥から、彼女は顔をそむけて、フロントガラスの外に目をやった。

嫌がらせをした気がして、クロフォードは言った。「ベスが死んだあとは、だれとも交際してない。何度かその場かぎりの関係はあったが、ジョージアがいるときはありえない。自宅には絶対に連れこまないし、避妊具をつけずにしたこともない」

最後の言葉を聞き、彼女が鋭い視線を向けてきた。

彼はため息をついた。「そうだ」

「心配しないで。不安がる必要はないから」

小さくうなずき、彼女はまた顔をそむけた。一分はたっていたのではないか。彼女が口を開いた。「レスター巡査部長から、あなたは奥さまをとても愛していたと聞いたわ」

「ピルか？」

クロフォードは身構えた。「きみとニールのふたりで、おれたち夫婦のことを話題にしたのか？」

「話のなりゆきで」

「いつ？」

「今日、遺体安置所で、監察医が電話を終えるのを待っていたときよ」

ニールと彼女が陰で自分のことを話し、過去の暗い一時期についてあれこれ分析して的外れな評価をくだしていたかと思うと、気分が悪かった。「そのちょっとした会話はどんな文脈だった？　さぞや興味深い会話だったんだろうな」

「あなたが思ってるような話ではないわ。レスター巡査部長から聞いたのは、どれもわたしが知っていることだった。あなたが奥さまの死に強く影響されたのは、わかっているもの」

「だろうとも。妻に先立たれたおれがどうなったか、きみの手元には資料がある。ベスが死ぬと、おれは酒に溺れて、暴走した」母が去ったあとの親父となんら変わらなかった。そんな言葉が口から出かかったが、すんでのところでのみこんだ。こんな話題は早く終わらせるにかぎる。

クロフォードは怒りを押し殺し、助手席の外を見た。暗くて雨が降っているので、遊具がぼんやりとしか見えない。「こんなに雨が降ったのは久しぶりなのに、日に二度もこの公園に来ることになるとは」

「二度？」

「日中ジョージアを連れてきた」

「雨のなか？」

クロフォードは彼女をふり返って、雨など関係ないと身ぶりで伝えた。「それでも楽しかった。ジョージアは子ども用の雨具を持ってる。もちろんピンクさ。なんでもかんでもピンクが大好きでね。長靴が泥んこになると心配してた」

「そのために履くものよ」

「おれもそのとおりに言ってやったよ」

彼女とひそやかな笑みを交わすと、すぐさま前夜のキッチンに引き戻された。あのときのクロフォードは、両腕を彼女にまわし、膝から鎖骨までぴったりと体を重ねあわせ、むきだしの乳房を胸板に感じていた。彼女の股間に自分のものがおさまるなり、ふたりとも息が切れて、いっきに官能が燃えあがった。

彼女もその瞬間を思いだしていたのだろう。車内の雰囲気が一転し、空気が重くなった。フロントガラスを叩く雨音のひとつずつが大きく響き、車内の気まずさを際立たせている。ようやく彼女が口を開いた。「これで終わりなら……」

「いいや」

「だったらなんなの？」

「きみは遺体安置所へ行った」言葉を切る。「死体をじっくり見たな？」

顔をしかめながら彼女はうなずいた。

「それで？」

「別になにも。ジョルジ・ロドリゲスという名前に聞き覚えがなかったように、顔にも見覚えがなかったわ」

クロフォードは彼女をしばらく観察してから、言った。「頼みを聞いてもらえるか?」

「無理なことでなければ」

「目を閉じて、銃撃犯の様子を描写してもらいたいんだ」

「どうして?」

「きみに自分の言葉で詳しく説明してもらいたい。やつについて覚えていることをすべて」

ためらう彼女に、クロフォードは言った。「不愉快な頼みなのはわかってる」

「昨晩は、犯人のことを心から追いだせと言ったじゃない」

「ほんとに重大なことでなければ、いまだってそう勧める。だが、重大なことだ」

彼女は怪訝な顔でクロフォードを見ていたが、頼みの重大さが伝わったのだろう。目を閉じ、時間をかけて、映像記憶を呼び起こした。「男がドアから入ってきたとき、まずわたしが思ったのは、なぜあんな恰好をしているのかということ。でもそのあと、男が発砲しはじめて、ようやくなにが起きているのか気づいたの」

「銃はどちらの手にあった?」

「右手」

「髪の色は?」

「黒っぽい色。でも、帽子をかぶっていたから、見えたのは、はみでた毛先だけだった」

「直毛？　縮れ毛？」

「直毛」

「どんな靴を履いてた？」

「靴の上に使い捨てのカバーをかけてた」

「ここまで、いい調子だ。ほかになにか記憶はないか？」

「どんな？」

「こまかいことだ。なんでもかまわない」

彼女はじれったそうに手を動かした。「細部を見ようにも、見られなかった。体がすっかり覆われていたもの」

「腕時計ははめてたか？」

「わからない。袖の奥までの長い手袋をしてたから。あの恐ろしい仮面のせいで目鼻立ちもわからなかった。鼻も唇もなにもかも、押しつぶされてぺたんこだった」

「首は？」

考えながら彼女は答えた。「皮膚は作業着の立ち襟と帽子のあいだの数センチしか露出していなかった。目深にかぶった帽子が耳の上までかかってた」

「だが、耳たぶは見えてた」

「ええ」

「右耳にピアスの穴があった」

彼女は眉を寄せ、目を開いた。「そう？　わたしは気づかなかったけど」

クロフォードの心臓がどきっとした。「気づかなかった？」

「ええ」

小声ながら、断固とした口調で彼は言った。「気づかなかったのは、穴がなかったからだ。だが、遺体安置所の男には穴があった」

彼女は開いた唇から小声をもらした。「ええ、そう、そうだった。なんてことなの」手の指を唇にあてた。「でも、だとしたら……」

「そうだ」クロフォードはため息をついた。「屋上で射殺された男は銃撃犯じゃない」

## 第十章

「どういうことだ?」

 仲間内の通称パットことジョセフ・パトリック・コナーは、額の脂汗をぬぐった。「聞いてくださいよ、わたしは——」

「ああ、聞いてるぞ。聞かせてもらおうじゃないか」その声は危険な嵐の来訪を伝える遠い雷鳴のようだった。その声の出どころである広い胸の前で、薪のようにがっちりとした腕が組まれている。そしてその目にひとにらみされたら、ペンキだって剝がれ落ちてしまう。パットはその目に怯みつつ言った。「だいたいは計画どおりにいったんです」

「なにがだいたいだ。まだ標的が生きてる」

 おかげでおれも生きてる。パットにとっては自分が生存できていることがなにより重要だが、それを口にするのは危険すぎた。いつ呼吸ができているといういまの状態がひっくり返るかわからない。薄氷を踏む思いだった。

 肩の後ろに目をやると、椅子のすぐ後ろの両側に男がひとりずつ立っていた。前にある小さなテーブルには中身の半分入ったケチャップの瓶と拳銃が置いてある。この拳銃は法執行と軍務にかぎって使用が許可されている。すべての州でではないにしろ。

いまから三十分前、パットがジャックダニエルのコーラ割りを作っていると、ふたりのボディーガード——としか表現のしようがない——がキッチンにある裏口から押し入ってきた。打ち合わせのときに会ってはいるが、名前は聞かされていない。ただし、そんなことは問題ではなかった。彼らが社交のために訪れてたのでないことは明白だったからだ。

パットは男たちに片方ずつ腕をつかまれて、自宅から拉致《らち》された。停めてあった車に押しこまれて、案の定、目隠しをされた。車内はしんとしていた。任務を果たすことだけに特化した男ふたりは、無駄話もしなければ、質問もしない。

命はないものとあきらめていたので、目的地までたどり着いたときはびっくりした。服はすっかり汗まみれだが、汗をかけるのは生きている証拠だ。少なくとも、いまのところ。

誘拐もありうると思っていた。遅かれ早かれ〝呼びだし〟を受けることは覚悟していたし、避けがたい対決の時を恐れてもいた。だが、現実の仕打ちは想像を超えていた。ここには以前にも呼ばれたことがあるが、何度来てもぞっとしない。正直、薄気味が悪かった。

せめて、自宅から乱暴に連れだされる前に、注いであった酒を飲んでおけばよかった。

「それで？」男の胴間声にはっとして、質問に答えていないことを思いだした。

ふたたび額を拭いたものの、もはや手のひらも生え際と同じぐらい湿っている。パットは椅子に座ったままもぞもぞと体を動かし、小声でつぶやいた。「そもそも、なんでこんなことを引き受けたんだか」

「思いださせてやろうか、パット？」

穏やかな声に気を許してはいけない。パットは首を振った。自分がのっぴきならない状況にあることを、思いださせてもらう必要はなかった。いまも状況は変わっていない。なぜ失敗したのか、男が説明を待っていた。「まず、あの仮面がくそだったんですよ。あのせいで視界がふさがれちゃって」

「あらかじめかぶってみなかったのか？」

「もちろんかぶりましたよ。でも、たぶん息のせいで曇っちゃって。それにあれやこれやで、思ってたよりずっとむずかしかったんです。あなたが考えてたよりずっと」

「何度、打ち合わせをしたと思ってる？」

「わかってます。でも、チェット・バーカーを撃つなんて、計画にはなかった。あなたから大量殺人は避けろと言われてた。なのに、チェットにじゃまされて、あんなことになった。殺してしまって、泡をくったんです。調子が外れたって言うのか」

言葉を切って、相槌を待った。なるほどというつぶやきなり、わかったというう
なり声なり。だが相手は、長生きを期待させる言質《げんち》をひとつとして与えてくれなかった。あのジャックダニエルのコーラ割りのもとには二度と戻れないかもしれない。悪魔と取引をして、約束した役割を果たしそこなったせいで。

泣きたかった。涙は見せなかったが、言葉に詰まった。「だ、だ、だけど、チェットをまたいで先に進んだんですよ。まっすぐ裁判官席まで」

「クロフォード・ハントが判事の命を救ったそうだな。事実なのか？　それとも、ニュースとして受けがいいから、そう報道してるだけなのか？」

「事実です。わたしが証言台をまわりこんで近づくと、やつは判事に覆いかぶさって頭と上半身を守ってたんです。で、急にちょいと体を起こして、首だけまわしてこっちを見た。ちゃんと狙ってたんですよ。でもやつがいきなり左膝を蹴飛ばしてきたもんだから、弾があらぬ方向に飛んでしまって」

「蹴飛ばされたといっても、膝が外れるほどじゃなかった。そのあと走って逃げたんだからな。おまえはそういうやつだ、だらしのない意気地なしめ。仕事を放りだして逃げるとは」

パットの背後にいる野獣ふたりがじりっと身を寄せた。肩甲骨のあいだを短剣で刺されるのではないかと、なかば本気で思った。運がよければ、刺された痛みをちくりと感じるだけですむかもしれない。

だが、なにも起こらないので、先を続けた。「た……たぶん、一、二秒、パニックを起こしたんですよ。捕まりたくなかったし。あなただって捕まりたくないでしょう？　そのあとっとと逃げだして、ペンキ屋の変装を脱いだ。そこで気を取り直して、計画を続行した。あらかじめ決めてあったとおりに」

「あの男、警察に射殺されたやつは、なぜ拳銃を持ってた？」

「わたしはあれを投げ捨てて、六階の廊下に入った。きっとその直後に来たんでしょう。こっちはやつに気づかなかったが、向こうは見てたのかもしれない。いまとなってはわかりませんけどね。とにかく、拳銃がそこに転がっているのを見て、魔がさしたんですよ」パットはひと息つき、期待を込めて早口で続けた。「かえってこっちには好都合でしたよね？」

パットは左後ろをふり向いて、仁王立ちする無表情の男に意見を求めた。「だよな？」そして尋問者に顔を戻した。「警察は犯人を確保したと思ってるし、死んだメキシコ人が起きあがってそれはちがうと言う心配はないし」

正面の男が大声で吠えるように笑った。あまりに唐突だったので、喉笛に空手チョップをくらったようだった。「まだおまえを殺してない唯一の理由がそれだ。結果、いいほうに転がった」

パットは安堵のあまり失神しかけた。ひょっとするとコーラ割りを飲めるかもしれない。

「だったら、これで貸し借りなしですね？」

さっき男が笑ったと思ったのは気のせいだったのかもしれない。男がこれほど恐ろしげに見えたことはなかった。「いや、貸し借りはあるぞ、パット」テーブルに身を乗りだして、顔と顔を突きあわせた。「はっきり言っておくがな、いまおまえが生きていられるのは、おまえみたいなくず野郎でも、まだ使い道があるからだ」

「な……なんのために？　またやるんですか？」

「まずはたっぷり苦しめてやれ。そのあと、おれの指示を待って始末をつけろ」

# 第十一章

「遺体安置所の男は銃撃犯ではなかった」クロフォードは、いまだ腑に落ちない様子のホリーの疑念を消すようにゆっくり言った。

彼女はこちらを見て、愕然としている。「どうしてそんなことが？」

クロフォードは深く息を吸い、片手で顔をこすった。「わからない。わかればいいんだが」

ホリーは手で口を押さえ、たっぷり三十秒はそのままでいた。彼女が想像を絶する事態に考えをめぐらせているあいだ、クロフォードは辛抱強く待った。ようやく彼女が口を開いた。

「もしあなたの言うとおりなら――」

「おれの言うとおりなんだ」

「――事件の波紋は――」

「ビッグバン級の大混乱だ」

彼女は不安げに唇を舐めた。「あなたやわたしの勘違いかもしれない。ピアスの穴があったのに気がつかなかっただけじゃないの？」

「おれは自分のまちがいであったらと、藁《わら》にもすがる思いだった。だが、きみがまちがいでなかったことを裏づけた。おれがピアスの穴があったと口にしたとたん、きみは疑問を投げかけたんだ。ほかのことにはなにひとつ疑念をさしはさまなかったきみが」

「でも――」

「聞いてくれ、ホリー」彼女が目をみはった。自分の口調のせいなのか、ファーストネームで呼んだせいなのかはわからないが、彼女の注意を惹きつけることができた。「おれは誰よりもやつの近くにいた。やつを蹴る直前にはっきり見たんだ。ジョージアに誓ってもいい。やつの右耳にピアスの穴はなかった」

「屋上で見たときは、気づかなかったの？」

「屋上ではロドリゲスの顔が陰になってた。それに、耳にピアスの穴があるかどうか気づくには距離がありすぎた」

「ピアスをしてなかったのね？」

「なかった。それに、あのときおれが注目してたのは耳たぶじゃなくて、震える手に握られた拳銃だった。ロドリゲスが倒れると、警官たちが彼に群がったが、おれは近寄らなかった。今朝、遺体安置所に行ってはじめて、誤認したのに気づいた。吐くかと思った」

ホリーが探るような目をしている。「自分を責めないで」

「そうか？　ロドリゲスだか誰だか知らないが、どんな名前にしろ、チェットを殺したのは彼じゃなかった。自分のものではない拳銃を拾い、屋上に行ってタバコを吸った。ただそれだけのことで、悪いことはしてなかったんだ」

「あなたに向けて拳銃を振りまわし、あなたがテキサス・レンジャーだと名乗っても態度を改めなかった。そして保安官助手に向けて二発撃った。当たらずにすんだのは奇跡よ」

「きみの言うとおりだ。とはいえ、いまになってみると、彼の行動の一部始終が恐怖によるものだとわかる。彼は自分のものではない拳銃を持っているのを見咎《とが》められた。おれが銃を捨てろと警告したのに、愚かにも捨てなかった。そこに保安官助手が現れてパニックを起こした」つと視線をそらして、小声でつけ加えた。「愚かさにパニックが重なって、自分が殺される理由をこしらえてしまった」

「あなたが殺したんじゃない」

「引き金こそ引いちゃいないが、おれのせいで彼は標的に仕立てあげられた」

「あなたは彼を助けようと、精いっぱいのことをしたわ。あなたは悪くない」

死ぬまでその点を議論しあっていてもいいが、とりあえず片づけなければならない問題がある。クロフォード個人のみならず、ホリー・スペンサーにも広範な影響をおよぼす問題だ。いや、むしろ彼女への影響のほうが緊急性が高い。

「恐ろしいのは」クロフォードは言った。「これでジョーカーがいっそう大胆になることだ」

ホリーが小さく首を振った。「なにが言いたいの?」

彼女が当惑しているのを見て取り、クロフォードは静かに言った。「きみが言ってた波紋のひとつはまだきみには届いていないが、これは津波だ。昨日、法廷に乱入してきたやからが何者にしろ、きみを殺したがってるやつは、いまだ正体不明のまま逃走している」

　言葉の意味を理解するにつれて、ホリーの表情が変わる。それを見ていれば、彼女が口を開く前から否定するだろうと察しがついた。「今日、ふたりの刑事が何時間もかけて、わたしがかかわったすべての事件の記録を調べていったわ。ウォーターズ判事の分も二〇一二年までさかのぼったし、ダラスの法律事務所でわたしが担当した案件の記録もすべて調べられた。でも、なにも見つからなかった」

「ジョルジ・ロドリゲスと関係のあるものに絞ってたからだ」

「だとしても、注意を喚起されるようなものはなかった」

「だったら、さらに深く掘りさげる必要がある。こんどは調べるべき名前すらわからない」

「何週間もかかるわね」

「それですめばいいが。手がかりが見つかる前にきみが――」クロフォードはすんでのところで言い換えた。「きみは命の危険にさらされていると仮定して、相応の行動を取るべきだ」

「重大すぎて仮定できない」

「自分の身を守るためだ。考えてみてくれ」

「〝相応の行動〟なんて、あなたらしくない言い方ね」

「自分の言葉じゃない。お役所言葉ってやつさ、おれならもう少しどぎつい言い方をするが、それだときみが怒る。おれとしてはメッセージが伝わればいい」

　ホリーはクロフォードから視線をそらし、しばらく黙っていた。「あなたは当初から、銃撃は報復のためだと考えていたわ」

「その考えは変わらない。あれは行きずりの犯行じゃない。注意深く計画されたもの、計算ずくだ。犯人はペンキ屋の服装を建物内のどこかに隠していた。たぶん、法廷の廊下をはさんだ向かいにある物置かなにかだろう。自分の服の上からそれを着て、開廷を待った」

「そして入ってきて発砲した」

「だが、無差別にではなかった。誰彼かまわず撃ち殺そうとする頭のいかれた男なら、傍聴席に向かってあのセミオートマティックを撃ちまくったろう。それならほんの数秒で六人から八人は殺せた。だが、そうはしなかった。迷わず裁判官席のある壇上へ向かってきた。チェットを突破してまでも」

「あなたがわたしの盾になるとは思っていなかったんでしょうね」

「そうかもしれない。だが、いずれにせよ犯人は、保身のためには逃走するしかないと瞬時に判断した。法廷から非常階段へ走り、屋上へ上がったように見せかけた。そして、ペンキ屋の服装を脱ぎ捨てると、短い階段を使ってこっそり六階に戻り、廊下に出て、大混乱に乗じて人込みにまぎれこんだ」

はたしてこれをみごとな計画というべきかどうか。前代未聞のばかげた計画かもしれない」クロフォードは続けた。「だが詰まるところ、誰かがきみをひどく恨んでいて、危険をかえりみずに殺害をくわだてたということだ。なにか思いあたるふしは？」

「昨日の夜、言ったとおり、ノーよ」

「考えてみろ！」

ホリーはさっとクロフォードを見た。「考えたわよ！　いやになるほど考えたわ。でも誓って、わたしの人生にはこんな騒ぎを引き起こすようなドラマはなかった」

「政敵のサンダーズはどうだ？」

「昨日、会ったときに、不愉快な思いをしたけど」

「どこで？　どんなことで？」

ホリーはエレベーターでばったり彼に会った話をした。「最後の言葉が捨て台詞とも取れるわね。彼を跳び越えてわたしが任命されたのが気にくわないの」

「ちょっと待てよ！　裁判官の席を彼と争ってたのか？」

「候補者は複数いたけど、いちばんの競争相手はグレッグ・サンダーズだったわ」

「どうしていままで言わなかった？」

「いままで関係なかったからよ」彼の口調に負けじと、いらだたしげに答えた。

「わかった。なるほど。サンダーズはリストに載せよう」

「なんのリスト？」

「被疑者候補リストだ」

「サンダーズは銃撃犯じゃない」ホリーが語気を強めた。「彼のほうが少なくとも十五センチは犯人より背が高いし」

「人を雇ったかもしれない」

彼女は少し考えて、首を振った。「考えにくいわ。彼のスタイルに反するから。わたしを徹底的に打ち負かしたがっているのは確かだけど、自分がやったと言いふらしたがる男よ。誰だかわからないような形はとらない。彼の望みは選挙の日にテレビで自分の勝利を報道させること」

「わかった。だがリストには入れておく。デニスもだ」

「さっき言ったけど、彼とは恨みなく別れたの。お互いに未練はないし、相手をののしったり、脅したり、敵意をいだくようなことはなかった。そういうこととは無縁だった」

だとしても、デニスについて調べなければならない。ホリーが思うほど元恋人は理性的でもなければ洗練されてもいないかもしれない。「ほかに一戦を交えた相手はいないか？　公私を問わず」

ホリーは首を振った。

「何年かさかのぼって考えてくれ。両親とか、兄弟姉妹とか？」

「兄弟姉妹はいないし、父も母も亡くなってる」

「不仲になった友人は？」

「いいえ。わたしが知るかぎり、わたしの命を狙うような敵はいないわ」

言動に矛盾がないかどうか、彼女をじっと観察してみたが、まばたきひとつしなかった。額面どおりに受け取るしかない。「なるほど。とすると、犯人の正体は不明だ。ということはまず今夜、きみを数日かくまえる場所を見つけなきゃならない」

「なんですって？」

「隠れられる場所は？　人目につかないでいられるような場所はあるか？」

「なに言ってるの？　隠れてなどいられないわ！」

「隠れるんだ！」

「隠れない！　必要なら、警察が警護してくれるはずよ」

「プレンティス警察がか？」

「でなければ保安官事務所が」

彼女にはいまだことの重大さが把握できていない。「ホリー、プレンティス警察や保安官事務所の人間は、ひとり残らず被疑者だ。銃撃事件が起きたときに裁判所内にいた人間はすべて犯人の可能性があって、そこには数十人の法の執行官も含まれる。銃撃犯を追いかけるふりをしていたやつが犯人である可能性もある」

ホリーは下唇を噛んだ。「昨日、非番だった警官や保安官助手は何人いるのかしら」

「それは関係ない。警察関係者なら誰もがあの建物内にいるべきもっともらしい理由をつけることができる」

「ええ、そうだけど、ニール・レスターが慎重に捜査して――」

「ニールも除外できない」

「なに言ってるの？　捜査担当者なのよ」

「こういうことを首尾よくやるにはもってこいの立場だろ？」ホリーが呆然とするのを見て、クロフォードは小さく笑った。とっさに手を伸ばし、彼女の腿に手を置いて力を込めた。

「そう怖がるな。悪い冗談だった。ニールにはあんな独創性はない。体つきもちがう」

「髪の色もちがう」

「それに、どんな動機がある？」クロフォードは名残り惜しげに腿から手をどけた。「とはいえ、捜査担当がほかの刑事ならよかったんだが。ニールは警官というより政治的に立ちまわる役人だ。いつか署長になりたいからおべっかを使い、その日までは署長に尻尾を振りつづける。やつが最優先するのはきみの身の安全ではなく、わが身の保身だ」

「あなたがさっきの話をしたら、どんな反応をするかしら？」

「たぶん下着の洗濯をしなきゃならなくなる。そのあと、署長にご注進に走り、そうなれば署内でのうわさの広まり方からして、あっという間に知れ渡る。つまり、犯人がその話を聞きつけて身を隠すから、犯人を取り逃がすことになる」声を落とす。「そして犯人はいずれふたたび犯行におよぶ」

ホリーは自分の体を抱くように両肘を抱えた。「わたしが標的と決まったわけじゃないわ」

その点を再度、議論する気はなかった。「犯人が誰で、動機がなんであろうと、やつはチエットを殺した。おれはそいつを捕まえたい。かならず捕まえる」

「捜査から距離を置きたいんじゃなかったの？」

「そうだ。いまも気持ちは変わらない。だが、ジョージアを取り戻せる見込みは、銃撃犯を追った瞬間に消えた。いや、やめてくれ」反論しかけたホリーを制した。「お互い、わかってることだ。みずから選んだのではないにしろ、おれはやる。ニールは気にくわないだろうが、じゃまするようなら、彼の許可などいらないことを思いださせてやるまでだ。そもそも署長がおれに依頼してきた。まず、最初の仕事は、きみの身の安全を確保することだ」

「仕事や生活を無期限に一時停止させるわけにはいかないわ」

「きみの法廷はまだ犯罪現場だ。どのみち通常の業務はできない」

「しばらくほかの法廷を使ってもいいんだけど」

「それは可能だ。だが、きみ自身だけでなく周囲の人たちまで危険にさらすぞ」

ホリーは肩を落とした。「チェットのように」

ふたりともその言葉に圧倒されて、しばらくなにも言えなかった。

ふたたび口を開いたホリーは論争モードに戻っていた。「雲隠れしているわけにはいかないわ。選挙に出馬するのよ」

「命の危険があるんだ。態勢の立て直しのために何日か休んでも、理解は得られる」

「で、グレッグ・サンダーズに臆病者呼ばわりされろと？」

「そんなことをすれば、彼がみずから評判を落とすだけだ」

ホリーはうつむいた。「選挙戦から撤退するという手もある」

「それじゃあ、本物の臆病者に見える」

「法廷での銃撃事件のせいだけじゃないの」彼女は静かに言った。

「ほかにどんな理由がある？」

わかっているでしょう、と彼女が目で訴えた。わかっていた。クロフォードは腰かけたまま身じろぎし、いったん視線をそらしてから、ふたたび彼女と目を合わせた。「なかったことにしたんじゃなかったのか」

「あなたが言っていたとおり、取り消せるようなことじゃなかった」

「そうだな。だが、そのことに将来を左右されるのはばかげてる。おれは密告などしないから、誰にもばれない」

「でも、わたしたちふたりが知っている」

その言葉でコンラッドに言われた〝おまえが知っている〟という言葉がよみがえり、むきになって反論した。「あんなことでキャリアを投げ捨てるとしたら正気の沙汰じゃないぞ。ほんの二分のできごとだ。なんたることか、キスすらしてない！」

「それが言い訳になると思う？」

「いいや。だが、欲望に溺れたわけじゃなし」

「数分とか丸一日とか、そういう問題じゃないの。たとえわずかでも倫理違反を犯すことは許されない」

「いや、許される」

即答したクロフォードの安直さが彼女をいらだたせた。「あなたはわたしが担当する係争中の案件の当事者よ。個人的に話をすることすら禁じられている。それを……」言葉を切り、やっと聞き取れる程度の小声で言った。「だからあんなことをしたの？」

「はあ？」

ホリーは深呼吸して、まっすぐ彼の目を見た。「だから、うちに来たの？　あんなことをしたのは、そういうことなの？」

そういう話にならないことを願っていた。だが、彼女はくり返すことで、誤解の余地を奪った。クロフォードは爆発しそうになった。「あんなことをしたのがそういうことだと？おれが？」

「そうよ。わたしはあそこまで信用をそこなうことをしたのよ。もう先に進むことはできない。多少なりとも誠実さがあれば、無理だわ。これ以上、この養育権の審判は担当できない。あんなことをした以上……」

「きみの家のソファでおれと寝たことか？」クロフォードは鼻で笑い、なるほどとばかりにうなずいた。「いつはじまるかと思ってた」

「なにが？」

「きみと寝たおれを責めることさ」いまやクロフォードは怒りに煮えくり返っていた。「その質問をそっくりお返しするよ、判事。なぜ、あんなことをした？　責任のがれをするためじゃないのか？」苦々しげな笑い声をもらす。「いまならきみが言う声が聞こえるよ。『この男性には娘の養育権を認められません。彼は無謀であり不安定であるのみか、不道徳な人物でもあります。衝動や怒りや自分のペニスを抑制することができないのです』」

「よくそんなずるいことが言えるわね」

「いいや、ずるいっていうのがどういうことか教えてやるよ。泣きじゃくってしがみつき、わたしを抱いてと目で訴えておきながら、それに応えた男を責めるのがずるさでなくて、なんなんだ？」

火花が散るほどにらみあっていたせいで、車に近づいてきた者に気づかなかった。運転席の窓を強く叩かれて、ふたりは飛びあがらんばかりに驚いた。

ホリーは飛びだそうとする心臓を押さえるように、片手を胸にあてた。曇った窓を開けようとボタンに手を伸ばし、そこでようやくまずエンジンをかけなければならないことに気づいたようだった。

開いた窓の向こうにニール・レスターの顔を見て、クロフォードはひとしきり悪態をついた。

厳めしい顔のニールはまずホリーを、そしてクロフォードを見た。「なんと、興味深い」

# 第十二章

三人で車を連ね、町外れにある二十四時間営業のカフェへ行った。クロフォードを先頭にしてホリー、ニールが最後尾についた。ニールから命じられた以上は、話をせずに逃げることはできない。もっとも、逃げるつもりもないが。

客の大半は長距離トラックの運転手で、カウンター席で皿に覆いかぶさるようにして揚げ物料理を食べていた。やはり先頭を切って店に入ったクロフォードは、ブース席を選び、手ぶりでホリーを奥に入れておいて、その隣に座り、彼女ができるだけ隙間を空けようとするのを見ても、いらだちをあらわにしないように心がけた。

ニールはふたりの正面に座り、無愛想なウェイトレスにコーヒーを三つ注文した。「まずは密談していた理由を聞いてから、ニュージェントを呼ぶなり、署の取調室に場所を移動するなりする必要があるかどうかを判断させてもらう」

ホリーが不快感をあらわにした。「密談ではありません」

「わたしは殺人事件の捜査担当で、あなた方は重要な証人だ。ふたりして公園でなにをしていたんです？」

「たまたまおれたちを見かけたわけじゃなさそうだな」クロフォードは言った。

「ああ。裁判所の駐車場で話しているのを見かけた」

「ふむ、どうだったかな。公共の駐車場で話をしていた場合、最高刑はどのくらいだ？」

痛烈な皮肉がきいたらしく、ニールはくいしばった歯をこじ開けるようにして声を出した。

「連れだって駐車場を出ていくのを見て、あとをつけた」

「なぜその場で呼びとめなかったんですか？」ホリーが尋ねた。

「なぜなら、判事、人目を避けているようだったので、その理由を知りたかったからです」

ウェイトレスがコーヒーを運んでくると、ニールは言葉を切った。三人とも料理のメニューを断り、ウェイトレスが所在なげに戻っていく。誰もコーヒーに口をつけないなか、ニールが低く腹立たしげな声で話しはじめた。こんどはクロフォードが相手だった。

「公園の入り口までおまえをつけたんだが、そこで立てつづけに電話が入った。電話に出なければならな――」ふいに話をやめた。「わたしがなにをしようと、それをおまえに説明する義理はないな。だが、おまえには説明してもらう。夜陰に乗じてこっそりと――」

クロフォードはせせら笑った。「悪いな。人が〝夜陰に乗じて〟と真顔で言うのをはじめて聞いたもんでね」

ニールはひるむことなく続けた。「昨日は反目しあっていたふたりが、今夜は車の窓ガラスを曇らせている。ぴったり三十三分間だ」ホリーに視線を投げた。「養育権の審判の件で彼と話をするのは倫理違反です。ほかに共通の話題があるとしたら、銃撃事件のことしかない」ふたたびクロフォードに戻る。「この密会が事件に関係することなら、わたしも知っておく必要がある」にやりとした。「それとも彼女のスカートのなかに潜ろうとしていたのか？」

まるで撃たれたかのようにホリーが胴震いした。「なんて下劣な――」

「遺体安置所に安置されてる男は裁判所の銃撃犯じゃない」

クロフォードの直截な発言がホリーの怒りを吹き飛ばし、狙いどおりニールの気勢をそいだ。息をするのを忘れた彼は、盤石と思っていた地面に落とし穴があることにはたと気づいた人のようだった。

クロフォードは険しい表情を保ち、ニールの衝撃をやわらげようとも理解を助けようともしなかった。ニールはホリーを見た。「クロフォードはなにを言ってるんです？」

「いま言ったとおりです」彼女は硬い声で答えた。「残念ながら、彼の言うとおりのようで」

ニールはクロフォードに視線を戻した。「そう判断したのはいつだ？」

「遺体安置所で男を見た瞬間に」

「どうして？」

クロフォードは説明した。

ニールはいささかほっとしたようだった。「耳のピアスの穴？」大笑いした。「それがおまえの大発見か？」

「大発見は細部に宿る」

ニールはやや深刻な顔つきになり、クロフォードとホリーがそうだったように、あれこれと難癖をつけはじめた。「あのときは混乱のさなかだったから、ピアスの穴に気づかなかったんだろう」

クロフォードはなぜ屋上で穴が見えなかったかを説明した。「だが、法廷にいた男にピアスの穴がなかったのはまちがいない。死んだ男には穴があった。別人なんだ」銃撃犯を蹴飛ばしたことを思いだしながら、続けた。「ロドリゲスの左膝を見てくれ。あざになっていれば、おれの勘違いだ。だが、あざがなければ……」手のひらを上にして、両手を上げた。「おれを撃とうとした男はロドリゲスとは別の男だ」

ニールは唇を舐め、ふたりを交互に見た挙句、ホリーに視線を向けた。「あなたは、『残念ながら、彼の言うとおりのようで』と言われた。つまりあなたには確信がない」

「銃撃犯が乱入してきたときのことをちゃんと記憶しているかどうか、ミスター・ハントに試されたの」ホリーは手短に説明した。「わたしはほかの部分については細部まで正確に覚えていた。そのあと彼から、耳にピアスの穴があったと言われると、穴には気づかなかったと、とっさに答えていた。その答えでミスター・ハントの発見が裏づけられたんです」

「それはひっかけ質問だ」ニールは反論した。「百パーセントの確信を持って彼に同意できるわけじゃないんですね？」

冷ややかな口調のまま彼女は答えた。「この件については百パーセントの確信があります。でなければ、ここにはいません」

クロフォードの言葉を鵜呑《うの》みにするつもりはなくとも、判事を疑うことはできない、とニールは考えているようだった。その顔が、シミだらけの天井で低い音をたてている蛍光灯に照らされて、青ざめている。彼はテーブルの物入れから紙ナプキンを抜き取り、鼻の下で光っている汗をぬぐうと、湿ったナプキンを丸めて脇に放った。「なぜ遺体安置所で言わなかった？」彼はクロフォードに尋ねた。

「おれの思いちがいの可能性もわずかながらあったんで、スペンサー判事に確認したかった。電話をしたが、切られた。だから今夜、裁判所の駐車場で待ち伏せして、無理やり話を聞いてもらった。ひそかに会っていたのはそういうわけだ」いったん言葉を切って、続けた。

「判事にあやまるべきだ」

ニールはいささか不機嫌そうだった。「謝罪します、判事。侮蔑はクロフォードに対してであって、あなたに対してではありません」

「だったらミスター・ハントにもあやまるべきです」

ニールなら舌をかみ切るほうがましだと思っているはずだ。だが、高位の判事からそう言われては、のがれようがなかった。

彼はクロフォードの目をろくに見ようともせずに言った。「さっきの発言は不適切だった」

「おまえの真摯《しんし》さには頭がさがるよ、ニール。おまえから認められたいとは思っちゃいないがな。おれにとって重要なのはチェット殺しの犯人を見つけることだけで、それはジョルジ・ロドリゲスじゃなかった」

「SWATが犯人じゃない人間を狙撃したと報告すれば、署長からその理由を尋ねられる。なぜおまえがしくじったか納得のいく説明をしてもらおう」

「ちょっと待って、刑事さん」ホリーがクロフォードを制して、口を開いた。「ロドリゲスとされる男は装塡した拳銃でミスター・ハントを脅し、保安官助手に発砲したのよ。法廷で銃撃した人物かどうかはべつにしても、放置しておくことはできなかったわ」

「せっかくだが、判事、弁護してもらう必要はない」クロフォードはニールを見すえたまま言った。「法廷から屋上までのあいだになにがあったかは不明だが、屋上の監視カメラの映像はおまえも見てるだろう？　ロドリゲスは挙動不審だった。彼が選択をまちがえて、その代償を命で払うことになったのは、残念でならない。だが、それも終わったことで、いまさらなかったことにはできない。となると、おまえの仕事は――」

「おまえにわたしの仕事を教えてもらう必要はない」

「――どこで、なぜ、どんなふうに入れ替わったかを突きとめることだ。ロドリゲスは逮捕されるべくはめられた愚か者だったのか？　それともたまたまタイミング悪く自分のものではない拳銃を手に取り、警察と対面してパニックを起こしたのか？　そして最大の難問は、ロドリゲスが銃撃犯でなければ、誰が犯人なのか？

　このすべてに答えが見つかるまで、世間は黙っちゃいないぞ、ニール。そのうえ署長以下すべての指揮命令系統の上官がおまえを悩ませるべく、ケツに嚙みついてくる。それで気がすむんなら、おれを生け贄《にえ》にするがいいさ。さあ、やれよ。おれが乗り越えてきた困難はこんなもんじゃない。だが、この事件が解決するまで、噛まれるのはてめえのケツだ。さて、捜査担当を務めるのはどんな気分だ？」クロフォードはホリーの肘をつかんだ。「行こう」

「待て」

ホリーを連れてブースから出ようとしていたクロフォードは、動きを止めた。

ニールは意地と賢明な判断のあいだで葛藤していたが、後者が勝った。「なにを知ってる？」

「なにも」

「だったら、おまえの考えを聞かせてくれ」

クロフォードは迷った末、席に戻った。彼とホリーが座り直すと――こんどはさっきほどは離れていない――ニールが身ぶりで話せとうながした。

「銃撃犯は、あの法廷の廊下をはさんだ向かいにある物置にペンキ屋の服装を入れていた可能性が高い。なかでそれを着て、開廷を待った。待機時間はわからない。陪審員たちにまぎれてこっそり入りこんだと決めてかかってたんだが、何時間も物置に身をひそめていた可能性もある。現場鑑識班は物置を調べたのか？」

「あそこは物入れだ。雑巾、デッキブラシ、モップ、バケツなんかが入ってる」

「言うなれば、物的証拠がたんまりあったわけだ」

「袋いっぱいに」

「犯人が物置にいたと陪審を納得させられる決定的な証拠は出ないかもしれない。だが、その必要もない。ペンキ屋の服装にDNAがべったりついてるはずだ。もちろん、その前に被疑者を見つけなきゃならないが」そっけない口ぶりで尋ねた。「製造元は突きとめたのか？」

「ペンキ屋の服装のか？　犯人を捕まえたと思っていたんで、必要性を感じていなかった。ニュージェントに調べさせる」

そんな任務がニュージェントに務まるかどうか、クロフォードにははなはだ疑問だった。ただ被疑者候補になれるほど頭のまわる若者ではない。「銃撃犯が今夜どこにいるか知らないが、とっさに思いついて、使ったものをすべて置いていったんだ」

「なぜそんなことをしたのかしら？」ホリーが尋ねた。

クロフォードは思考をめぐらせた。「おれが階段室に入る音を聞いて、上に向かうのに気づいたのかもしれない。着たまま捕まるよりは、幸運を願って変装を脱ぎ捨てるほうがましだ。拳銃についても同じで、丸腰で逮捕される可能性はあったが、建物内から避難する全員が身体検査されるのはわかってた」ニールを見て、続けた。「銃から指紋は検出されなかったんだろう？」

ニールは首を振った。「きれいなもんだ。製造番号も削り取られていた。あとは旋条《せんじょう》鑑定の結果待ちだ」

「関連するほかの事件があるとは思えない」

ニールが不機嫌にうなずいた。「製造番号を削るようなやからは――」

「ジョルジ・ロドリゲスについては？」ホリーがクロフォードに質問した。「彼もなんらかの形でかかわりがあるのかしら？」

「たんなる直感だが、おれは関係ないと思う。そっちは？」

そう訊かれて、ニールは当惑顔を返した。「ロドリゲスは悪いときに悪い場所に居あわせ、致命的な判断ミスをしたが、事件には関係ないという結論に達したんだと思っていたが」

「ひとつの可能性というだけで、結論じゃない。枠にとらわれずに考えたほうがいいぞ、ニール。哀れなあほたれが、おとりにされたのかもしれない」

「その説にはなんの裏づけもないぞ」

「ちがうと裏づけるものもない。少なくとも、おれたちはあらゆる仮説を検討すべきだろ？」

「おれたち？　この事件の捜査から離れたくてたまらなかったんじゃないのか？」

「バーカーの奥さんの求めには応じないとな」クロフォードは言った。「それに、おまえのとこの署長にも。だろ？　おれの参加に文句があるんなら、署長に言え」

ニールは不愉快な事実を突きつけられて不満げに体を動かしたものの、ぐうの音も出なかった。

クロフォードは言った。「状況が変わったとはいえ、至急、ロドリゲスの身元を確認し、犯人との関係の有無をはっきりさせる必要がある。それからほかにも――」

「仕事のやり方をわたしに指図するつもりか？」

「めっそうもない。だが、銃撃のときに裁判所内にいた全員を綿密に捜査しなければならない。避難した全員から念入りに話を聞く必要がある。その作業にプレンティス警察や保安官事務所の人間をあたらせるわけにはいかない」

「百人以上の警察関係者が使えないことになるぞ」

「それともうひとり」

「誰だ？」

「銃撃のときおまえはどこにいた？」

ニールがにらんだ。

「冗談だよ。だが、裁判所に来ていた人や職員に加えて、警察関係者や公務員の全員から話を聞かなきゃならない。ひとりの例外もなくだ」

「どれほどの影響があるか、わかっているのか？」

「それがどうした？　そんなことに気をもんでる場合じゃないだろ」

「おまえとちがって、わたしは苦境に立たされるのを好まない。自分の評判を保つためにはなんでもする」

「言われるまでもないさ、ニール。いつもなら、おまえがなにを優先しようと知ったことじゃない。だが、チェットを殺した犯人は逃走中で、言うまでもなく、スペンサー判事に危害を加える恐れがある。そのことのほうが影響よりずっと重要なはずだぞ。それとも、そう思うのはおれだけか」

そこまで言われたら、納得せざるをえない。いまだクロフォードに言いたいことがあっただろうに、ニールは気を取り直して、ホリーに話しかけた。「犯人が捕まるまで、警察が身辺警護にあたります」

「ミスター・ハントにも言ったとおり、逃げ隠れするつもりはありません。そのことによって政敵や有権者にまちがった印象を与えたくないのがひとつ。けれどなにより、怯えているところを見せて、わたしを狙った犯人を喜ばせたくないので」

ニールは最後まで聞いて、おもむろに口を開いた。「判事、お言葉ではありますが、あなたには身を隠していただき、二十四時間警護をつけます。警察署長や、市長、あなたの同僚の判事たち、そして州知事も、賛同してくれるでしょう。警護にはマット・ニュージェントをあたらせます」

「おれがやる」

「え？」

ニールとホリーが声をそろえて訊き直した。クロフォードはニールに説明した。「公園からここに来るあいだにレンジャーのヒューストン事務所に電話を入れた。すでにレンジャー二名がこちらに向かってる」

ニールは腹に据《す》えかねているようだった。「誰の許可を得た？」

「おれの判断だ。誰の許可もいらない。だが、おまえはおれの介入をおもしろく思わないだろうから、副隊長とタイラーにいる隊長に許可をとり、ついでにそっちの署長からの捜査協力要請に喜んで応じると伝えた。仕切り直しだ、ニール。今朝、おれをベッドから引きずりだしたことを後悔してるんじゃないか？」ニールの返事を待たずに、クロフォードは続けた。

「そういうことだから。判事宅の警護にはレンジャーがあたる」

「家のなかはどうする？」

「やめて」ホリーがぴしゃりと言った。

「最近、都市圏では判事を含む公職者にはつねに警護がついてる」クロフォードは言った。

「ここは都市圏じゃないわ」

「議論の余地はないんだ、判事」

ホリーは譲歩した。全面的にではないにしろ。「わかったわ。でも家の外だけにして。ここに来る途中、わたしも電話をかけて、友人が二、三日泊まってくれることになったの」

「どんな友人だ？」

クロフォードのぶしつけな質問に判事は冷ややかに答えた。「無条件に信頼できる人よ」

無条件に信頼できる人とは誰なのかと尋ねたかったが、ニールに先を奪われた。「それはけっこう」腕時計を見て、顔をしかめた。「もうこんな時間か。大急ぎで署長の夜の時間を台無しにしなければならない」

クロフォードは言った。「おれがスペンサー判事を家まで送って、お役ご免になるまで待機する」ホリーが苦々しく思っているのを察知しつつ、彼女に反対する暇を与えなかった。てきぱきと話をまとめて、ブースを出た。

「最後にひとつ」ニールが声をあげた。

ニールを見おろしたクロフォードは、彼がほくそ笑むように唇をゆがめているのを見て、不愉快な発言を覚悟した。

「今日の午後、おまえの義理の父親から電話があったぞ」

心の準備ができていたにもかかわらず、衝撃が走った。だが、無関心を装った。

「ミスター・ギルロイは、おまえが屋上でのロドリゲスとの対決について話すのを拒んだと言っていた。それをおかしいと思わないかと尋ねられた」

「そう思ったのか？」

「おかしいと思ったかどうかか？」ニールは肩をすくめた。「多少は」

怒りを抑えつつ、クロフォードは言った。「事件についてジョーに話す義務はない。だが、昨日の夜、彼に話すのを拒んだのは、おまえの聴取を受けた直後だったからだ。へとへとで家に帰りたかった」

「話をしなかった理由はそれだけか？」

クロフォードは首をかしげた。「思うところがあるのか、ニール？」

「おまえと彼のあいだにはわだかまりがあるから、ジョー・ギルロイからの電話自体は考慮する価値はないと思った」

「だが？」

「だが、おまえの言うことが本当で、ロドリゲスが銃撃犯でないとしたら、おまえの対処のしかたがより重要になってくる。おまえがやみくもに追ったせいで、罪のない人間の命が奪われたかもしれない」

ホリーはさっき具体的に理由を挙げて、ロドリゲスがみずから不運な死を招いたのだと説明してくれた。ニールがクロフォードを責めるのは、彼の狭量《きょうりょう》がなせるわざだ。だが、ニールのあてこすりが心に響いた。性急な行動が正しかったのかどうか、自分でも疑問に思っているからだ。とはいえ、そんなことはおくびにも出さなかった。「支払いは任せるぞ」

ニールが店から出てきたとき、クロフォードはホリーに指示を与えていた。「車に乗る前に後部座席を確認すること。駐車場を出るのは、おれが後ろについてからにしてくれ。すぐ後ろから追いかける」

ホリーはニールにそっけなくおやすみのあいさつをすると、自分の車に向かった。歩き去ろうとするニールを、クロフォードは手を上げて呼びとめ、遠ざかるホリーの背中を見ながら、小声で言った。「微妙な問題なんで、彼女には聞かれたくない」頭を動かして建物の角を示した。

ふたり並んで歩きだした。クロフォードは角を曲がるなり立ち止まり、ニールの口元を殴った。刑事は後ろによろめいたが、倒れずに踏んばって、出血した唇を両手で押さえた。

クロフォードは血のついた右手を振った。「彼女のスカートのことで、もう一度さっきのような口をきいてみろ。おまえのタマをシチューの具にしてやる」

ホリーの家に着くと、クロフォードはSUVを降り、周囲の茂みをじっくり確認した。裏口で落ちあい、ホリーが錠を開ける。なかに入ると、彼女の前に出て言った。「ここで待っててくれ」

　腰の背側にあるホルスターから拳銃を抜き、リビングに入って室内を見まわした。ソファだけはまともに見られない。短い廊下を奥へ行き、きちんと片づいた落ち着きのある寝室に入った。クローゼットとベッドの下を確認した。

　バスルームに成人男子が隠れられるほどのスペースがないのはひと目でわかるのに、なかに入らずにいられない。こぢんまりした空間にホリーの芳しいにおいが立ちこめていたからだ。ドア裏のフックには、彼女が前夜はおっていたバスローブがかかっている。バスルームから出るとき、手にしたその感触で欲望が全身を駆け抜けた。

　キッチンに戻ると、ホリーは冷蔵庫の扉を開いていた。「水はいかが？」

「もらうよ」

　彼女はクロフォードに水のボトルを渡して、自分も手に取った。ボトルに口をつけて飲みだしたクロフォードは、右のこぶしについた新しい血を見るホリーの視線に気づいた。「車のドアですりむいた」

　怪訝な顔をしながらも、彼女はなにも尋ねなかった。

　クロフォードは流しに行き、湯と液体石鹼で手を洗った。ペーパータオルで手を拭き、ジャケットを脱いでダイニングの椅子の背にかけ、ホルスターをベルトから外してテーブルに置いた。

ホリーはその動きを目で追っていた。目がホルスター内の拳銃で止まる。

「職業柄、手放せない」

「制服もね」

「制服はたまに着る。だが、おれは私服でもいいんだ」

「いつも携行してるの？」ホリーは首を動かして拳銃を示した。

「つねに手の届くところに置いてる。ジョージアがうちにいるあいだは、あの子の手の届かない場所にしまうが」彼は携行品の拳銃の、精巧な飾りが彫られた握りの部分を指先でなでた。「昨日、出廷したときは持ってなかった。これがあればチェットの拳銃はいらず、貴重な時間を無駄にせずにすんだ。それがチェットの生死を分けたかもしれない。銃撃犯はおれに捕まり、ロドリゲスは無事にタバコを吸い終えられたかもしれない。犯人は今夜、監房の中にいて、ロドリゲスは遺体安置所以外の場所にいたかもしれない」

ホリーは深く息を吸い、ゆっくりと吐きだした。「きっとわたしたちはこれからも、もしあのときああだったらと、悔やみつづけるんでしょうね」

クロフォードはうなずいたが、その流れでつけ加えることが思いつかなかったので、黙って彼女と見つめあった。わずか数立方メートルのキッチンの空間がふたりを隔てている。ちょうど昨夜と同じように。

見るからに不安そうに、彼女は腰のあたりで両手を組んだ。「マリリンがもうすぐ来るわ」

「マリリン？」

「マリリン・ビダル。選挙対策マネージャーよ」

「信頼できるという人か？」

　ホリーはうなずいた。

　今夜、彼女のところに泊まりにくるのがデニスでないとわかって、クロフォードは大いにほっとした。それを認めれば、嫉妬という不適切な感情を認めることになる。そこで、テキサス・レンジャーらしい客観性を示すべく言った。「マリリンに状況は伝えてあるのか？」

「電話だったから、すべては話してないわ。彼女は昨夜もここへ駆けつけたがったんだけど、必要ないと断ったの。でも、あなたから身辺警護の話が出たので、あらためてマリリンに連絡して、頼んだのよ。こちらへ来て、ゲストルームに泊まってほしい、と」

「どんな人物だ？」

「がむしゃらな人」

「危険な状況でも怯まない？」

　ホリーは小さく笑った。「あなたが手配できる誰よりもタフでしょうね」

　おれは例外だが。

「マリリンとわたしは仕事上とてもいい関係なの。理想のルームメイトにはなれそうにないけど」壁の時計をちらりと見た。「そろそろ着くころよ」

「さっきも言ってたぞ。そんなにおれを追い払いたいか？」

「そんなつもりで言ったんじゃないけど」

「いや、おれにはそう聞こえた」

彼女は不愉快そうだった。「そうね、そうだったかもしれない。気づまりだから」

「犯行現場に戻ったようなもんかもな」

彼女は後ろめたそうにリビングルームを見た。

「ニールの言ったことなど気にするな」

「彼はばかじゃないわ。わざわざ停車した車のなかでロドリゲスの話をする必要がないことぐらい、わかっている」

「ニールにはなにひとつ嘘を言ってないぞ」

「ええ。でも、遊園地の回転遊具みたいに、のらりくらりかわしてた。彼の考えでは――」

「ニールがなにを考えてようと知ったことじゃない」

「彼がわたしたちが寝たと考えているとしたら、そうはいかないわ！」

「寝てたわけじゃない」

ホリーは身のすくみそうな視線を投げつけた。「あなたの表現のほうが下品なだけよ」

「そしてずっと的確でもある」

ふたりの行為をどう呼ぶにしろ、アンコールはいつでも大歓迎だった。つまり自分はそういう品性の男だということだ。ニールのぶしつけな発言に腹を立てたのも、事実に近かったからだ。ホリーのスカートのなかに潜りこみたい。そして彼女を組み敷きたかった。

いまのホリーはいかにも判事らしい、かっちりしたスーツとブラウスで身を固めているが、クロフォードは昨夜、彼女が着ていたTシャツの心地よい感触を覚えていた。そのTシャツをつかみ、押しあげたときの、あのやわらかな握り心地。それよりもなおやわらかだったのが、彼女の内腿の肌触りだった。

「腹が減ったな」クロフォードはつぶやき、ホリーの横をすり抜けて冷蔵庫に向かった。

「なにか食べるものはあるか？」

「どうぞお好きに」

冷蔵庫をのぞき、引き出しのなかにハムとスライスチーズを見つけた。それを取りだしてカウンターに置いた。調味料を物色していると、ホリーが食糧庫からパンを出してきた。

「きみも自分の分のサンドイッチを作れよ」

「お腹はすいてないわ」

「だとしても、食べたほうがいい。皿は？」

ホリーは皿のしまってある棚を指さした。そのあと億劫そうに袋からパンを二枚取りだして、クロフォードがカウンターの上を滑らしてよこした皿に載せた。「マリリンが来る前に帰って」

「きみがひとりでいちゃいけない理由はさんざん語って聞かせたはずだが」クロフォードはハムをパンに載せ、マスタードをたっぷり塗った。

「でも、変に思われて――」

「なにが？」スイス・スライスチーズを袋から出す手を止めて、ホリーを見た。「なにがどう見えるんだ、ホリー？　おれがきみに手を出すまいと必死にこらえているようにか？　そのことを頭から追いだそう、あるいはなかったことにしようと？　どだい無理な話だ」あざ笑う。「だが、そう見えるってことか？　そりゃそうさ、そのとおりだからな。だが、それだけじゃないぞ。おれはきみを消したがってるやつからきみを守ってもいる」言葉を切って、息をついた。「いいか、もう一度言う。おれがここにいるのは、きみをひとりにはできないからだ」

「あなたとふたりきりでいるわけにはいかないわ」

「気の毒だが、いっしょにいるしかない」

「警護にはほかの人をよこして」

「すでにこちらに向かってる。とりあえず使えるのはおれだった」

「なぜあなたが――」

「死んだ女のことでこれ以上苦しみたくないんだ！」

# 第十三章

大声のあとに残されたのは、突然の張りつめた沈黙だった。見つめあうこと数秒、クロフォードは小声で悪態をつくと、彼女に背を向けて、作りかけていたサンドイッチをしあげた。

ホリーも自分のサンドイッチを作り、皿をテーブルに運んだ。クロフォードは彼女が座るのを待って向かいの席につき、サンドイッチにかぶりついた。

ホリーはパンの皮をつついていた。「ベスのことを言っているのね」

「その話はしたくない。そもそもきみはすべて知ってる。おれの〝資料〟に書いてある」

「交通事故で亡くなったそうね。ひどい事故だったとか」

クロフォードは皿に覆いかぶさるようにしてテーブルに肘をついて、つぶやいた。「表向きは」

「そう処理されたことが気に入らないの？」

「舅殿は不服だろう。ベスの事故についてどう思っているか、尋ねれば話してくれるから、訊いてみるといい」顔を上げて、ホリーを見た。冷たく険しい目。「それとも、すでに訊いたか？」

「だったら、訊くまでもないな。おれを責めるに決まってる」

「事故の報告書によれば、ベスは時速百三十キロ近く出していた。車は制御を失い、スピンして電柱にぶつかった」

クロフォードの目が焦点を失った。悲惨だったであろう事故の現場がまぶたの裏に映っているのかもしれない。「衝突して即死だったと聞かされた。せめてものなぐさめではある」

ささやくような小声でホリーは言った。「お気の毒に」

「それはどうも」

「ジョージアは助かったのね」

「かすり傷ひとつなかった。まさに奇跡だ」

ホリーは尋ねた。「警察の報告書のどこが気に入らないの?」

「どこもかしこも。だが、事故には物理的な衝突に留まらない、人的な要因がある。妻の事故の場合は、とくにそれが大きかった」

確かに、その死亡事故には酌量すべき事情があった。ホリーはそれがなにか知っていたが、彼の言い分を本人の口から聞きたかった。

クロフォードはサンドイッチの最後のひと口をボトルの水で流しこみ、手の甲で口元をぬぐった。果てしない沈黙の末、渋い顔でホリーを見た。「なんだ?」

「その話を聞かせて」

「いいえ、とくには」

「なぜ？」

「つらすぎて話せないの？」

「いいや」

「だったら……」ホリーは肩をすくめた。

　クロフォードはじれったそうに長く息をついた。「ベスはあの夜、うちを出て、車に乗り、スピードを出して、電柱にぶつかった。しゃにむにおれのもとへ駆けつけようとしていなければ、そんな目には遭わずにすんだろう。だが彼女はパジャマ姿のままのジョージアをベビーベッドから抱きあげて車のチャイルドシートに乗せ、大わらわで外に飛びだした」

　すべて資料に記載があった。そうした事実に対して、裁判所が任命した心理学者は特別な意味合いを持たせていた。つまり、クロフォードの妻の死に対する罪の意識は、見当ちがいの感情ではあるものの、悲哀の感情同様、彼を激しくむしばんでいるとの見解が示されていた。そしてカウンセラーは、そんな彼もついに自分を許すにいたったと結んでいた。

　だが、そうは見えない。まだ完全には自分を許せずにいる。罪悪感の爪痕は永遠に癒えない。彼はただ傷を抱えて生きるすべを学んだだけなのだろう。

「ハルコンについて話して」

　クロフォードはいかにも思案顔で、顎をなでた。「そうだな、ハルコンのなににについて聞きたい？　ああ、そうか、あの町の長老たちはいまだにスペイン風にアルコンと発音をしながら、ハルコンのＯの字の上のアクセントマークを取ってしまった。どうやら誰もその理由を知らないらしい」

つまらない話でお茶を濁そうとする彼に、ホリーは顔をしかめた。

クロフォードが不機嫌な顔で椅子を引き、空になった皿を流しに運んだ。「あのときの銃撃戦の様子は、すべてネットで読める」

「読んだわ」

クロフォードはぶすっとしたままふり向いた。「だろうな。審判の前かあとか？」

「前よ。あちらでなにがあったのか、正確に把握しておきたかったの。それ以降のことはすべて、あなたとマニュエル・フエンテスの対決に端を発している」

クロフォードはしばらくホリーを見つめ、小首をかしげた。「なぜ判事なんだ？」

「え？」

彼は腕組みをしてカウンターにもたれた。「順番に質問しないか、判事。きみが質問に答えたら、おれもハルコンの質問に答える」ホリーがためらっていると、彼はうながした。

「マリリンが来るまでの暇つぶしだ」

クロフォードはわざと頭をめぐらせてドアを見た。その先にはリビング、そしてさらにその奥には寝室がある。顔を戻して、ぶしつけに言った。「それとももっといい眼つぶしがあるのか？」

ホリーは顔を赤らめつつも、職業的な堅苦しい口調で言った。「では、わたしから」

「どうぞ」

「報告書には、あなたがフエンテスに固執していたとあったけど、事実なの？　彼の逮捕にそこまで入れこんでいたの？」

「〈ヒューストン・クロニクル〉紙に載ったあの銃撃事件の記事では、〝いかなる犠牲を払うとも〟と表現された」

「あの事件でハルコンは有名になった」

「そしておれはまずいことになった」クロフォードは時間をかけて考えをまとめると、冷静な口調で淡々と話しはじめた。「フエンテスは長年、監視対象になっていた。アメリカにドラッグを持ちこみ、メキシコには武器を運びだし、その両方の取引で莫大な利益を得ていた。野心家にして大胆かつ残忍、敵や競争相手と見なした相手は容赦なく排除する。

やつの処刑方法は想像を絶する陰惨なものだった。中世風と言ったらいいか。その仕事ぶりを写真に撮って流して怖がらせ、脅しの材料に使った。やつとやつのカルテルのメンバーがどれだけの人間を殺したか、正確な人数はこの先も明らかにはできないだろう。文字どおり数え切れない。なんとしてでも、やつを業界から消さなければならなかった」

「その任を担うのは、あなたでなければいけなかったの？」

「こんどはおれの番だ。なぜウォーターズ判事が病に倒れたとき、その後釜に座ることにした？　パパにならって高給取りの弁護士でありつづけることを選ばなかったのはなぜだ？」

「あなたもオンラインで調べたようね」

彼はそうだと言う代わりに、わざとらしく肩をすくめた。

「審判の前なのあとなの？」

「どんな相手に裁かれるのか知っておきたかった」クロフォードが答えた。「法服のなかの人物を感じ取るために」ひと息おいて、つけくわえた。「ホリー・スペンサー判事について基本的な人物像を描きたかったんだが、きみは……驚きだった」

視線が絡みあい、ホリーは目を伏せた。「確かに父は弁護士だったわ。ダラスでは名の知れた刑事事件専門のね」

「ウォーターズ判事とは友人関係にあった」

「チューレーン大学時代に親しくなったのよ」

「だが、きみは父親と同じ職業を捨てて、判事になった。なぜだ？」

「わたしの番だと思うけど」ホリーは言った。「ハルコンでのあの日の前に、フエンテスと直接、顔を合わせたことはあったの？」

「いや。誰もやつの住みかを知らなかった。転々と場所を移してたんだと思う。ひとところに長く留まるようなばかじゃない。そしてまさに軍隊に守られていたようだ。おれはやつの人となりを研究し、極端に利己的で孔雀《くじゃく》のようなうぬぼれ屋と見切った。やつは抜け目なく自分を売りだし、メキシコのマスコミを手玉に取っていた。国境のどちら側でも、警察当局はいい笑いものだった。誰も彼には手出しできない。そう見えたし、本人もそう自負していた」

クロフォードは灰色の瞳をぎらつかせて、棘のある笑みを見せた。「それがやつを捕まえる鍵になるとおれは考えた。やがて自信過剰になり、偉そうに出歩くようになる。そこを捕まえようと」

クロフォードは組んでいた腕をほどき、背後のカウンターに両手をついて腰を支えた。両手のあいだの魅惑的な領域を見てはいけない、とホリーは思いつつも、目が引き寄せられてしまう。大きさを想像し、彼のものに内側から押し広げられて満たされたときの感触を思いだした。

クロフォードが尋ねた。「なぜ父親ではなくウォーターズ判事の跡を継いだ？」

ホリーは水のボトルをつかみ、キャップを緩めたり締めたりをくり返した。「父の人生は安物のドラマのようだった。中年になると、母を捨てて若い女性に走ったの」

「きみがいくつのときだ？」

「十四歳」

「で、どうなった？　不倫の行く末は」

「父にとっては上々よ。その女性と結婚して、死ぬまで結婚生活を続けたもの」

クロフォードは眉をひそめた。「その女性が、今回の銃撃事件の背後にいる正体不明の敵だという可能性は？」

ホリーは首を振った。「会ったこともないの。父の葬儀では、お互いにいないものとしてふるまったわ」

「ふたりのあいだに子どもはいるのか？」

「トロフィーワイフの体形を崩してどうするのよ」

「彼の財産はどうなった?」

「すべて彼女のものになったから、相続の件でわたしを恨むことはないわ。あなたが考えているのがそういうことならね。父の遺言書は水ももらさぬ完璧なものだった。なんにせよ、母とわたしは彼女と争わなかった。父の死後半年で彼女はシカゴへ引っ越し、ヘッジファンド業界の大物とくっついた」ホリーはまたボトルのキャップをひねった。「フエンテスはパーティに出席するために隠れ家から出てきたのよね」

「それは質問じゃない」

「いいから話して」

「姪のキンセアネーラのためにハルコンへやってきた」

「十五歳のお祝いね」

「ヒスパニック文化圏では少女が社交の場にデビューする歳として、大々的に祝うんだ。フエンテスはその子の親である弟をしのんで出席するだろうとおれたちは踏んだ。弟はその一年前にエルパソの麻薬捜査官によって殺されていた」

「あなたは待ち伏せ攻撃を指揮することになった」

「作戦自体がおれの発案だった」

「テキサス・レンジャーになってまだ一年ちょっとの時期ね」

「だが、その前に地元警察に八年いた」

「そこでもスピード違反を取り締まっていたわけじゃなかった」

クロフォードが眉を吊りあげた。「ネットの記事を読みあさったらしいな」

ホリーはほほ笑んだ。「あなたは犯罪捜査課にいた」

「おもに麻薬対策を担当してた」

「麻薬の売人を捕まえていた」

「下っ端をな。中堅どころも何人か。おれは蛇の頭を切り落としたかった。まもなくフェンテスの姪のパーティがあると聞きつけたおれは、ハルコンまで出ばって、数カ月のあいだ身をひそめつつ、目を見開き、耳をそばだてていた。金物と飼料を売る店の店員になりすまして」

「ベスもいっしょだったの?」

「きみの番じゃないぞ」

ホリーから黙って見つめられ、クロフォードは折れた。「いや。妊娠してたし、危険すぎた。おとり捜査だとばれたら、ベスまでフエンテスに殺される。しかも見せしめとして、おれのところに現れる前にだ。当時、おれたちはヒューストンで暮らしていた。おれは事情が許すかぎり、車で会いに戻った」

「ジョージアの出産には立ち会ったの?」

クロフォードは咳払いをした。「ああ」うつむいてブーツの爪先を見ながら、思い出に浸っているようだった。「その場にいたよ。へその緒を切ってすぐに、医者がジョージアを抱かせてくれてね」彼は小さく笑った。「あんなちっこい体であんなに大騒ぎできることにびっくりした」

顔を上げた彼は、おりしもホリーの顔に浮かんでいた笑みを見て、ほほ笑みを返した。だがすぐに真顔に戻った。「ふたりを残してハルコンに戻るのはつらかった。ベスにも行かないでくれと泣きつかれ、そのせいで喧嘩になった。だがフエンテスのもたらす被害は甚大だった。おれにはやりかけの仕事を片づける責任があった」

「ベスとは仲直りできたの？」

「いや」クロフォードはそっけなく答えた。「彼女は納得してなかったと思う」

そのとき藪から棒に、彼の様子が変わった。がらっと話題を変えて、ホリーに、母親は再婚したのか、と尋ねた。

「異性とつきあうことさえなかったわ。父に捨てられたことで自信を失ったのね。死ぬまで不幸な女でありつづけ、それは傷心のせいばかりではなかった」

「ほかになにが？」

「父はあらゆる抜け穴を知っていた。そしてその知識を容赦なく離婚調停で用いた。闘おうにも、母にはそのお金も手立てもなく、わたしもまだ子どもだった。それなのに父は容赦なしに捨てた。母にとってもわたしにとっても、軽く受け流せるようなことではなかったわ。父がわたしの学費の援助を断ると、それを機にウォーターズ判事は父と絶縁したの」

「そしてきみの味方になった」

「奨学金を得られるように手を貸してくれたのよ。あとはだいたい知っているわね」

クロフォードはホリーをじっと見た。「おれの家庭も崩壊してた。母は二番めの夫とカリフォルニアで暮らしてる」

「お母さまとは会ってるの？　ジョージアは？」

「二年に一度ぐらいかな。母はいわゆる母性的なタイプじゃないし、ジョージアは母の人柄がわかるほど会ってない。実際は名前がわかる程度さ。おれはそれでかまわない」

「お父さまは？」

「最悪な部類だ」

「わたしの父と同じね」

「もっと悪い」

ホリーは控えめに笑った。「あら、わたしはうちの父のほうがひどいと思ったけど」ホリーは〝ひどい〟の部分に力を込めた。「でも、そんな父もひとつためになることをしてくれた。わたしに職業選択の道筋をつけてくれたことよ」

「ああ、家族法だな。きみの専門だ」クロフォードは鋭く目を細めた。「なるほど、そういうことか。きみは個人的な闘いを挑んでる。嘘つきで不誠実な夫たち、妻を捨てて盗みをはたらく夫たちのせいで、妻たちが不公正な目に遭わないように」

「公正さを求めて闘ってるの。どちらの権利もそこなわれないように。とくに法律家の策略によって権利が奪われるようなことがあってはならない」

「離婚や養育権の審判をするとき、みずからの経験を踏まえて女性に肩入れすることはないのか？」

「ないわ」

「いや、多少はあるだろ？　懐かしの父さんから点を奪うのを楽しんでるんじゃないか？」

「そんなことのために判事になったんじゃないわ。そんな理由ではないのよ」

クロフォードは不審げに首をかしげた。

「あの日、ハルコンでなにがあったの？」

話題が戻ると、彼の顔からけしかけるような笑みが消えた。「おれみずから三種類の捜査機関から六人を選抜した。全員が熟練捜査官だ。泣く子も黙る腕利きの。ある意味、フエンテスと同じくらい容赦ないやつらだった。おれと同じように、フエンテスのキャリアを終わらせることにこだわっていた」

「たとえ殺すことになっても、彼の活動をくい止めたかったのね」

「それが共通認識だった。いずれにせよ、フエンテスは窮地にいた」彼はもの思いに沈み、しばらくすると、ふたたび話しだした。「ひとりがパーティの配膳係として内部に潜入していた。残りは町を囲んだ。日がな一日待機してたが、地獄のような暑さだった。フエンテスは現れず、みなこのまま成果を挙げることなく終わるんじゃないかと思いはじめてた。

だが、午後遅くになって、おんぼろの配送用小型バンがパーティ会場の通用口に停まった。一見ぽんこつだが、ボンネットのなかには改造されたレースカーのエンジンが搭載されていた。フエンテスは五千ドルはしそうなスーツを着て車から降りてきた。その十倍の価値のありそうな金やらダイヤモンドやらで飾りたて、爪先に銀の飾りがついたオーストリッチのブーツを履いてた」

「孔雀のようなうぬぼれ屋ね」

クロフォードはうなずいた。「やつは四人のボディーガードに守られて会場入りした。バンにふたり残った。おれたちは配置につき、フエンテスがバンに戻ったところを捕まえることにした。もちろん、こちらが命じたところでフエンテスや手下が武器を置いて降伏すると思うほどおめでたくはない。銃撃戦は覚悟の上だった。ただ大きな被害が出る前に制圧できることを願っていた」

「でも計画どおりにはいかなかった」

「そうだ。あいつは警官がいるとすれば、帰り際に待ち伏せしていると踏んでたんだろう。だから入り口と出口を変えてきた。そう、正面玄関から出てきたんだ。おれたちはすっかり裏をかかれた」

「なぜ？」

「パーティ会場は行き止まりにあった。おれは彼が身動きの取れない場所にみずから入りこむはずがないと思ってた」

「合理的な判断ね」

クロフォードはおもしろくもなさそうに笑った。「ああ。ところが、フエンテスは合理性を無視した。おれたちが通用口側の物陰に隠れ、臨戦態勢で意気込んでいると、内部に潜入してた捜査官がおれのイヤホンに取り乱した声でささやいた。フエンテスが正面玄関に向かったと。

瞬時に決断しなければならなかった。中止するか、やつを追うか？　だがここで取りのがせば……」わずかに視線を動かして、ホリーの目を見た。「考えをまとめる暇もなかった。その段階で、おれは打って出た」

クロフォードは法廷のあのとき同様、とっさに行動したのだ。そう思いつつ、ホリーはその考えを胸のうちに留めた。

「おれは隠れていた場所から飛びだして、全速力で建物の正面玄関側に走った。角を曲がると、フエンテスと四人のボディーガードがリムジンへ急ぐのが見えた。教会での礼拝のあと、姪と家族をパーティ会場へ運んだリムジンが何台か停まってたんだ。

おれはフエンテスを呼びとめ、テキサス・レンジャーだと名乗った。やつは屋内に引き返そうとしたのか、身を翻した。すでに銃を構えていたおれは、頭を狙って撃った」クロフォードは、あとはわかるだろうと言いたげに肩をすくめた。「フエンテスは塵《ちり》と化した。だが会場は大混乱に陥った。内部に潜入していた捜査官が玄関から駆けだしてきて、声をかけるまもなく、フエンテスのボディーガードに撃ち殺された。

こちらも全員が応戦態勢に入っていた。小型バンに乗っていたフエンテスの手下は殺したが、こちらも麻薬取締局の捜査官が致命傷を負わされていた。彼は手術中に亡くなった」目をつぶり、親指と人さし指でまぶたをこすった。「いかついが、人好きのするやつだった。毎日、新しいジョークを仕入れてきてね。それがまたくだらないやつばかりで、毎回オチが丸わかりだった」

クロフォードは目から手を離しつつ、うつむいたまま床を凝視していた。「最終的な死者は向こう六名、こっち二名。ほかに銃撃戦に巻きこまれたパーティ客三人が亡くなった」

ホリーは静かに言った。「彼らはフエンテスの手下に殺されたのよ。あなたたちにではなく」

「まあな。旋条鑑定でそれが確認された。だが、おれを声高に批判した連中はそれを些末《さまつ》なことだと切り捨てた。おれが先に発砲していなければ、民間人が巻き添えをくうことはなかったという論法だ。ごもっとも」ホリーを見て、つけ加えた。「クソ野郎のフエンテスがそうであるように、おれも孔雀のようなうぬぼれ屋だった。おれはフエンテスと決着をつけたかった。その願いをかなえ、血なまぐさい決着を得た」

「あなたも負傷したのよね」

「そういう問題じゃない」

「そうね。でもあなたも撃たれた」

「ふくらはぎを。激痛だった。すねの骨の近くから入って、貫通した。その時点では、深刻なケガなのかどうか判断がつかなかった。どちらにしろ整形外科医に処置してもらわなければならず、ハルコンにいる金儲け主義のやぶ医者はごめんだった。そいつにはフエンテスの息がかかっていたから、一生、不自由な体にされかねない。救急車は重傷者をラレドに運んでいた。そこの外傷センターがいちばん近かったんだ。おれは致命傷ではないと判断され、ヘリでヒューストンへ運ばれた」

「そのころには、あなたが負傷したことがベスに伝えられた」

「ケガで手術が必要だとね。だが詳しいことはわからなかったんで、おれが瀕死の状態、たとえば脳が腫れて出血死しそうになっているとでも思いこんだんだろう。ともかくベスはジョージアを連れて――」クロフォードは言葉を切った。「挙句、こういうことになったんだ、判事。こんどはおれが質問する番だ」

「どうぞ」

「昨日、入廷したとき、この件についてどの程度、知ってた？」

自分自身について尋ねられると思っていたら、養育権の審判のことだったので、どう返事をするか決めるのに、何秒かかかった。ホリーはすべて知っていたと静かに答えた。「こまかなことまでは知らなかったけど、大まかには把握していたわ」

「ふむ」驚くふうもなかった。「で、ハルコンの件はどのくらい決定に影響した？」

「まだ決めていなかったから」

「もし決めてたとしたら」

「そんなこと――」

「できる」

ホリーは立ちあがり、手つかずの皿をカウンターに運んだ。「それについては話す準備がないの。昨日の夜、警察署の廊下で最初に訊かれたときから、何度もくり返し言ったはずよ。覚えてるでしょう？　あのとき言ったとおり――」

突如、クロフォードが動いて顔を突きあわせ、言葉をさえぎった。「きみの言ったことはすべて覚えてるさ、ホリー。だが、そのときのことでもっとも記憶に残ってるのは、きみを見ていたいと思っていたことだ」

クロフォードはこちらを見つめたままだった。呼び出し音が三回鳴ったところで、ベルトにつけた携帯電話を手にした。「はい？」しばらく聞いて、言った。「いま行く」

彼は電話をベルトに戻した。「仲間のレンジャーが到着して、持ち場についた。マリリンはどんな車を運転してる？」

ホリーは車種を伝えた。

「きみの電話は？」

ホリーはハンドバッグから携帯電話を出し、クロフォードに渡して暗証番号を教えた。彼はホリーの連絡先リストを呼びだし、ふたつの名前と電話番号を登録した。

「レンジャーという項目に登録した。忘れるなよ」電話をホリーに返した。「肌身離さず持っててくれ。なにか見るなり聞くなりしたら、すぐにどちらかに電話しろ。そのためにいるんだからな。気が変わって、家のなかにレンジャーのひとりにいてもらいたくなったら、そう伝えてくれ」

「その必要はないわ」

「必要かどうかの問題じゃない。それで心の平穏が得られるなら、恥じることなく頼めばいいと言ってるんだ。明かりをつけたまま寝ることも恥じなくていい」

「たぶんつけて寝るわ」

ふたりはすばやく笑みを交わした。クロフォードはホルスターを着装し直し、ジャケットを着てドアを開けた。「おれが出たら錠を閉めろよ」

「わかった」

「だいじょうぶか?」

「もちろん。すぐにひとりきりでなくなるもの」

「そうだな。おやすみ」

「おやすみなさい」

クロフォードは敷居をまたぐと、そのまま数秒立ちすくんだ。やがてなにごとかつぶやきながらドアを閉め、電光石火の身のこなしでホリーを近くの壁に押しつけ、頭の両脇に手をついた。

「やめて」

「なぜだ? おれはかまわない。失うものがあるか? ロドリゲスの件からなにから、もうめちゃくちゃだ。ジョージアを取り戻せるチャンスは万が一にもない。そうだろう?」

「だめ——」

「だろうと思った。ほかのことは水に流せても、きみはこのソファでの一件をなかったことにはできない」

「そうなんだろう？」ホリーに答える気がないと見ると、クロフォードはうなずいた。

「あなたは――」

「そうなんだろう？」

「そのことはなんの影響も――」

「ばかばかしい」

「あなたと同じだけわたしにも責任があるもの」

「さっきと話がちがうぞ。さっきはおれに隠された思惑があったとほのめかした」

「わたしがまちがっていた。あなたにそんなつもりがなかったのはわかってる。あなたはわたしたちのあの行為を後悔してるはずよ」

「まさか」クロフォードはうめくように言った。「後悔があるとしたら、しなかった行為のほうだ」両手を壁についたまま、ホリーのやわらかな部分に誤解しようのないしるしを押しつけると、顔をさげて強引に唇を重ねた。

〝なんたることか、キスすらしてない！〟そうクロフォードは言っていた。

その現実を改めるため、わが物顔で激しく唇を奪い、ホリーもされるがままになっていた。両脇に腕を垂らしてぐったりと彼にもたれかかり、求めに応じて唇を差しだした。みずから意志を持つがごとき彼の奔放な舌が、昨夜の性急な交わりを思いださせる。

やがて性急さが消えて、情熱がやさしさに取って代わった。それでますます力が抜けた。攻撃的だった舌が親しげになった。と、クロフォードはうめいて唇を離したものの、すぐに彼女の髪に顔をうずめた。そして片方の腕を腰に巻きつけて、しっかりと抱き寄せた。ホリーは両腕で彼に抱きつき、刺激的な股間の圧迫に身をもって応じた。

ふたりはそうやってただ抱きあっていた。やがて頭を上げたクロフォードはしばらくホリーの目をのぞきこみ、壁から体を離すと、ドアの外に出て、大きな音をたててきっぱりとドアを閉めた。

プリペイド携帯を使うパット・コナーの手は震えていた。まさにこんなとき、つまり悪いことが起きたのを知らせるために渡された電話だ。相手は二度めの呼び出し音で出た。

「なんだ？」

そのどら声だけでも、パットを縮みあがらせるにはじゅうぶんだった。「伝えるべきだと思ったもので。明日の朝いちばんから、昨日、裁判所から避難した全員があらためて事情聴取されることになりました」

「どこから聞いた？」

「口づてに。一時間ほど前に警察署長が言ってたそうです。一般の警官は不満たらたらですよ。あらゆる職員が聴取の対象になるとかで。警官も、保安官助手も、裁判官も、役人も、誰も彼もです。なにがびっくりって、聴取のためにわざわざ外部から捜査員を連れてきたことです」

電話の向こうに気まずい沈黙が広がった。緊張に耐えきれなくなったパットが、口を開く。

「わざわざ、手間をかけてうんざりするようなことをやる理由はひとつじゃないですかね」

「別の男を捕まえたことに気づいたわけだ」

口を閉じていたほうが賢明だとパットは判断した。指示どおり、なにか進展がないかと目を見開き、耳をそばだてて、注意してきた。こうして情報を提供できたのだから、もうこの男に悩まされずにすむかもしれない。

その願いは、男の声の前にもろくも吹き飛んだ。「つねに連絡が取れるようにしておけ」

# 第十四章

クロフォードは自分の車に似た黒っぽいSUV車の隣に車をつけた。運転手がスモークガラスをさげると、五セント硬貨に彫られたネイティブ・アメリカンにうりふたつの顔が現れた。「やあ、クロフォード」

「来てくれて助かった」

「人違いで殺したってか？　やらかしたな」

「まったくだ」

「判事はなかに？」

「しばらくはひとりきりだから、まばたきもしてくれるなよ」

厳めしい顔つきと、ハリー・ロングボウという名前が、この男の受け継いできたものを物語っている。彼の先祖はテキサス平原の荒々しい騎馬民族、コマンチ族までさかのぼる。開拓者を襲い、初期のテキサス・レンジャーと絶えず対立した部族だ。レンジャーは辛酸を嘗めさせられた。レンジャーが過去のいきさつで自分を責めないなら、自分もレンジャーを恨まないと、ハリーは冗談にしている。彼はクロフォードが選抜したハルコン精鋭部隊のひとりだった。

「あれはセッションズか？」クロフォードは通りの先に停まっている車を顎で指し示した。

「来たくてうずうずしてやがった。かみさんが自宅の改装中で、壁紙やらカーペットやらのサンプルを見てくれってうるさいらしい」

ウェイン・セッションズは、ハリー同様、熟練のレンジャーだ。ハリーと組むことが多いが、コンピュータの達人でもあり、どこへ行くにもラップトップパソコンを持ち歩いている。このふたりなら安心して警護を任せられる。

マリリン・ビダルがまもなく来訪することをハリーに伝え、車種を教えた。「それ以外の車はすべて疑ってかかれよ。この通りにはスペンサー判事と、母屋の老婦人以外に住人はいない。そうそう、老婦人の三匹の猫がいたな。セッションズにも伝えといてくれ。くれぐれもうろつきまわる猫を被疑者とまちがえるな、と」

「なんとしてでも老婦人の猫を撃ち殺すのは避けないとな」

クロフォードは敬礼して車を発進させた。近隣の通りには人影ひとつなく、これといって脅威を感じさせるものもなかったが、彼女の家から遠ざかるにつれて、引き返したい衝動が強まった。仲間のレンジャーを信頼していても、ホリーの警護には自分があたりたい。

「なにがプロらしい客観性だ」クロフォードはつぶやいた。ベスが亡くなってから、あんなふうにキスをした女はいなかった。あれほど欲しいと思った女もいなかった。気分が浮きたつのと同じくらい、心がかき乱された。

ベスの命を奪うことになったあの事故で自分が果たした役割を償うため、クロフォードは四年にわたって自分を罰してきた。孤独になったのも自業自得だとみなした。だが二十四時間前にはわかっていなかったことだが、我慢しているものに興味がなければ、自制することはたやすい。欲しくてたまらないものを我慢するのは、まさに拷問だった。

クロフォードが過度の飲酒や、酒場での喧嘩から足を洗うと、善意の友人たちは女性とつきあえと助言し、似合いそうな相手を紹介しては、「ベスだっておまえが一生、独り身でいることを望んじゃいないぞ」というたぐいのことを言った。

それに対する答えは決まっていた。「ベスがなにを望むか、なんでおまえにわかるんだ?」

わかったような物言いに対する喧嘩腰の反論ではあったけれど、誰にも答えのわからないもっともな問いでもあった。ベス亡きあとにクロフォードがどんな未来を求めているのか、誰にもわからず、そのなかには本人も含まれた。だが、なんにしろ、自制こそが贖罪の鍵だと思ってきた。

ホリーに正直に打ち明けたとおり、女性をベッドに連れこんだことはある。だが、自然とそういう状況になったときにかぎられたし、その場合でも、関係が続くのは自分が絶頂に達するまでだった。その後、連絡をした女性はいない。そんな気にはなれなかった。一夜かぎりの関係ならば、不幸な結果をもたらすことはない。誰にとっても。

ところが、昨夜はそんな思いがまったく頭をよぎらなかった。ベスのことも、結果についても、なにもかもだ。ホリーに触れたとたん、雪崩に遭ったように欲望にのまれた。そして彼女のリビングでの激烈で性急な行為ではとうてい満たされず、はじまったと思ったら終わっていた。

もっとホリーを抱きたい。いや、ただ抱きたいのではなく、彼女が欲しかった。なによりつらいのは、どうあっても彼女を手に入れられないことだ。ホリーを壁に押しつけ、思いのままにキスを続けていれば、ジョージアを取り戻すチャンスにさよならのキスをすることになりかねない。

それは困る。誰にしろなんにしろジョージアのフルタイムのパパになる決意を挫かれてはたまらない。自分の父親と同じように子どもを捨てるなどということは、太陽が燃えつきるのと同じくらいありえない。

クロフォードはその決意を胸に車を路肩に停めると、ギアをパーキングに入れて、携帯電話を手にした。すでにホリーの番号は短縮登録してある。二度めの呼び出し音で彼女が出た。

「はい？」

「おれだ」

「名前が出ていたわ」

「友だちは来たのか？」

「いいえ。どうかしたの？」

「ああ」クロフォードは片手で目をふさいだ。「不本意ながら、ホリー、おれはきみが欲しい。こんなことは思いたくなかった。だが、どうしようもなくきみを求めてる」

ホリーは言葉を発しないながらも、呼吸を乱していた。

「なによりつらいのは、きみを手に入れることができないことだ。ジョージアの養育権を手に入れるためには」

「わかるわ」

ホリーにはわかるまい。だが、わかると思わせておいた。長いあいだ黙ったまま、どちらも切らずに互いの息遣いに耳をすませていた。ついにクロフォードはかすれた声で言った。

「おやすみ、ホリー」

「おやすみなさい――」

ホリーは電話を切ったが、クロフォードの名前を呼びかけてすんでのところで思いとどまったのはまちがいなかった。

「クロフォード・ハントか。重々しくて男らしい名前じゃないの。どんな人？」

マリリン・ビダルは、名前の響きこそ華麗だけれど、体つきはがっしりとして、その平凡な容姿を化粧や宝飾品で飾りたてることをしなかった。拠点はダラスだが、その仕事先はほぼ全州におよび、さまざまな公職を狙って難破しかけている候補者に救いの手を差し伸べている。ただし心から勝てそうだと思える候補者にかぎられる。敗者には興味がなく、泣き言屋には我慢がならず、愚か者には耐えられない。

マリリンが高く評価するのは、平然と嘘をつける能力のある顧客たちだ。

ホリーは嘘をつきたいとは思わず、またじょうずでもなかった。マリリンにクロフォード・ハントについて質問されたときは、複雑な思いで胸がいっぱいになった。今朝、目を覚ましたときに昨晩着ていたバスローブを捨てようと決めたのに、ついさっき、シャワーを浴びて出てきたとき、手を伸ばしてはおったのはそのローブだった。

ソファもなるべく早く処分しようと決めた。目にするたび、その上で起きたことを思いだすのではたまらない。ところがいまはその隅で丸まり、昨夜、じゃまとばかりに床に払い落としたクッションのひとつを胸に抱いている。

クロフォード・ハントについて、選挙対策マネージャーに話して聞かせてやれることは山ほどある。はき古してやわらかくなった前ボタンのジーンズをはいていること、シャツの襟まで伸びた麦わら色の金髪は豊かで、驚くほどやわらかいこと、情熱のさなかの苦悶の声が官能的な野獣のようであること、さっきの電話で――要するに、いい人生を送れと伝えるものだったが――本当ならほっとしていいはずなのに、わびしい気持ちになったことなどだ。

だが、もちろんそんなことは口にできない。ソファの前をひっきりなしに行き来するマリリンに、ホリーは答えた。「どんなって……さあ……警官らしい人だけど」

ホリーは眉間をもんだ。考えてみると、最近よくそこをもんでいる。ストレスを強く感じているときにだけ出る癖だった。マリリンとひとつ屋根の下で過ごしてまだ十分だが、早くも泊まりにきてもらったことを後悔しだしていた。

マリリンには周囲の活力を引き寄せて、吸いあげ、余った分をホリーに与えているようなところがある。意図してエネルギーを吸いあげているのか、それとも本人は無自覚なのかわからないが、前者ではないかとホリーはにらんでいた。

昨日のできごとのせいで、マリリンはふだんにも増して張りきっていた。ハイボールのグラスに持参したウォッカをなみなみと注《つ》ぐと、それを手にして言った。「ここに着いたとき、庭にマスコミが押しかけてないんで、びっくりしたわよ」

「ここは小さな町なのよ、マリリン」

「昨日はニュースで大きく扱われてたじゃない」

ホリーは気だるげにうなずいた。「ミセス・ブリッグズが一日じゅうフル稼働でリポーターからの電話をはねつけてくれたの。しかたがないから、微妙な問題を含まない声明を出したわ。要は、警察の発表のとおり、つけ加えることはないという内容なんだけど」

「明日、この状況をひっくり返すわよ。表に出て、法廷で発砲した白ずくめのミシュランマンについて公式発表をするときがきたってわけ。こんなチャンス、めったにないわ」

「その〝チャンス〟のために、男性ふたりが亡くなったのよ」

「そうね。すごいドラマじゃないの、せいぜい活用しないと。黙ってミセス・バーカーを訪問したことが悔やまれるわ。いい記事になったのに」

弔問したことをマリリンに伝えなければよかった。マリリンの抜け目なさを非難する思いが顔に出ていたようだ。

「はい、はい」マリリンは火のついていないタバコを振りまわした。「どうせあたしは無神経な冷血漢ですよ。でも、銃撃からもう一日半よ。善は急げ」

「警察の捜査をじゃまするわけにはいかないわ」

「捜査って言ったって、おぞましくも大きな謎があるわけじゃなし。犯人は捕まってるんだから」

ホリーは誤解を解かなかった。マリリンも世間一般と同じように、明日、まちがいがあったことを知る。選挙対策マネージャーはたぶん大騒ぎをするし、あまりに疲れている今夜は相手をしていられない。

マリリンは二杯めのウォッカを注いだ。「明日のあなたは、しかるべく悲しんでいるように見えなきゃ。そのうえで、昨日のような悲劇は二度と起こさないという決意をあらわにするのよ。〝わたしの郡、わたしの法廷では、二度とこんなことは許されない〟って。わかるわね？　それを選挙の争点にするの」

「利用するとも言うわね」

「ええ、そう。せっかく利用できる材料ができたんだから。でも……これ」マリリンはふくらんだブリーフケースのポケットから地元紙を取りだしてサイドテーブルに置いた。「タバコを買いに寄ったコンビニで見つけたんだけど、グレッグ・サンダーズのやつ、今回の事件をずいぶんと利用してくれてるじゃないの」

一面に掲載された記事には、ホリーの対立候補がこぶしを高く突きあげる写真が添えられていた。

「まるで火を噴く伝道者ね」ホリーは言った。「たぶん、突然うさんくさいものになったわたしの過去について、疑いの種を蒔いているところを撮ったんでしょう。でたらめもいいとこ。彼が陰湿にほのめかしているだけで、裏づけはないのよ。誰がまともに取りあうの？」

「有権者よ」

「引用されていたハッチンズ知事の発言を読んだ？　わたしを指名した決定にまちがいはなかったと言ってくれてるわ」

「あたりまえじゃないの、公職にある人物の典型的な行動よ。保身ってこと」マリリンは視線でホリーを釘づけにした。「いまでもやる気はあるんでしょうね、ホリー？　裁判官の席を保持したいの、どうなの？」

「もちろんしたいわ」

「だったら、ぐずぐずしないで」

「頼むから、マリリン、少しは大目に見て。いつもの元気がないとしたら、疲れて倒れそうだからよ。ひどい二日間だった。だから――」

「あらあら、泣き言？　あたしは母親でも親友でも相談相手でもない。選挙対策マネージャーなの。あたしにお金を払ってるのは、勝つためでしょ？」

「わたしが勝つわ」

「無理ね、自分の法廷で死者の出る衝撃の銃撃事件があったっていうのに、そんな弱腰じゃ」マリリンはこぶしを反対の手に打ちつけた。「ええ、そう。あなたの敵は愚にもつかないことを言いふらしてる。でも、そこから逃げちゃだめ。過去に後ろ暗いことがあるように見えるだけ」

マリリンは言葉を切り、探るようにホリーを見た。「まさかとは思うけど。あなたとウォーターズ判事は……？」

ホリーはただにらみつけた。

「わかった。ふたりの関係は雪のようにまっ白だったってことね」

「そうよ」

「でもサンダーズは絶句するほど汚い手を使ってくるかもしれない。十代のころ情緒不安定だったとか、万引き癖があったとか、未婚で赤ちゃんを産んだとか、道ならぬ恋とか？」

お尻の下のソファを意識して、ホリーは頬が赤らむのを感じた。けれどマリリンの質問には首を横に振って答えた。

「そう。だったらまず、あの混乱した人物があんな行為に走った理由はさっぱりわからないけれど、少なくともあなた自身には無関係だってことを、おおやけに表明しないとね。そして、廷吏が、そう、あなたの廷吏が亡くなったことに激しい憤りを覚えていると。彼の死を個人として悼んでいることにするのよ。そう、胸が張り裂けそうだって」

「実際にそうよ。わたしの胸は張り裂けてるわ」

「だったら、そう表現しなきゃ！　サンダーズにはしてやられたわね。バーカー夫人と孫のための基金を先に立ちあげられちゃうなんて」

「下劣なスタンドプレーよ」

「ええ、そう。でもあれで彼には発言の場ができた」マリリンはウォッカを飲んだ。「あたしたちには劇場が必要なの。それから必要なのは――」

「わたしに必要なのは睡眠よ」ホリーは小さなクッションを元の場所に戻して、立ちあがった。「もう今夜は話せない。裁判官は休廷を宣言して、ベッドに入ります」

「あたしは考えたいから、もう少し起きてる」

「狭いゲストルームだけど、たぶん必要なものはそろってるわ。おやすみなさい」ホリーは背を向け、寝室に向かって廊下を歩きだした。

「あの彼、使えるんじゃないの?」

ホリーは立ち止まってふり向いた。「誰?」

「あのテキサス・レンジャーよ。カメラ映りがいいんじゃないの?」

マリリンが選挙運動のため、クロフォードに〝劇場〟の話をもちかけるかもしれない。それを思うと、パニックになった。「とんでもない」

「彼、ヒーローよね」

「でも栄光を求めるタイプじゃないのよ。というか、正反対。スポットライトを避けてる。それに、娘さんを人目にさらすまいと必死なの」

「あら、そう」マリリンは顔をしかめた。「だったら、つまらないわねえ」

「そうよ、ちっともおもしろくないから、彼は放っておいて」

なおもマリリンは眉根を寄せて考えこみ、無意識にタバコを口にくわえて、ライターに手を伸ばした。

ホリーはきっぱりと言い渡した。「それと、うちは禁煙だから」

「あら、クロフォード、連絡してくれればよかったのに。もうジョージアは寝かしつけてしまったのよ」

玄関に出てきたグレイスはバスローブとスリッパという恰好だった。まだそれほど遅い時間ではないし、いくら夜とはいえ、いつになくやつれてせわしげで、クロフォードを見ても少しも嬉しそうではなかった。家のなかに招き入れてもくれない。

「ジョージアの様子は？」

「元気にしてますよ。おやすみの時間を過ぎていたけれど、新しいＤＶＤを最後まで観せてやって。終わるころにはうつらうつらで、ジョーがベッドまで抱いて運んだのよ」

「でしたら、起こすのはやめておきます。じつは、ジョーに会いにきたんです」

「いま会うのはどうかしらねえ」姑は困ったように両手を組んだりほどいたりした。「寝ようと思っていたところなの。昨日のことからまだ立ち直れなくて」

「おれもです」

「だったら……」

「なんです？」

「時間を置いたほうがいいんじゃないかしら」

「なぜです？」

「ジョーが興奮しているからよ。あなたたちが顔を合わせるのは、どちらにとってもよくないと思うんだけど」

「おっしゃるとおりです。ですが、ジョーが同意見かどうかは疑問ですね。でなければ、なぜニール・レスターに連絡をして、おれの〝おかしな〟行動について質問したんです？」

「入ってもらえ、グレイス」

グレイスの背後の暗がりから険しい声がして、続いてジョーが姿を現した。くたびれたグレイスとは対照的に、いつもどおりきちんとしている。寝るときもあの調子なのか？

グレイスはしぶしぶ脇によけて、クロフォードが入る場所を作った。そして夫から鋭い目を向けられると、おやすみなさいと言って奥の寝室へ引っこんだ。

クロフォードは舅とにらみあった。「脅しをかけてきたわけか、ジョー」

「宣戦布告したはずだぞ」

「おれたちふたりの問題だ。なぜニールを巻きこむ？」

「ロドリゲスとどんなやりとりをしたか、おまえが話すのを拒むから――」

「拒んじゃいない。いまは話す気になれないと言ったんだ」

「――だから、あの状況にどう対処したか厳しく問いただすことができなかった」

「なぜ、直接おれに尋ねなかった？」

「警察の仕事だと思ったからだ」

「冗談じゃない。卑怯だぞ、ジョー。やり方が汚すぎる」

「ジョージアを手元に置くためなら手段は選ばない」

「それが心配だったんだ。あんたは客観性を失ってる。それで苦しむのはジョージアだ」

「なぜそう思う？」

「ジョージアの前でおれをくず呼ばわりしただろう？」

「そんなことに答える義理はない」

「ジョージアにかかわる問題である以上、答えてもらう」

「法的な養育権がこちらにあるうちは、その必要はない。それに、おまえに関しては真実しか語っていない。娘にも聞かせてやるべきだ」

「おれの悪口を言えば、ジョージアの愛情を勝ち取れるとでも思ってるのか？」

「不満があるんなら、次回の審判で持ちだすんだな」

「いいか、ジョー」クロフォードは言い返した。「それはあり得ない。おれはジョージアを証言台に立たせるようなことは絶対にしない。おれとあんたのいがみあいに五歳の子を巻きこもうとするとは、あんたの神経を疑う」

「これがいがみあいだと？」ジョーがせせら笑った。

「ちがうのか？　おれの申し立てに反対するいちばんの理由は、おれへの恨みだろう？」

「そうではない。わたしは孫娘の幸せをいちばんに考えている」

「裁判官の前でそう証言してみろよ。宣誓のうえで訴えるがいいさ。あんたがそこまで闘いたいんなら、受けて立つ。ただし、やるなら裁きの場でだ」

クロフォードは一歩詰め寄った。ジョーはその場に踏みとどまったものの、背が低いために、クロフォードの顔をあおぎ見る恰好になった。「だが、これからもすべてがおれのせいだとジョージアに言いつづけるつもりなら――」

「おまえのせいだろう！　おまえがいなければベスはまだ生きていた」

「おれと個人的に闘うというのなら、いつでも相手になる。四年ものあいだ、おれはグレイスのために我慢してきた。そう、ジョージアのために。だが、いいかげんにしないと、あんたはジョージアばかりかもっと大切なものまで失うぞ」

「それ以上大切なものなどあるか」

「いや、それがあるんだな」

クロフォードは静かな、けれど力のこもった声で言った。知りあってはじめて、ジョーに不安の影が見えた。だが、現れたと思うまもなく、鎧《よろい》のほころびはふさがれた。ジョーはぐいっと顎を突きだした。「よくもわたしを脅せたものだな。おまえなど――」

「パパ？」

クロフォードは舅から目を引きはがした。ジョージアが寝室から廊下に出て、不安げにこちらを見ていた。ふたりの怒りを感じ取ってか、ためらっている。いつものように父親に駆け寄ってきて抱きつこうとしない。

クロフォードは舅をよけ、笑みを張りつけた。「おやおや、眠り姫じゃないか」

「パパとおじいちゃんはおこってるの？」

「いいや。話をしてるだけだよ」やわらかな巻き毛にパジャマ姿のジョージアがあまりにかわいく、はかなげなので、胸が締めつけられた。クロフォードは彼女を抱きあげて寝室まで運び、膝の上に抱えてロッキングチェアに座ると、裸足の爪先を片手で包んだ。「新しいDVDを観たんだって？」

ジョージアはクロフォードに顔をすり寄せ、胸に頭を預けた。「ウォルマートにいったとき、おばあちゃんが買ってくれたの」

「お姫さまの話かい？」

「おしろに住んでるお姫さまだよ。でもやねに穴があいててね、そこからいじわるなとりさんがとんできてお姫さまをいじめるの」

「お姫さまはひとりで暮らしてるのかい？」

「ママはてんごくなのよ。あたしとおなじだね」

ジョージアはめったに母親のことを話さなかった。だが、そのたびにクロフォードの臓腑や魂には、槍で突かれるような痛みが走った。「お姫さまの父さんは？」

「おもしろい人なの。おひげがあって」

「ひげ？　おれも生やすかな。パパが長くて、もしゃもしゃしたひげを生やしたら、どうだい？」くすくす笑いに心が軽くなった。ジョージアがくすぐったがる首筋に鼻をこすりつけた。「おれのお姫さまはおまえだよ。大事な大事なお姫さまだ」

「あたしもパパ、大好き。ほんとに、おひげはやすの？」

賛成できないと言いたげな、鼻にしわを寄せた顔があまりにかわいくて、クロフォードは声を出して笑った。そのあとの十五分は彼女を抱きしめていた。裁判所へ行ったのはつい昨日のことだ。この先ずっとジョージアが新しいベッドルームで過ごせることを願っていたが、もうしばらくは空き部屋のままになりそうだ。

「つぎにうちに泊まるとき、びっくりすることがあるぞ」

「なあに？」

「言ったら、びっくりじゃなくなる。でもヒントをあげよう」ジョージアの耳に口をつけてささやいた。「ピンクだよ」

ジョージアは思いつくことをいくつか口にしたが、そのうちに大きなあくびをした。

「そろそろ寝る時間だな、お嬢さん」彼女をベッドへ運び、上掛けでくるんだ。

ジョージアは横向きになって枕に顔をつけてつぶやいた。「お祈りはさっきしたよ」

「わかった」クロフォードはささやいて、頰にキスをした。「ゆっくりおやすみ」

寝室を出た先の廊下でジョーが歩哨《ほしよう》よろしく待ち受けていた。ジョージアをクロフォードから守らなければならないといわんばかりの態度が癪にさわったが、いらだちをあらわにすればジョーを喜ばせるので、表には出さなかった。

「ジョー、聞いて驚くなよ」ロドリゲスが銃撃犯ではなかったことを伝えた。

元軍人らしくジョーは姿勢を崩すことなく、何度かすばやくまばたきをした。「どうしてそれがわかった?」

「それは警察の仕事だ」クロフォードはここぞとばかりにさっきのジョーの言葉を投げ返した。「今夜それを伝えたのは、おそらく明朝にはこのニュースが流れるからだ。あんたもグレイスもコメントを求められるだろう」

ジョーは軽蔑のまなざしでクロフォードを眺めまわした。「なんともはや。おまえが引き起こす大惨事には驚かされるばかりだ」

クロフォードはジョーの脇をすり抜けて玄関を開け、ふり向いて捨て台詞を吐いた。「それぐらいにしておくんだな、ジョー。いつか後悔することになる」

# 第十五章

どうやらニール・レスターはクロフォードの助言を受け入れて、前夜のうちに監察医にロドリゲスの膝にあざがあるかどうかを確認させたようだ。というのも、ヒューストンとタイラーの朝の情報番組で地方ニュースの速報として、〝世紀の大失態〟が報じられたからだ。プレンティス警察の広報官が犯人を誤認していたことを認めた。

「捜査の結果、屋上でSWAT隊員に射殺された男性は、その数分前にスペンサー判事の法廷で発砲した人物ではなかったという結論にいたりました」

英雄クロフォードはいっきに地に墜ちた。

どうでもよかった。どのみちヒーローのレッテルは窮屈だった。とはいえ、またしても話題の人になったことが、いらだたしい。ハルコンでの銃撃事件を機に、二度と悪名を馳せることがないことを願ってきたというのに。

今日は長くてうんざりする一日になりそうだ。だが、ホリーの無事は確保できている。ハリーに確認の電話をすると、「ひと晩じゅう、ねずみが屁をする音さえしなかった」とのことだった。

「今日じゅうに事件とは無関係だと確認できた地元警官に引き継がせる」

「おれとセッションズは、おまえがもういいと言うまでここに留まれと指示されてきた」

「ありがたい」

警察署では誰もが神経質になっているだろうから、自分の職場で単独行動したほうがよさそうだ。そう考えて、クロフォードは公安局のビルまで車を走らせた。駐車場にタイラーのテレビ局のバンがぽつんと停まっていた。クロフォードが車から降りると、バンから目端のきくリポーターとカメラマンが飛びだし、大股で職員用の出入り口に向かうクロフォードに駆け寄ってきた。クロフォードはマイクを突きつけられても沈黙を貫き、「ノーコメント」とさえ言わなかった。

なかに入ると、州警察官や一般職員が警戒心や好奇心をあらわにしていっせいにクロフォードを見た。共有のコーヒーメーカーがある休憩所に行くと、運転免許証担当の職員がこわごわ近づいてきて、仲間といっしょにあなたのために祈るわと言ってきた。いちおう礼を述べたものの、なにを祈るのかは訊けなかった。免罪なのか、断罪なのか。

パーティションで囲まれた仕事用ブースのデスクにつくや、携帯電話が鳴った。画面にはコンラッドの固定電話の番号が表示されている。クロフォードは小さく毒づきながら電話に出た。「死にぞこないめ」

「望みがかなわなくてあいにくだな。実際、おまえほど不運な男も珍しい」

「あんたを父親に持ったのが不運のはじまりだ」

「父母を敬えと十戒になかったか？」

「緊急事態でないかぎり、あんたからは連絡しない約束だぞ」

「いまがそのときだと思った。屋上にいた男は人違いだった。昨日おまえを苦しめていた秘密はそれだったんだな？　まいったろう？」

「どちらも答えはイエスだ」

「正直なのはいいことだ」

「あんたに正直さのなにがわかる。綴りを知ってるくらいのもんだろ」

父親は取りあわなかった。「おまえの予想どおり、へまが大嵐を呼び起こしたな。おまえはその中心にいる」

「そう言っただろう」

「ニール・レスターにもその分仕事が増える。おまえを責めたろ？」

「陰でな。だが、ロドリゲスが武器を捨てるのを拒み、保安官助手に向けて発砲した点は疑問の余地がない。ニールも監視カメラの映像を観てる」

「で、これからどうする？」

「なんとか乗りきり、殺人をくわだてた犯人を逮捕すべく全力を尽くす」

「日がな一日、コンピュータの前に座ってるよりはましか」

「コンピュータを使って重要な仕事をしてるんだぞ。それにコンピュータは人の生き死ににかかわらない」

「退屈で死ぬんじゃないか」

「まったくだ」クロフォードは聞こえないようにつぶやいた。

「なんか言ったか？」

「いや、なにも。切るぞ」

「手伝えることはないか？」

「なにを？」

「銃撃事件の捜査をさ」

「あんたの手助け？」クロフォードは大笑いした。「いや、けっこう」

「調べ物ならできる」

「なんの？」

「被疑者になりうる人物の。あの若い判事には何人くらい敵がいそうだ？」

「本人はひとりも思いつかないと言ってる」

「嘘をついてる可能性は？」

「かもしれないが、それはないと思う」

「あのとき裁判所内にいた誰かが――」

「わかってるって、コンラッド」

「全部合わせて――何人いた？」

「二百人以上」

昨夜遅く、ニールからeメールで名簿が送られてきたときは、その人数の多さにがっくりきた。あの月曜日の午前に陪審義務で来た多数の人が二時前に放免されていてよかった。さもなければさらに人数が増えていたところだ。

「二百か」コンラッドが口笛を吹いた。「手がかりは?」

「いくつかを追ってる」

「でたらめはたいがいにしておけ。そんなものありもしないくせに」

まったくないわけではない。小さいながら矛盾点があって、それをニールに気づかせなければならないのに、この会話のせいでできずにいる。「じゃあな、コンラッド」

「じつは、以前、担当した事件を思いだしてな」

「はるかむかしの話だろ」

「とある日曜の朝、教会の地下で祭壇の花飾りを作っていた女性がナイフで刺し殺された。はっきりした動機は見あたらなかった。被疑者はひとり残らず教会の関係者。礼拝のときに手を振りまわしたり、洗足の儀式を担当したりする、熱狂的な信者たちだ。そんなキリスト教徒たちのなかから殺人犯を見つけるとしたら、どこから手をつける?」

「コンラッド、そんな話をしてる暇は——」

「誰が犯人か当ててみろ」

「いいかげんにしてくれ。じゃあな」

「こう見えても、詮索してまわるのは得意なんだぞ」

「あんたの得意は酒だろ。酒を飲ませたら天下一品だ」

「酒は飲んでない。かれこれ――」

「六十二日、継続中だろ」

「六十三日になる」

「おれは忙しいんだ」

「だから聞きこみをやってやると言ってる」

「二度と電話してくるな」

コンラッドがさらになにかを言う前に電話を切った。ニールの携帯電話にかけると留守番電話に切り替わったので、警察署に電話して対人犯罪課につなげてもらい、ようやくマット・ニュージェントをつかまえることができた。

クロフォードはいきなり本題に入った。「裁判所から避難した人たちの名簿には何人が載ってる？」

「全員数えるんですか？」

「全員だ」

「二百七人です」

「よし」クロフォードは言った。「こんどはそこから警察署と保安官事務所の職員、それから裁判所の判事や職員全員を除いてくれ。残りは何人になる？」

「ええと」ニュージェントは計算した。ニールからリストを送られたとき、クロフォードも同じ計算をした。「七十五人ですね」

「そうだ。七十六人のはずなのにな。民間人がひとり足りない」

「一繰りさげて」ニュージェントがぶつぶつ言いながら引き算をやり直している。「あれ、ほんとだ」

「おれより先にニールと連絡が取れたら、おれに電話するように伝えてくれ」クロフォードは電話を切った。椅子を回転させて、熱いコーヒーのお代わりを注ぎにいこうとしたとき、ブースの入り口に自分の弁護士がいるのに気づいた。

弁護士を見てぎょっとした。「どうしてここに？」

「壁に耳のない場所で話せるか？」仕事用ブースのパーティションと天井のあいだの空間を見て、つけ加えた。「ちゃんと壁がある場所で」

ウィリアム・ムーアの思いがけない来訪もさることながら、彼のいつになく沈んだ様子が気になった。クロフォードはコーヒーのことを忘れて、ムーアを誰もいない倉庫に伴った。そして会話がもれないようにドアを閉めた。

クロフォードは言った。「こっちが望んだ面談じゃないんだから、料金は請求するなよ」

「これは事務所持ちだ」

いよいよ不吉だ。通常なら電話でも二分ごとに支払いが発生する。

ムーアは頰の内側を嚙んで、どうやって切りだしたものか迷っているようだった。待ちつづけていると、ようやく話しはじめた。「昨日はどうなってたと思う？　審判の最中にあんな大混乱にならなかったら、どんな結果になったと？」

「おれの申し立ては却下されただろう」

弁護士は自分の予想どおりだと言いたげにうなずいた。「弁護士として助言するが、裁定や、スペンサー判事や、養育権に関係することについては、意見を公言しないように。今後、誰に訊かれても、わたしに任せてくれ」

「ただで助言してくれるのか？　柄にもないな、ビル。なにがあった？」

ムーアは声をひそめた。「ニール・レスターから今朝、電話があった。単純明快、探りを入れてきたんだ」

「おれのことをか？」

「銃撃犯が法廷から逃走したとき、きみはそのあとを追った。彼はきみの説明に満足していないようだ」

「はっきりしてると思うが？」

「はっきりしてるさ。だが、レスター刑事にはそう見えていない。そして、屋上で対決することになった経緯にも納得していない。とくに、きみが――きみだけがと強調してたが――ロドリゲスが銃撃犯ではないと言いだしたいまは」

「判事も――」

ムーアは手を上げて制した。「判事がピアスの穴のことを裏づけたという話は聞いた。しかし、〝明らかに〟――と、ニールは言っていたが――判事にはいくらか迷いがあった」

クロフォードはカフェで行われた長い会話を思い返した。「ニールが感じ取ったのは明らかな迷いじゃないぞ。判事は腹を立ててた」

弁護士はもの問いたげに、眉を吊りあげた。

「ニールが下劣な皮肉を言ったことに」

ムーアは眉を上げたまま、視線を動かさない。

「わかったよ。おれに対しても腹を立ててた」

「きみと、きみの審判を担当する判事が、停車した車のなかで三十三分間ふたりきりでいたときに起きたことについてか？」

クロフォードは小声で毒づいた。ニールをもっとしっかり殴るべきだった。「ニールは〝夜陰に乗じて〟と言ってたか？」

「そんなようなことを」

「それもこれもおれがしたことだ、ビル。判事には関係ない」

「その高邁《こうまい》な精神のせいで、よけいに不安になる。ふたりが車内でなにをしていたかは聞かないし、聞きたくもない。昨日の朝、判事の裁定が意に染まなかったら殺し屋を差し向けるとかいう話も、聞かなければよかった」

クロフォードは笑った。「かんべんしてくれよ、ビル。ただの冗談だろ」

「レスター刑事は冗談ですまさないかもしれない」

クロフォードの笑顔がしだいにあいまいになった。「待てよ。つまり……ニールは、ホリーが命を狙われたことにおれが関係してるとほのめかしてるのか?」

ふたたび弁護士の片方の眉が吊りあがった。「おっと、いまやホリー呼ばわりか?」

「質問に答えてくれ」

「そうだ。その可能性を探っていた」

「それをまともに取りあったのか?」

「死や税金のようなもので、のがれられない。きみもまともに取りあったほうがいい」

クロフォードはまばたきを忘れた弁護士の目をじっと見ていたが、やがて腰に手をあてて、かぎられたスペースのなかをゆっくり円を描いて歩きだした。ぐるりと一周して、言った。

「それがどんなにばかばかしい疑いか、理由を挙げて説明する時間はないが、大きな理由をひとつ挙げておくと、おれはニールと協力して捜査にあたってる」

「敵は手元に置けということわざもある。ニールも知ってるだろう」

弁護士はニールの言葉を随所に引用しながら、彼の考えをさらに詳しく説明しはじめた。その最中にクロフォードの携帯電話が鳴った。ハリー・ロングボウからだ。クロフォードは指を立ててムーアの言葉をさえぎった。「電話に出なきゃならない」そして電話の相手に言った。「なんだ?」

「テレビはついてるか?」

「いや」

「頭が痛くなるぞ」

電話を受けて五分後、クロフォードは裁判所の駐車場に車を入れた。走って玄関に向かうあいだに、どうにか気持ちを鎮めてまわりが見えるようになった。仮設のバリケードが置かれ、保安官助手が建物に入る全員を検査していた。

ウィリアム・ムーアからあんな話を聞かされたばかりなので、呼びとめられてボディーチェックを受けさせられるかもしれないとなかば覚悟していたが、保安官助手はバリケードを越えようとするクロフォードに敬礼してよこした。いまいましいニールも、くだらない疑念を全員に植えつけたわけではないらしい。

クロフォードは洞窟のようなロビーに早くも集まってきているマスコミ関係者のあいだを縫って歩いた。六階上のドーム窓から日光が差しこみ、一条の光がまるでスポットライトのように演壇を浮かびあがらせている。その壇の奥ではこのビルの管理人がマイクをいじり、ぽんぽん叩いたり、甲高い音をたてたりしていた。

ハリーとセッションズがなにやら激しくニールと言い争い、その隣には爪を噛むニュージエントの姿があった。クロフォードが合流すると、中肉中背で平凡な容姿にべらぼうに高いIQと驚異的な射撃の腕前を持つセッションズが、クロフォードを口論に引きこんだ。

「おれとハリーは、スペンサー判事についてこの建物に入ったのに、ここへ来て刑事からじゃま者扱いだ——ここは自分が引き受けるとさ」

クロフォードはニールに言った。「まず第一に、このふたりは残る。目につく制服警官の数は多いほどいい。第二に」と、狼狽《ろうばい》をあらわに言葉を継いだ。「本来、われわれが必要になるようなことがあってはならなかった。なにを考えてるんだ？　こんな計画、なぜ止めなかった？」

「スペンサー判事から事前に相談がなかったんだ。マスコミが現れてはじめてわかった。配置につけるまで開始を遅らせたが、中止させればイメージに傷が――」

「イメージなど二の次だ、ニール。その腫れた唇の傷がまた開くぞ」倍にふくれあがったニールの唇を見て、クロフォードは内心、満足感を覚えた。「それで、配置とは誰を？」

「ニュージェントとわたしの審査で、銃撃とかかわりがないと確認できた警官をだ」

ニュージェントの太鼓判ではあてにならないが、審査そのものが、まだ目的を果たしていない殺し屋への警告にはなっただろう。法の執行官とカメラマンであふれかえった裁判所で、いま一度、ホリーの命を狙おうとするなら、頭がどうかしているとしか思えない。

とはいえ、二日前にしたことを考えれば、やはり頭がどうかしているとしか思えないが。

バリケードでは制服警官がマスコミの身分証明書をチェックし、ハンドバッグやリュックやカメラバッグの中身を調べ、その検査がすんだ者だけをなかに通していた。だが、広間はどの階からも見える。円を描く各階の通路には、職場に向かったり、一階での催しに物見高い視線を向けたりする職員や来訪者の姿があった。警察官は各階の手すりに沿って配備されているものの、クロフォードが見るところ、あまりに数が少なすぎた。

クロフォードはテキサス・レンジャーふたりに小声で話しかけた。「気に入らない」目顔で無言の合図を送られたふたりは、その場を立ち去り、別々の方向に偵察に向かった。

ふたたびニールを見て、クロフォードは尋ねた。「判事はどこだ?」

「おまえのすぐ後ろだ」

ふり向くと、クリーム色のスーツ姿のホリーがロビーを横切ってこちらに歩いてくる。着心地のよさそうなジャケットに、腿を包むスカート、ハイヒール。なんとも美しい。

首を絞めてやりたい。

隣に大きな綿の塊のような体形をした女性がいた。ごま塩頭を地肌が見えるほど短く刈りあげて、闘いに挑むような足取りだ。いまのクロフォードの心境からして、実際、そうなってもおかしくなかった。

近づいてくるにつれて、ホリーの笑顔がこわばるようだった。「おはよう。いいところにいらしたわ。選挙対策マネージャーのマリリン・ビダルを紹介します。マリリン、こちらがテキサス・レンジャーのクロフォード・ハントよ」

女性は短い指のついた角ばった手を差しだした。握手しながらめざとくクロフォードを値踏みしている。「いかにもって感じだわね」

「なにがです?」

「いかにもテキサス・レンジャーってことよ。角ばった顎も、鋼《はがね》のような目の輝きも、なにもかも」古いピアノの鍵盤のような歯を見せて彼女は笑った。「でも、制服じゃないから、カウボーイハットをかぶるといいわ。まさか、いま手元にないわよね? 白なら、ばっちりなんだけど。できたら例の腰に巻いて腿に結びつけておくタイプのガンベルトも」

クロフォードはいま褒められた目の輝きで彼女を見すえてから、「失礼」と、脇によけてホリーに近づいた。「スペンサー判事、これはどう考えてもまずい。前もってレスター刑事かおれに相談すべきだった。おおやけのイベントを開くなら」最後のほうはくいしばった歯の隙間から声を押しだすような、苦しげな声になった。

「わたしは選挙戦を闘う公人です。前にも申しあげたとおり、怖がって隠れているわけにはいきません」

判事らしい格式ばった物言いを聞いていると、彼女を揺さぶりたくなってくる。十二時間前にはその冷ややかな口が熱い自分の唇と溶けあい、この世の終わりとばかりにキスをしていたのを思いださせてやりたい。

だがクロフォードは言った。「逃げ隠れする必要はない。だが、いまのきみのやり方では、恨みなり動機なりのあるおかしなやつに狙ってくれと言ってるようなもんだ」

選挙運動の責任者が広い肩で割りこんできた。「心配しなきゃならない理由は見あたらないわ。そこらじゅうに警官がいるじゃないの」

「何分か話すだけです」ホリーが言った。

「その気になれば、ほんの数秒で足りる」クロフォードは言った。「そのことをいちばんわかっているのはきみのはずだが」

そのころにはニールが合流していた。クロフォードを無視して彼は言った。「スペンサー判事、会場は警察の監視下にある。ですが、終わるのは早いほどいい」彼は身ぶりで判事を演壇へうながした。

クロフォードは、警官たちが演壇を取り囲むようにして、聴衆のほうを向いて立っているのを見てほっとした。そのひとりににじり寄る。パット・コナーは古株の警官だ。中年過ぎで太鼓腹のコナーは、裁判所の守衛を任じられている。とはいえ、ひとり分の目であることにはちがいなかった。

クロフォードは彼に話しかけた。「パット、怪しいものを見かけたら、知らせてくれ」

「もちろんです。で、あなたはどこに?」

「あそこだ」クロフォードは頭を動かしてマスコミの集団の外側を示した。だが、歩きだそうとすると、マリリン・ビダルに肘をつかまれ、壇上に引き留められた。「あなたはここなんの権限があっておれに命令するのか、と彼女に言いたかった。だが、聴衆の目とスイッチの入ったマイクがある。それに、スポットライトを浴びるのはうんざりとはいえ、ホリーのすぐ右後ろにいられるのは助かる。その位置からだと聴衆を警戒することができた。

マリリン・ビダルがマイクに近づくと、騒々しさがおさまった。ビダルは自己紹介をして、急な知らせにもかかわらず集まってくれたことに礼を述べた。「ホリー・スペンサー判事の法廷で痛ましい事件が発生したのが月曜の午後です。ですが今朝、判事はみなさんにお話しすることを望まれました。あたくしを含む数名で、命が狙われた直後におおやけの場に立つことを思いとどまらせようとしたのですが、判事はこの記者会見を開くことにこだわられたのです。

このあと判事が声明を出されますが、質問はご遠慮ください」ビダルは両手を上げて、不平の声を圧した。「後日、判事と話せる機会をもうけるとお約束いたします。さて、あたくしのおしゃべりはここまでにして、スペンサー判事に場所をお譲りいたしましょう」

選挙対策マネージャーに代わって、ホリーがマイクの前に立った。彼女もまず、集まったマスコミ関係者に謝意を述べた。「法廷で起きた事件は痛ましいものでした。あの場におられた方々を代表して、全員に命の危険があったことをお伝えします。たいへん悲しいことに、この裁判所で働くわたしたちは、みんなから好かれていた同僚を失いました。チェット・バーカー保安官助手です」

ホリーはチェットを称え、殉職であったことを強調した。「そのあと屋上で起きたことも、やはり悲劇でした。ですが、法廷での銃撃犯とまちがえられた男性は、制服の保安官助手に向かって二度の発砲を行っています。武器を地面に置けとくり返し命じられたにもかかわらず。なにが起きたのか、誰のせいなのか、さかんに憶測が飛び交っておりますが、この場をお借りしてこのことだけははっきりさせておきたいと思います。わたしはテキサス・レンジャーのクロフォード・ハントに命を救われました」

仰天したクロフォードは、ぎょっとしてホリーを見たが、動かしたのは目だけだった。

「彼がわが身をかえりみずにすばやく行動してくれていなければ、犠牲者の数ははるかに増えていたでしょう。のちにＳＷＡＴに射殺された男によって、あるいは追っ手をのがれて現在、逃走中の人物によって、さらに多くが犠牲となったかもしれないのです。この場をお借りして、テキサス・レンジャーのハントに謝意を表明したいと思います」

ホリーはふり向いて、クロフォードに右手を差しだした。彼はその手を見おろしてから、彼女の目を見た。彼女の手を握り、そっけなく二度上下に振ってから手を離した。カメラマンのストロボが花火のように炸裂するなか、終始、堅苦しい態度を保ちつづけた。

ホリーはマイクに顔を戻し、彼女の政敵が主張したことについてしゃべりだしたが、怒りに耳をふさがれたクロフォードには、話が入ってこなかった。だが、ホリーが話を終えるまでは、怒りを抑えておくしかない。幸い、そこから先は短かった。

ホリーが演壇からおりると、救いようのない髪形をしたがみがみ女が進みでて、うまくやったとホリーを褒めた。演壇を守る警官たちの輪の外にいたニールには、またたく間に数人のリポーターが押し寄せ、捜査の進展状況について質問しだした。

マリリン・ビダルがクロフォードの前に立ちはだかった。「すばらしかったわ。うぬぼれもなければ、わざとらしい謙遜もなくて。完璧。さ、飲みにいきましょ」

「残念だが」クロフォードはホリーの上腕をつかんだ。「スペンサー判事と早急に話さなければならないことがある」

クロフォードはどちらの女性にもつべこべ言う隙を与えなかった。ホリーの向きを変えさせ、ロビーを出て化粧室のある廊下へ向かった。人目を意識したホリーは、抵抗せずについてくる。悪いことをするのを見とがめられた子どもが、しつけのために部屋の隅におとなしく連れていかれるかのようだった。

パット・コナーがついてきた。廊下に出るとクロフォードは彼に言った。「誰も近づけないようにしてくれ」

「任せてください」

クロフォードが廊下の突きあたりまで連れていくと、ホリーはつかまれていた腕を振りほどいて、彼を見た。「あなたの言いたいことはわかってる」

クロフォードは身をかがめてささやいた。「どういうつもりだ？　おれが言いたいことがわかるだと？」

「あなたが怒ってるのはわかってる。当然よね」

「だからこの記者会見のことを事前に話さなかったんだな。おれにもニールにも誰にも」

「話したら、止められたもの」

「そうとも」

ホリーは自分とクロフォードのためにひと息ついてから、いくぶん穏やかな口調で続けた。

「マリリンにはどんな形にしろ事件を利用するつもりがないと言ったのよ。でも、今朝、ロドリゲスのことが報道されて気が変わった。あなたを批判する論調だったから」

「おれは子どもじゃないぞ、ホリー。自分の面倒はみられる。功名心にはやるリポーターの論調など気にもならない」

「だったら、気にすべきね。あなたがわたしの命を救ったという事実はほとんど補足扱いだった。あなたは不満があるから、そういうわずらわしいことを避けようと――」

「不満はない」

「あるわ、ラシュモア山くらい小さい不満が。あなたの勇敢な行為は称賛されるべきであって、疑念をいだかれるのはまちがってる」

「そりゃどうも。だがおおやけに称賛する必要はなかった。注目を浴びるのは嫌いだ。それでなくても、きみを守るのに絶対的に不利な場所で記者会見を開くとは――」

「でも守られていたわ」

「あれじゃ足りない」

「なにも起きなかったじゃない」

「今回はな。つぎの機会はどうなる？」

「つぎの機会なんてないと思うんだけど」

クロフォードは両手を腰にあてた。「もう決めてるのか？」

「わたしを殺したがる人などひとりも思いあたらない。わたしとは無関係な単発的な事件じゃないかとマリリンは言ってるわ」

「へえ、マリリンがね。マリリンがそう言ってると？　きみはマリリンの言葉に命を賭けるのか？　彼女が心配してるのはきみのことか？　それともサンダーズに負けることか？」

「あなたの心配はもっともよ。でも裁判官としての未来を左右する選挙がなかったとしても、一生、隠れているわけにはいかないのよ」

「誰が一生と言った？　犯人を捕まえるまでのことだ」

「捕まえられなかったらどうなるの？」

「捕まえる」

「もし捕まえられなかったら？」ホリーはくいさがった。「わたしの身が安全で、仕事や選挙運動に戻っていいと誰が決めるの？」

「おれにはいつとは言えない」

「そうよ！　それでわたしはいつまで人生を保留にしておかなければならないの？」

「その人生がなくなるかもしれない。もしきみが――」

「どうなるのはやめて！」

「クロフォード！」

「なんだ？」

クロフォードとホリーはあわてて離れ、廊下の先のロビーを見た。尊大な物腰のニール・レスターがコナーの前を通ってこちらに近づいてきた。心配そうに眉をひそめたヨーロッパ風のスーツを着た男を伴っている。

ホリーが驚いた声を出した。「デニス？」

デニスはしなやかな長い脚でニールのもとを離れると、ホリーに近づいて抱擁した。しっかりと抱きしめ、彼女の髪に口をつける。「ああ、心配で気がおかしくなりそうだったよ」

# 第十六章

三十分後、クロフォードが対人犯罪課に入っていくと、ニールがデスクで携帯電話を使って話していた。ニュージェントはコンピュータのキーボードをぽつぽつと叩いていたが、その手を止めて、クロフォードに空いている椅子を勧めた。

クロフォードはそこに座った。足首を組んで窓の外を見ながらニールが通話を終えるのを待った。ニールは電話を切ると、クロフォードに言った。「妻からだ」

クロフォードはうなずきつつも、内心、彼女を憐れんだ。こんな男と心躍る愛の営みなど可能なのか、と考えずにいられない。

「どこに行ってた?」

「ハリーとセッションズを見送ってきた。判事に女性警官をつけたようだが――」

「女性警官ならまちがいない。犯人が女じゃないのは明白だからな」

「なるほど。そのあとジョージアに電話した。それまでかける暇がなかった」ニールをにらみつけて、言い足した。「今朝はそんな日だった」

「娘さんはテレビでおまえを観てたか?」

「いいや。グレイスが冷静に対処して、記者会見のあいだジョージアを部屋から出してくれたそうで、助かった」

「なぜ娘に観られたくないんだ？　金ぴかに輝くカウボーイなのに」

「おれが望んだことじゃない」

「そうか？　勇敢に悪者を追って、スペンサー判事から絶賛された」

「虫の居どころでも悪いのか、ニール？　気に入らないことがあるなら、話しあおう」

ニールはクロフォードの挑戦的な視線を何秒か受けとめると、デスクに置いてあった事件のファイルを開いた。「あの元婚約者のフルネームはデニス・ホワイトだ」

「正式に婚約したわけじゃない」

ニールはクロフォードに視線を投げてから、ファイルに戻り、事実を箇条書きにしたリストにペンを走らせた。「南メソディスト大学で経営学修士号取得。同窓会会長。国際的な医療用品の会社で地区営業担当役員を務め、福祉団体ユナイテッド・ウェイの活動支援キャンペーンを指揮している」

「やり手だな」

「ボーナス抜きで六桁の年収だそうだ」

「靴下くらい買えそうなものだが」

ニールが顔を上げた。「なんだと？」

「靴下をはいてなかった」

「気づかなかった」

クロフォードは肩をすくめた。

「なんにしろ、彼の身元は確認した」ニールが言った。

「それで終わりなのか？」

「おまえとスペンサー判事を探して裁判所内を上へ下へしているあいだ、彼とたっぷり話をした。おまえたちは人目を忍んで話すのが、定番になりつつあるな」

「心を決めてもらおうか、ニール」

「なんの話だ？」

「おれがどっちを狙ってるか。判事のスカートの下に潜りこむことか、殺すことか？」

ニールはペンを放り投げた。「ウィリアム・ムーアから聞いたんだな」

「あまりにくだらないほのめかしだ」

「そうだろうか？」

「おれが判事殺害のためにロドリゲスを雇ったうえで、彼が撃たれるように仕向けたと思ってるのか？」

「そうは言ってない」

「せんじ詰めればそういうことになる」

「おまえがわたしの立場なら、いくらかは疑わないか？　スペンサー判事がかかわった裁判や案件の資料に出てくる人物全員をここととダラスの両方の刑事たちが二度確認したが、そのなかで法廷の裁定にもっとも憤慨した人物として浮かびあがってきたのは誰だと思う？　そう、クロフォード・ハントだ。そして、銃撃犯の耳にピアスの穴があったと言ってるのもおまえだけだ」

「穴がなかったんだ」

「どちらにしろだ。それにスペンサー判事はおまえが犯人を蹴飛ばしたのを覚えていない。おまえひとりの証言にもとづいて考えたら、とてつもなく面倒くさいことになる」

「なあ、ニール。おれはおまえが几帳面に積みあげてきたキャリアを踏みにじりたいわけじゃない。スペンサー判事にしてもきっと反省してる。なんにせよ、危機に瀕してるのは判事自身の命だからな。だからおれは記者会見を開いたことで彼女を叱責していた。判事は反論した。おまえが来たときに人目を忍んでやっていたのはそういうことだ」

ニールは黙って椅子を前後に揺らし、腫れた唇を舌で舐めながらこちらをにらんでいた。しばらくはあの唇を休ませてやるか。クロフォードはしぶしぶ尋ねた。「デニス・ホワイトについてほかになにかあるか？」

「判事とは後腐れなく別れたと言っている。銃撃のときは販売会議に出ていた。同席者は三十人。まさに鉄壁のアリバイだ。もはや恋人ではないものの、彼女が大好きなようだ。彼の知るかぎり、判事に敵はいない。それに……」

ニールはふたたびノートを見た。「彼女を害したがる人物がいるとは考えられない、彼女が受けた精神的苦痛を思うと気分が悪くなる、なんとかスケジュールをやりくりして、彼女の無事を確かめるためにここに来ようとしていた、と。そういうことだ」

「スケジュールをやりくりするのに二日かかるとは、心配で頭がおかしくなりそうな人物のやることとは思えないが」

「忙しい人なんだ」

最低の恋人だ、とクロフォードは思った。元恋人だとしても。

「グレッグ・サンダーズは？」クロフォードは尋ねた。

「問題なかった」

「やけに簡単じゃないか」

「いや、簡単じゃなかった。刑事ふたりに別個に事情聴取させた」

「サンダーズは今回のことをどう考えてる？」

「刑事ふたりによると、サンダーズは協力的で、自分に嫌疑がかかる状況に理解を示したそうだ。それはともかく、二時少し前に裁判所を出たことは、スペンサー判事自身が裏づけてくれる、と言っていた。そのあと妻と落ちあってゴールデン・コラルで遅い昼食をとった。レストランの従業員とサンダーズ夫人が証人だ」

読みあげるニールの声は皮肉たっぷりだった。クロフォードは言った。「サンダーズが銃撃犯だとは言ってないぞ、ニール。だが、サンダーズはホリー・スペンサーの対立候補だ。そして刑事事件専門の弁護士でもあるから、犯罪者とは毎日のように接してる」

「そういうもろもろは全部調べさせてる。だが、彼じゃない。そんな気がしないんだ」

同感だった。いみじくもホリーが言ったように、これは目立ちたがり屋のサンダーズのやり口ではない。そんなことを考えているうちに、自然とドアに目がいった。制服警官に連れられてひとりの男が入ってきた。

年齢にして五十前後の民間人だが、短い丸刈り頭はほぼ白髪だった。風雨にさらされた血色のよい顔のなかで、目のまわりの深いしわが白く目立っている。どこの誰だか知らないが、戸外にいる時間が長いのだろう。ゴルフシャツにスポーツジャケット、カーキ色のズボンという恰好だった。

制服警官がクロフォードたちを指さした。男は警官に礼を言い、こちらに歩いてきた。その足取りの一歩一歩に自信がみなぎっている。

「あれは誰だ？」クロフォードは尋ねた。

ニールはふり返って男を見ると、あわてて椅子を後ろに引いて立ちあがった。

男はニールのデスクの前で立ち止まった。「レスター巡査部長？」

「はい、わたくしです」

「チャック・オッターマンだ」

ふたりはデスクをはさんで握手した。ニールがニュージェント、そして最後にクロフォードを紹介した。オッターマンとの握手はどことなく義理の父が思いだされて、不快だった。社交儀礼というより腕相撲の試合のようだ。

ニールが椅子をお持ちしろとニュージェントに指示するかたわらで、クロフォードが立ちあがった。「これを使ってくれ」

オッターマンは礼を述べ、デスクをまわってきて、腰をおろした。

クロフォードは近くのデスクまでさがり、角に腰をかけた。そこからだとさりげなく観察できる。クロフォードにとっては初対面のオッターマンだが、ニールは彼を見るやいなや、すぐに誰だか気づいて驚いたようだった。

いまニールは引きつった笑いをもらしている。「この課でＶＩＰにお目にかかることなどめったにありませんよ、オッターマンさん」

「自分ではＶＩＰなどと思っておらんがね」

ニールはクロフォードに説明した。「オッターマンさんは石油掘削《くっさく》会社の現場監督をしておられるんだ」続いてオッターマンに言った。「あなたがスピーチされた昼食会に出ましたよ。なぜ天然ガスがエネルギー危機を救うのか、お話をうかがって得心しました。あの日、あなたの話を聞いて多くの人が考えを変えたはずです」

ニールの話を聞きながら、オッターマンはズボンのポケットから五十セント硬貨を取りだし、指の背の上を器用に移動させだした。そして、ニールの言葉に応じた。「それでも何人かしぶとい環境保護論者がいてね。うちの会社にも、産業全般にも、批判的なんだよ」

「進歩には抵抗がつきものです」

ニールがなぜこの男にへつらうのか、クロフォードにもわかってきた。ニールらしい。

〈ラーナー・シェール〉はテキサス州の南東部から隣接するルイジアナ州にかけて二百五十

平方キロ以上の地域に事業を展開している石油会社だ。プレンティス郡はその中心に位置する。この数年、天然ガス会社は地代や掘削権に気前よく大金を払い、多くの場合、投機の結果は大儲けにつながった。そんなわけで、少なからぬ地域住民が水圧破砕法や、掘削や抽出過程が環境に与えるかもしれない影響に懸念を示しているものの、数では地域経済が上向くことを喜ぶ人たちのほうがまさっている。

だが、それに付随して犯罪も急増していた。石油掘削作業員は仕事のあるところへ集まる。その多くが自宅を離れ、妻や恋人のいない日々を謳歌する。家庭生活という足枷《あしかせ》から解き放たれた彼らは、喧嘩、ギャンブル、飲酒、女遊びにうつつを抜かし、休日ともなると、現代版の牛追いカウボーイとなって、ありとあらゆるふらちな行為に稼ぎを注ぎこんで大騒ぎをすべく町に繰りだす。

警官たちはしょっちゅう彼らの宿泊所に呼ばれた。向こうみずな労働者の一時的な宿泊施設で起きる喧嘩をおさめるためであり、喧嘩の末の流血沙汰の後始末のためだった。

オッターマンの部下が警察とひと悶着起こすかなにかしたのだろう、とクロフォードは思った。

ニールは椅子を戻して、座った。「どういったご用件で、わざわざお越しいただいたんでしょう、オッターマンさん」

「今朝のニュースだ」オッターマンはクロフォードにいわくありげな目を向け、投げあげたコインを受けとめて、握りしめた。「衝撃的な展開だ。正直言って、驚いたよ」

ニールが尋ねた。「なにか特別な理由でも？」

「銃撃事件のとき、裁判所にいたもんだから」

その言葉にはさすがのクロフォードも絶句した。しばらくは誰も口をきかなかった。ニールがおずおずと言った。「あの……避難者の名簿にあなたのお名前はなかったような」

「わたしの名前はない」

「そういうことだったんだ」ニュージェントが言った。遅ればせながらことの重大さに気づいたようだ。彼はクロフォードに笑いかけ、それにつられて残りのふたりもクロフォードに注目した。

クロフォードはオッターマンの視線をしかと受けとめてから、ニールに言った。「ニュージェントとおれは、避難者の数と事情聴取してから帰した人の数がちがうことに気づいた」

「で、その情報を報告せずにいたのか？」

「忙しかったんでね」上からものを言うニールにそっけなく答えた。筋の通らない主張をいちいち真に受けてはいられない。そのままならニールが情報を報告しなかったとニュージェントを叱責しただろうが、オッターマンが割って入った。

「混乱させてすまなかった」彼はふたたびコインをもてあそびはじめた。「わたしもてっきり屋上で殺された男が犯人だと思っていた。それで事件は解決だとばかり。ところが朝になって、犯人が逃走中と知った。それで市民の義務として、説明責任を果たさずにその場を離れたと告白しにきたというわけだ」

ニールは当惑したように首を振った。「ものの数分で裁判所全体が封鎖されたはずです。どうやって抜けだしたんですか？」

「その質問に答える前に」クロフォードは言った。「どうしてそこにいたのかを教えてもらいたい」

「理由は？」

オッターマンは体を動かし、クロフォードを見た。「地方検事補に会うためだ」

「従業員に対する告訴を取りさげるか、減免してもらうためだ」

「従業員がなにをした？」

「タイヤレバーで襲ったとされている」

「だが無実だ、と」

クロフォードのおどけた口調でオッターマンはにやりとしたが、おもしろがっている表情ではない。「いいや。相手をこてんぱんに叩きのめした。だが、殴られたやつの自業自得だ」

「どういうことだ？」

「やられたやつは、そいつの女房とうちの作業員がベッドにいるのを目撃した。ところが作業員に殴りかかるのではなく、女房に怒りの矛先《ほこさき》を向けた」

「それでおたくの作業員は、彼女を守ろうとタイヤレバーを手にしたということですね」ニールが言った。

「そのとおり」

「やるなあ」

ニュージェントだった。彼はひと言も聞きもらすまいと話に聞き入っていたが、クロフォードのほうは、穏やかに語るオッターマンの話にそれほど引きこまれなかった。どことは言えないが、なにかが気になった。この男の尊大さかもしれない。たいていの人は警察署に足を踏み入れると、多少は神経質になる。だが、オッターマンはちがう。みごとなまでに自信満々だった。

もてあそんでいるコインにクロフォードが注目してるのに気づき、オッターマンはふくみ笑いをもらした。「タバコを一日に四箱吸ってた。これはその代わりだ。ニコチンはないが、手すさびになる」

クロフォードの気をそらすつもりだったのなら、失敗に終わった。クロフォードは尋ねた。

「会ったのはどの地方検事補ですか?」

「あとはわたしが」ニールが口をはさみ、クロフォードを目で制した。「わざわざお越しいただいてありがとうございます、オッターマンさん。しかしながら、わが署は緊急事態への迅速な対応を誇りとし、計画どおりに避難計画を実行しております。われわれの警備の網の目をのがれた方法を教えていただけると参考になります」

「のがれたんじゃない。ほかのみなさん同様、外に出されたんだ」

「警官の誘導でですか?」

「そうとも。警官はみんなを急《せ》き立てていた。みんな不安がり、怖がっていた。警官はパニックを最小限に抑えようとして、わたしたちを安全な場所に誘導すると言った。そこで銃撃犯が逮捕されるまで〝かくまう〟と」オッターマンは肩をすくめた。「わたしにはかくまわれている暇がなかったんで、裁判所から出ると、自分の行きたい方向へ進んだ」

「ただ歩いて立ち去ったということですか？」ニュージェントが尋ねた。

「いいや。警官から引き留められたよ。ほかの人たちといっしょに残るように言われたが、名乗ったら行かせてくれた」

クロフォードは尋ねた。「警官の名前は？」

「さあ。名乗らなかったし、こちらも訊かなかった」

「なぜなら、ほんの数分前に死者が出た銃撃現場から急いで立ち去りたかったから」

オッターマンはコインを握りしめ、左目を右目よりやや険しく細めた。「きみからいくら責められようと、わたしにはどうでもいいことだ」

「ごもっとも」ニールが言った。

クロフォードは無理に笑顔を作った。「責めたわけではありません、ミスター・オッターマン。ただ、警官は名札をつけています」

「名札には気づかなかった」

「外見を教えてもらえますか？　人種とか、背の高さとか」

「若かったね。身長は人並み。白人。制服を着てた」

「警官か、保安官助手か？」

「警官は青い制服だったかな?」

クロフォードはうなずいた。

「だったら警官だ。だが、悪いがそれ以上のこまかいことはわからない」

「銃撃事件のとき、何階にいましたか?」

「クロフォード」

オッターマンが手を上げて、ニールの介入を押しとどめた。「かまわんよ、レスター巡査部長」そして、クロフォードに言った。「地方検事補のオフィスがある三階だ。ついでに言っておくが、わたしが会っていたのはアリシア・オーエンズ地方検事補だ」

オッターマンはコインをポケットに入れて立ちあがった。「これで、ひととおりの説明はすんだな」彼はニュージェントに笑顔を向けた。「頭数の問題が解決できてよかった」そしてニールに言った。「早く犯人を捕まえてくれ」

ニールは立ちあがり、ニュージェントが続いた。クロフォードはそのまま近くのデスクに腰かけていた。

ニールが言った。「ご足労いただき、ありがとうございました、オッターマンさん」そしてデスク越しに手を伸ばして握手した。

オッターマンはうなずき、ドアのほうを向いた。

クロフォードは言った。「ロドリゲスを見てもらえませんか?」

「なんだと?」

「なぜ?」

オッターマンとニールが同時に言ったが、クロフォードは刑事を無視した。「いまだ身元不明です。月曜日に裁判所にいた目的もわかって――」

「いまとなっては永遠にわかるまい」

その発言にさげすみが込められていて、それが自分に向けられていることがわかったが、クロフォードは取りあわなかった。「ひょっとしたら裁判所で見かけたことを思いだして、それが未解決の問題を解く手がかりになるかもしれない」オッターマンが即答しないのをいいことに、たたみかけるように続けた。「ほんの思いつきです。市民の義務に熱心なようだから」

クロフォードはオッターマンをジレンマに陥れた。同意すれば権威に譲歩することになり、クロフォードの勘では、この男は誰に対しても権威を認めることを好まない。だが、拒めば不利な立場になる。ニールがいくらぺこぺこしようとも、オッターマンが死刑に値する犯罪の現場から逃げたという事実は疑いの温床《おんしょう》になる。

「いいとも、見てみよう」オッターマンは愛想よく答えた。「ただし、残念だが明日まで待ってくれ。今日は午後三時半から会議がある。相手はオデッサから飛行機で来るんでね」

ニールが飛びついた。「もちろん明日でけっこうです、オッターマンさん。何時ならご都合がいいでしょう?」

「では九時で」

「なるべくお時間をとらせませんので。今日はお越しいただいてありがとうございました。ニュージェントに見送らせます」

ニュージェントはいつにも増して落ち着きなく、オッターマンと連れだってドアに向かった。ふたりが部屋を出るや、ニールがクロフォードに嚙みついた。「いったいなにを考えてるんだ？　わたしを道連れに自滅するつもりか？　この地域が長年待ち望んできた最大の好景気を牽引する人物に楯突いたんだぞ」

「おまえこそなにしてんだ？」クロフォードは言い返した。「おまえは刑事だろ？　ちがうのか？　神経を逆なでするからと、尻込みしてていいのか？　あの男がほかの誰かなら、おまえは公務執行妨害で逮捕してたはずだ」

「だが、彼はほかの誰でもない。本気で彼を疑ってるのか？　髪の色や体形のちがいはいったん置くとしても、あの人がハロウィーンみたいな恰好をすると思うか？　ええ？」最後は悲鳴のようだった。「ロドリゲスを見てくれだと？　みんなの時間を無駄にするだけで、なんの得があるんだ？」

「まだわからない」

「ロドリゲスを見て、『面識がない』と言われたら、それでなにが得られる？」

「なにもだ。だが、困ったことにもならない」

「甚大な影響力を持つ人物の気分を害すること以外にはな」

クロフォードはニールのデスクに両手をついて、前に体重をかけた。「あの男は王侯貴族のように悠然と現れ、まるで些細なことのように犯罪現場から逃げだしたことを認めた。チェットは死んだ。なのにあのろくでなしは立ち去った。現場に残っていくつか質問に答えるだけの時間がないという理由で。そんなやつの気分を害することが、なんだっていうんだ？」

クロフォードは体を起こし、髪をかきあげた。「それに、おまえはおれが遺体安置所に来るように頼んだ理由を誤解してる。おれだってやつがロドリゲスを知っていると認めるとは思ってない」

「だったらなぜ彼をわずらわす？」

「ロドリゲスを知らないと言うときのやつの顔を見たいんだ。嘘をつけば、それとわかる。彼が実行犯だとは思わないが……なにかある」いらだたしげに首筋をさする。「なにかが」

「なにかとは？」

「わからない。だが、オッターマンを立ち去らせた警官を割りだして、長い停職をくらわせてくれ。自分がやったことを数週間じっくり考えさせろ。

それから、ミスター・チャック・オッターマンの過去を五年ぐらいにわたって徹底的に洗いだせ。きっちりやれよ。職歴。家族構成。離婚、養育権。その手のことを」

「なぜわたしが？　その手のことはおまえの専門だろう」

クロフォードは挑発に乗らなかった。「ホリーがここに来る前に辞めた法律事務所からはじめるのが妥当だろうな」

「すでに調べた」

「もう一度だ。こんどはオッターマンを探れ」ニールに背を向けて、ドアへ歩きだした。

「どこへ行く？」

クロフォードはちらっと背後を見て答えた。「昼めしだ」

# 第十七章

マリリンのブラディ・マリーは三杯め、デニスはアイスティーのグラスを抱えていた。前菜はまだ供されず、ホリーはランチが終わるのをひたすら待ち望んでいた。

三人はカントリークラブのダイニングで、窓際の席に座っていた。デニスによると、炭水化物中心の食事が好みでないかぎり、ここがプレンティス郡で唯一のまともなレストランなのだそうだ。室内は心地よく、鬱蒼と茂る松林を背景にしてゴルフコースと池が見渡せた。

けれど神経が高ぶっているホリーには、部屋も、眺めも、同席者との会話も楽しめなかった。ランチをおごると言って聞かなかったマリリンは、喫煙するため自分の車で裁判所から移動したので、ホリーはデニスの車でしばしふたりきりになった。

最初は銃撃事件をめぐる話だった。あざができたぐらいで、たいしたケガはなく、その後付随して発生した問題にもうまく対処できているというホリーの説明がすむと、話題はより個人的な内容に移った。

おつきあいしている人はいるのかと彼女が尋ねると、デニスは、新たな恋愛対象ができたと恥ずかしそうに認めた。驚くようなことではない。デニスはハンサムで仕事は順調、魅力があって、知的でもある。そのくせホリーには、自分が彼のどこに惹かれていたのかがわからなかった。いまは彼が……磨かれすぎていて、取っかかりがないように感じる。

デニスはめったに熱くならない。声を荒らげることもなかった。記憶にあるもっとも白熱した口論は、ホリーがプレンティスに引っ越すと決めたときだったが、それも喧嘩というより、そのプラスとマイナスの検討会といったおもむきだった。

ふたたび相まみえたふたりは、どちらも礼儀正しく冷静で、それは別れを含めた以前の関係とまったく同じだった。芝居がかったやりとりはなく、火花も散らなかった。デニスの姿を見てどきりとしたことがあるとしたら、彼の唐突な登場に対してクロフォードがなにをどう思ってどうするかという心配だけだった。無関係のはずのクロフォードの反応や心証が、なぜか気になった。

デニスの不幸を願うことはないし、彼も自分に対して同じように思ってくれているのは明らかだけれど、その点が確認できてしまえば、ほとんど話すこともなかった。いまはただ、彼を帰らせて過去におさめ、現在に集中したかった。

ハンドバッグのポケットで携帯電話が鳴りだすと、ホリーは渡りに船とばかりに飛びついた。表示された発信者を見ると秘書からだった。「よほどのことでないかぎり、ミセス・ブリッグズが昼食のじゃまをすることはないわ」

ホリーはひと言断って、急いで席を立った。留守番電話に切り替わる前に電話に出たい。

「わたしよ」ホリーは受付の女性の前を通り、ロビーに出ながら答えた。

「お食事中にすみません」

「かまわないわ。どうかしたの？」

「ミスター・ジョー・ギルロイがいらしてます。お約束はないのですが、至急、重要な用件があって、電話では話したくないということで。どういたしましょう？」

ダイニングルームを見ると、マリリンが闊達《かったつ》にしゃべり、デニスが笑っている。ホリーは言った。「待っていていただいて。すぐに戻るわ」

テキサス・レンジャーと交替したふたりの女性警官がホリーたちのテーブルの近くに座っていた。ホリーについて廊下に出てきていたそのうちのひとりに、裁判所までパトカーで送ってもらえるかと尋ねた。

「もちろんです、スペンサー判事。お食事のあとですね？」

「いいえ、いますぐよ。友人たちにあいさつだけしてきます」ホリーはダイニングに戻り、テーブルに近づいた。デニスが立ちあがって、椅子を引いてくれる。「申し訳ないけど、行かなければならないの」

「あら、どうして？　なんなのよ？」マリリンが詰問口調になった。

デニスが言った。「少しも食べてないじゃないか」

「執務室に人を待たせてて、すぐに戻らなければならないの」

「ぼくが送ろう」

ホリーはデニスの腕に手を置いた。「女性警官が送ってくれるから、あなたは残ってランチを楽しんで」

「あとで会えるかい？」

会ってどうするの、と舌の先まで出かかった。ホリーは彼を見あげてほほ笑んだ。「わたしのために、こんなに遠くまで来てくれて、ありがとう。やさしい人ね。ほんとに感謝してます。でも、ごらんのとおり、わたしは元気よ。あなたにはやるべきことがある。それはわたしも同じ」

デニスは真意を察して、笑みを返した。表情から、少しほっとしたのがわかる。

ホリーは彼の頬にキスをし、マリリンに言った。「またあとで。うちで会いましょう」

「あまり遅くならないでよ。まだ計画しなきゃならないことがたっぷりあるんだから」

ホリーはバッグを肩にかけ、おそらく最後になるであろう笑みをデニスに向けると、受付で待っていた警官と合流し、パトカーの後部座席に乗りこんだ。警官は裁判所の執務室までホリーを送り届けてくれた。

ミセス・ブリッグズは待合室のデスクにいた。ジョー・ギルロイは肘掛け椅子に座り、膝にブリーフケースを載せていた。ホリーが入っていくと立ちあがり、握手を交わして、約束なしで会ってもらえることに礼を述べた。ホリーは先に立って彼を執務室に招き、ドアを閉めた。

ふたりが席につき、デスクをはさんで向きあうと、ジョーは鞄を開いてクリップで留めた数枚の書類を取りだした。「郡の書記官に手伝ってもらって必要となるすべての書類に記入してきた」

デスクに置き、ホリーのほうに書類を滑らせた。「あなたの署名が必要だと言われた。それで至急、面談を申し入れた。急いで送達しなければならない」

すぐになんの書類かわかった。なんたることか、一方をもう一方から守るために家庭争議では頻繁に必要とされる書類だった。ホリーは呆然とジョー・ギルロイを見つめた。

それはクロフォード・ハントに対する一時的接近禁止命令を申し立てる書類だった。

スミッティを探しにでたクロフォードは、二軒めのナイトクラブで彼を見つけた。彼の店のなかでは多少上等な部類だ。平日の十一時から三時までは、ドリンクを最低二杯注文すると、ただで昼食にありつける。

用心棒にボスはいるかと尋ねると、なんの用だと訊き返された。バッジと恐れ知らずのにらみのおかげで、用心棒から、スミッティはビルの奥にあるオフィスにいるとの答えを引きだすことができた。

クロフォードは栗色のベルベットのカーテンをかき分けてクラブに入り、軽食カウンターに沿って進んだ。鶏手羽は干からび、切ったピザの端が丸まりはじめている。とはいえ、ステージ横にかじりついている数人の客の目当ては食べ物ではない。まさにくい入るようにして、ふたりのダンサーを見つめている。ひいき目に見ても退屈な踊りで、ふたりのうちひとりは体を揺らしながらあくびをする始末だった。

クラブを突っ切ると、奥にある薄暗い廊下に出て、化粧室の前を通り、従業員以外立ち入り禁止のドアを抜けた。酒のケースが胸の高さまで積みあげられた倉庫が二カ所。楽屋のドアは開いており、バスローブを着た女がひとり、照明つきの鏡に映った自分の姿に見とれながら携帯電話で話をしていた。こうしてついに〝支配人〟と書かれたドアにたどり着いた。スミッティのどなり声がした。「そのご面相を見てみろ！　青あざなんか作りやがって、誰がそんな面を見たがるんだよ？」

女の声。「ステージに立ってたら、誰があたしの目なんか見るのよ？」

「誰にやられた？　客か、恋人か？」

「それがあんたになんの関係があるの？　あんたにはなんの借りもないんだけど」

クロフォードは一度ノックし、ドアを開けた。スミッティはデスクの奥で、両手を腰にあてて立っていた。若い女が、乱雑なデスクの前の椅子にだらしなく座っている。

クロフォードが入っていくとスミッティがうなった。「まったく、最高だぜ。やってらんねえ。よりによって今日お出ましになるとは」憎々しげに女を見おろし、手で追い払った。「出てけ。そいつを隠せる化粧品でも買ってこい。野郎や、野郎の欲望を操れないようじゃ、この商売はやってけねえぞ。またこんなことになったら、そのケツを放りだしてやる」

「へえ、そんなこと言っていいの？」女はもの憂げな口調で言った。「みんな、このケツが好きで来てんのに」

女はぶらぶらとドアへ近づき、クロフォードの横に来ると足を止めて、生意気にも青あざのできた目でウィンクした。「かわいいお兄さん、あなたはだあれ？」

「密売人だ」

「ほんとに？」

「出てけ！」スミッティがどなった。

女はドアを乱暴に閉めた。スミッティはデスクの椅子に腰をおろし、脂ぎったバーコードのような頭髪をなでつけた。「あのアマ、おれがクビにしねえのをわかってやがる。あのケツは売り物になるんだ」

クロフォードはさっきまで女が座っていた椅子に座った。「ジーンズに包まれてはいたが、けっこういいな」

「今夜、十時に出演する。そのときは全部見られるぞ。飲み物は？」

「いや、けっこう」

スミッティはデスクの上のジンの瓶に手を伸ばし、汚れたグラスに少し注いだ。いっきにあおって、ぶすっと尋ねた。「で、なんの用だ？　悪いことは言わねえから、チキンはやめときな」

「そうだな」

「で？」

「チャック・オッターマン」

二杯めを注ごうとする手を止めて、スミッティはそっとボトルをデスクに戻した。

クロフォードは言った。「ふむ。知ってるようだな」

「そうは言ってねえ」

「聞くまでもない」

クロフォードは裁判所を出ると、公安局に連絡をして、チャック・オッターマンの個人情報の提供を求めた。五分もしないうちに連絡があり、こまごまとした情報が伝えられた。生年月日、社会保障番号、運転免許証番号などだ。オッターマンは銃を見えないようにして携帯する許可証も持っていた。本籍地はヒューストンだが、一時的な所番地としてプレンティスの私書箱が登録されていた。

「全部eメールで送ってくれ」

「さっき送りました」

「オッターマンがなにをしていたか、この三十年ぐらいのことをざっくり教えてくれ」

「短大の二年を修了してますが、学位はありません。成人してからは一貫して石油、ガス関連の仕事をしてきたようです」州警官が言った。「絨毯《じゅうたん》敷きのオフィスは持ってないでしょうね。現場仕事が好みみたいですから。あちこち移動して、ひとところに二年以上留まることはありません」

「その理由を示す手がかりはあるか？」

「表立ったものはないです」

興味深い。調べてみよう、とクロフォードは思った。

とはいえ、オッターマンには汚点が見あたらなかった。二十代で一度結婚し、二年ともたずに離婚しているが、ごたごたはなく、子どももいなかった。配偶者扶養料は遅れず支払い、国税局には従っている。大きな負債もなければ、抵当権もついていない。逮捕歴もなかった。

クロフォードはさらにいくつか質問をした。返ってきた答えに不審な点はなかったが、どこかうさんくさいものが残る。そういうわけでスミッティを探して会いにきた。彼はコンピュータや検索ソフトでは見つけられないたぐいの情報を提供してくれる。

「チャック・オッターマンだ。なにを知ってる、スミッティ?」

「気をつけたほうがいいってことかな。こいつばかりはしゃれにならん。ニュース、観たぜ。昨日のヒーローが今日は?」スミッティは顔をしかめて、手をひらひらさせた。「もはやヒーローとは言えねえ。あの判事だけは例外みたいだが。いまや彼女は――」

「オッターマンだ」

「クロフォード、おれたちがダチになって何年になる?」

「おまえとダチになった覚えはないぞ。ときたま情報に金を払ってるだけだ。そのあとはゆっくり熱いシャワーを浴びることにしてる」

クラブのオーナーは自分の心臓のあたりを叩いた。「傷つくなあ、ああ胸がいてえ」

クロフォードは足首を反対の脚の膝に乗せ、手の指を組んで腹に置いた。「あのいいケツをした女性は、まっ昼間に密売人がおまえを訪ねてきてもまるで動じなかった。おれとバッジをつけた数人でおまえがアルコール以外から得た収入を徹底的に捜査すれば、五分で営業停止にできそうだ。今夜十時、舞台には誰もいない」

この脅しには効き目がある。デル・レイ・スミスのビジネスは完全には合法とは言えず、むしろ合法でない部分のほうが多いくらいだ。少なくとも二種類の帳簿があるのはまちがいなく、スミッティが密売人やのみ屋、ポン引きと頻繁に取引しているのはほぼ確実だった。

十代でけちな詐欺をはじめたスミッティは、ハイスクールを二年で退学するころには立派な窃盗犯になっていた。そしてハンツビルにおける二度めのお務めから解放されたのを機に、業務形態を見直すことにした。

彼は手付け金をかき集めて、プレンティス郡の郡境にあるみすぼらしい飲み屋を買い取った。その店を皮切りに、いまでは五店のナイトクラブを経営している。店には〝すっかり素っ裸〟のダンサーがいると誇らしげに宣伝し、言葉の意味が重複していることなどおかまいなしだ。

脅しをかけられて、スミッティはまた髪をなでつけた。「なにも隠しちゃいない」

「だな。不正行為が丸見えだ」

すっとぼけた顔でスミッティが言った。「不正行為?」

「脱税はするわ、ぺらぺら嘘はつくわ、おまえはモラルの肥溜めだ。おまえにもわかってるんだろ? おれにはわかるぞ。おまえがいつかは店じまいしなきゃならないことがな。さて、本題に戻ろう。オッターマンについて知ってることを教えろ」

「それよりこうしねえか? あんたにラップダンスをおごるよ。で、家に帰って、釣りなり映画なり、子どもに会いに行くなりしろよ。なんだっていいからさ。悪いことは言わねえ、オッターマンには近づくな」

「なぜだ？」

「ラップダンスにハッピーエンドもおまけでつけてやる。あの女は――」

「そろそろ堪忍袋の緒が切れるぞ。オッターマンについてなにを知ってる？」

スミッティは手のひらをこちらに向けて肩まで両手を上げた。「なんも」

「スミッティ」

「神にかけて誓う。オッターマンのところの荒くれ連中はいい客なんだ。ものすごく助かってる。あんたに押しかけられたり嗅《か》ぎまわられたりしたら、来てもらえなくなる」

「オッターマン自身も顧客なのか？」

「いいや」

クロフォードは無言でスミッティを見た。

「わかったよ、ときたまな」

クロフォードはまばたきひとつしなかった。

「ああ、むかつく」スミッティは小声でつぶやいた。「いい客なんだよ、わかるだろ？」

「とくにひいきにしてる店はあるのか？」

「〈ティックルド・ピンク〉」

「どのくらいの頻度で来る？」

「目当ての女がいるのか？」

「いいや。誓うって」疑いの目で見てやると、彼は言い足した。「ショーなんかまず見やしねえ。でっかいブースに陣取って、人と会ってるだけだ」

「どんな人だ？」

「知るかよ。人だよ」スミッティは気むずかしげな顔でクロフォードを見た。やはり二杯めのジンを飲むことにしたらしく、グラスにいくらか注いだ。

「どういう人たちだ？　若者か年寄りか、男か女か？　落ちぶれたやつらか、金持ちか？」

スミッティはジンをあおり、げっぷをして不快なガスを吐いた。「男。種類はいろいろだ」

「そのいろんな種類の男たちはオッターマンとなにを話してる？」

「知るかよ。天気についてとかじゃねえか」クロフォードがひとにらみすると、スミッティはもぞもぞと体を動かした。耳ざわりな音をたてて椅子がきしむ。「なあ、わかるだろ、おれはよけいな干渉はしねえ。盗み聞きもしねえ。オッターマンは高級酒を買ってくれる。それもたっぷりとだ。おれがオッターマンに興味を持つのはそこまでだ」

「大酒飲みなのか？」

「いいや。客人のために買うんだ。しらふ以外のオッターマンは見たことがねえ」

「喧嘩は？」

スミッティは少し迷って、しない、と答えた。

「週に三、四回」

「喧嘩は？」

クラブのオーナーは目をくるりとまわしてとぼけようとしたが、クロフォードの視線に屈した。「喧嘩してるのは見たことねえが……なんというか……すげえという評判は聞く」

「恐れられてるってことか？」

「そうは言ってねえ。おれがそんなこと言ったなんて、広めんなよ」

「だが誰も彼に逆らわない」

「逆らうとしても一度だけだ。あとは自分で結論を出してくれ」

結論とまでは言えないが、オッターマンが必要とあらばみずから人を懲らしめたり、手下にやらせたりすることはじゅうぶんに考えられた。「銃は持ち歩いてるのか？」

「知らねえよ。おれは見たことがねえ」

おそらく嘘だろうが、そのまま流した。銃の携帯許可を受けている以上、銃を持ち歩いていると考えるのが妥当だ。「ほかには？」

「それだけだ。やつは二十パーセントのチップをくれて、面倒を起こさねえ。だからこっちも面倒を起こさず、おれとしてはこれからもそうありてえわけさ。で、用がすんだんなら……」スミッティは期待を込めてクロフォードを見た。

「ジョルジ・ロドリゲスという男を知ってるか？」

スミッティは首を振った。「メキシコ人はあんま、うちのクラブには来ねえ」

「なぜだ？」

スミッティは肩をすくめた。「聖母マリアと関係あんのかもな」

「聖母マリア？」

「ほら、小銭はすべてマリアさまに流れる」

それ以上、非論理的な考えを追う気になれなかった。「オッターマンが誰に会ってるか知りたい」

スミッティは義憤にかられたように、苦しげにうめいた。「上客をスパイしろってか？」

その程度の演技で感動したり引きさがったりするクロフォードではない。前にも見たことがあるので、ただの演技だとわかっている。立ちあがって、ドアへ向かった。「いつもどおり、明日には情報がいる。情報の善し悪しに応じて金を払う」

「おれは密告屋じゃねえぞ」

「スミッティ、おまえはたんまり払ってもらえさえすれば、自分の母親だろうと性の奴隷として野蛮なギャングに売り飛ばす男だ」

「それならもう売っちまった」スミッティはクロフォードの背中に叫んだ。「哀れなババアめ、返品されてきやがったよ」

# 第十八章

　クロフォードが警察署に戻ったのは午後も遅い時間だった。ニールはデスクにいて、クロフォードに気づくと言った。「長い昼食だったな」

「食べるのが遅いんだ。オッターマンについてなにかわかったか？」

　ニールが述べた基本情報はすでに入手したものばかりだった。クロフォードは席を外しているニュージェントの椅子に腰をおろし、回転椅子を左右にまわした。「オッターマンが一カ所に長く留まらないのを、おかしいと思わないか？」

「いや、べつに」

「ふうん。入り口の監視カメラの映像は確認したのか？」

「オッターマンは一時四十分少し前に裁判所の正面から入っていた。一時四十五分に会う約束があったと地方検事補のアリシア・オーエンズの確認がとれた。オッターマンは五分早く来た。地方検事補は二十分遅れた。話をしているうちに、四階で事件が起きたと通報が入り、ほかの人たちといっしょに避難した。オッターマンが団子状態で一階西出口から外に出る姿が確認できた」

「立ち去らせた警官は見つかったのか？」

ニールから聞かされたのは知らない名前だった。「熱心なんだが、まだ未熟でね」ニールが言った。「無理からぬことだが、オッターマンに気圧されたようだ。処分は上司が決める」

「どの程度の処分になる？」

「分署がちがうから、わたしには口出しできない」

クロフォードはニールのネクタイをつかんで、だったらおまえの仕事はなんだ、と問いただしたくなった。チェットを殺した犯人を見つけることではないのか。「オッターマンはこの地方裁判所の世話になったことはないのか？」

「ない」

「証人としても？」

「証人としても、陪審員としても、いかなる形でもない」ニールは答えた。「すべて確認した。ウォーターズ判事とスペンサー判事については二度チェックした。スペンサー判事が以前いた法律事務所にもオッターマンの記録はなかった。ゼロ。まったく。なにもなし。前に言ったとおりだ」

「オッターマンに手を出すなと言いたいんだな」

「まさにそう言おうとしていたところだ」

「遺体安置所に行かせてなにもなければ、手を引く。銃についてはなにか出たか？」

「これといって。製造番号が消されてはいるものの、ほかに使われた形跡はない。地元の業者をあたって最近の売買記録を確認したが、どこにも取引の記録は残っていなかった」

「ペンキ屋の服装は？」

「金物店、塗料店、郊外の大規模小売店などなど、どこででも売ってる普及品だ。オンラインの安売り店でもあのブランドを注文できる。過去半年間にテキサスに配送された商品は、サイズや形、製造会社のロット番号で絞りこんだとしても、数千着になる。しかもほかの四十九の州のどこかで買って持ちこんだ可能性もある」

「手袋は？」

「同じく。あそこの倉庫の箱にぎっしり入っていた」

「警官なら簡単に入手できたわけだ」

「警官だけじゃない。医療関係者、主婦、食品を扱う者、美容師、細菌恐怖症の人。さらには……」

「わかった、わかった」クロフォードはいらだたしげにさえぎった。「仮面は？」

「ほかのものほどは普及していないが、パーティグッズや衣装を売る店なら買えるし、もちろんインターネットでも入手できる。だが、まだこのあたりの売買の流れを追っている。それと、どうせ尋ねられるだろうから先に言うが、裁判所の建物内にいた八十数名からの事情聴取はすませた」

「その顔から判断するに……」

「話を聞いた全員が、裁判所でなにをしていたのか、筋が通っていて容易に裏のとれる証言をし、銃撃事件があったときどうしていたかを説明できた」

「とはいえまだ聴取していない人間が大勢いる」

「まあな。だが、いまのところ悪意や疑念めいたものはいっさい出てきていない。スペンサー判事とつながりがあったのはひとりだけだ。半年前、スペンサー判事はその女性の離婚を成立させた。子どもはおらず、双方が納得できる結果でおさまり、元夫はシアトルへ引っ越した。月曜の午後、元夫は魚の缶詰工場で勤務中だった。女性が裁判所にいたのは、陪審員として召喚されたからだ」

「人間は嘘をつくもんだぞ、ニール」

「人間は真実も言う。この女性は召喚状を保管していた」

「ロドリゲスに関する新情報はないのか？」

「彼の死を悼む人間はいないらしい。少なくとも死体の引き取り手は出てきていない」

「膝にあざがないことは確認できたんだな」

「あざはなかった」

「おれの言ったとおりだ」

「しかし、おまえが犯人を蹴ったという目撃証言もない」ニールは座ったまま腕をデスクについて身を乗りだした。「したがって、いまだ重要参考人はおまえだ」

平板な声でクロフォードは答えた。「銃撃犯の特徴に合わないし、アリバイがある」

ニールは屈することなくクロフォードの視線を受けとめていた。と、クロフォードのベルトにつけた携帯電話が振動した。表示された名前を見て電話に出た。

「こんにちは、グレイス」

「誰かいるのね」ホリーが言った。

「ニール・レスターと事件の情報交換をしてました」

「この建物内にいるの？」

「ええ。なにかあったんですか？　ジョージアは元気にしてますか？」

「会って話さなきゃならないことがあるの」

「わかりました」

「ふたりきりで」

クロフォードの心臓が大きく打った。「いいですよ。いつどこにしますか？」

「執務室にいるわ。でも来るのは誰もいなくなってからにして」

「もちろんです。ではあとで」

クロフォードは電話を切って、ニールに言った。「グレイスから明日の昼食に招かれた」

「女性警官が食料の調達にいくと言ってくれて、バーベキュー七キロ分とつけあわせを六品買ってきてくれたわよ」

食べ物のことを考えるとホリーの胸はむかついた。「先に食べてて」いつ帰るのかと執拗《しつよう》に電話してきているマリリンに、ホリーは答えた。「やることがすんだらすぐに出るわ」

「何時間も前からずっと同じ答えなんだけど」

「業務に遅れが出てて、片づけなきゃならない仕事がたくさんあるの。今日の午後は忙しかったから」

「グレッグ・サンダーズもお忙しかったようね。六時のニュースに出てたわ」

「わたしも出てたでしょ」

「まあね。でもあなたのは記者会見の録画。ニュースとしてはもう古い。新しいなにかがいる」突如、閃いたようにマリリンが言った。「執務室に食べ物を持ってくわ。リブ肉を食べながら腹を割って話をしましょう」

「お願いだからやめて」ホリーは言った。「ミセス・ブリッグズから決裁しなければならない書類や文書を山ほど渡されてるの。それに、あなたは何杯ウォッカを飲んだの？」

「あたしが数えてると思う？」

ドアに小さなノックの音がした。「最後の面会人が来たから切るわね、マリリン。くれぐれも運転なんかしないでよ」

電話を切ると同時にクロフォードが入ってきて、ドアを閉めた。法廷に現れたときはつるりとしていた顔が、いまは無精ひげに覆われている。ジャケットにはしわが寄り、タイは緩んで曲がっていた。金髪はてんでばらばらの方角を向いている。

そしてとびきりすてきだった。飛びついて、しがみつきたい。

「どうも」

「どうも」

ホリーは彼の視線をたどって、携帯電話を手にしたままでいることに気づいた。電話を机に置いた。「マリリンよ」

「おれのばかたれリストの上位にいる人物だ」

「記者会見を開いたから？　あなたの行為を弁護する必要がなければ、承知していないわ」

「さっきもそう言ってたな。だが、無用な危険を冒した」

「さっきもそう言ってたわね。くり返してもらわなくてけっこうなんだけど」

クロフォードはネクタイの曲がりを直し、肩をまわして、脚の体重を移し替えた。しばらくぎこちない沈黙が続いたあとに彼が尋ねた。「デニスは？」

「もう家じゃないかしら」

「きみの家？」

「彼の家よ」

「ふうん。やけに短い滞在だな」

「じっとしていられなくて、わたしの無事を確かめに来ただけだから」

クロフォードはあざけりの声をもらした。「きみは撃ち殺されかけた。心配でいてもたってもいられなかったデニスは、大あわてできみを救いにきた。二日後に」

ホリーはにっこりした。「彼への反感がかなりあからさまに出てたわね」

「なんでわかった？」

「誰とも口をきかずにさっさと消えたから」

クロフォードは怒ったようだった。そして悔しがり、また腹を立てた。「あいつは風を切って登場するや、きみを自分のもののように扱った」

「ハグしただけよ」

「抱きしめた」

「なにがちがうの？」

「手を置く場所だ」

「デニスとは長いつきあいだったのよ。親しいの」

「デニスはきみと親しく、分別があり、趣味がいい。ところがおれは野蛮な精神の持ち主なんだ。デニスがきみに手を触れると、喉を切り裂いてやりたくなる。きみに触れていいのはこの手だけだ」

「あなたにそんな権利はないわ」

クロフォードの目が険しくなった。「いや、あるんじゃないか」近づいてくる。彼が一歩進むごとに、ホリーは後ろにさがり、やがてデスクにぶつかった。「きみのソファで分別のかけらもない趣味の悪いセックスをしたことで権利ができた」

轟《とどろ》きのような声とその言葉とで、ホリーの鼓動は速まった。どうしようもなく、胸が高鳴る。

いまやデスクの前で動きを封じられていた。クロフォードの広い胸に視界をふさがれ、彼のにおい、生々しい野性的な男らしさで心がかき乱された。

「〝なかったことにする〟計画は」クロフォードが言った。「うまくいってるのか？」

「あんまり」

クロフォードは手のつけ根をホリーの腰骨に置き、手でヒップを包みこんだ。「同じく」

ホリーは声を落とした。「こういうことを楽しみにできる関係ならどんなによかったか」

クロフォードが探るように目をのぞきこんでくる。「きみもおれと同じように覚えているのか？」

「あなたはどんなふうに覚えてるの？」

「生々しい表現になるぞ」

「赤面してしまうような言葉？」

「みだらな言葉だ」クロフォードは顔を近づけてささやいた。「きみがどれほどどきつかったか聞きたいか？」

ホリーはしばらく目を閉じた。「クロフォード」

「すまない。わかってる。場所が悪い。時間が悪い。なにもかも不適切だ」彼はじれったそうに息を吐くと、手を離して、体を起こした。「不適切すぎて話しあうことすらできない。でも、少なくともきみにファーストネームで呼んでもらえた」

誘惑に負けて彼を引き戻してしまわないように、ホリーはデスクを離れた。「あなたは昨日の夜、別れを告げたわ」

「本気だった。昨晩は」

「正しい決断よ、クロフォード」

「唯一可能な決断だ。ふたりにとって。だが……」ホリーの目をのぞいてため息をつき、小声でののしった。「だが、きみと過ごしたあのときが最初で最後になるのなら、もっと時間をかければよかった」

ホリーはうつむいた。クロフォードも顔をそむけているのがわかる。

しばらくするとクロフォードが咳払いをした。「話さなければならないことがある。オッターマンという名前を聞いて、なにか思いあたることは？」

「チャック？」

驚いたようにクロフォードがこちらを見た。「チャックだって？　知ってるのか？」

「あたりまえでしょう」

「なぜあたりまえなんだ？　争ったことがあるのか？」

「いいえ。その反対よ。支援者なの。選挙資金を寄付してくれているわ」

クロフォードは困惑顔でホリーを見ていたが、やがて笑いだし、片手で顔をなでおろした。

「へえ、そいつはいい。ニールが興奮しそうだ」

「どういうこと？」

「気にしなくていい。内輪のジョークだ」クロフォードはあきらめたように両手を脇に垂らした。「それで、おれを呼んだ用件は？」

「座って」ホリーはデスクの正面の椅子を勧めた。

クロフォードが刺すような目つきになった。「いや。立って聞いたほうがよさそうだ」

「悪い知らせよ」

「ここのところ悪い知らせしか聞いてない。話してくれ」

衝撃をやわらげることはできない。ホリーはずばりと言った。「ジョー・ギルロイがあなたに対する一時的接近禁止命令を申し立てたわ」

それから数秒、クロフォードは外国語でも聞いたかのように黙ってホリーを見つめ、しばらくすると、聞きまちがいかと首をかしげた。そして言われたことを完全に理解すると、遅まきながら激しい怒りに顔をゆがめ、くいしばった歯のあいだから怒りの息を吐きだした。

「あの野郎」クロフォードはドアへと歩きだした。

そうした反応を予測していたホリーは、先手を打ってドアと彼のあいだに割りこみ、両手を彼の胸に置いて制した。「クロフォード、よく考えて！　あなたが乗りこんでいって怒りを爆発させたら、相手の思う壺《つぼ》よ。彼は警察を呼び、家庭内騒動として記録されるわ」

「おれの資料にまたひとつ記載が増える。あのくだらない資料に」

「そうよ！　相手の術中にはまるの。彼の言い分の正しさを裏づけてしまう。そんなことになっていいの？」

「いや。あいつを殺したい」

ホリーがにらみつけると、彼は自分の発言をかえりみて、毒づいた。いきなりホリーに背を向け、檻に入れられたライオンのようにあちこちに視線を投げながら、室内をうろつきだした。デスクの上の水晶のペーパーウエイトを手に取り、手のひらに載せる。窓に投げつけるかもしれない。一瞬、そんな不安がホリーの脳裏をよぎった。

「いい部屋だ」クロフォードはあおむいて、天井の中心にぶらさがるシャンデリアを見あげた。「ここできみは人を裁くわけか。サイコロを振って、人びとの将来を決める」

「やめて」

クロフォードはさげすみの目をホリーに向けた。「なぜだ?」

「あなたが腹を立ててる相手はわたしではないのよ、八つ当たりされたくない。それに、わたしはあなたに関してはなにも裁定しないわ。あなたの養育権の審判から手を引いたの」

クロフォードは態度をやわらげ、ペーパーウエイトを大げさなほど慎重にデスクに戻した。

「いつ?」

「今朝いちばんで。記者会見の前に手紙を口述し、ミセス・ブリッグズがそれをわたしの名前入りの便箋にタイプしてくれた。ランチに出る前には署名するだけになっていたから、署名してこの地区の審判官であるメイソン判事に手渡してもらったのよ」

クロフォードは緊張を解いて肩の力を抜きながらも、ふたたび室内をうろつきだした。

ホリーは話を続けた。「だから接近禁止命令の申立書にはほかの判事に署名してもらわなければならないとミスター・ギルロイに伝えたわ。でも、なぜ禁止命令が必要だと思ったのか尋ねてみた。昨夜、あなたは前触れもなくギルロイ家を訪れたそうね」

「訪問する前に連絡する義務などなかったのに、儀礼上、そうしてたんだ。よかれと思ってやっていたら、このざまだ」

「〝後悔することになる〟と脅されたとミスター・ギルロイが言っていたけど」

「ああ、脅した。こういうくだらんことをしつづけてたら、きっと後悔することになる、と」

「昨日の夜、身体的な接触はなかったのよね？」

「昨日だろうがいままでだろうが、そんなことがあったと、向こうが言ってるんなら、それは嘘だ」

「いいえ、あなたが手を出さなかったことは認めていたわ。いずれにしても、考え直すべきだと勧めておいたけど」

「どうやら無駄だったようだな」

「ミスター・ギルロイは……」これがもっともクロフォードに伝えにくい部分だった。「あなたがジョージアに脅威をおよぼしていると言っていた」

クロフォードは足を止めて、ホリーを見た。言葉がないようだった。

「虐待という意味ではなくて。あなたがジョージアを連れ去るのを恐れているの」

「誘拐すると？」

「彼はそういう言い方をしてたわね」

クロフォードはおもしろくなさそうに鼻を鳴らして笑った。「その気があればとうにやってる」

「わたしもそう言った。でも彼から、月曜の事件があなたの職業に影響を与えるかもしれないと反論されたの。あなたが事態への対応をあやまったせいで、職業に支障が出る恐れがある、と」

「対応をあやまった？」

「すべてミスター・ギルロイの言葉よ。わたしじゃない」

「ニールを除けば、公式にそんなことを言ってる人物はいないぞ。銃だって取りあげられてない」

「わかってる。でも、あなたがとった行動がいつか内部監察の対象になる可能性があるというのが彼の見解よ。彼が言うには、今回はあなたの組織も――いいえ、いかなる組織も――ハルコンのときほど寛大な処置ではすまさないかもしれない。レンジャーを免職になるか辞職を強いられたら、あなたにはジョージアを奪って姿をくらましても失うものがない、と」

「そんなことをすれば犯罪者だぞ。逃亡犯だ。自分のためだけならありえても、ジョージアがいるのにおれがそんなことをするとジョーは本気で思ってるのか？」

「彼がなにを考えているかはわからないけど、大きな考えちがいをしていると思うとは伝えたわ。残念ながら翻意させることも、再考させることもできなかったけれど。彼はほかの判事を見つけると言って、帰っていった」

クロフォードは手で口をぬぐった。「きみにはどんな影響がある？」

「担当を辞退したことで？」

「接近禁止命令について前もっておれに教えたことで」

「ジョー・ギルロイが知ったら、わたしに対する苦情を申し立てるかもしれない」

「ああ、ホリー。おれのごたごたをきみに負わせたくない」

「わたしは、腹を立てたあなたと義理の父親とを衝突させたくないの」

クロフォードはドアを見た。「きみが止めてくれていなければ、いまごろ彼と角突きあわせてた」

「それが怖かったから、警告したの。倫理違反すれすれだけど、道義的にはまちがっていないわ。あなたが娘さんを取り戻すチャンスをみずから投げだすのを黙ってみていられないの」

「きみはどの程度の打撃を受ける？　辞退するのにどんな理由を使った？」

「理由はかならずしも必要ないのよ。当該の案件を扱えないと言う、それだけ。でも、メイソン判事と州知事に出した手紙には――」

「州知事？」

「彼にも知らせるべきだと思って。知事に電話したけど会議で州内にいなかったから、状況を説明するeメールを書いて、メイソン判事への手紙を添付したわ」

「きみは州知事のeメールアドレスを知ってるのか？」

ホリーはそんなことはどうでもいいと身ぶりで示した。「あなたに命を救われ、必然的にふたりとも事件の捜査に深くかかわることになるから、客観性を保つのはほぼ不可能だと手紙には書いたわ。事実よ」

「それだけではないにしろ」クロフォードが静かに言った。

「それだけではないにしろ」ホリーはささやき声でくり返した。「わたしがルールを破ったのは明白よ。誰もわたしたちのあいだにあったことを知らなくても、わたしが知っている」

ふたりの視線が絡みあった。何秒かすると、クロフォードは顔をそむけて、造りつけの本棚まで歩いた。頭上の棚板の縁に両手をかけ、肩のあいだに頭《こうべ》を垂れて、棚にもたれかかった。たっぷり一分はそのまま動かなかった。この展開が意味するところを読み解こうとしているのだろう。

彼がようやく床に向かって話しだした。「一時的接近禁止命令か。つまり、おれが差し迫った脅威だってことだ」

「ウィリアム・ムーアと話をして」

クロフォードは顔だけこちらに向けた。「いまきみと話してる」

ホリーはしぶしぶうなずいた。「一時的接近禁止命令はあなたが受け取ると同時に効力を生ずるわ」

「そうしたらおれは裁判所へ行き、ジョーのたわごとに対して抗弁しなければならない」

そうだ。そうしなければ完全な接近禁止命令が自動的に効力を持ち、悪くすればその状態が年単位で続く。彼がそれを知っているのはまちがいないので、ホリーはあえて口にしなかった。

「完全な接近禁止命令の審理が開かれるまでにどのくらいかかる？　二、三週間か？」

「もっと早いこともあれば、遅いこともある」

「そして、プレンティス郡はいま法廷がひとつ足りない」クロフォードは皮肉っぽく述べた。

「審理までどのくらいかかるにしろ、それまでは一時的接近禁止命令が効力を持つわけだ」

「別の判事が許可するかどうかわからないけど」

「もっとも可能性の高い筋書きは？」

「残念ながら、あなたに有利とは言えないわね。身体上の虐待はなくても、あなたの義父はいやがらせと暴力の脅威があったと主張している。子どもの身の安全と健やかな生育に問題があると考えれば……」

「判事は応じる」クロフォードはホリーを見た。「そして即刻、命令書を送達する」

「正直に言うと、もう送達されているかもしれない。だからあなたに話してもわたしはそれほど不利な立場にはならない」ホリーは一歩彼に近づいた。「クロフォード、接近禁止命令に従わなければならないのはわかっているわね。お願い。違反したらひどい結果になる」

「結果はわかってる。刑務所にぶちこまれるかもしれない。なんてざまだ。これまではおれが一時的接近禁止命令に違反した連中を刑務所送りにしてきたってのに」

「その上、審理のときギルロイ家側に有利な裁定が出るのがほぼ確実になり、しかも違反者として何年間もジョージアと引き離される可能性もある。だから、悪いことは言わないから、条件に従うと約束して」

「どんな条件なんだ？」

「審理までは、あなたはジョージア並びにギルロイ夫妻、ギルロイ家の敷地の百メートル以内に近づくことを禁じられる。なにがあろうと接触することは許されない。電話もよ。どんな形でも接触しようとすれば違反になる」

「むごい話だ」

「残念だわ。こんなことを聞かされてどんなに不本意か。〝違反者〟という言葉で呼ばれるのが――」

「なにからなにまでくそまみれだ」クロフォードは噛みついた。「ジョーや裁判所からどう言われようと、知ったことじゃない。だが、ジョージアはどうなる？　いきなり生活からおれが消えたらどう思う？　父親に捨てられたと思うだろう」

激高するあまり、クロフォードの胸板は波打っていた。「きみが信じようが信じまいが、ギルロイが気に入ろうが気に入るまいが、あの子はおれを愛してる。最後に会ったとき、自宅にびっくりするものが待ってると教えておいた。それがどうだ？　まったく！」腹立ちまぎれにこぶしを振りまわす。「おれはこんなことをしたジョーを絶対に許さない」ホリーをよけてドアへ向かった。「行かないと」

「どこへ？　どこへ行くつもりなの？」

「知るか。酒でも飲むかな」

ホリーはとっさに彼の袖をつかみ、振りほどこうとされてもあらがった。

「そんな精神状態のまま、あなたを帰すわけにはいかないわ」

「帰らせたほうが身のためだ、ホリー。こういう気分のときのおれは、気分のままに行動しがちだ」

「行動に出せばジョージアを永遠に失うのよ」

クロフォードはホリーの手を振りほどいた。「きみからそんな言葉を聞かされると妙な気分だよ」彼はあざけった。「きみが懇切丁寧におれの過去のあやまちを並べ立てないで、ジョージアをおれに渡してくれてれば、いまごろあの子といっしょにいられたんだ。〝娘さんをどうぞ、ミスター・ハント。お幸せに〟小槌をバン。一同退出。だが、そうはいかなかった。きみは自分の主張を世間に知らしめたがった」

ホリーはクロフォードから身を引いた。彼の辛辣な発言は怒りと極度の不満のせいだと頭ではわかっていても、痛みがやわらぐことはなかった。事実が変わるわけでもなかった。言葉はふたりのあいだを漂い、成り行きですでにできていた亀裂をさらに広げた。

先に動いたのはクロフォードだった。いきなり歩きだし、重いドアノブを力いっぱいまわすと、荒々しくドアを開けて大股で出ていった。

「今夜、あのふたりがいっしょでした。ふたりきりで」

「誰が？」

パット・コナーはハンバーガーの袋を持って通りすぎた警官に会釈した。警官が行ってしまうのを待って、プリペイド携帯にささやきかけた。「判事とクロフォード・ハントですよ。

三十分以上、執務室でドアを閉めて話しあってたんです。クロフォードは誰かと一発やるか、さもなければ人殺しでもしそうな顔で出てきました。どっちが先でもかまいませんけどね」

　本人はしゃれたことを言ったつもりだったのに、電話の向こうからは忍び笑いすら聞こえてこなかった。

「いつの話だ？」

「いまです。クロフォードは大急ぎで走るように広間の階段をおりてきました。で、裁判所の建物を出たんで、外までつけてって、車で走り去るのを見届けました」

「判事はどこだ？」

「まだ執務室にいます」

「捜査について検討してたのかもしれない」

「ふたりでですか？　ニール・レスターもニュージェントもこっちにいたんですよ。捜査について検討するんならふたりがいなきゃ。それに、ほかにもあるんです」

「なんだ？」

「今朝の記者会見のあと、クロフォードが判事を脇に引きずってって、こっそり話をしてたんです」パットは自分が見聞きしたことをもれなく伝えた。クロフォードに話しかけられたとき、ちびりそうになったことは省いたが。「誰にもじゃまさせるなと指示されましてね。そこにニール・レスターが判事の恋人を連れてきて、内緒話は終わりになったわけです」

　しばらく置いて、質問が飛んできた。「見たことをクロフォードに気づかれたか？」

「今夜のことですか？　ええ。判事の執務室から出てきたとき、目が合ったんで。やつは〝やあ〟というように首を動かしただけで、なにも言いませんでしたけどね」パットは待った。なにも言われないので、こちらから尋ねた。「これからどうしたもんですかね？」

「ふたりが会っていたことをニール・レスターの耳に入れろ。なにかのついでに言ってみるんだ。なにげなくだぞ。ハントが怒って判事の執務室から出ていったことを強調しておけ」

「どうですかね」パットは哀れっぽく訴えた。「よけいなことをして危険は冒すのは気が進まないんですけど」

不穏なふくみ笑いが聞こえてきた。「心配するのが遅すぎたな」

# 第十九章

クロフォードの自宅には酒がなかった。ベスの死後、痛みをまぎらわすために飲酒をはじめ、効果がなかったので、さらに飲んだ。飲酒運転で逮捕されたことが目を覚ますきっかけになった。自分がコンラッドの轍《てつ》を踏みつつあることに気づいたのだ。ああはなりたくない。いかなる点でも。いまは飲んでも一杯、それも外でと決めていた。

クロフォードは人気の飲み屋のカウンターに座り、ちびちびとストレートのバーボンを飲みながら、周囲の喧騒を耳に入れないようにしていた。六台のテレビから流れる同じ野球放送に、ビリヤードの玉を突く音、だらだらとした話し声、音響システムからはもの悲しいカントリーソングが流れている。

携帯電話が振動モードになっていなかったら、電話に気づかなかっただろう。発信者の名前を見て一瞬ためらったが、ほんの半秒で出ることに決めた。つまらなそうな声のままクロフォードは言った。「やあ、ニール。どうした?」

「よくもやってくれたな」

「なんだと?」

「おまえがやったんだろう?」

「どうかしたのか?　ずいぶんかっかしてるみたいだが」

「マスコミに名前をリークしたな?　そうだろう?」

「誰の名前だ?」

「十時のニュースでやってる。いま観てるんだ。裁判所での銃撃事件に新たな参考人が浮上したと。チャック・オッターマンだ」

苦悶するニールの声を聞いて、にやりとせずにいられなかった。クロフォードはバーテンダーに合図をして、一台のテレビのチャンネルをタイラーの局に替えてもらった。リポーターがプレンティス郡地方裁判所の前から生中継をしている。音声は消してあるが、言っていることはあらかた想像がつく。なにを隠そう、スプーンで食べさせるようにして情報を与えてやったのは自分だからだ。

ニールは捜査への取り組みが甘く、オッターマンには弱腰ときている。それで揺さぶりをかけるしかないとクロフォードは考えた。ヒューストンの局なら視聴者の数は十倍だが、タイラーのほうが地理的に近く、視聴者には地元の人が多いから、当然ながら地元の田舎であるプレンティスでのできごとに強い関心をいだく。クロフォードは自分のSUVのグローブボックスに入れてあるプリペイド携帯を使ってニュースのホットラインに匿名で電話をかけ、リポーターにつないでくれるよう頼んだ。

事実をたがえることなく、オッターマンが犯罪現場から立ち去ったのは自分だと名乗りでたこと、〝捜査チーム〟から銃撃犯とまちがえられた男性の死体の身元確認を要請されたことをリポーターに伝えた。興奮に息をはずませるリポーターは、質問を繰りだしたが、それにはいっさい答えなかった。わざと逃げ口上で、情報をもらすことにびくついているような声音を使った。リポーターの欲求を刺激して、さらに深く探る気にさせたかった。どうやら鍋底をかき混ぜてやったかいがあったらしい。

ニールはなおもわめいていた。「おまえが〝匿名の情報提供者〟だろう？　密告したな？　そうに決まってる」

「テレビでは裏づけのない匿名情報は流さないぞ」

「リポーターが確認の電話を入れてきたのは放送の二分前だ。二分前だぞ！」

「だったら、オッターマンの関与を裏づけたのはおまえだろ。なぜおれをどなりつける？」

「わたしが裏づけたのはオッターマンが――」

「市民の義務を果たした模範的市民だと。なるほど」

「事実そうだ」

「だったらオッターマンにはなにも心配することなんかないだろ？」

「そうだ。だがおまえにはあるぞ。このままですむと思うなよ。忘れないようにうちの書斎の壁にしっかり掲げておく」

「奥さんの許可は取ったのか？」

「こんな大失態を、オッターマンさんにどう弁明すればいいんだ？」

「ほんとだな、ニール、おれにもわからない。だが、考える時間は、そうだな、十時間四十八、いや四十九分ある。彼の都合がいい時間は、明日の午前九時だったろ？」

「きさま」

「遺体安置所で会おう」

クロフォードは電話を切った。ニールをうろたえさせてやった。願わくは、あの泰然自若としたオッターマンも揺さぶってやりたい。だが、この程度の勝利ではおよそ気分が晴れない。あのニールのことだから、捜査への積極性を取り戻すどころか、いつもの杓子定規にさらに磨きがかかるだろう。

オッターマンにしても、おそらくはニールが信じこんでいるとおり、まっとうな市民なのだろう。なぜあの男に虫酸《むしず》が走るのか、クロフォード本人にも不明ながら、彼には初対面のときから嫌悪と不審を感じた。これまで人に対する本能的直感には期するところがあったので、いまさら無視するわけにもいかなかった。オッターマンに対するこの感覚がまちがいだとわかるまでは、勘を頼りに進めていくしかない。

すでにニールはそう決めつけているが、オッターマンが完全に潔白だと結論をくだすのは、ロドリゲスの死体を見たときの反応を確かめてからにしたいし、スミッティの情報も待ちたかった。オッターマンや、彼が開いている謎の会合について、スミッティがなにかを探りださないともかぎらない。

クロフォードは酒を残して店を出た。気分が軽くなるどころか、かえって憂鬱になってしまった。空調のきいた店内にいたせいで、外がことさら蒸し暑く感じる。自分のSUVに乗るころには、汗まみれになっていた。無気力感は暑さのせいにした——そう、辛辣な捨て台詞とともに部屋を立ち去ったときの、ホリーの顔に浮かんだ傷ついた表情のせいではなく。

彼女にみだらな言葉をかけたつぎの瞬間には、暴言を吐いていた。これで彼女にも、自分が洗練さには無縁な男であることがばれてしまった。

骨の髄まで疲れ、うなだれて勝手口から自宅に入ると、ジャケットをキッチンの椅子にかけた。ネクタイを首から外し、ボタンを留めたまま頭からシャツを脱いで、寝室へ向かって廊下を歩いた。

ドアを開いたままのジョージアの部屋を通りかかった。あまりの光景に、もう一度、部屋を見直した。

呆然と立ちつくした。痺れた頭が、いま目にしたものを理解しようとしている。クロフォードは手探りで壁の照明のスイッチを押した。

室内は跡形もないほど破壊しつくされていた。化粧台の回転鏡は無残に割られ、絵本はびりびりに破られていた。ぬいぐるみは詰め物が引きだされ、お姫さまの人形は手足と首をもぎ取られていた。切り裂かれたベッドのカバーやシーツはリボンのよう、ピンクの壁に撒き散らされた赤いペンキは、飛び散った不気味な血しぶきのようだった。

神聖な場所を穢《けが》された。喉に込みあげた苦いものを、無理に飲みくだした。

急いでほかの部屋を見てまわったが、どこも荒らされておらず、そのことに家じゅうがめちゃめちゃにされた以上の動揺を覚えた。犯人は自分のことをよく知っている。なにをいちばんに大切にしていて、どこをどう攻撃したら最大の打撃を与えて、脅かすことができるかを心得ている。

ホリーはいかなる形の接触も違反とみなされると言っていた。それを思いだしたが、令状はまだ届いていないので、〝知ったことか〟ということにして、大あわてでギルロイ家に電話をかけた。グレイスが出た。

「おれです」クロフォードは言った。「ジョージアは無事ですか？」

「クロフォード。あの――」

「無事ですか？」

「ええ、もちろん。もう何時間もぐっすり寝てるわよ」

「見てきてください」

「クロフォード――」

「とにかく見てきて」じれったさを抑えて、言い足した。「お願いです、グレイス」

十五秒後、グレイスは戻ってきた。「ベッドにいたわよ。ぐっすり眠っているわ」

クロフォードは荒らされた部屋を見てからはじめて、人心地ついた。「警報装置はセットしてありますか？」

「ジョーがどういう人か知ってるでしょう」

「警報装置を切らないでください。日中もです」

「どうしたの？　なにかあったの？」

説明すれば、クロフォードが近くにいるのは危険だという彼らの主張を裏づけることになる。「親心ってやつです」無理に明るい笑い声をたてた。「急に心配でたまらなくなって。ほら、よくあるでしょう。おじゃましてすみませんでした。おやすみなさい」

電話を切ったとき、外から音が聞こえることに気がついた。静かにすばやく廊下を進み、リビングに入った。背中のくぼみのホルスターから拳銃を抜いて、正面の窓からのぞくと、ポーチに近づいてくる人影が見えた。

玄関ポーチの明かりをつけると同時にドアを開いた。

男は立ち止まり、ふいに浴びせかけられた光を手でさえぎると、まばたきをしてこちらを見た。「やあ、クロフォード」

クロフォードもよく使っているプロの令状送達人だった。

「遅い時間だけど、さっき来たときは留守だったんで」彼はためらいがちにジャケットの胸ポケットから封筒を取りだした。クロフォードが受け取ると、彼は言った。「すまないね」

クロフォードは礼こそ言わなかったが、送達人にうなずいて、あやまる必要はないと伝えた。彼は仕事をしているだけだ。

送達人は敬礼をまねて眉に指を触れてから、背を向けて路肩に停めた車に戻っていった。

クロフォードは玄関のドアを閉めた。ジョージアに差し迫った危機をおよぼすとして、一時的接近禁止命令を受けたわけだ。荒らされたジョージアの寝室のほうに目を向けた。

なんという皮肉だろう。

背中がソファに触れるや、彼は彼女のバスローブをはだけ、Tシャツをたくしあげて、シャーツの細いゴムに親指をかけた。そのすべてが何秒とせずに床に投げ捨てられた。

彼女は彼のシャツの裾をジーンズのウエストから引きだし、ベルトのバックルをつかんだ。ジーンズの前を開けるのに慣れている彼が、ぎこちない彼女の両手を押しのけて、急いでボタンを外した。ふたりでジーンズと下着を引きおろす。心臓がひとつ打ったそのつぎの瞬間には、彼のものが入っていた。奥まですっぽりと入り、ふたりはつながれていた。

五秒——いや十秒？——どちらも動かず、息さえ詰めていた。キスも睦言《むつごと》も前戯もなしに引き返すことのできない状態になっていたことが、どうにも信じられなかったからではないかと思う。

やがて彼は片手をシートのクッションの縁、もう一方を彼女の頭の後ろにあるソファの肘掛けに置いて、彼女を突きはじめた。ひと突きひと突きが絶妙な角度で、摩擦が興奮を呼び起こす。それなのに、ますます欲しくなった。踵を押しつけて腰を上げ、激しい彼の動きを積極的に受けとめた。

その時はあきれるほど早くやってきた。彼のシャツをつかんだかと思うと、両手を彼の肩にまわし、硬い筋肉に指をくいこませてしがみついた。弓なりになって、無言でねだる。ひと突き……もう一度……もっと……そして頂点に達した。

彼女が陥落したのを感じた瞬間、彼が絶頂に身を任せた。そのあまりの激烈さに、彼の腕から力が抜け、重い肉体がのしかかってくる。彼のものが体のなかで脈打ち、熱く湿った吐息が首筋にかかり、うめき声が耳をついた。「ああ、こんなことに」

そのクロフォードのしゃがれた声で、ホリーは眠りから覚めた。驚くほどほど生々しく再現された夢に体が反応し、動悸がして、息が切れていた。下半身が疼き、熱と湿り気を帯びている。

きみもおれと同じように覚えているのか？

シーツをめくり、ベッドを出て、バスルームへ行った。蛇口をひねって冷たい水で顔を洗う。けれど、クロフォードの記憶を洗い流すことはできなかった。自分の上にのしかかり、ふいごのように胸をふくらませて、つかのま息を整えていた。あの貴重なつかのま。彼はふいに頭を上げると、わずか数センチ先からホリーの目をまっすぐ見つめた。

それを思いだすと、手が震える。水を止め、顔を拭く。タオルをおろして、洗面台の上にある鏡で自分を見た。あのときの彼にはまさにこんなふうに自分が見えていたにちがいない。顔にかかる髪、みはった目、紅潮した頬。起きたばかりのできごとへの当惑でうっすら口が開いている。

そしてあのときもいまと同じように、Tシャツの下の乳首は硬く尖り、過敏になったせいで、やわらかな布に触れただけで全身がわななないた。もしあのとき彼に触れられていたら、舌でなぶられていたら、あるいは息を吹きかけられただけでも、ホリーの心臓は押し寄せる快感に破裂していたかもしれない。

ところが彼はそうしなかった。自分のものを抜いてふたりが共有した驚きの時間を打ち切り、腕を支えに体を起こしてソファからおりた。そのときはじめて、ホリーは自分たちがしでかしたことの大きさ、恐ろしさに打ちのめされた。とっさにTシャツを引きおろし、脚のあいだに裾を押しこんだ。体を転がして横向きになり、体を丸めた。だが、慎み深くする必要などなかった。出ていく彼のブーツの踵の音が、硬材の床に響いていたのだから。

あのときのことを思い返すに、なにより驚きなのは自分が自発的に動いていたことだった。そんなことをしてもいいのかどうか、迷うことすらなかった。欲望にのめって行為に走り、その是非や厄介さを考えようともしなかった。

まるで自分らしくない。母は父に捨てられたのを機に、重大な決断をすべてホリーに委ねるようになった。その責任の重さに耐えるため、なにかを決めるときは慎重に比較検討してきた。たった一度の失敗も許されない。その決断に、自分だけでなく、母の将来もかかっていたからだ。

ホリーの人生に気まぐれを立ち入らせる余地はなかった。

いま鏡に映る自分を見ていると、どんな結果になろうと、向こう見ずではあったけれど、あの行為を悔やむことがないのがわかる。注意深くて慎重な自分のままであれば、あのめくるめくような肉体の喜びを味わうことはできなかった。ふたりの荒い息遣いに表れた、官能に満たされた瞬間を体験できなかった。あのまぎれもない激しさを、弱まることのない情欲を知ることはなかった。味わうことができなかったのだ……彼を。

わずかな後悔とともにこうして思いだすほうがうんといい。あんな経験を自制したことを永遠に後悔するよりも。

とはいえ、彼はホリーにとって今後も倫理を危うくした相手でありつづけ、ホリーは彼にとって娘とのあいだに立ちふさがる法制度側の代表でありつづける。昨夜の彼の別れの言葉は胸をえぐるものだったが、ふたりが置かれた絶望的な状況を端的に言い表していた。

シャワーを浴び、身支度をすませてキッチンへ行くと、マリリンがいた。ダイニングテーブルを仮の仕事場にしている。朝のあいさつを交わし、眠れたかと尋ねると、マリリンは大笑いした。「あたしもたいしたボディーガードだわよね。あっというまに寝ちゃってた。何時に帰ってきたの？」

「十時半ごろよ。警官が勝手口まで送ってくれて、そのあとは私道の先に車を停めてたわ」

「まだそこにいるわよ。昨夜のニュース、観た？」

「いいえ」

「新たな参考人が登場したわね。チャック・オッターマンって人」

ホリーはコーヒーを注ぐ手を止めた。「ほんとなの？」

「今朝もそう報道されてたわよ。聞き覚えのある名前だと思ったら、わかる？」マリリンは一枚の名簿を指で叩いた。「あなたに選挙資金を寄付してくれた人なのね」

「ええ、そうなの。面識もあるのよ」いまになってクロフォードが彼の名前を出した理由がわかった。あのときは藪から棒だと思ったけれど。「どんなふうに報道されてるの？」

マリリンはホリーに説明し、こうまとめた。「率直に言って、重要な意味があるとは思えない。彼はみずから名乗りでた。やましいところがあれば、わざわざ注意を引くようなことはしないもの。それに彼があなたになんの恨みがあるの？」

「わたしには思いつかないけど」

「あたしが思うに、マスコミは彼が裁判所から抜けだしたってうわさを聞いただけで、ありもしないことを誇張してるのよ」マリリンが向かいの椅子を指さした。「座って。話をしないと」

ホリーは座った。

マリリンはテーブルの上で両手を組んだ。「あなたが葬り去った――いい表現じゃないかもしれないけど――テキサス・レンジャーを利用するというあたしのアイディアを――」

「気持ちは変わらないわ、マリリン。彼にはやるべきことが山ほどあるの」

「ホリー、あの男は広告塔になるわよ」

「なんの？」

「長身で引き締まった体をした凄腕の法の執行官として。あなたは〝警官らしい〟って言っただけで、くっきりした顎や頬骨をしたいい男だってことは教えてくれなかった」

「いいかげんにしてよ、マリリン。あなたいったいいくつなの？」

「こういうことに年齢は関係ないの。昨夜、ネット検索してみたんだけど、彼の経歴、知ってる?」ホリーに答える隙を与えず、ハルコンの事件を含めたクロフォードの〝偉業〟を並べはじめた。

「しかも彼はただ悪者を射殺しただけじゃない。この町の牧師と妻が牛耳ってた児童ポルノ組織を、事実上、たったひとりでぶっつぶして、FBIにまで称賛されたんだから。こんな田舎町だけど、その組織には世界じゅうに顧客がいたのよ」

マリリンは座り直して、テーブルに身を乗りだした。「頭が切れて、屈強で。あたしに対してはものすごく無礼だったけど、それは許す。彼には母親を亡くした娘というすてきな弱点があるもの。彼は娘の養育権を取り戻すためにあなたの法廷にいた。そして……」

マリリンは劇的効果を狙ってひと息、はさんだ。「そして彼は、自分に不利な裁定をくだす可能性があった判事の命を救う」両腕を広げて声を張る。「まさにハリウッド。騎士道精神、武勇伝。誰だって飛びつく。でもそれにはまず、こっちから提供しないと」

「わたしは養育権の案件を辞退したわ」

これにはさすがのマリリンも不意を衝かれたようだった。「え? いつ? 辞退したの? 理由を話してくれる?」

「いいえ」

にべもない簡潔な答えで、反論する余地を与えなかった。マリリンはそつなく引きさがると、ペンを手に取ってテーブルに打ちつけ、すばやいリズムを刻みはじめた。

丸まる一分もすると、マリリンはペンを投げだして両手を打ちつけた。「よくよく考えると、そのほうがよかったかも。そうよ！　担当判事だと、言えることが制限されるものね。いまは彼の案件の審判をしないいんだから、主観的でいられる。あなたは好きなように彼のことを話せる」

　ホリーはため息をついた。「マリリン――」

「娘をマスコミにさらしたくないいんだったわね。はいはい。あのおじいさんが許してくれるとも思えないし。あたしの話を聞こうともしなくてね。でももし、あたしたちが――」

「ちょっと待って。あなたはジョー・ギルロイにこの話を持ちかけたの？」

「三十分くらい前にね」

　ホリーはふたりのあいだのテーブルの上に置かれたマリリンの携帯電話を見おろした。

　マリリンが言った。「ネットで調べたら、すぐに家の電話番号がわかったわ。かけてもどうにもならなかったけど。あたしが名乗って誰なのか話したら、切られちゃった。でも、娘を使わなくたって方法はまだある。こうしたらどうかと――」

「ちょっと失礼」ホリーは椅子を引いて立ちあがった。

「あら、どこへ行くの？」

「すぐに戻るわ」

　ホリーは、携帯電話にアイディアを吹きこむマリリンを残してキッチンを出た。何分かして戻ると、マリリンはまだその作業中だった。考えを録音し終え、携帯のスイッチを切った。

「いくつかアイディアが閃いたわよ。すべてを実行する必要はない……それ、なんなの？」

ホリーは荷造りを終えたマリリンのスーツケースを勝手口の近くに置いた。「見覚えないかしら？」

「あたしを放りだすの？」

「いいえ。クビにするのよ」

マリリンがぽかんと口を開けた。

「あなたがしてくれたことすべてに感謝しているわ、マリリン。今日まで料金に見あった働きをしてくれた。でも、選挙に勝つためにやることの範囲が、あなたとわたしとではちがう」マリリンが話しだそうとしたので、片手で制した。「ここで言いあっても無駄よ。わたしたちの関係はこれでおしまい。帰る前にテーブルを片づけていってね。ダラスまでの運転、お気をつけて」

クロフォードが九時少し前に到着すると、ニールが監察医の担当する部屋の廊下で待っていた。どちらも無言だった。クロフォードは壁の前に陣取り、黙って相手を見ていた。

ニールが屈した。「今朝の署内はうわさで持ちきりだった」

クロフォードは顔を動かして、まだひとけのない長い廊下を見やった。ニールはそのしぐさの意味に気づかなかった。「一時的接近禁止命令を受けたというのは本当か？」

「ああ」

「舅を脅したのか？」

「いいや」

「おまえはいざとなると暴力をふるう。この身でしかと体験した」

クロフォードが顔を戻すと、ニールが下唇を舐めていた。「だが、おれは事前の警告などしない」クロフォードは言った。「それをすると本来の目的をそこなう」

「おまえは破壊的だ」ニールは言いながら、怒りをつのらせた。「昨夜おまえがテレビ局を使っておかしなまねをしたせいで、捜査が逆戻り――」

「なんの捜査だ、ニール？　おまえはいまある手掛かりのひとつに手心を加えてる」

「オッターマンさんのことか？　署長が言うには――」

「おやおや。署長に呼びだされたのか」

「こってり絞られた」

「この事件を整頓されたおまえのデスクから動かないようにしてるせいでか？」

「おまえの根も葉もない主張のせいでだ」

「根も葉もない主張などしてないぞ。署に来たオッターマンが、警官の許可のもと裁判所を立ち去ったことを認めた。これは本当か嘘か？　本当だろう？　ロドリゲスを見てくれと頼んだら、彼は承諾した。本当か嘘か？　これも本当さ。どこがいいかげんな主張だ？」

ニールは黙って怒りをたぎらせている。

クロフォードは息を吸い、なだめるように言った。「なあ、なんならおれが署長と話をするぞ。オッターマンの反感を買った全責任を負ったほうがよければ、喜んでそうする」

「とんでもない。おまえには誰とも話させたくない。おまえにはおのずと相手を怒らせるところがある」

「同窓会の人気投票でキングに選ばれたかったんだがな」

「誰に家をやられた？」

ニールの軽々しい質問のしかたが、破壊行為で傷を負っていまだひりついている心の一部を逆なでした。だが、クロフォードはつとめて無頓着に答えた。「確かに今朝の警察署はうわさで持ちきりだったらしいな。家庭の安全対策セミナーなんかやめて、効果的にうわさを流す方法を市民に指導するほうがお似合いだ」

「うわさじゃない。記録された事実だ。おまえは自宅に警官を呼んだ。対応した警官が報告書を提出した」

クロフォードには侵入犯が捕まる可能性が実質ゼロだとわかっていた。とくにあのように明確な、狙いのはっきりした犯罪に手を染めるやからは抜かりがないので、有罪の証拠など残すとは思えない。にもかかわらず、今朝ジョージアの部屋は、指紋検出のために粉だらけになっていた。

犯人は部屋の窓から侵入していたが、外を懐中電灯で捜査してもさしたる成果はなかった。警官のひとりは、犯人はドラッグを買う金欲しさに、すぐに質に入れられるものを探していたのだろうと推察した。「電気製品や宝石の代わりに人形が見つかったもんだから、かっとなって暴れたんでしょう」

その推察には賛同できなかったが、クロフォードは反論を控えた。警察に通報したのは、たとえば保険の請求などで必要になったとき、住居侵入の記録を残しておくためにすぎない。

「犯人に心あたりはないのか？」ニールが尋ねた。

答えるつもりもなかったが、答えずにすんだ。「オッターマンが来たぞ」

オッターマンがエレベーターを降りて、こちらへ歩いてきていた。前日同様、遠慮がなく横柄だった。唯一のちがいは、作業服を着ていることだ。カーキ色のズボンの裾を、泥のこびりついたブーツにたくしこんでいる。ふたりから一メートルほど離れたところで立ち止まり、ドリルの刃のように鋭い目でニールをにらみつけた。「わたしの名前を出さなきゃならないほど、手がかりに事欠いてるのか？」

ニールはひるんだ。「うちの署にはあなたを参考人呼ばわりした者はいませんよ、オッターマンさん。リポーターの当て推量です。その後、彼の発言は訂正されて、撤回を約束させられました」

「リポーターに切り裂きジャック呼ばわりされようと、わたしはかまわない。事実は昨日言ったとおり、それが変わるわけじゃない。困るのはリポーターから電話でコメントを求められることだ。予定が詰まっていようが、機械が壊れて作業員が股ぐらをかいて待っていようがおかまいなし、しかもわざわざきみたちとこんなところまで来なきゃならない」オッターマンは腕時計で時間を確かめた。「急いでもらえるか。早く仕事に戻りたい」

両開きのドアのそばにいたクロフォードが、ドアの横にある大きな赤いボタンを押した。

ロックが解除されて、ドアが開く。クロフォードは脇によけて、ふたりを先に通した。オッターマンはまっすぐ前を向いて、相変わらずクロフォードがいないふりを続けている。

ニールはあらかじめ自分たちが来たことを職員に知らせて、準備をしておくように頼んでいた。ドクター・アンダーソンはほかの仕事で不在だったが、代わりに助手が検視台の横にいた。全員が適当な位置についたところで、助手が厳かにシーツをめくった。

クロフォードはオッターマンを注視していた。ジョルジ・ロドリゲスなど知らないとくり返してきたにもかかわらず、彼はたちまちぼろを出した。鋭く息を吸いこみ、そのために腹がぴくりと動く。オッターマンは何度かまばたきをしてから、あわてて目をそむけた。

「オッターマンさん？」

彼はじつにみごとかつ迅速に平静を取り戻した。注視していなければ見落としていただろう。ニールの控えめな問いに答えるオッターマンは、溶接工の防護マスクをつけたかのようだ。それほどがらりと変わった。顔から感情が消え、険しく、閉じられた表情になった。

「知らない男だ」

# 第二十章

クロフォードは遺体安置所から直接、庁舎へ向かった。ニールのほうが先に到着していた。クロフォードが対人犯罪課に入ると、ニールがネクタイをなでおろしながらデスクの席につくところだった。その落ち着きはらった態度が癇にさわった。

クロフォードはニールのデスクへ近づいた。「あいつは嘘をついてる」

「おまえがそう言うほうに賭けてた」

「おれは見たんだ、ニール」

「おまえは自分が見たいものを見たんだ」

「あいつの態度にはっきり表れてたじゃないか。あいつはロドリゲスを見るなり、誰だか気づいた。いくらおまえでもあの反応に気づかなかったとは言わせない」

ニールから鋭い非難の目が飛んでくる。だが、その実、オッターマンが無関係だと思っているわけではないのが感じられた。「おまえも気づいたんだな？」

「ちらっとだ」ニールが認めた。「大騒ぎするほどのものじゃなかった。ロドリゲスと並んで小便した程度のことだろう」

「ロドリゲスは計略の一部だったのかもしれない」

「計略だと？　計略があったという裏づけがどこにある？　急に陰謀事件扱いして、チャック・オッターマンがその黒幕だというのか？」ニールは短く笑い、クロフォードをにらみつけた。「なぜそんなに彼にこだわる？」

「なぜおまえはこだわらない？」

「彼だという証拠がないからだ」ニールの声が大きくなっていく。「動機がない。そういうどうでもいいようなこまかい点が、われわれの司法制度を支えている。おまえには重要でないとしても、地方検事は重視する」

　そのとおり。反論のしようはないものの、おめおめ引きさがるつもりもなかった。「だとしても、オッターマンはおれたちをおちょくってる。みずから名乗り出て先手を取り、わたしのあやまり《ミアカルパ》ですという場面を作って、誠実な市民を演じた。賢いやり方だ。自分から現場にいたと言うほうが、警察に発見されるより、疑われずにすむ」

「わたしは疑ってないぞ。調べてみたが、オッターマンとスペンサー判事のあいだにはわずかなつながりさえなかった。判事の選挙資金を寄付しただけだ」

「調べる方向がちがっているのかもしれない」

「その点はわたしもまさに同感だ。調べる相手をまちがえてる」ニールの携帯電話が鳴った。

「失礼」電話に出て耳を傾けると、「ちょっと待って」と送話口をふさいだ。「妻からだ。末っ子が吐いたらしい」椅子を回転させて、クロフォードに背中を向けて窓のほうを見た。

クロフォードは間に合わせの休憩所へ行った。ニクソン時代のコーヒーメーカーや器具が置いてある。使い捨てのカップになまぬるい泥水を注ぎ、プリペイド携帯で短縮登録してあるスミッティの番号にかけた。

ナイトクラブのオーナーががらがら声で電話に出た。「誰だ？」

「おれの携帯が壊れたんじゃないかと思って、試しにかけてみた」

声の主に気づいて、スミッティは毒づいた。「あんたはなにか見つかったら連絡しろって言ったろ。こっちから電話したか？　してねえだろ？」

「国税局に知りあいがいる――」

「嘘じゃねえっての！」

「――そいつは会計監査してるときがいちばん興奮するらしい」

「神に誓うって。あんたの意中の人はクラブに顔さえ出して――」

「〈ティックルド・ピンク〉にか？」

「どの店にもさ。あんたがここに来た日からまったくだぜ。これでおれの説が証明されたな。あんたは疫病神だよ」

「誰かにやつのことを話したか？」

「おい、おれがばかに見えるか？」

「げす野郎に見える。話したのか？」

「探りは入れてる。なにも出てきてねえがな」

そのときマット・ニュージェントが数冊のファイルを抱えて部屋に入ってきた。浮き足だっているようだ。クロフォードがニールを見ると、彼はまだ部屋に背を向けて電話中だった。

「もっとうまくやれよ、スミッティ。さもないと風紀犯罪取締班に、そこで未成年を踊らせてると教えなきゃならなくなる」

「おいっ！　なんであの娘のことを知ってんだ？」

「知らなかったさ」

クロフォードは電話を切り、使い捨てのカップをゴミ缶に投げて、ニュージェントの行く手をさえぎった。「おはよう、マット。ニールは電話中だ。なにを持ってる？」

「なにも」

だが上下に動くニュージェントの喉仏を見て、ぴんときた。まだ若い刑事に抵抗する暇を与えず、ぐるっと回れ右をさせて廊下に連れだした。ほかの警官に聞かれないように場所を移動し、ニュージェントが泡をくっているあいだにファイルのひとつを奪った。

「あ、あなたには、み、見せるなと言われてます」あわてふためくニュージェントをよそに、クロフォードはファイルを開いた。

そうだろうとも。ニールが内緒にしておきたがるわけだ。粒子の粗いぼやけた写真が入っていた。動くものを携帯電話で撮ったのだろう。被写体はクロフォード、ここ二十四時間の自分の動向が記録されていた。歩いているところ。車内にいるところ。庁舎に来たところ。帰るところ。酒場でバーボンのグラスを抱えているところ。自宅の玄関ポーチの明かりのもとで一時的接近禁止命令の令状を受け取ったところ。

尾行者に気づかなかったとは、われながら情けないが、よもやつけられているとは思っていなかったので、注意も払っていなかった。ニールにしてやられた。

大判の印画紙にプリントされた写真を再度ぱらぱらとめくりながら、クロフォードは尋ねた。「カメラマンがたまたま、ジョージアの部屋をめちゃくちゃにしたくず野郎を写してたってことはないのか？」

皮肉めいた口調もニュージェントには通じず、彼は生まじめに答えた。「ニールが確かめてましたけど、写ってませんでした」

怒りで視界に赤いもやがかかる。だが、自分がどう反応したかはニールに報告される。ここは自分を抑えて慎重に進めたほうがいい。写真の端をそろえてファイルに戻し、ニュージェントに返した。「誰だか知らないが、たいしたもんだ」

ニュージェントが哀れっぽい声を出した。「ニールにこっぴどく叱られます」

「心配するな。そのときは、おれが見せろと脅したと言ってやる。ニールだって信じるさ」

「助かります」ニュージェントはためらったのち、続けた。「なんにしろ、ニールがあなたを尾行させた理由がぼくにはわかりません」

「おれもだよ、マット」

ふたりで対人犯罪課に戻った。まだ電話中だったニールは、席に戻ってコンピュータを起動するニュージェントがびくついていることに気づかない。クロフォードが監視されていたことの意味と、それをどうニールにぶつけるべきか考えていると、ニールのデスクの電話が鳴った。クロフォードはおのずと電話に出た。

「クロフォード・ハントだ」

元気のいい女性の声が言った。「あら、どうも。キャリー・レスターです」

クロフォードはニールに目をやった。「失礼、どなたですか？」

「ニールの妻です。お目にかかったことはありませんけど、もちろん、あなたのことは存じあげてますよ」

クロフォードはニールの後頭部を凝視した。ニールの妻は期せずして夫の嘘をあばいた。「おじゃましてごめんなさいね」彼女は言った。「さっきから彼に連絡しようとしてるのに、携帯がすぐに留守番電話に切り替わってしまうものだから。主人、そちらにいますか？」

クロフォードが入っていくと、デスクにいたホリーの秘書が顔を上げ、驚いた顔をした。

「ミスター・ハント？」

「判事はいるかな？」

「十分ほど前に戻られました」

「来たことを伝えてもらえるか？　事件に進展があって、判事と話がしたい」

デスクの電話で秘書が連絡をとると、数秒後にホリーが執務室のドアを開けて、期待するような顔でクロフォードを見た。「おはよう」

「やあ。前もって連絡しなくてすまない」

「話がしたいそうね？」

「早急に」

ホリーは一歩さがってクロフォードを部屋に招き入れた。「ミセス・ブリッグズ、しばらく電話をつながないで」ドアを閉め、クロフォードを見た。

今日の彼女のビジネススーツは、黒のパンツに黒地にクリーム色のストライプの入ったジャケットという組み合わせだった。スーツのなかには、淡いストライプによく似合う、中央に小さなパールのボタンが並んだブラウスを着ている。なかなかそそられる眺めではあるが、首から下を見ないように気をつけた。

「昨晩、あんなことを言って申し訳なかった。きみがいなければジョージアを引き取ることができていたという話だ」

「悲しいけれど、事実よ」

「そうかもしれない。もしきみがくだらないことをくどくど言っていたなら。だが、おれはほかのことに腹を立てていたのに、きみに八つ当たりをした。そんなことはまちがってる。いずれにせよ……」クロフォードは話を切り、ホリーもその先は続けなかった。

「令状は届いた？」ホリーが尋ねた。

「帰宅して何分もしないうちに。なにかと盛りだくさんな夜だった」

その影響が自分の外見にも表れているはずだ。荒らされた部屋と家の周辺の捜査が終わるころには、夜も明けようとしていた。制服の警官が帰ると、横になったものの、眠れないまま破壊行為について考えていた。誰がやったのか？　それよりもなお気がかりなのは、その理由だった。

わずかしか眠れなかったせいで、目の下には黒いくまができている。ひげも剃らず、髪はざっとタオルで拭いただけだ。シャツとジーンズは清潔だが、スポーツジャケットは昨夜キッチンの椅子の背にかけておいたものを出がけにはおってきたので、しわだらけだった。

「昨日の夜、ほかにもなにかあったの？」

「それはあとで話す。まず、おれはきみの一日を台無しにしなきゃならない」

「事件の進展のせいで？　それはミセス・ブリッグズに対する口実で、謝罪をしようとしただけじゃないの？」

「それが残念ながら、ちがうんだ。きみに警告しにきた」

クロフォードは両手を腰にあて、床を見おろした。読みあげるべき台詞が書いてあればいいのに。だが、そんなものはないので、ホリーに伝える言葉を考えださなければならなかった。ここは単刀直入に伝えるにかぎる。

「ニールのやつがおれを尾行させていた」ホリーが口を開いたが、クロフォードは続けた。「待て、最後まで聞いてくれ。最悪なのはそこじゃない。写真を撮られた。どのくらいの期間、どの程度つけられていたかはわからないが、何枚かにきみがはっきり写ってる可能性がある」クロフォードは首を動かして、デスクの背後にある三つの長い窓を示した。

「一部しか見てないんで、定かなことはわからない。おれも使ったことがあるから知ってるが、あの手のカメラマンは要領がいい。昨夜、尾行者がここに来るおれを見ていて、あの窓から写真を撮っていれば、おれたちは木っ端微塵《こっぱみじん》だ。ふたりもろとも」

ふたりしてデスクの角にもたれかかり、手でホリーの尻を抱えこんでいた。体を寄せあい、下半身を密着させて。カメラのレンズでさえその熱気に曇ったろう。

「少なくともキスはしなかった」クロフォードは言った。「唇を重ねてる写真こそ撮られてないが、誰が見ても……まあ……そういうことだ」

ふたりの視線が絡みあう。ホリーのまなざしは彼の唇、そして胸の中央へと移動した。

「どうしてニールはあなたを監視させたの？」

非難の言葉を浴びせかけられると思っていたので、ホリーの問いかけに一瞬、虚を衝かれた。クロフォードはどうでもいいというように片手を動かした。「やつは法廷での銃撃事件の裏におれがいると思ってる」

「ええ？」

「ああ、変だろ。だがニールは、おれを破滅させたい一念で、行き止まりに向かってまっしぐらさ。その一方で」死体を見たときのオッターマンの反応を説明した。「認めたくないようだったが、ニールも気づいてた」

「チャック・オッターマンの肩を持つつもりはないわ」ホリーが言った。「彼のことはよく知らないの。でも、言いたいのはそこよ。選挙運動にささやかな寄付をしてもらっただけでほかにはなんのつながりもないの。あればあなたに話してる」

「信じるよ。だが、きみが覚えてないことや、知らないことかもしれない。ダラスの法律事務所と関係することかもしれないだろ？」

「今回のことでなにかと迷惑をかけたんで、事務所に謝罪の電話をしたの。わたしが無事ならそれでいいと言ってくれたわ。でもチャック・オッターマンについては、どの案件も、過去も現在も、わたしを含むどの弁護士も関係していなかった」

「弁護士の秘匿特権で、明かさないんじゃないか？」

「わたしもそう思って尋ねてみたけど」ホリーは首を振った。「わたしには話してくれるはずよ。殺人事件の捜査だもの」

「わかった。だが、引きつづき考えてみてくれ」クロフォードはひと息はさんで尋ねた。

「もう一方のほうはどうする？」

「写真のこと？」

「きみの写真があるかどうかはわからない。だが、もしあれば、きみは被害をこうむる」

「わたしはもうあなたの案件は扱わないのよ」

「そうだな。だが、それでもいかがわしさは残る。くそったれサンダーズにかかったら世紀の大スキャンダルになりかねない」クロフォードはホリーから顔をそむけた。「こんなことになるなら、きみに近づくんじゃなかった。おれのせいできみが負けるようなことになったら、自分を許せない」

「わたしの命を救ったことでは自分を許せる？」

クロフォードはふり向いた。「なんだって？」

「クロフォード、あなたが手すりを飛び越えて、銃撃犯からわたしをかばってくれたあの瞬間から、わたしは中立ではいられなくなったの。そのあとなにが起きようと、わたしにはわが身をかえりみずにわたしの命を救ってくれた男性について客観的な判断をすることなどできるはずがないわ」

あまりにできすぎの答えなので、嘘ではないにしろ、あらかじめ練られたもののように感じた。クロフォードに関する微妙な質問に備えて、前もって準備していたようだ。「きみが自分で思いついた答えなのか？　それとも、なんとかって女のか？」

「なんとかって女性なら、今朝、クビにしたわよ」

意表を衝くニュースだった。「なぜだ？　髪形のせいか？」

ホリーは笑った。「理由としてはじゅうぶんね。でも、選挙運動の進め方に意見の相違があったから」

クロフォードの携帯電話がメールの着信を知らせた。「失礼」彼は開いたメールを困惑して見つめた。現れたのはジョージアの静止画像だった。画面に触れ、動画を再生した。

ジョージアのくすくす笑いが部屋に響いた。この公園には見覚えがある。見慣れた遊び場にブランコ。ブランコが揺れるたびに、ジョージアの金髪の巻き毛が日差しを受けて煌めいた。小さな手で太いロープをつかみ、少しでも高くこごうと爪先を前に伸ばしている。そして楽しそうに笑っていた。

　動画は三十二秒分あり、クロフォードにとっては人生でもっとも長い三十二秒になった。こんなコメントがつけられていた。〝おまえは隙だらけだぞ〟

　クロフォードはドアへ走り、もぎ取りそうな勢いでドアを開けた。後ろでホリーが叫んだ。

「クロフォード？　どうしたの？」

「９１１に通報しろ」目を丸くする秘書の前を駆け抜けながら、叫んだ。「警察を急行させてくれ」

「どこへ？」

「公園の遊び場だ」

　延々と続く四階分の階段を駆けおりながら、歩いている人たちにどけと叫び、すぐによけない人を押しのけた。一段飛ばしで急いだ。ロビーに着くと、立ち話をしていたふたりの保安官助手に叫んだ。「公園だ。急げ！」

　ついてくるかどうか確かめている余裕はなかった。庁舎の入り口から駐車場まで全速力で走って、リモコンでＳＵＶ車のロックを解除した。車に乗ってエンジンをかけ、クラクションを鳴らして駐車場にいるほかのドライバーたちに優先権を主張した。

　公道に出ると、タイヤを軋《きし》ませながら、車のあいだを縫って先を急いだ。右手でハンドルを操作しながら、開いた窓から左手を出して、車の屋根に磁石式の回転灯を取りつける。バックミラーをのぞくと、保安官たちのパトカーがすぐ後ろをついてきていた。警察無線のスイッチを入れ、通信指令係に情報を伝えた。

公園の入り口に立つ石柱のあいだを猛スピードで通り抜け、床までアクセルを踏みこんで、曲線を描く道をまっすぐ突っ切った。遊び場に隣接する駐車場が視界に入ると、全体重をブレーキにかけた。車が数メートルにわたって横滑りする。ギアをパーキングに入れて、まだ揺れる車両から飛び降りた。

姿が見えるより先にジョージアの声が聞こえた。屈託のない甲高い笑い声が重い空気を突き抜けて耳に達した。枝を広げた常緑のオークの木の幹をまわると、ジョージアが見えた。T字のバーをつかんで回転式の遊具に立ち、グレイスにまわしてもらってはしゃいでいた。

クロフォードは木の幹の背後に入り、腰をかがめ、両手を膝について、ぜえぜえと肩で息をした。安堵の涙が汗とまざって目を刺した。

体を起こすと、ジョー・ギルロイが目に入った。小道に停めた車によりかかり、携帯電話を手にしている。彼はこちらを見て、にやりとした。「感謝するぞ。これでおまえを逮捕してもらえる」

クロフォードの視界はピン先ほどにせばまり、その中央に男がいた。慎重な、けれど断固とした足取りで進んだ。怒りで血液がたぎる溶岩になっていることが、その足取りから伝わったのだろう。ジョーは体をまっすぐに起こして、防御の構えをとった。

クロフォードは残りの距離を詰めてジョーの胸ぐらをつかむと、車から引き起こして、突き飛ばした。その勢いでジョーが後ろによろめき、砂利の上に激しく倒れた。

「ついにやったな」ジョーがうなった。「これでおまえは刑務所行きだ」

「どういうつもりだ、ジョー！　こんな胸くその悪いゲームをしかけやがって」

「ゲームだと？　なんの話だ？」

「あの動画だ。気のきいたコメントつきの」

「どうかしてるぞ。むかしからおかしいと思っていたが、それが証明された。動画のことなど、わたしは知らない」

クロフォードが倒れているジョーに近づくと、息を切らして駆けつけた保安官助手が背後から警告した。「おい、やめろ。逮捕しなきゃならなくなる」

クロフォードはその言葉に従いつつも、舅から目を離さなかった。「携帯をよこせ」

「地獄に墜ちろ」ジョーは立ちあがり、ズボンの尻の埃を払った。「わたしはジョージアとグレイスを連れて帰る。おまえから離れなければ」クロフォードの背後を見て、保安官助手に言った。「なにをぐずぐずしている？　接近禁止命令があるんだ。逮捕しろ」

「すまないな、クロフォード」保安官助手が言った。「行こう」

クロフォードは動かず、ジョーをにらみつけたまま、くり返した。「その携帯をよこせ」

ジョーはいまいましそうにクロフォードをにらんで、顔をそむけた。クロフォードが手を伸ばしてジョーの腕をつかむ。携帯電話の取りあいになった。保安官助手があいだに入り、ふたりがかりでどうにかクロフォードを引き離した。

ニールの車がにらみあうクロフォードとジョーの数メートル先で停まる。そのあいだもクロフォードは保安官助手の手をのがれようともがきつづけていた。ニールとニュージェントが車の両側から降りてきた。さらにもう一台がニールの車の背後に停まり、そこから降りてきたのはホリーだった。クロフォードは視界の隅で点滅する光をとらえた。ここへ来るまでにクロフォード自身が呼びだしたパトカーが複数、到着したのだ。

「どういうことだ？」ニールが尋ねた。

「こいつに襲われた」ジョーが言った。「逮捕してくれ」

クロフォードの呼吸は乱れていた。「こいつがジョージアの動画を送りつけてきた。送ればおれが駆けつけるとわかっていてやったんだ。おまえがその目で確かめて、どうするか決めてくれ」

ニールからうなずきかけられた保安官助手は、クロフォードから手を放した。クロフォードはニールに携帯電話を投げ渡し、暗証番号を伝えた。

ジョーが言った。「なんのことやらさっぱりわからん」

ニールはクロフォードの携帯電話にあったメールを表示して、動画を再生した。「送り主の名前がないな。携帯を見せてもらえますか、ミスター・ギルロイ？」

ジョーは胸を張った。「わたしの言葉では足りないというなら――」

「ミスター・ギルロイ？」ホリーがニールとニュージェントのあいだに割りこみ、ジョーの前に立った。抑制のきいた穏やかな声で仲裁に入った。「ただの誤解だとしたら、お孫さんがパトカーに気づいて怯える前に事態をおさめませんか？」

「孫が怯えたら、あの男のせいだ。わたしのせいではない」

「でしたら、つまらないことにこだわるのはやめたらいかがですか」

ホリーを見るジョーの目が険しくなった。「あんたはもう無関係だ。こうしてみると、あんたがなぜ辞退したのか、うさんくさいものを感じるが。クロフォードはあんたを味方につけたのか？」

「わたしはジョージアの味方です」ホリーはその言葉を響かせておいて、続けた。「お願いします」

ジョーは敵意とプライドで目をぎらつかせていたが、差しだされたニールの手のひらに叩きつけるようにして携帯を置いた。「暗証番号を、ミスター・ギルロイ」ニールはメールを呼びだし、写真フォルダを確認した。「ここにはない」

いっしょに携帯の画面を見ていたホリーは、クロフォードを見て首を振った。

そのころにはほかの警官も集まってきていた。ニールがニュージェントに言った。「誤報だったと伝えて、打ち切らせろ」

「誤報じゃない」クロフォードは言った。「動画を観ただろう」ジョーを見て言い足した。「おれがここに来たときジョーは携帯をいじってた。消したのかもしれない」

ジョーはクロフォードを無視してニールに話しかけた。「わたしは動画など送っておらん」

「誰かが送ったんだ」いてもたってもいられないクロフォードは、両手で頭を抱えて、髪を引っぱった。「警告として送ってきたんだ。ジョーでないとすれば……」動画が撮影された角度を思い浮かべ、周囲の木々を見渡した。「いたのはあのへんだ」

前に出ようとするクロフォードを保安官助手のひとりが押しとどめた。「おれたちに任せろ、クロフォード。おまえはこっちをなんとかしろ」保安官助手は相棒を連れて走り去った。

ニールがジョーに尋ねた。「公園に来てどのくらいになりますか？」

「一時間近くだ。そのあいだずっと遊び場にはうちの家族しかいなかった。こいつが現れるまでは」ぞんざいに頭を動かして、クロフォードを指し示す。「こいつが車で現れ、異常な行動に出た。わたしを襲ったのだ。仕事をしたらどうだ、レスター巡査部長。こいつを刑務所へぶちこんでくれ」

「パパ！」

嬉しそうなジョージアの声に全員が息をのんだ。ふり向くと、ジョージアが両手を突きだして駆けてくる。クロフォードはとっさにそちらへ歩きだしたが、ニールがあいだに割って入り、彼の胸の中央に片手を置いた。「そこを動くな」

「知ったことか」

「おまえがジョージアに近づいたら、逮捕しなければならない」

クロフォードは刑事の手を払いのけた。「いや、おれを止めたければ、撃つがいい」

# 第二十一章

クロフォードはニールを押しのけて、近づいてくるジョージアに駆け寄った。膝に抱きついてきたジョージアを抱えあげ、しっかりと抱きしめた。

夢中になって遊具で遊んでいたジョージアの素肌は、ほてって汗ばんでいた。胸にジョージアの鼓動を感じつつ、髪に顔をうずめて、そのにおいを吸いこんだ。

「パパ、つぶれちゃう」

「ごめん」力を緩め、体をのけぞらせたジョージアのバラ色の頬に何度かキスをすると、熱烈なキスが返ってきた。クロフォードは湿った生え際に張りついた巻き毛を手でかきあげた。

「楽しかったかい?」

グレイスが自分を大きくよけて、足早にほかの人たちに合流している。クロフォードには周囲のことなど関係なかった。ジョージアが生きていて、無傷で、恐れずにいてくれる。大切なのはそれだけだった。

クロフォードはふたたびジョージアを回転遊具に連れていった。彼女を膝に乗せて金属の回転盤に座り、回転盤の周囲の踏み固められた溝にブーツの踵をくいこませて、ゆっくりまわった。

　ジョージアのおしゃべりに耳を傾けながら、顔や体をじっくりと観察した。無傷でどこにも問題がないのがわかると、心のなかで神に感謝を捧げた。神がいるかどうか疑問だが、それでこの子の身の安全と健康と長寿が約束されるなら、妥協するのも悪くない。

「パパ、聞いてる？」

「ひと言もらさず」

「あの女の人、だあれ？」

　ふり向くと、ホリーが近づいてきていた。「スペンサー判事だよ」

「テレビに出てくるジュディはんじみたいな？」

　クロフォードはほほ笑みながら、首を振った。「ジュディ判事とはぜんぜんちがうよ」

　ホリーが遊具に乗れるように、クロフォードは緩やかな回転を止めた。彼女は隣に腰をおろし、「あなたのために五分もらってきたわ」とささやいた。そして、ジョージアに向かって自己紹介した。「あなたがジョージアね。わたしはホリーよ」

　ホリーが手を差しだし、ジョージアがおずおずとその手を取る。

　クロフォードは娘の耳元に口をつけた。「こういうときはなんて言うんだ？」

「お会いできてうれしいです」

「わたしも嬉しいわ。あなたの話はたくさん聞かせてもらってるのよ」

「そうなの？」

「ピンク色が好きってほんと？」

ジョージアのはにかみが吹き飛んだ。さえぎられることなく好きなだけおしゃべりできる新しい話し相手ができたのだ。「すべり台とブランコと、どっちがいちばん好き？」ジョージアはホリーに尋ねた。

「わたしはブランコのほうがずっと好き」

「あたしも。高く上がれるから。パパは思いきり押してくれるんだけどね、飛びださないようにに、すごくしっかりつかまってなきゃいけないんだよ。パパはちっちゃいころ飛びだしちゃって、ぐらぐらしてなかったのに歯が取れちゃったんだって。見せてあげて、パパ」

クロフォードは言われたとおり、下の前歯のひとつを指した。ホリーはジョージアの手前しげしげと見て、真顔で言った。「痛かったでしょうね」

「赤ちゃんの歯だったんだって」ジョージアが説明した。「だからそこにまた歯が生えてきたの。でも、ブランコのロープはしっかり握ってなきゃいけないんだよ」

「かならずそうするように気をつけるわ」

ジョージアに任せていると、めまぐるしく話題が変わる。やがて時間切れとなり、ホリーはそっとクロフォードの肘をつついた。あっという間の五分だった。

ジョージアにとっても同じだった。クロフォードがそろそろ帰らなくてはいけないと言っても、納得しなかった。「アイスクリーム食べにいかないの？」

「今日は行けないんだ、スイートハート」

「いいでしょう？　ホリーもいっしょに。ねえ、ホリー？」

「行きたいけど、今日はだめなのよ。こんどにしましょう」

ジョージアのあまりの落胆ぶりに、泣き言が涙に変わるのではないかとクロフォードははらはらした。今日こんなことがあったあとだけに、涙の一滴でも見せられたら、離れられなくなる。クロフォードはジョージアを膝からおろして、自分の肩に立たせた。「ほら、乗って。運んでやるよ」

肩車をしてもらえれば、ジョージアはご機嫌だった。クロフォードはジョージアに両手で髪をつかまれて、わざとふらつきながら駐車場へ戻った。くすくす笑うジョージアを大きく振りまわすようにして地面に立たせ、前に膝をついて、いま一度、無事を確かめるように両腕をさすった。「いい子にしてろよ」

「うん」

いつ電話するとも、いつ会えるとも約束できなかった。つぎがいつになるか自分でもわからない。ジョージアに対して守れない約束をしたことはなかった。「キスしてくれ」

ジョージアが唇に唇を押しあててくる。クロフォードは精いっぱい抱きしめてから、放した。「さあ、行って。おばあちゃんとおじいちゃんが待ってるぞ」

「今夜は静かだな。どうした？」

グレイスは向かいあわせで夕食をとる夫を見ると、席を立って、ほとんど手をつけていない皿を流し台に運んだ。「考えごとをしてたんです」

「あの公園でのできごとか？　さぞ驚いたろう」

「帰るときのジョージアが悲しそうで」

「あの男と会うまでは元気だった。人を悲しませるのがあの男の特技だ」

グレイスは夫に背中を向けて、食器洗浄機に食器を入れはじめた。「ジョージアに少しでも悪影響があると思ったら、スペンサー判事が彼の側に立って仲裁に入ることはなかったでしょうね」

「あのふたりはなにかあやしい」

グレイスは手を止め、顔をジョーに向けた。「あやしい？」

「判事はテレビに出て、あの男をヒーローのように持ちあげた。そしてその数時間後にはやつの案件を辞退した。確かに客観性がそこなわれたんだろうが、厳密に言えば、あの男が判事の命を救ったからではないんだろう」

「惹かれあってるってこと？」

「あの判事に良識があればいいんだが」

「うちの娘にはなかったってことですね」

ジョーは顔をしかめた。「ベスはあの男の見せかけにだまされたんだ。だが今日、あいつの本性があばかれた。おまえたちが見たときにはもうおとなしくなっていたが、公園に乗りこんできたときは野良犬同然のひどい取り乱しようだった」

「同じ立場に立たされたら、あなただってそうだったんじゃないですか？」グレイスが尋ねた。「あんなコメントのついたベスの写真や動画が送られてきたら、無事が確認できるまで、取り乱しても当然だと思いますけど」

「それとこれとは話が別だ」

「どう別なんです？」

「わたしなら最初に見かけた人を襲うようなまねはしない」

押し殺した声でグレイスがつぶやいた。「そういうことじゃないと思うけど」

「なんだと？」

グレイスは布巾《ふきん》を振りおろして夫に向き直った。「クロフォードと知りあってずいぶんになりますけれど、あなたたちは最初からいがみあっていました。何度も口論になったし、それが何カ月か続くこともあった」グレイスは人さし指を立てた。「でも、意見の衝突から殴りあいになったことは一度もなかったんですよ」

ジョーはテーブルを離れて、妻のいる流しに移動した。「なにが言いたい？」

「クロフォードがはじめてあなたに手を上げたのが、あなたが接近禁止命令を申し立てた直後だったというのは、偶然にしてはできすぎじゃないかと思ったんです」

「わたしに殴りかかったことで、禁止命令の妥当性が証明された」

「でもこれまでは一度もなかったんですよ、ジョー。接近禁止命令を求める理由なんてないんです」

「わたしの見地に立てばある。おとといの夜、あの男が訪ねてきたのをよもや忘れた――」

「そしてあなたたちは口論になった。確かに声を荒らげてましたよ。でも、あなたのどなり声だってクロフォードと同じくらい大きかった。そして彼は肉体的に害をおよぼすような脅しはしなかった」

「ジョージアを守るために接近禁止命令を発令してもらったんだ。わたしのためじゃない」

「世迷《よま》い言《ごと》もたいがいにしてください。くその役にも立たない」

「そんな言葉、どこから出てきた？」

「クロフォードがあの子を傷つけるもんですか。あなたにだってわかってるはずです」

グレイスから激しい怒りの言葉をぶつけられるのに慣れていないジョーは、その剣幕にたじろいだ。「おまえはあの男にジョージアを渡したいのか？　うちから奪われていいのか？」

グレイスはため息をついた。「あの子がいなくなったら胸が張り裂けるかもしれない」

「だったらあの男をかばうのはやめろ。この闘いを勝ち抜くんだ」ジョーはカップにコーヒーを注ぎ、それを持ってキッチンを出ながら言った。「わたしに任せておけ。わたしが万事心得ている」

グレイスはそれを聞いて安心するどころか、かえって不安を強めた。

公園をあとにすると、クロフォードはひとりになりたくて町を離れ、お気に入りの場所へ車を走らせた。深い森のなかの、狭い泥道をたどった先にある自然の湖で、その道も湖の手前二十五メートルで細くなるので、あとは徒歩に切り替えるしかなかった。

クロフォードは二十年来、この隔絶された場所をたびたび訪れていた。見つけたのはカリフォルニアから戻った直後だった。母とその新しい夫とともにカリフォルニアで暮らしていたのだが、十六歳になったとき、どうしてもテキサスに戻りたい、元のクラスメイトや友人たちといっしょにプレンティスのハイスクールを卒業したいと頼みこんだ。

母と継父はろくに反対しなかった。クロフォードが出ていけるのが嬉しかったのと同じくらい、無愛想な彼を追いだすことができて嬉しかったのだろう。

母の妹がクロフォードの引き受け手になってくれた。というのも、すでにコンラッドは町で知らない人はいない飲んだくれとなり、ろくに自分の面倒さえ見られなくなっていたからだ。ティーンエイジャーの世話などできるはずもなかった。息子に無関心な姉の埋めあわせをしようと、子どものいない独身の叔母は、この世を去るその日までクロフォードに思いやりと愛情を注いでくれた。叔母が亡くなるころにはクロフォードも成人しており、彼女のやさしさに心から感謝していたが、叔母と暮らしていた当時は、善良な婦人の忍耐力を試してやるとばかりに、日々かわいげのない態度をとりつづけた。ティーンエイジャーがふつうに抱えている不安に加えて、彼にはさらに余分な不満があった（ホリーに言わせれば、ラシュモア山のように小さな不満だそうだが）。

態度が悪いせいで、同級生たちと関係を築き直すのにも、新たな仲間を作って小さな町の生活に順応するのにも、時間がかかった。人気者の仲間入りを果たしたあとも、防御の構えを崩さず、反抗的な態度のまま怒りを放ちつづけた。

とりわけ暗い気分のときは、この場所に逃げこみ、石を投げて水切りをしたり、言いようのない不満を湖の水面にぶちまけたりして時間をつぶした。疲れで腕が使えなくなるまで石を投げつづけたこともある。そして、ぬかるんだ水辺に腰をおろし、曲げた膝に頭を乗せて涙にくれた。

涙が枯れるころには、自分が怒っているのは、叔母の家が窮屈なせいでも、叔母の甘ったるい愛情のせいでもないことが、わかってきた。いつもいらいらしてむかつくのは、友だちのせいでも、コーチのせいでも、勉強のせいでもなかった。

両親に腹を立てていたのだ。

父と母の両方が、義務の一覧にあった息子の項目にバツ印をつけた。消せないインクではっきりと。母には自分の生活があり、そこにクロフォードは含まれていなかった。父にはつぎの一杯の酒より先の人生はなかった。クロフォードにはその環境を修復したり変えたりする力はなかった。もはや確定事項だった。手札はすでに配られている。その手札でどうするかは自分しだいだった。

ではあの日、怒りを深い泥に埋めて、永遠にそこに置き去りにしたかというと、そうではなかった。結局のところ、現実の人生はおとぎ話とはちがう。手のひらにしわがあるように、怒りはつねにそこにあった。それでもあの日、怒りに導かれて破滅の道をたどるのはやめようと心を決めた。

その決意が揺らいだのはベスが死んだときだけで、いまもそのあやまちの結果に苦しんでいる。同じことをくり返してはならない。

クロフォードは町に戻ると、そのまま庁舎へ走った。チェットのために事件を解決しなければならない。ジョルジ・ロドリゲスのためにも。彼もまた、何者かが引き起こした一連の悲惨な事件の犠牲者だった。

その何者かを見つけたい。なんとしても見つけたかった。

ニールは席についていた。顔を上げてクロフォードを見ると、彼は言った。「留守番電話に入れたメッセージを聞いたようだな」

「いや」クロフォードは彼の正面に座った。「どんなメッセージだ？」

「できるだけ早く来いと言った」

「すまん。しばらく電話を確認してなかった。聴取でなにかわかったのか？」

「なにも」

「あと何人残ってる？」

「終わった。今日の午後にすませた」

「興味深いものはなかったと？」

「なにも。全員まっ白だった」

「チェットを撃ったひとりを除いて」

ニールは悔しげな顔になり、けれど黙っていた。

クロフォードはしばらく待って、なにげなく尋ねた。「お子さんの調子は？」

ニールは一瞬ぽかんとした顔になり、すぐに言った。「ああ、だいじょうぶだ。夏風邪だよ。心配するような病気じゃない」

「へえ」

「やけにそそくさと公園を立ち去ったな」ニールが言った。

ジョージアを祖父母に返すと、クロフォードは車に戻り、誰かに弁明することも声をかけることもなく、そのまま走り去った。クロフォードは無頓着に片方の肩をすくめた。「おまえから撃たれなかった。誰かに手錠をかけられることもなかった。だから帰った。ジョージアの動画で心臓が止まりかけたんで、心を鎮める時間が必要だったんだ」

「どこへ行ったんだ？」

「秘密の場所さ。保安官助手は公園周辺の林でなにかを見つけたか？」

「いいや」

見つかるとは思っていなかった。「あそこには物陰を提供してくれる木や茂みがたくさんある。誰があの動画を撮ったにしろ、グレイスやジョーに見られずに出入りできたろう」

「心あたりはないのか？」

「あったら、そいつはいまごろ病院にいる。じゃなきゃ棺桶のなかか」

「それはまた、心安らぐ考えだな」

「だが、本当だ。それで思いだしたが、おまえに訊きたいことがある」

クロフォードは腰かけたまま身を乗りだし、腿に両肘をついた。親指で顎を叩きながら、自分の考えを伝えるべく頭をひねった。ただ反対したいがためにニールに拒否されるのはつまらない。

「ニール、捜査は行き詰まってる。今朝おまえが言ったことが引っかかってた。おれたちは調べる場所をまちがえてる。ずっと考えてたんだ。銃撃事件以来、たくさんのこと――」

「おまえを捜査から外す」

クロフォードはぴたっと動きを止め、相手の無慈悲な目を見つめた。

「だから電話して呼んだんだ」ニールが言った。「それを伝えるために。たったいまからこの言葉は有効だ」

クロフォードはゆっくりと体を起こした。「いつそういうことになった？」

ニールは決断のタイミングなど関係ないと言いたげに首を振った。「重要な証人であるおまえを捜査にかかわらせたのがまちがいだったんだ。署長もいまはそう考えておられる。おまえの上司には署長から、バーカー夫人に対する儀礼上そうしたと説明する――」

「その夫人はいまだ事件解決の報を受けてない。なのになぜおれを外す？」

「いま話したとおりだ」

「詭弁《きべん》だ。なにが起きてるんだ、ニール？」

「決定について説明を強要しても無駄だぞ」

「強要してるわけじゃない。要するにおまえは面と向かって言う度胸がないんだ。それよりはこっそりおれを尾行させて、写真を撮らせるほうを選ぶ」

ニールは小声で悪態をついた。「ニュージェントめ」

「若いやつを責めるな。おれが有無を言わせなかった。ところで、あいつは誰の甥っ子なんだ？」

「郡政委員のだ」ニールがぽろっと答えた。

クロフォードはおもしろくなさそうに笑った。「冗談のつもりだった。いますぐニュージェントを外せ。この仕事には向いてない」ひと息ついた。「なぜおれを尾行させた？」

ニールは答えなかった。

「がっかりさせてすまないな」クロフォードは言った。「おれが犯罪に手を染めている写真はまったく撮れなかったろ？」

「それを言ったら、おまえの自宅に誰かが押し入って荒らしまわる写真も撮れなかった」

クロフォードは黙ってニールを見つめた。と、げらげら笑いだした。「おれがジョージアの部屋をめちゃくちゃにしたと思ってるのか？　二週間分の給料と膨大な時間をかけて用意した部屋を？　なぜおれがそんなことをしなきゃならない？」

「おまえが暴れまわるのに理由はいらない。短気な男だ。考えなしに行動する。衝動や暴力的な欲求を抑制できない。今日、公園で証明されたとおりだ」

あのとき味わった恐怖に見あった反応をしたまでだが、そんな自己弁護はしたくない。そこで攻勢に出た。「いいか、ニール。嘘をつくんなら、嘘に足をすくわれないようにしろ」

「なんの話だ？」

「今日のあの電話は奥さんからじゃない。子どもがゲロを吐いた話じゃなかったんだ。おまえが熱心に話しこんでた相手は誰だ？」

ニールはまっ赤になりながらも、答える代わりに尋ねた。「実際のところ、屋上でロドリゲスになんと言った？」

「まだそんなことにこだわってるのか？」

「非常に重要なことだ」

「執念深くて人でなしの岳父から考えを吹きこまれて、それに飛びついたわけだな」

「質問に答えろ」

「ウィリアム・ムーアを呼ぶべきか？」

「さあて。呼んだほうがいいのか？」

「おれたちは犬猿の仲だ。いままで好きだったこともないし、これからもないだろう。それはひとまず置くとして、おまえは本気で、おれがあの銃撃事件と関係があると思っているのか？」

「昨日の夜スペンサー判事の部屋でなにをしていた？　今朝、ある警官から、おまえがすごい剣幕で出てきたと報告があってな」

クロフォードはだんまりを決めこんだ。

「数分後に判事が出てきて、その警官には〝ひどく動揺してる〟ように見えたそうだ」

ふたりいっしょの写真があるとニールから言われなかったのが、せめてもの救いだった。

「ほかになにかあるのか?」クロフォードは静かに尋ねた。

「おまえは犯人の膝にはあざがあると、鬼の首でも取ったように言い立てた。だが銃撃犯が膝を蹴られたと、おまえ以外の誰が証言してくれる?」

「まだあるのか?」

「まだまだある。ロドリゲスが銃撃犯ではないと言ってるのは、いまだおまえひとりだ」

「おれが事件の裏にいるとしたら、ロドリゲスが犯人だと思わせておきたいはずだろう? あんなふうに死んで、本人は否定できないんだぞ」

「それはそうだが。しかし……」

クロフォードはニールがちらつかせていることをじっくり聞こうとばかりに、小首をかしげた。「しかし?」

「しかし、おまえとロドリゲスに関係があることがわかれば話はちがってくる」

「関係などない」

ニールの唇の片端が持ちあがり、皮肉な笑みになった。「あの電話のことでおまえにささやかな嘘をついたのは、電話をかけてきたのがチャック・オッターマンだったからだ。もしおまえが近くにいるなら、ほかの人からの電話のふりをしてくれと頼まれた。彼はロドリゲスの死体を見たとき、自分が驚きをあらわにしたことに気づいただろうと言ってきた。気づいたと答えた。彼はなぜそんな反応をしたか説明するために連絡してきたんだ」

「期待が高まるな」

ニールは取りあわなかった。「オッターマンはロドリゲスの名前は知らなかったが、見たことがあったんだ」

クロフォードは指を鳴らした。「そうか、隣りあわせで小便したんだな」

ニールは動じることなく続けた。「月曜午後一時四十分ごろ、オッターマンは約束していた地方検事補のオフィスに行った。庁舎に入るとき、駐車場でロドリゲスを目撃した」ニールは言葉を切り、ひと息ついた。「おまえと話をしていたそうだ」

# 第二十二章

庁舎からホリーの家まで、警官ふたりがパトカーでついてきた。ホリーは家の裏手にまわってエンジンを切り、車を降りた。警官のひとりは、ホリーが家に入るのを見届けてから、正面に停めたパトカーに戻った。

ホリーはなかに入って施錠するや、スーツのジャケットとハイヒールを脱ぎ、それと同時に職業上の自己抑制や冷静な態度も脱ぎ捨てた。一日じゅう体面を保ってきた。いまは疲れと落胆に身を任せている。

グレッグ・サンダーズから投げつけられた〝いまにしくじる〟という言葉が現実になりそうで不安だった。

執務室を出る前に、ハッチンズ知事からeメールの返事が届いた。要領を得ないというのがもっとも妥当な言い方だろう。クロフォードの養育権の担当を辞退したことに関してはなんの見解も叱責もなく、離れてはいるが銃撃事件の捜査状況については報告を受けており、会議から戻ったら、しかるべき問題について話しあおうとだけ書いてあった。

メールのどっちつかずな調子が気になった。もし知事が自分を裁判官に任命することに疑問をいだき、支持を引っこめたら、職業人としては絶体絶命、個人としてはさらに破滅的だった。亡きウォーターズ判事の期待にそむいてしまう。そして自分の期待にも。

心穏やかならざるそのeメールを受け取ったのは、公園での一件の直後だった。ホリーはあの公園で懸命の交渉の末、クロフォードのために五分間を確保したのだ。

「これが接近禁止命令に違反していることには疑問の余地がありません、ミスター・ギルロイ。あなたに暴力をふるったことも、まちがっています。でも、ごらんになってください」ホリーはクロフォードと娘がいる回転遊具を指し示した。ジョージアのシャツについているスパンコールのアップリケのことを、父娘で話しているようだった。「父親が連行されるのを見たら、ジョージアがどれほどショックを受けるか」

取引を成立させるために、自分がふたりの会話に立ち会い、制限時間をもうけることを提案した。

そのうえで、五分が過ぎたときクロフォードを逮捕させずに帰すよう頼んだ。

ミスター・ギルロイもニール・レスターもすぐにはうんと言わなかった。だが、状況をよく考えてほしい、と訴えた。「彼はあの動画を見て震えあがり、罰金を払わされるか逮捕されるかする可能性が高いのを承知で、ここへ駆けつけたんですよ。ただジョージアの無事だけを願って」

ジョー・ギルロイはそうやすやすとは説得に応じなかった。「あんたの話を聞いていると、あの男は娘を救うためにドラゴン退治でもしそうだな」

「身を持ってやってみせると思いますよ」

「あいつを許して、襲われたことを忘れろというのか？」

ホリーは、接近禁止命令の審尋《しんじん》の場で今回の件を証言できると反論した。

「その程度では、とうていのめない」ジョーが言った。

そして、クロフォードをひとまず放免するにあたって、その条件を提示した。「あの男がこの場を切り抜けるにはそれしかない」

ホリーにはその条件を受け入れる以外の選択肢がなかった。さもなければクロフォードは手錠をかけられて、投獄されてしまう。

いま、とぼとぼと寝室に向かうホリーは、首から重い鉄床《かなとこ》をぶらさげられているような気分だった。ジョー・ギルロイとのあいだでどんな合意がなされたか知ったら、クロフォードに憎まれるだろう。

クロフォードにとっては、これまで以上につらい一撃になる。考えてみると、銃撃事件の悪影響は、自分よりも彼に対してのほうがずっと深刻だった。月曜日以来、彼は相次いで打撃を受け、いまやホリーのせいで、永遠に娘を失うかもしれない瀬戸際に立たされている。

あの法廷で狙われたのはホリーだったにしろ、こうなるとクロフォードのほうが――

ホリーはぴたりと立ち止まった。力を失った腕からジャケットと靴がぶらさがった。いま思いついたことを心のなかでさかのぼり、再度、考えてみた。そしてジャケットと靴を床に落として、キッチンに急いだ。ハンドバッグを置いてある。

バッグから携帯電話を取りだし、指の動きにもどかしさを覚えながら、クロフォードの番号を押した。呼び出し音が一度鳴って、留守番電話につながった。「もう！」こんどもおぼつかない手つきでニール・レスターの携帯電話の番号を探し、電話をかけた。

発信者の名前を見たらしく、刑事はすぐに電話に出た。「スペンサー判事？　なにか問題でも？」

「問題はないわ。クロフォード・ハントのことでお話ししたいことがあります」

「それは奇遇ですね。ちょうどそちらに連絡して、彼に近寄らないように申しあげようと思っていたところです。彼を捜査から外しました」

ホリーは無理に平静を装った。「公園でのできごとが原因なら、過剰反応では。彼は――」

「あの件とは関係ありません。直接には」

「だったらなぜ、彼を捜査から外したんでしょう？」

「銃撃の前に彼とロドリゲスがかかわっていたことを示す目撃者が現れました」

膝から力が抜けた。壁にもたれて聞いているうちに不安がつのった。レスター刑事がその日の朝、遺体安置所で起きたことを説明している。「オッターマンさんが、庁舎の外でロドリゲスと話しているクロフォードを目撃してましてね」

どうにか声を出せるようになると、ホリーは言った。「そんなはずはありません」

「彼は確かだと言っています。すぐに気づいたそうですが、クロフォードの報復を恐れて、その場では言えなかったと。それであとからこっそりわたしに連絡してきたんです」ためらいをはさんで、刑事は言った。「あなたにお聞きしたかったんだが、不適切なような気がして控えていました。こうなるとお聞きするべきでしょう。スペンサー判事、クロフォードに養育権を与えるつもりだったかどうか、教えていただきたい」

「不適切な質問ですね。それについてはお話しできません」

「そうですね、わたしが思うに、クロフォードは養育権の変更を認められないと予想していた。だから、偽の身分証明書を持っていて身よりも金もない男を見つけた。破れかぶれで、簡単に言いくるめられる男を。そしてあなたの殺人未遂計画をくわだてた。そして彼の当初の計画では、すばやく行動して、銃撃犯を殺すつもりだった。あなたが死のうが生きようが、ヒーローになれる」

ホリーは最初に思いついた矛盾点を指摘して、刑事の言葉を否定した。「携行品の拳銃すら、法廷に持ちこんでいなかったんですよ。それでどうやって銃撃犯を殺すんですか？」

「チェットが倒されるのがわかっていて、彼の拳銃をあてにしてたんです」

「だとしたら、ますますおかしいわ。彼がチェット・バーカーの殺害を命じるはずがないもの。彼はチェットが大好きだった」

「それはそうです。だがそれ以上に娘を愛している。すべては娘のために、娘を手に入れるためにしたことでしょう。法廷で英雄的な行為をして、それによって称賛を浴びれば、誰が彼に養育権を与えることを拒めますか？」

彼はこの仮説で押し切ろうとしている。ホリーはそれに引きずられることなく、明晰かつ理性的な態度を心がけた。「それほど入念な計画を立てておいて、なぜわが身を挺してわたしを守ったんでしょう?」

「よく見せるためですよ。だがパニックを起こしたロドリゲスが、あなたにとどめを刺すことなく逃げだしたんで、クロフォードにも彼を殺すことができなかった。彼が逮捕されるのはまずい。だからあとを追って屋上に追いつめ、ほかの警官からやめろと警告されたのに、一対一でロドリゲスと対決した」

「陰謀というより、勇気の問題のようですけれど」

「いいえ、クロフォードはなんらかの形でロドリゲスが倒れるのを見届けたかったんです。ビデオを観れば、クロフォードが屋上に出たとたんにロドリゲスが縮みあがったのがわかりますよ」

ビデオを観ていないホリーには、反論のしようがなかった。

ニールがさらに続けた。「判事、念のために言っておきますがね、耳にピアスの穴があったとか、クロフォードが銃撃犯を蹴飛ばしたとかいう話は、誰からも裏がとれていないんです。オッターマンさんに対する彼の嫌疑にも、根拠はありません。わたしがクロフォードに対して疑いを告げたその何分かあとに、たまたまオッターマンさんが現れたものだから、あの方に疑いを向けさせようと飛びついたんでしょう。だが、それが裏目に出た。

そしてクロフォードは尋常でなくあなたを気にしている。ピアスの穴の件も、まずあなたに話した。確か銃撃犯には穴がなかったと言って、あなたの反応を見るために。そしてご記憶でしょう、あなたに警護をつけろと言い張ったのもあの男です。

わたしは当初、あなたに対するあの男の関心は性的なものだと思っていた。ですが、オッターマンさんをめぐってこのような進展があったおかげで、新たな視点が浮かびあがってきた。彼は口実を作ってあなたに目を光らせていた。あなたとふたりきりになろうとしたんじゃないですかね？」

ホリーはしばらく間《ま》を置いて、静かに言った。「彼がわたしを守る姿勢を見せているとしたら、それはわたしが無事でいることに関心があるからでしょう。命を救った相手に対しては、一般によく見られる反応です」

「本心ですか？」ニールが小声で尋ねた。「それとも口先ですか？」

「わたしは心にもないことは言いません」

「怯えていれば言います」ニールは発言の余韻を響かせてから、言い足した。「スペンサー判事、あなたはわざわざおおやけの場で、軽率かつ無鉄砲な行動を責められるかもしれないクロフォードの肩を持った。今日も公園で彼をかばった。わたしにはわからないのです。あれはすべて見せかけですか？　なだめるために彼の味方をしたんじゃないですか？

いや、答えをうかがう前に伝えておきましょうか。昨夜の勤務時間後、彼はあなたの執務室に行きましたね。その後、彼が憤懣《ふんまん》やるかたない様子で部屋をあとにし、その数分後にはあなたがたいへん動揺した様子で出てきたと聞きました。正直に答えてください。そうでなければ、あなたを守ることはできない。クロフォードはあなたを脅しているんですか？」

家の裏手はまっ暗だった。ホリーはフェンスを乗り越えてから、息を整える時間を作った。けれど心臓は痛いほど激しく打っている。そろそろと勝手口に近づくと、ドアの向こうから彼の声が聞こえてくる。ホリーがドアを小さくノックするや、声がやんだ。

数秒後、ドアが開いた。こちらの姿にショックを受けただろうに、彼はおくびにも出さなかった。冷蔵庫のドアに取りつけられた製氷機の薄明かりを浴びて、彼のシルエットがくっきり大きく浮かびあがる。見たところ、家のなかでついている明かりはそれだけだった。

彼は携帯電話を耳にあてがい、「あとでかけ直す」と電話を切り、体の脇に手をおろした。それ以外はどこも動かしていない。こちらを見おろす目はなかば閉じられているので、自宅の勝手口に現れた自分を見てどう思っているのかをうかがい知ることはできなかった。

ホリーは言った。「わたしがここに来て驚いているでしょうね」

「まあな。どうやって来た？」

「走って」

「走って？」

「ジョギングよ。ほんの数キロだもの」

なるほどとうなずいて、彼は尋ねた。「警護員はついてきてるのか？」

「わたしがまだ家のなかにいると思ってるわ。そっと勝手口から出て、生垣をすり抜け、母屋の脇を通り抜けて、裏の道に出たのよ」

おもしろがっているらしいのに、彼はそれを隠して、怒りのこもるかすれ声を出した。

「ニールの雇ったやつが外にいて、この家へ無遠慮にカメラを向けてるかもしれないんだぞ」

「そうね」

「幸い、昨夜ふたりでいるところは撮られてなさそうだが、なぜ調子に乗る？　どうして明日の第一面に載るようなまねをした？」

「あなたを捜査から外したと、レスター巡査部長から聞いたわ」

「理由を言ってたか？」

「ええ」

「で？」

「チャック・オッターマンは嘘をついてる」

彼はしばしの沈黙をはさんだ。「きみはおれを信用していると言うために、わざわざ人目を忍んで自宅を抜けだし、ここまで走ってきたのか？　それなら電話でよかったろ？」

「電話は信用できない。もちろん通話記録というものもあるし」ホリーは以前の彼の言葉を引きあいに出した。「話しあうべきことがたくさんある。それに直接、話したかったの」

「聞かせてくれ」

「銃撃犯の正体について、なんの手がかりも出てこない理由がわかった気がするの。刑事たちもあなたも、ほかの誰も彼もがなにも見つけられずいる、その理由が」

「続けてくれ」

「銃撃されたのはわたしじゃない。標的はわたしじゃなかった。あなただった」

それでもまだ、彼は動かなかった。何秒かすると手を伸ばし、ホリーの手を取ってなかに引き入れた。「入ってくれ」

「クロフォードが追っ払われましたよ」

「もっと詳しく」

パット・コナーはよくよく周囲を見まわしたが、誰にも聞かれる心配はなかった。いるのはいつものボディーガードだけ。なにかに興味を示すどころか、感情をあらわにしたことすらない連中だ。それでもパットは声をひそめたまま続けた。「口実を作って署に新しい情報がないか行ってみたんですよ。そうしたら、なんと、ニールがクロフォードを捜査から外してたんです。でね、聞いてください。いまじゃクロフォードが参考人です」

「銃撃事件のか？」

「そうそう」

抑えた笑いで厚い胸板が振動した。「あいつにとっちゃ厄日だな」

「なんでも、公園に行ったときは尋常じゃなかったらしいですね」今日のパットは公的には非番だったが、その実、近年でもっとも多忙な一日だった。「ビデオを撮るのも楽じゃありませんよ。ほら、その証拠にツツガムシに刺されてしまった」

「使った電話はまだ手元にあるのか？」

「いいえ。クロフォードにメールを送ったあとすぐに捨てました。いまごろサビーン川の川底です」

じつは罪のないささやかな嘘だった。くだんのプリペイド携帯は、車の前の座席の下に隠してある。万が一のための保険のようなものだ。世のなかには信用できない人間もいる。その最たる相手が、いま向かいにいる男だった。

「留置場にいるのか？」

「クロフォードがですか？　いいえ。なんでもニールのやつが杓子定規に弁護士を呼べと勧めたら、クロフォードはくそくらえと言い返したそうです。ニールにそう言ってやりたい人間は多いでしょうね」

「いけ好かない野郎だからな」

「まったくですよ。でもニールは利口なんで、クロフォードと自分で人気投票すれば、クロフォードが大勝するのがわかってるんです。クロフォードを逮捕したら、立件できるまでみんなからなにを言われるかわからない。そんなの、ほとんどの連中は嘘っぱちだと思ってますからね。だからニールがクロフォードを自由放免にしたのは、政治的に言って、正しい選択だったんですよ」少し不安になって、パットは言い足した。「あなたが聞きたかったのは、こんな話じゃなかったんでしょうけど」

「いや、それこそ聞きたかった話だぞ」

「ほんとに？　そりゃまたどうして？」

「しかるべきときが来たら、理由を聞かせてやる。最新情報、ご苦労だったな」

パットは言葉どおり、放免されたと受け取った。席を立って、立ち去った。強烈な渇きに襲われていた。レンジャーのクロフォード・ハントには、いつも人間らしく扱ってもらっているので、どうにも後味が悪かった。そんな彼をスパイして、逮捕されるように仕向けたことには自己嫌悪を覚える。しかも彼の娘の動画を使って。自分にそんな卑しいことができるとは、思ってもみなかった。

だが借金の支払いは待ってもらえない。もし返済できなければ……。

考えるだけでも頭がどうかなりそうだ。


クロフォードは薄暗いキッチンでもじゅうぶん動けた。食器棚からグラスを取りだし、水道の水を汲んで、ホリーに渡した。「ほかのものを出したいところだが、明かりをつけてカメラマンにチャンスを与えるわけにはいかない」

自宅から走ってきたというホリーは、膝に穴の開いたジーンズをはいていた。白いTシャツが湿った素肌にへばりつき、ブラジャーの形があらわになっている。浮きだしたふたつの乳首が、クロフォードの目を惹き、興味をとらえて離さなかった。

「クロフォード、わたしの話を聞いてる?」

視線を上げて彼女の目を見た。「標的はきみではなくおれだった。だが、それはきみが思ってるほどの大発見じゃない。おれも数時間前に同じ結論に達した」

公園を出たあと、森のなかの湖へ行ったことを話した。「とにかく、心を落ち着けたかった。そのあと最初に戻って、銃撃事件以降のできごとを逐一、思い返してみた。すべてがきみではなく、おれと関係していた。そのことをニールに伝え、その線での捜査方針を提案しようとした矢先に、向こうから爆弾を落とされた」

「座らせてもらっていい？」

「すまない」

クロフォードは彼女をダイニングテーブルへ案内した。隣りあった椅子に腰かけた拍子にふたりの膝が触れる。彼はそのまま触れあわせておいた。「それはそうと、ぐっとくるな」

「わたしは汗だくよ」

「おれは興奮してる。きみはなぜ銃撃事件の狙いがおれだという結論に達した？」

「あなたとほぼ同じよ。あの事件を境にして、あなたに起きた数々の苦難を思い起こしてみたの。あなたのほうがわたしよりずっと影響を受けていた。まずあなたに電話したけれど、出なかったから、ニールに電話したの。こっちがろくに話をしないうちに、あなたが悪党だという彼の仮説をぶつけられたわ」

ホリーはニールのくだらない結論を再現した。「困るのは、あいつが本気でそれを信じてることだ」クロフォードは言った。

「ええ、残念ながら。彼から最後に、あなたに脅されていないかどうか、尋ねられたのよ」

「なんと答えた？」

「いいえ、と。少なくとも彼が言うような意味では」

　彼は陰になったホリーの顔を見つめた。口。目。寝乱れたようなポニーテールからこぼれおちた髪の房。なんとまあ。「おれたちは誰もいない暗い部屋にいる。キングサイズのベッドがあって時間をつぶせる」

「いつまで？」

「ヒューストンの事務所から折り返しの電話があるまで。もしくはニールがやってきて逮捕されるまでだ。寝室へ入って、素っ裸になろう」

「クロフォード。ゆゆしき事態なのよ」

「わかってる」クロフォードはため息をついた。「おれだって必死なんだぞ、愚かなニールを絞め殺すまいと。嘘つきのチャック・オッターマンには杭を打ちつけてやりたい。いっしょにベッドに入ってくれれば、そいつらふたりが救われる」

「オッターマンが事件の背後にいるのは確かなの？」

「いや。おれがロドリゲスといるところを見たとニールに告げ口したのは、おれがやつの名前をニュースに出した仕返しかもしれない」

「あなたがリークしたの？」

「プラグに点火する必要があった。うまくいった」

「でもオッターマンを敵にまわしてしまった」

「リークする以前からさ。あいつがあの白ずくめの恰好をしてたとは思わないが、銃撃事件の裏にいたのはまちがいない」

「でも、動機は?」

「知るかよ。いま人に探らせてる」椅子から立ちあがった。「水のお代わりは?」

「いいえ」

それでも彼はグラスに水を注いで、テーブルに運んだ。だが、突っ立ったままだった。

「おれは頭のなかを引っかきまわして考えた。神に誓って言う。昨日、あいつが対人犯罪課に入ってくるまで、あいつのことは見たことがなかった。だが、おれはやつをコブラのように感じた。腹の底から嫌悪し、恐怖を感じた。そんなことはめったにない」

「なにか理由があるのよ」

「おれもそう思う。とにかく理由を探りださなければならない。きみがここに来たとき、ヒューストンの友人と話してたんだが――」

「ハリー、それともセッションズと?」

「ふたりの名前を知ってるのか?」

「わたしから自己紹介したもの」

「記者会見のときか?」

「朝食のとき」

「朝食?」

「わたしの家の前に車を停めて、ひと晩、警護してくれたのよ。せめて朝食ぐらい作らせてもらわないと」

　ホリーのキッチンでくり広げられるなごやかな食事の席を思い浮かべて、クロフォードは両手を腰にあてた。「誰からも聞いてないぞ」

「ふたりから言うなと忠告されたのよ」

「理由を言ってたか？」

　ホリーは黙ってクロフォードを見た。

　むっとして再度、尋ねた。「理由を言ってたか？」

「あなたは自分の女のことになると気むずかしいって」

　嫉妬深い反応がはからずも証拠になっている。クロフォードはそのとき、友人たちの言葉からホリーが推測したであろうことに気がついた。「ホリー、やつらにはなにも言ってない。おれたちが――」

「あなたが言ったとは思わなかったけど、ふたりは知ってるみたいだった」

「おれのふるまいを見て、気づいたんだろう」

「どんなふるまい？」

「みだらな言葉で聞きたいかい？」

　ホリーはうつむいて、しばらくそのままでいた。やがて顔を上げると、レンジャーからどんな報告を受けたのかと、さっきの会話の続きに戻った。

「オッターマンとおれにつながりがないかどうか、徹底的に探るよう頼んだ。おれでなければ、ベスかギルロイ家、もしくは公安局と。いまのところなにも出てない」

「ハルコンは？」

「最初に探ったのがそこだ。もっとも可能性が高い。だが、一年におよぶおれの捜査のあいだ、オッターマンは州北部で仕事をしていた。それに事件の前後数カ月、やつは一日の休みもとってない。オッターマンがハルコンにいたという記録はどこにもないんだ。もしや銃撃戦に巻きこまれて亡くなった人の復讐かもしれない。そう思って調べたが、犠牲者のなかにあの男の血縁者や関係者はいなかった。セッションズは調べ物の達人だ。それでも見つからなかった。さらに深く探ってくれと頼んでいたら、きみが勝手口に現れた」

「あなたが担当したほかの事件は？」

「数年分の記録をさかのぼってみた。だが、おれは記憶力にかけてはコンピュータに負けない自信がある。もしオッターマンがおれのレーダー上に現れたことがあれば、名前が記憶にあるはずだ。名前でないにしろ、あの男のことなら忘れるわけがない」

「だったら彼じゃないのかも」ホリーは言った。「あなたに意地悪したくて、あなたがロドリゲスといたなんてニールに言ったのかもしれないわ。銃撃の後、立ち去ったことが報道されて、ばつが悪かったから」

クロフォードはきっぱりと首を振った。「やつはそんな思考回路は持ちあわせていない。むかっ腹は立っただろうが、ばつの悪さを感じるようなタマじゃない」

ふたりはしばらく黙って考えた。やがてホリーが静かに言った。「こんなこと、指摘するのもいやだけど。あまりにひどいから口に出すのもはばかられる」

「ジョーのことだな」

ホリーがわずかに肩を落として、推測の正しさを伝えた。「まさかジョーはこんなことしないわよね？」

「来てくれ。きみに見せたいものがある」ホリーの手を取り、暗い家のなかをジョージアの寝室まで連れていった。携帯電話の画面の明かりを使って、なかを照らした。「これでじゅうぶん見えるだろ？」

ホリーが信じられないというふうに息を吐きだした。「なにがあったの？」

「ニールから聞かされなかったか？」

「いいえ。なんてことなの、クロフォード」

「昨日の夜、帰ったらこうなってた。すべて新品だった。驚かせたくて改装したんだ」

「警察に通報したの？」

「なにからなにまですべてな。今朝、鑑識が指紋検出のために粉を振りかけたせいで、ますますひどく見える。掃除に取りかかるきっかけがなかったんだ」

部屋に入ったホリーは破壊状況をいちいち確認しながら同情の言葉をつぶやき、きらきら光るバレエシューズを手に取った。紐がむしり取られている。「誰がこんなことを？」

「天使のように純粋でいたいけなジョージアがブランコをこいでる動画を送ってきたやつと同じだろう。まだあのときの衝撃が抜けきらない」思いだすたび、血管が怒りと恐怖に脈打った。「おれをいたぶるために、どこかのいかれ野郎があの子を利用したんだ。そいつを殺してやりたい」

「ニール・レスターはこれをどう説明するつもりなのかしら?」

「おれが自分でやったと言ってる」

「そして自分で自分に公園の動画を送ったと?」

「たぶん」

　ホリーはバレエシューズを化粧台の残骸の上に置いて、廊下にいるクロフォードのもとへ戻った。「ジョーがこんなことをするとは思えないわ」

「ジョージアを手元に置くためなら手段は選ばない、と言ってた。というより、おれがジョージアを引き取ることを阻止したいんだ。だが、正直言って」クロフォードはふり返って、部屋を見た。「ジョーの性格からして、これはない」携帯電話の画面の明かりを切り、ベルトに戻した。

「どうするつもり?」

「ハリーとセッションズを待つ。なにが出てくるやら」

「その前にニールがあなたを逮捕したら?」

「保身というニールお得意の手口がおれには有利にはたらく。なにか具体的な責めどころが見つかるまで、ニールはおれを留置しない」

「しばらく待つのね」

「そしてきみがうちに来たときからしたかったことをする」

ホリーの髪に指を差し入れて両手で頭を抱えると、顔を傾けさせて、かすめるようにキスをした。「ひとつ警告しておくよ、判事。手荒な目に遭わされたくなかったら、そんな服装でおれの家の勝手口に現れるな」入念に唇を奪うと、こんどは首に唇を動かし、やんわりと素肌を吸って彼女の汗の塩辛さを味わった。

「クロフォード……」

そのうめき声が本気の警告ではなかったので、そのままキスを続け、鎖骨から胸へと進んだ。湿ったTシャツの上から先端に鼻をすりつける。

ホリーが鋭く息を吸いこむ。「今朝はこんな場面を夢に見ながら、目覚めたのよ」

クロフォードはもう片方の胸をやさしく包んだ。「いい夢だったかい？」

「罪深いほどいい夢だったわ」

「ホリー・スペンサー、悪い子だ」

「たぶんそうね。あのときのままの夢だったの。わたしは欲望に溺れ、あなたは……決然としていた」

彼の心のなかに生じた笑みは、唇にまで達しなかった。ホリーの体を下へ下へとたどっていたからだ。「きみのなかに入るしかなかった。それしか考えられなくて」

クロフォードはホリーを悪い子にするキスをした。むさぼるようにして唇を熱烈に奪う。と、ホ
そして片手を背中からジーンズの内側に滑らせ、なめらかな素肌の感触を堪能した。と、ホ

リーの腰を上に引き寄せて、自分の股間に押しつける。「服を着てなければ、もっとうんと感じる」

がっかりしたことに、ホリーはクロフォードの胸を押して隙間を空け、顔をそむけた。

「わたしにはもうこんなキスをしたくないはずよ、クロフォード」

「なにを言ってるんだか。きみの体じゅうにキスしたいよ」ホリーが顔をそむけるたびに、唇で彼女の口を覆った。「きみの全身にフレンチキスをしたい」ホリーのジーンズの尻から手を引き、前に動かしてやわらかなデニムの上から腿のあいだをなでた。「ここにも」

ホリーが喜悦の声を押し殺しつつ、彼の手を押しやる。

やり場のない欲望ととまどいとで、クロフォードは一歩さがった。なぜだ？　彼女が自分を求めているのはまちがいない。「どうした、ホリー？　きみはもうおれの担当判事じゃないんだぞ」

「そういうことじゃなくて……わたし……」ホリーは息を吸い、顔にまとわりつく髪を払い、背筋を伸ばして姿勢を正した。「今日あなたを逮捕させないために、ある取引をしたの」

「取引？」

「あなたの義父に押し切られて。わたしはあなたを刑務所に入れたくなかったから」ホリーはいまにも泣きだしそうだった。

「どんな取引だ？」

「接近禁止命令に関する審尋のときに、原告側として証言することに同意したの。あなたが今日、ジョー・ギルロイを襲ったことを証言しなければならない」

まるで一トンのレンガで殴られたようだった。クロフォードは呆然とホリーを見つめた。

ホリーは苦悶の表情でよろよろと後ずさりをすると、くるっと向きを変えて、足早に廊下を戻りだした。だが、鳴りだしたクロフォードの携帯電話がその足を止めさせた。

立ち止まってふり向いたホリーは、クロフォードがベルトの携帯を手に取るのを見ていた。ホリーも彼と同じで、仲間のレンジャーのどちらかが報告をしてきたと思ったようだ。

だが携帯電話の画面に出ていたのはどちらの名前でもなかった。クロフォードは送話口にどなった。「この番号にはかけるなと言ったろ？　どういうつもりだ？」

「そちらはスーパースターのクロフォード・ハントさんかな？」

「ふざけるな、スミッティ。なにかわかったのか？」

「わかってるのは、ここにみじめったらしい酔っぱらいがいて、昼過ぎからしこたま飲んだ分、おれに借りがあるってことさ」

「おれにはなんの関係もないぞ」

「そうかな、腕利きレンジャーさん。そいつはあんたの父親を名乗ってるんだがね」

# 第二十三章

スミッティから居場所を聞きだすなり、クロフォードは電話を切った。廊下を歩く彼のすぐ後ろをホリーがついてくる。クロフォードは寝室に入り、ウインドブレーカーをはおってホルスターを隠した。ドレッサーからキーを取り、彼女をよけて部屋を出た。「帰り道はわかるな」

「わたしも行く」

「冗談はよしてくれ」

「電話の相手の話が聞こえたの」

「すばらしい一日の締めくくりにか？」

「あなたのお父さまのことは承知のうえで言ってるのよ、クロフォード」

「父親じゃない。飲んだくれだ。おれの資料に書いてあったとおり」ふたりは勝手口に来ていた。「たぶんニールのスパイは正面にいる。来た道を戻ればだいじょうぶだろう。気をつけてフェンスを乗り越えろよ」

「わたしも行く」

クロフォードはかがんでホリーの顔に顔を近づけた。「絶対にだめだ」

「そう。〈ティックルド・ピンク〉だったわね。自分で見つける」ホリーが勝手口のドアを開けて外に出た。

ホリーが走って自宅に帰り、そのあと車でナイトクラブに駆けつけるころには、こちらはとうにそこを出ているだろうが、スミッティのいかがわしい店に彼女がひとりで乗りこむ……。「くそっ！」

クロフォードはホリーのあとを追い、歩いている彼女の肘をつかんで向きを変えさせ、自分のSUVまで引っぱった。「これで、接近禁止命令に関する審尋のときに、おれの印象がよくなる証言をしてもらえるんだろうな」

クロフォードはホリーを車の助手席に押しあげ、やさしいとはいえない手つきで窓から見えない位置まで頭を押した。「ニールが雇ったやつにシャッターチャンスを与えたくなければ、よしと言うまでかがんでろ」

ホリーに対する腹立ちまぎれに出た行為だったが、用心は無駄にならなかった。私道を出るとすぐに、道の奥に路肩から離れて停めてある車が確認できた。クロフォードは制限速度を守りつつ、たっぷり距離を置いてついてくる車を従えて自宅付近を数ブロック走った。

そして「つかまれ」とホリーに警告しながら角を曲がるや、アクセルを深く踏みこみ、尾行をまいたと確信できるまで減速しなかった。

「もう体を起こしていいぞ」

町外れにあるハイスクールのフットボール場を通りすぎると、森のなかを蛇行する二車線の田舎道に入った。両脇に密生するまっすぐな松の木が防御柵のようだ。暗い夜だった。細い月が低く垂れこめた雲にさえぎられてかすんでいた。

ダッシュボードの薄明かりで、目の端にホリーが見えた。速度を落とさずに急カーブを曲がると、彼女が肘掛けをつかんだ。「スピード違反のチケットを切られるわよ」

「殺人のくわだてに加えて交通違反か。最悪だな」

ホリーがさっとこちらを見て、ぴしゃりと言った。「こんなことをしたらあなたのためにならないわ、クロフォード」

「へえ、おれの運転が気に入らないか？　そりゃお気の毒に。きみには来てもらいたくなかった」

「運転がどうこうじゃないの。わたしが同行したのは、あとになって後悔するようなことをあなたにさせないためよ」

「今日、ジョーに尻もちをつかせたようなことか？」

「そのとおり」

「ジョーが動画の送り主だと思った。子を愛する親なら誰だってああなる」

「そうね。わたしはそう証言する」

クロフォードは辛辣な笑い声を響かせた。「言うだけ無駄だぞ、判事。きみが証言台でなんと言おうと、おれにはジョージアを取り戻せない」ホリーを見た。「だろ？」

ホリーはまっすぐフロントガラスの外を見つめたまま答えた。ごく小さな声だったので、車のエンジン音にかき消されそうだった。「最終的には、引き取れるかもしれない」

「だがそれまでには何度も申し立てを重ねて、審判がくり返され、ジョージアのいない時間がさらに続く」

「それにジョージアを巻きこまないわけにはいかないでしょうね」

ホリーがちらとこちらを見た。しばし視線が絡みあう。クロフォードはふたたび前を向いて、ハンドルを握る手に力を込めた。養育権の獲得までに時間がかかれば、最終的にジョージア本人に父親か祖父母かを選ばせることになるかもしれない。そんなことは絶対にさせたくない。

残りの道のりを無言のまま進むと、やがてけばけばしいネオンサインが目的地に着いたことを告げた。クロフォードは急ハンドルを切って、左に曲がり、ナイトクラブの砂利敷きの駐車場に入って、建物の裏手へと車を進めた。

車の中だろうと外だろうと、〈ティックルド・ピンク〉のような店の駐車場では犯罪が起きるものだ。それをよく知っているだけに、ホリーを店内に連れていったほうが安全だと判断した。エンジンを切って運転席のドアを開けた。「ここにきみを残してはいけないが、あらかじめ言っておく。目をむくショッキングな体験になるかもしれない」

その警告に挑むように、ホリーは助手席のドアを開けるなり飛び降り、クロフォードがまわって手を貸す暇を与えなかった。ふたりで金属製のドアまで行き、クロフォードがドアを叩いた。

スミッティ本人がドアを開けた。「そろそろだと思ったぜ。こっちだ――」クロフォードに連れがいるのに気づいて口を閉じ、ホリーが誰だか気づいたのだろう。尖った前歯をのぞかせてにやつき、彼女を眺めまわした。「その新しいいでたち、いいなあ、ハニー。この際、黒い法服は捨てたらどうだい？」

やにさがるスミッティを見ていると、ホリーを連れてきたのが正しかったのかどうか疑問に思えてくる。「彼女にかまうな」

「あいつの言うことは気にすんなよ、ハニー」スミッティは脇によけてふたりを入れた。肩越しにクロフォードを憎々しげににらんだ。「興ざめなやつだ」

スミッティはふたりをオフィスに伴った。クロフォードは長年ここで彼に会ってきたが、相も変わらぬ散らかりぶりだ。髪同様の脂ぎった魅力をにじませて、スミッティはホリーのために椅子を引き、なにか飲むかと尋ねた。

クロフォードはスミッティの肩に手を置いて、無理やり自分のほうを向かせた。「親父はどこだ？　このオフィスに連れてきてるんじゃないのか？」

「そのつもりだったさ。ところが聞き分けのないじいさんでさ。用心棒に乱暴させるわけにもいかねえだろ――ほかの客の手前、親父さんの年齢を考えると、印象が悪くなる。だからそのまま放っといた。三時半ごろから居座ってやがる。支払いは積もり積もって六十七ドル数セント。あんたが払うと言ってたぜ」

クロフォードはスミッティが差しだした手のひらを無視した。「行くぞ」頭を動かしてスミッティに先導しろと合図した。「きみは残って、錠をかけててくれ」ホリーに言い置き、ドアから出て、錠をかける音が聞こえるまで待った。

クラブ内のレイアウトを熟知しているスミッティを頼りに、暗い迷路のような廊下を進み、無事に客席までたどり着いた。圧倒されるほどの大音量で音楽が流れ、ステージではダンサーが金属のポールに絡みついている。得意客が歓声や口笛や拍手で騒々しくはやし立てていた。

スミッティが騒音に負けじと声を張りあげた。「あそこだ」もっとも暗い一隅のテーブルを指さした。ぐったりして動かない人影を用心棒が見張っている。

コンラッドはべたつくテーブルに頬をつけ、だらしなく開いた下唇からよだれがひと筋垂れていた。意識はほとんどないようだが、クロフォードが腕をつかんで引き起こすと、手を振りまわした。アッパーカットが飛んできて、クロフォードの顎から大幅に離れたところを通った。クロフォードが支えていなければ、その勢いで倒れていただろう。

父親との取っ組み合いがほかの客にどう見えようと、かまったことではない。わずか数秒のうちに父親の両手を背中にまわし、両方の手首を重ねてがっちりつかんだ。残る手で首の後ろを支えて、まっすぐに体を起こさせた。

「なぜこいつがここにいる？」コンラッドがスミッティに尋ねた。

スミッティはクロフォードの顔の前でジャラジャラと車の鍵束を振った。「こいつのズボンのポケットにこれがあるのを用心棒が見つけてな」

用心棒は剃りあげた頭にタトゥーを入れた筋骨隆々たる男だった。「こいつの車を裏口にまわしてくれ」クロフォードは用心棒に頼んだ。「簡単に見つかる。すり切れたタイヤに、塗装のはげかけた青い車だ。面倒かけたな」

クロフォードは店内を突っ切って、コンラッドをさっきの廊下まで歩かせた。転ばないように、つまずいたりよろめいたりする体を支えた。

スミッティがついてきて、まだ勘定を払ってもらってないとうるさく言い立てた。

「黙ってろ」クロフォードは一喝した。「金は払う」

オフィスに着くと、なかのホリーに声をかけて錠とドアを開けてもらった。屈辱を覚えながら、よだれを垂らし悪臭ふんぷんたる落伍者である自分の父親を目にしたときの彼女の顔を観察した。だが案に相違して、そこに嫌悪はなく、クロフォードがコンラッドの首から手を離したときは、床に頭がぶつかるのではないかと案ずる表情まで浮かべた。

クロフォードはポケットを探ってマネークリップを出し、ホリーに渡した。「悪いが、支払いを頼む」

ホリーはクリップから五十ドル紙幣と二十ドル紙幣を一枚ずつ外した。

「それと十ドルを用心棒に」クロフォードが言った。

「おれが渡しとくよ」スミッティが追加の金に手を伸ばした。

ホリーは彼の手が届かないところに紙幣を引っこめた。「いいえ、わたしが渡します」

ホリーは壁を覆う扇情的な写真も意に介さず、怖じ気づいている様子もなかった。それどころか、重労働の終身刑を言い渡すような目でスミッティを見ながら、金を支払っていた。

「おたくのお客さんは明らかに中毒症状を起こしています。それなのにあなたは数時間にわたって六十七ドルに相当するアルコールを提供しつづけた。酩酊した果てに不運なことが起きていれば、刑事責任を問われていた可能性もあるんですよ。この汚れた店は営業禁止になっていたかもしれませんね。幸い、今回はミスター・ハントが、父親を衰弱させたあなたの怠慢と犯罪になりかねない不注意を見のがしてもいいと言っておられます……あなたが口を慎むという条件で」

スミッティは額にしわを寄せつつも、いまの言葉をしっかり理解した。不安げに唇を舐めた。「わかってますって、判事さん。今回のことは口外しません。クロフォードは友だちですよ。長いつきあいなんです」

クロフォードはその言葉を一笑に付した。「外に出るからドアを押さえてろ」ホリーを先にやり、スミッティに言い残した。「どんなに長いつきあいだろうと、彼女がここに来たことをひと言でももらしやがったら、おまえのタマを引きちぎってやる」

スミッティは気弱にほほ笑んだ。警告を額面どおりに受けとめたのかもしれない。

クロフォードは苦労してコンラッドをSUV車の後部座席に乗せた。横倒しになった父親の頭が、ジョージアのチャイルドシートの腕に乗っかった。つぎにジョージアを乗せるときは、その前に消毒しなければならない。またこの車に乗せられることがあればだが。

コンラッドの車は動かしてあり、ホリーが用心棒にチップを渡していた。「あの車を運転してもらえるか?」クロフォードがそう頼んだ車は、けたたましい音をたててアイドリングしていた。

「任せて」ホリーは運転席にまわり、ハンドルの前に座った。

悔しいのと腹が立つのとでむしゃくしゃしながら、クロフォードはSUVに乗りこんだ。ハイウェイに出てからも、ホリーが無理なくついてこられるスピードを心がけた。コンラッドのむさくるしい家を彼女に見せるのに、なにを急ぐ必要があるだろうか。

到着すると、ホリーがやってきてコンラッドの車のキーとクロフォードのマネークリップを差しだした。「これを忘れないで」

「すまない。スミッティは、触れたら消毒薬で手を洗いたくなるようなやつだからな」

「でもとても親切なホストだったわよ」ホリーは小さな紙片をひらひらさせた。「あなたの目を盗んで、こっそりこれをくれたの」

「なんだ?」

「次回、来店時に使えるクーポン券」

「あのくず野郎め。戻って——」

言葉が途切れたのは、コンラッドが後部座席のドアを開けて、出てきたからだ。「スミッティの店はお勧めできんぞ。ダンサーはそこそこだし、洗面所の臭さときたら、屋外便所以下だ」

もはやよだれは垂らしておらず、そこそこに目も澄んで、完全にまっすぐ立っていた。ろれつもしっかりまわっている。コンラッドはにっこりした。「どうだ、驚いたか！」

コンラッドがホリーに手を差しだした。「スペンサー判事、お目にかかりたいと思っていた。コンラッド・ハントだ」

ホリーは彼と握手した。「はじめまして、ミスター・ハント」

「家までわたしの車を運転してもらって、すまなかった」

「どういたしまして」

「ここに着くまでは演技を続けたほうがいいと思ったものだから。説得力があったろう？」

「とても」ホリーが軽やかに笑った。

コンラッドは晴れ晴れとした笑顔を返した。「さあ、入って入って」ホリーの肘に手を添えて家へと導いた。「足もとに気をつけてくだされよ。通り道を掃除しておけばよかったんだが、今夜、お客さんを迎えるとは思ってなかったもんだから」

衝撃から立ち直ったクロフォードは、ふたりの前に立ちはだかった。「どういうつもりだ、コンラッド？」

「お客さんをもてなしてるのさ。わたしが言えた立場じゃないがな」

「なぜあんな演技をした？　なにをたくらんでる？」

コンラッドは顔の前で手を振って蚊を追いやった。「吸血鬼どもめ。判事さんをなかに入れないと、生きたままくわれちまう」

コンラッドはクロフォードを押しのけてふたたび歩きだし、再度、足元に注意するようにホリーに言った。ふたりの後ろについたクロフォードは、ドアまでの道を掃除する時間ならいままで何年もあったのにと文句をつけた。庭はいまもガラクタだらけだが、家のなかの、少なくとも玄関から入った部屋の目につくところを見たときは、びっくりしつつもほっとした。火曜日にクロフォードが訪れたあとで、片づけてあったのだ。

ナイトクラブからの道中のどこかで、コンラッドはシャツの裾をズボンにしまい、店を出たときは乱れ放題だった髪も、なでつけてあった。人前に出しても恥ずかしくない姿の手前ぐらいにはなっている。

「蒸留所みたいな臭いを発していて、申し訳ない」コンラッドがホリーに言っている。「注がなかったウィスキーをテーブルの下に置いて、アフターシェーブローションのように振りかけたもんだから。さあ、座って」

コンラッドはホリーにソファを示した。ソファには古いけれども清潔なパッチワークキルトをかけて、傷んだ布地を隠してある。なおもホストらしく彼は続けた。「なにか飲むかね？」

「いや、彼女は飲まない」

コンラッドはクロフォードを見て、その不作法さに顔をしかめた。「おまえには訊いておらん。それに飲むといっても酒じゃない。コーヒーとかドクターペッパーとかそういったもののことだ」

ホリーが答えた。「ありがとうございます、ミスター・ハント、ですがけっこうです」

「コンラッドと呼んでくだされ。それと、気が変わったら言ってくださいよ」リクライニングチェアに腰をおろした。フットレストを上げ、尻を動かして座り心地のいい姿勢をとるあいだも、ずっとホリーを見てにこにこしていた。

そして、息子が玄関から入ってすぐの場所にいるのに気づいた。「そうやってタバコ屋の看板みたいに突っ立ってるつもりか？　座って、愛想よくしたらどうだ？」

「世間話をしてる暇はないんだ。ホリーがいないことに気づかれる前に、家に送り届けなきゃならない」

コンラッドは新たな興味の目でホリーを見た。「家を抜けだしてきたのかね？」

「最後にそんなことをしたのは、十代のころでした」

コンラッドはリクライニングチェアの肘掛けを叩いて、大笑いした。「きみがいたずら好きと聞いて愉快だよ。少し完璧にすぎるんじゃないかと思ってたところだ」

「よしてください。父が出ていった直後に少しだけ反抗期がありました。でも、そのあとは家長という新しい役割を受け入れたんです」

「そのきみがどうして今夜は家を抜けだすようなことに？」

ホリーを制して、クロフォードが答えた。「おれに会いにきたんだ。ふたりで会うわけにいかなくなったから――」

「なぜ会えない？　おまえは銃撃事件の捜査をしてるんだろう？」

「いまはちがう」クロフォードは今日あったことを手短に説明した。

話が終わると、コンラッドはげんなりした顔で首を振ったが、まっ先に口から飛びだしたのはジョージアのことだった。「こういうことになっておまえの娘はだいじょうぶか？」

「ああ、ありがたいことに。なにがあったか気づいてない。おれが彼女のおじいちゃんを倒すのを見られずにすんだよ」

「わたしに言わせれば、ジョー・ギルロイがみずから招いた災難だがな」

クロフォードはホリーを見た。「おれはその代償を払わされる。ジョージアと会うのを許されるには、しばらくかかるかもしれない」

コンラッドが押し殺した声で悪態をつく。「おまえに接近禁止命令をくらわすとは、なにを考えているんだか」

「いまは審尋期日が決まるのを待つしかない。闘うさ。だがその闘いに勝てても、まだこの問題がある」

コンラッドが言った。「ニール・レスターが横柄な愚か者だという証拠は山ほどある。それだけにあの横柄な愚か者は危険だ」

「クロフォードに対して、ばかばかしい妄想をいだいてるんです」

「その妄想はチャック・オッターマンの嘘で強化された」クロフォードがつけ加えた。

コンラッドは顎をなでた。「なぜオッターマンはおまえを罪に陥れる嘘をついたんだ？」

「さっぱりわからない。ホリーとふたりでそれを話していたら、スミッティが電話で、あんたが酔って手に負えないと言ってきた。なんのまねだ？　数えきれないぐらい実際に酔っぱらってきたのに、なぜいまになって酔ったふりなどする？」

「わたしがあそこでなにをしているか誰にも悟られないためさ」

「言えよ」クロフォードは言った。「あんたがあそこでなにをしてたか」

「チャック・オッターマンをスパイしてたのさ」

クロフォードは膝からくずおれそうになった。探していたオッターマンとの謎のつながりはコンラッドだったのか？　ソファまで歩き、ホリーの近くの肘掛けに腰をおろした。「オッターマンをスパイだと？　なぜだ？　やつを起訴したことがあるのか？」

「いいや。少なくとも、わたしの記憶にあるかぎりはないぞ」

「だったらやつについてなにを知ってる？」

「記事で読んだ内容だけだ」ひと息ついて、続けた。「それに彼について個人的に見聞きした経験から推測したことだ」

「驚きの連続だ。オッターマンについて個人的に見聞きした経験があるとは知らなかった」

「おまえがなんでも知ってると思ったら、大まちがいだぞ」

「らしいな。知らないこととやらを話してもらおうか、コンラッド」

「やつの掘削現場の仕事に応募したことがある」

「いつ？」

「去年。冬だった。何月かは忘れたが、寒かった」

「あの業界についてはなにも知らないだろ？」

「ゴミ缶を空にするくらいならできると思った。メンテナンスや清掃の仕事があるんだ」

「法学の学位があるあんたがな」クロフォードが手厳しく言った。「あった、かな」

コンラッドは顔をしかめ、気まずそうにホリーを見た。「わたしのような人間にとっても、去年の冬は最悪だった。何カ月も職が見つからなくて、電気を停められてしまった。家を暖めるために金が欲しかった」

クロフォードの心のなかで恥の感覚がほどけていった。こんなことをホリーに聞かせるのはいやだが、もうこれで自分がどんな親のもとに生まれたか彼女に知られるのを恐れなくてよくなる。

「その仕事をもらえたんですか？」ホリーが尋ねた。

「もらいたくなくなった。事務所で申込書を書いていたら、トラックがうなりをあげてやってきた。ケガをした男を乗せてな。そのケガというのが重傷で、片腕が機械にずたずたにされて、文字どおり皮一枚でつながってるような状態だった。本人はショック症状に陥ってた。救急車が来るのをあれほど遅く感じたことはなかったよ。

そのあいだ、頭に血ののぼったオッターマンは、あたりかまわずどなりちらしていた。部下たちに命じてトラックを清掃させた。誇張でもなんでもなく、床に血だまりができていたんだ。

また別の部下ふたりには、事故現場に戻って労働安全衛生管理局が来る前に機械の不調な部分を修理しろと命じた。あわせて事故を目撃した作業員に現金の〝ボーナス〟を配れという指示も出した」

クロフォードは言った。「国の調査官に対して見ざる、聞かざる、言わざるでいるように、作業員に金を握らせたわけか」

「そのとおりだ。あの男は、どなったりわめいたりしているあいだ一度も、出血多量で亡くなるかもしれないケガ人を案ずるそぶりを見せなかった。ところが救急救命士が到着すると態度が一変した。誰かがやつの体内のスイッチを入れたかと思うほど、聖人チャックに早変わりだ。愛情深く世話をやいた。それまでほったらかしだったケガ人に両手を置いて、祈りを捧げんばかりだった」

コンラッドは顔をしかめた。「胸くそが悪くなった。どんなに落ちぶれようと、仕事が欲しかろうと、わたしは申込書を破り捨てて、帰った。以後、二度とやつのとこには足を運んでいない。表裏のある男の下で働くくらいなら、飲んだくれていたほうがましだ。わたしがいまも検事なら、シラミのようにやつに取りついてやるんだが」

「なにを探して？」

「さてな」コンラッドはクロフォードに答えた。「だが、わたしが思うに、ミスター・チャック・オッターマンには副業がある」

「根拠はあるのか？」

「ああいうナイトクラブにいるときのやつは――」

「どのクラブだ？」

「スミッティの店みたいなところさ」

「前にもやつを見かけたことがあるのか？」

「何度も」コンラッドはホリーを見て、哀れっぽい笑みを浮かべた。「あの界隈のくたびれた店をいくつか贔屓《ひいき》にしてた。もう改心したがね」

ホリーは笑みを返した。「いまはしらふなんですね？」

「六十四日になる」

「すばらしいスタートだわ。おめでとうございます」

「それに稼げる仕事にも就いている」

「どこで働いてるんですか？」

「製材所だよ」

ふたりが楽しげに会話しているあいだ、クロフォードはソファの肘掛けを離れて、リビングのなかを一巡した。いつになく片づいていた。開いたドアからキッチンをのぞいてみる。流しには使ったまま放置された皿はないし、カウンターにこぼれて固まった汚れもなかった。床も掃き清められている。どうやらコンラッドは、本気で断酒に取り組んでいるようだ。

だが、将来を楽観させてくれない歴史があった。あまりに何度も失望を味わってきたために、こんどの改心がいままでとはちがうと思えなかった。それで一瞬頭をよぎった楽天主義を急いで引っこめて、オッターマンのことに心を引き戻した。

クロフォードは声に出しながら考えた。「オッターマンは地元の政治家や判事を支援しつつ、夜はナイトクラブで過ごしてる」

「そのクラブではしらふとまでは言わないが、ほんのわずかしか飲まない」コンラッドは言った。「ダンサーたちには目もくれない。だが、無為に過ごしてるわけでもない。今日と同じように人と会ってる」

その話はすでにスミッティから聞かされていた。「今日は誰と会ってた？」

「つぎからつぎへ、まるでパレードだった」コンラッドが言った。「で、パレードのときみんながそうするように、わたしは写真を撮ってみた」

コンラッドはズボンのポケットに手を入れて携帯電話を取りだし、クロフォードをびっくりさせた。コンラッドはこれまで携帯電話を持ったことがなかった。

「どこで手に入れたんだよ？」

「〈ウィン・ディキシー〉。スーパーマーケットだ」

「いつ？」

「昨日」

「なぜ？」

コンラッドはいらだたしげにクロフォードを見た。「写真を見たいのか見たくないのか？」

クロフォードは携帯電話を受け取り、写真のフォルダを呼びだした。「なんでいまごろになって、オッターマンの写真を撮ったと言いだした？」

「自分のペースで進めたい。それにおまえが横槍ばかり入れてくる」

クロフォードがフォルダの写真に目を通しているあいだ、コンラッドは話しつづけた。

「ブースにいちばん近いテーブルに座ってるふたりが見えるか？　ボディーガードだ。わたしはこのふたりをフリックとフラックと呼ぶことにした。むかし、そういう名前のコミカルなスケーターコンビがいてな。背の低いほうがフリックだ。だが、これがしゃれにならない連中で、武器を携帯してるんだ。ふくらみが見えた。オッターマンといっしょに来て、いっしょに帰っていった。オッターマンが店にいるあいだは油断なく見張り、酒は一滴も飲まず、ショーに気を取られることもなかった」

「なぜボディーガードが必要なのかしら」ホリーが疑問を呈した。

「いい質問だ」クロフォードは言った。それよりもいい質問は、今日オッターマンがここにいたことをなぜスミッティが言わなかったかだ。その情報ならクロフォードから金を受け取れるとわかっていながら。だが、あのさもしいゲスの問題はあとでいい。いま注目すべきはコンラッドだった。

「男たちがやってきては、帰っていった」コンラッドの話は続く。「オッターマンはそれぞれ別個に話をしていた。会話の長さは相手によって、まちまちだったな」

「なにか手渡してたか？」クロフォードは尋ねた？

「わたしが見た範囲ではなかった。封筒に入れた現金のようなものがないか注意してたんだが。クラブはただの交渉場所で、金のやり取りはほかでやっているのかもしれない」

そうかもしれない。それにコンピュータ時代の捜査活動に長くかかわってきたクロフォードは、銀行預金口座のパスワードには通貨と同じくらい、いや、多くの場合それ以上の価値があることを承知していた。「なるほど。続けてくれ」

「そんなところだ」コンラッドは言った。「オッターマンはフリックとフラックといっしょに出ていった。で、わたしはひとり芝居を続けた」

「なんで、あんたもそのまま帰らなかった？」

「忘れたか、わたしは厄介者の飲んだくれに扮してたんだぞ。車で帰ろうとすれば警察を呼ばれるかもしれず、そうなれば血液検査なしで豚箱に放りこまれ、そのまま留置されて、携帯電話は没収だ。あるいは血液検査をされて、演技だったことがばれる。そうなったらどうなる？　おまえはどうする？」コンラッドはにやりとした。「わたしは嗅ぎまわるのがうまいと言っただろう？　礼ならあとでいいぞ」

携帯電話のカメラで撮った写真は、店内が暗いせいで画質が粗かった。コンラッドはたびたびズームをいじっていたらしく、ピントのずれた写真もあったし、本人の親指のアップも交じっていた。だが、父親の目のつけどころのよさには感心せざるをえなかった。

何枚かの写真に、オッターマンがコインをもてあそんでいるところが写っていた。コンラッドが彼には〝表裏がある〟と言っていたのを思いだした。

コンラッドに指摘されるまで、クロフォードは自分が小声で考えを口に出していることに気づいていなかった。「なんだと？」

「あのコインを使ってオッターマンがやってることだが――」

「わたしが会ったときもやっていたわ」ホリーが手の動きをまねした。

「オッターマンには表裏があって、瞬時に人格を変えられる。まさにコインの表裏だ。あんな芸当を人前でやってみせるのは、自分だけのジョークのようなものかもしれない」クロフォードはそう推測して肩をすくめ、父親を見て尋ねた。「オッターマンの写真を撮ったことを誰にも気づかれてないんだろうな？」

「あそこではずんでたおっぱいに――」コンラッドはホリーを見て、言い直した。「いや、見るに値する女の子たちに誓ってかな？　酔いつぶれていくみじめな酒飲みのことなど、誰もまともに見やしない。つまり……」片手を心臓にあてて、ホリーに言った。「こんなことは言いたかないが、わたしにはそういう評判があってね」

父親にホリーを魅了する能力があることに苦々しさを感じながらも、クロフォードは自分のすべきことに集中した。つぎの写真をタップするや、手が止まった。オッターマンとテーブルをはさんで向かいあっている男は、カウボーイハットをかぶっていた。顔はつばで陰になっているが、髪だけは見えている。その平らに押しつぶされた髪の感じ――

クロフォードは急いで指を画面につけ、男の顔を拡大した。顔を確認すると、すぐに誰だかわかった。「なんと」こまかな部分までじっくりと見て、まちがいないと確信できたところで、ホリーの顔の前に携帯を掲げた。「見覚えがないか？」

ためらうことなくホリーがつぶやいた。「法廷の銃撃犯だわ」

「確かなんだな？」

「ええ、百パーセント。仮面のせいで顔はわからなかったけど、髪はまったく同じよ」

「おれが最初に気がついたのもそこだ。だが、確実じゃないとまずい」

「まちがいない」

「こいつは警官だ」

ホリーはすばやくクロフォードに一瞥を投げて、再度、携帯電話の画面を見た。「そうよ！裁判所で見かけたことがあるわ。帽子をかぶっていたことはないけれど。名前は知らない」

「おれは知ってる」

# 第二十四章

クロフォードがドアに向かって歩きだした。

ホリーは急いで立ちあがって、彼を追った。「どこへ行くの？」

「何本か電話をかける。そこにいてくれ。すぐ戻る」

ホリーは網戸をはさんで、クロフォードを見ていた。ポーチの階段から庭に飛びおりる彼の手には、早くも携帯電話があった。

「あいつはいつもあんな調子だ」リクライニングチェアに座ったまま、コンラッドが言った。

「鞭のように機敏で活発だ。赤ん坊のころからそうだった。あんなふうに母親のあとを追っていた。知っているだろうね、母親はダンサーだった」

「ダンサー？」ホリーはコンラッドをふり返った。「いいえ。知りませんでした」

「ショッピングセンターに彼女のスタジオがあってね。バレエやらタップダンスやらを教えていた。そう、ジャズダンスも。毎年春には市民センターで盛大な発表会を開いて、町じゅうの人が集まった。これがなかなかのショーだった。女性たちは何カ月もかけて縫いつけたスパンコールの衣装で着飾ってね」

ホリーはジョージアの部屋にあったバレエシューズを思いだした。クロフォードが意識して置いたのか、それとも無意識のうちに娘と自分の母親のあいだにつながりを作ったのかが、気になった。

コンラッドは悲しみに顔を曇らせて虚空を見つめていた。

「彼女は美人で、才能があった。だからなんだろう、自分にはもっといいものが与えられてしかるべきだと感じるようになった。彼女はいつも足りないと感じていた。満たされない思いをよく口にしていた」

コンラッドは身じろぎして、気を取り直し、庭を手で指し示した。クロフォードが携帯電話を耳にあてて、歩きまわっている。「あいつの母親とわたしは親といっても、名ばかりだった。そんな恵まれない状況にあっても、あいつはちゃんと成長してくれた」

「本当に。本人はそう思っていないようですけれど」ホリーはコンラッドにというより、自分に向かって言った。

「ほんの数日なのに、あれのことをよく理解してくれている」

「もっと長い気がします」

「寝たのはいつだね？」

ホリーはぎょっとしてコンラッドを見た。

さもありなんの反応に、コンラッドはふくみ笑いをもらした。「だろうと思った」

「ミスター・ハント、コンラッド――」

彼は片手を上げてさえぎった。「説明はいらんよ。だが、察するところ、そのタイミングに……問題があったんだろう」

つらそうなホリーの表情を見て、彼は言った。「なにも言わなくていい、判事さん。わたしには知る必要のないことだ。知りたくもない。ただうまくいくのを祈るだけだ。女性に関しちゃ、あいつは苦労している。母親は失踪、妻は死亡」ひと息つき、目を細めた。「あいつは自分の娘をそりゃあ愛している。その娘まで失ったら、目もあてられない」

「わたしにはどうすることもできないんです。担当を辞退したので」

「状況をかんがみるに、倫理上はそれが正しかった。だが、立ち入ったことを言うようだが、あなたの表情からして、それをよかったと思っているようには見えんな」

「わたしには責任があります。わたしやわたしの成功を信じてくれた人に対して。その人たちを失望させたくありません」

ホリーを見ながらコンラッドは思案げに眉をひそめた。「あなたとクロフォードがそういうことになって、あなたは判事としてだめになった、あるいはこれからだめになるのかな？そのせいで、判事としていままでより悪くなるんだろうか？」

「いいえ。むしろ、よくなると思います。彼のおかげでグレーゾーンがあることに気づきました。いままでは黒か白かしか見ていませんでした」

「その調子だよ、ホリー。自分を責めたところでなんにもならない。たまたまわたしは人を失望させることにかけては名人でね。その経験から言えることがあるとすれば、案ずれば案ずるほど、実際にそうしてしまうということだ。人を失望させることを恐れていると、それが現実になる」

「ご忠告、よく考えてみます」ふたりはほほ笑みあった。

コンラッドが網戸の向こうのクロフォードを見やった。「あれの幸せな姿を見たい」

「今日初めて、ジョージアといるところを見ました。娘さんといるときの彼は幸せそうで、内側から輝いているようでした。当然ですよね。あんなにかわいい子だもの」

「そうなのか？」喜びに煌めいた涙っぽい目が、たちまち悲しみに曇った。「会わせてくれんのだよ」

それがどんなにコンラッドを深く傷つけているか、ホリーには手に取るようにわかった。

「そのうち彼の気も変わるかもしれません」

「いや、いや。あいつを責める気はないんだ。わたしもこんな自分を孫娘に知られたくない」コンラッドは両手を上げて、自分や周囲を示した。「しらふでいるため必死に闘っている飲んだくれのじいさんなど、とんでもない。そんなわたしを娘に見せたくないとあれが思っているのと同じように、わたしもそんな姿を孫娘には見られたくない。

そうとも。いつか、クロフォードが娘にコンラッドじいさんのことを紹介したいと思う日が来たら、そのときは、この州の名だたる悪党どもから恐れられていたころのわたし、三十年前のわたしの写真を見せてやってもらいたい。百戦錬磨の被告側弁護士の悩みの種となり、判事から最大限の敬意を払われていたころのわたしを」コンラッドはウィンクした。「わたしのかつての姿を話してやってほしい……以前のわたしを」せつなそうにほほ笑んだ。「自分のことを孫にそういうふうに知ってもらえたら、こんなに誇らしいことはないよ」

クロフォードはふり返って、網戸を透かして見た。ホリーとコンラッドはなにをあんなに熱心に話しこんでいるのだろう。三度、同じ番号にかけたがつながらないことに不安をつのらせ、再度、電話をかけながら、小さな円を描いて歩きまわった。

「出ろ、出ろ、ばか野郎。いるのはわかってる」こんどは怯え声で応答があった。

「ニュージェントか?」

「電話してくるのはやめてください。あなたとは話しちゃいけないんです」

「ニールはどこだ? あらゆる番号に何度もかけたんだが」

「家族と食事に行くと言って、帰りましたけど」

「どんな手を使おうとかまわない。とにかくニールを見つけて、パット・コナーの逮捕状を取れと伝えてくれ。ジョセフ・パトリック・コナーだ。銃撃があったとき庁舎内にいた勤務中の警官のリストに名前が挙がってる」

「知ってますよ。事情聴取を受けて、問題なしとみなされました」

「まちがいだったんだ。コナーの住所をメールしてくれ。それからニールに、コナーの自宅、車、その他もろもろの捜索令状も取るように言え。わかったか? 必要なら書き留めろよ。ニールには、令状を取ったらコナーの家で落ちあおうと言ってくれ。おれは先に行ってコナーが自宅にいるのを確認し、ニールが来るまで目を光らせてる。それから――いいか、重大事だから忘れるなよ――保安官事務所に、掘削の作業所へ行ってチャック・オッターマンを事情聴取のために連れてこいと伝えろ」

「冗談ですよね？」

クロフォードはどなった。「冗談に聞こえるか？」

「ぼくはニールにクビにされそうなんです。あなたからそんなことを言われたなんて話そうものなら――」

「ニールはおまえをクビにしない。郡政委員の甥なんだろ。住所をおれにメールで送るのを忘れるなよ。いますぐ必要だ。いいか、この件でしくじったら、ニールのことなど心配のうちに入らなくなるぞ。おれがこの手で絞め殺してやるからな。さっさとやれ。男を見せるときだ、ニュージェント」

クロフォードは電話を切ると、コンラッドの電話を取りだし、オッターマンと会話しているパット・コナーの写真を急いで自分の電話に送信した。ポーチへ行き、階段をのぼって網戸を開き、下手投げでコンラッドに携帯電話を返した。「感謝しなきゃならないようだ」

「そのようだな」

「まったく、むちゃをしてくれたもんさ。リスクが高すぎだ。だが、探していた事件解決のチャンスになった。ありがとう」

「おまえの役に立ててよかったよ」

父と息子はしばらく見つめあった。やがてクロフォードはホリーの手を取った。「行こう」

彼女を従えて急いで自分の車へ戻った。でこぼこだらけの私道を幹線道路に向かいながら、クロフォードはホリーに手はずを整えたことを伝えた。「一時間以内にコナーを留置できる。終身刑をちらつかせれば、オッターマンの名前を出すはずだ。チェットを殺したことで有罪となれば、死刑判決を受けるんだからな」

「いまでもオッターマンのしわざだと考えてるの？」

「誰かが裏で糸を引いてる。パット・コナーには、月曜のあの事件をくわだてられるほどの独創力や機転がない」

「オッターマンだとして、どうやってコナーに同意させたのかしら？」

「コナーの弱みを握ってるんだろう。死体の隠し場所を知ってるとか、ギャンブルの借金があるとか。なんにしろ、それを探りだせば、こっちに有利な交渉材料になる」

そのことを考えながら、クロフォードはハリー・ロングボウに電話をかけた。裁判所の銃撃事件の犯人の正体がわかったと告げて、コナーのフルネームを伝えた。

「プレンティス警察の警官。階級の低い古株だ。もはやパトロールすらせず、庁舎の警備を担当してた。くそっ！　思いだしたぞ。あのホリーの記者会見のとき警備をしてた警官のなかのひとりだ。ニールは全員、問題ないと確認できたと言ってたんだが」

「はた迷惑な男だぜ」ハリーがもの憂げに言った。「そのコナーは、おまえにどんな不満があったんだ？」

「彼本人にはないと思う。スペンサー判事に対してもだ。誰かの操り人形だっただけで」

「オッターマンか？」

「やつが被疑者リストの筆頭だ。オッターマンとコナーは今日の午後、ナイトクラブで一対一で話していた」クロフォードはその会合の様子を伝えた。「写真がある。なんらかの形で結託している証拠だ。おそらく不道徳な関係だろう」

「で、おれに探らせたいんだな？」

「押しつけるみたいで悪いな、ハリー」

「そっちは大忙しなんだろ。セッションズもまだ調べてる。何時間も休みなしでな」

「恩に着るよ。手はじめにパット・コナーの銀行口座をあたってくれ。警官の給料に見あわない入金があるかもしれない。その供給源についても。未知の金の出所をオッターマンまでたどれるかどうか調べてくれ」

「早くも硬くなってきたぜ」

「抑えてけよ。そう簡単に見つかるとは思えない」

「そうだな。だが、希望は持とうぜ。ほかには？」

「ああ。朝食はどうだった？」

理解するのに一瞬手間取ってから、ハリーはため息をついた。「彼女から聞いたのか？」

「なにか見つかったらすぐに連絡してくれ」クロフォードは電話を切り、ホリーを見た。

「コンラッドとなにを話してた？」

「彼のあなたに対する深い愛情を」

クロフォードは鼻で笑った。「お笑いぐさだ」

「能弁に語ったわけじゃないけど、気持ちははっきりと伝わってきたわ」

「へえ、おかしいな。そんな気持ち、おれには届いたことがないぞ」

「あなたに受け取る気がなかったからかもよ」

クロフォードはホリーをにらんだ。「そしてあいつには、お涙ちょうだいの物語にころっとだまされる聞き手が見えてたのかもな。おれの結婚式に呼ばれなかった話をしてたか？」

「いいえ」

「へえ。あいつの十八番《おはこ》なんだが。ベスには招待しろと言われたが、おれが拒否した。もしあいつに招待状を送ったら、新郎は参加しないと言ってやった」

とがめるような彼女の表情を見て、クロフォードは苦々しげに続けた。「哀れなコンラッドに同情するんなら、その前に、おれが結婚式の客として呼ぶことに断固反対した理由を知ってもらおう。

いいか、おれのハイスクールの卒業式のときの話だ。叔母はおれの反対を押しきってコンラッドを誘った。来るには来たさ。でも、壇上を歩いて卒業証書を受け取るおれの姿は見ちゃいない。頭文字Hの卒業生の番が来る前に、講堂の通路に胃の中のものをぶちまけちまったんだ。つまみだされるコンラッドは、声をかぎりに悪態をつき、彼を連れだそうとする人たちに抵抗した。卒業式史上、最大の見世物となり、そのいかがわしい記録はいまも残っている」

「たいへんな目に遭ったわね、クロフォード」

「べつにいいさ」そっけない口ぶりが、かえってどうでもよくないことを表していた。ホリーにも感づかれている気がして、クロフォードはむきになった。「こんなくだらない話をする理由はひとつしかない。きみがコンラッドの魅力に取りこまれないようにするためだ。いいか、いまの調子が長続きすると思ったら、大まちがいだぞ」

コンラッドの家を発ってから、クロフォードはSUVの屋根に磁石式の回転灯を取りつけ、フロントグリルのライトを点滅させていた。だが、幹線道路を外れてホリーの家の付近まで来ると、回転灯を消した。「今夜、きみがどこにいたか、知られないほうがいい。こっそり戻れるか？」

「こっそり出てきたのよ。母屋の南側の道で降ろして」

ヘッドライトを消して最後の角を曲がり、細い小道の路肩に車を停めた。木立の合間から、かすかにホリーの家の屋根が確認できる。あたりの暗さと、身を隠せる植えこみの多さが気に入らない。「きみが家に入るのを見届けて、屋内をチェックできるといいんだが」

「その必要はないわ。もともとなかったのよ。危険なのはわたしじゃなかったんだから」

「それも確実とは言えない」

「そうかしら」

「だいじょうぶだとは思うが、パット・コナーとオッターマンが逮捕されるまでは安心できない」

ホリーがクロフォードの腕に手を置き、やさしく握った。「気をつけて」

「おれはいつだって慎重だよ」

「嘘ばっかり」

からかうような口調だったが、クロフォードは笑みを見せずに、ホリーの手から腕を引いた。「そんな話がしたければ、審尋まで待つんだな。宣誓して言えばいい」

「クロフォード――」

「行かないと」

「ジョージアの目の前で捕まったほうがよかったというの？」

「いまはそんなことを話している場合じゃない」

「だったらなぜそんないじわるなことを言うの？」

「なぜきみはジョージとそんな取り決めをした？」

「選べる道がふたつしかなく、どちらもひどい選択肢だったからよ。その場で決断して、行動するしかなかった。せめてあなたは」ホリーはふたりのあいだに人さし指を突きだした。「そこをわかってくれないと」

クロフォードには答える暇もなかった。ホリーは助手席のドアを開けて、地面に降り、乱暴にドアを閉めた。そしてアザレアの生垣に向かって小走りに駆けていき、葉陰に消えた。

またやってしまった。ホリーのあとを追って、口論に決着をつけ、そのあと服を脱がせて、まったくちがう理由で興奮する彼女を見たかった。

　悪態をつきながらギアをバックに入れ、曲がり角まで後ろ向きに車を走らせた。

　ホリーが勝手口からそっと忍びこんだちょうどそのとき、携帯電話が鳴りだした。クロフォードかもしれない、と多少の期待はあった。あやまるためにしろ、口論の続きをするためにしろ。けれど、画面に表示されていたのは彼の番号ではなかった。

「もしもし？」

「スペンサー判事、グレッグ・サンダーズだ」

　その声にぞっとした。「どうしてわたしの携帯電話の番号を知ってるの？」

「情報源があるんだ」

「そういう客層ですものね」

　嫌みを無視して、サンダーズは言った。「先日、エレベーターで話をしてから、ずいぶんいろんなことがあった。きみにとってはさんざんな一週間だったね。バラの花束は受け取ってもらえたかな？」

「礼状ならお送りしました」

「気に入ってくれたということだね？」

「棘だらけでしたけど」

　サンダーズは鼻で笑った。

電話を切りたいが、前例のない電話の意図を知りたかった。「もうバラの花束の話はしっくしたと思いますけど」

「わたしが電話したわけを知りたいだろう」黙っていると、サンダーズが続けた。「今夜、ある顧客から話があると留置場に呼ばれてね。警察署は大わらわだったよ。どんなうわさが飛び交っていたかわかるかい？」

「言いたくてうずうずしてるんでしょう」

「クロフォード・ハント。きみが、テレビで褒め称えた、あのブーツを履いたレンジャーが蹴りだされたらしいね。ブーツに引っかけて言ってるんだけど――」

「あら、おもしろいこと」

「ニール・レスターから捜査を外されたそうじゃないか。それどころかレスターが、つぎに話すときは弁護士を連れてきたほうがいいとハントに言ってるのを聞いた人がいる」

「推薦人の依頼の電話でないといいけれど」

サンダーズの笑い声のせいで、彼の大きな歯とミセス・ブリッグズの祖父が飼っていたというラバが頭に浮かんだ。

「いいや、ハントを弁護するのは利害関係の衝突と見なされるかもしれない。きみはやけに彼の肩を持っているからね。そしてわたしはきみの敵だ」

「どうして電話をかけてきたのか、まだわからないんですけど」

「いや、気の毒だと思ってることを伝えたかっただけだ。銃撃騒ぎをくわだてたという嫌疑をかけられてる男をきみがおおやけの場で擁護したことをね。きみがしくじるのは時間の問題だと言ったのを覚えているだろう。案の定、きみはしくじった」

「まさか男性ふたりが死ぬことになった事件をネタにしてほくそ笑むために電話してきたんじゃないわよね。さすがのあなたもそこまで心の汚れた人間ではないでしょうから」

「もちろん、チェットともうひとりの身に起きたことは悲劇だ。だが、その後の展開を考えると、きみがクロフォード・ハントを褒め称えたことは、きみに高い認識力がある証拠にはならないんじゃないか？」

ホリーは、パット・コナーやチャック・オッターマンに関する情報をもらさないように口を閉ざしていなければならなかった。「警察が捜査中の事件についてはコメントできません」

サンダーズは高笑いした。「いつまでそうやって逃げ隠れしてるつもりだ？　結局きみは、まちがったものにすべてを賭けてしまったんだ」

「おやすみなさい」

「待て。今回の一連のできごとで、きみは厄介な事態に陥っている。だが、簡単にそこから抜けだせる方法がある」

「わたしはどこからも抜けだす必要などありません」

「がんばるね。だがお互い、よくわかってるはずだよ。ここは潔く引っこんで、争うことなくわたしに任せたらどうだ？　ほら？　どちらにとっても損がない。わたしはそもそもわたしが手に入れるはずだったものを手に入れ、きみは顔をつぶさずにすむ」

「二度と電話してこないで」

「申し出はこれきりだ。受け入れたほうがいい」

「さもなければ？」

「さもなければ、きみをずたずたにする。昨晩、われらがたくましいテキサス・レンジャーがきみの執務室でなにをしていたのか、探りだすぞ。そうだよ、判事。それについてもうわさがある。わたしがすべきことをした暁には、きみはウォーターズ判事の申し出を受け入れたのを後悔することになるだろう。きみはわが郡の裁判所の歴史に汚点となって名を刻む」

サンダーズは息を継ぎ、恩着せがましく続けた。「わたしもそんな結果は望んでいないし、もちろんきみだってそうだろう。それで、きみの返事は？」

ホリーの返事は無言だった。電話を切ることで、彼に対する軽蔑を的確に伝えた。

明日になってパット・コナーが逮捕され、クロフォードの嫌疑がきれいに晴れれば、自分に対する非難もなくなる。

でもそれは明日の話だ。まずは長くなるであろうこの夜を耐えなければならない。


意外にもニュージェントが指示どおりに送ってきた住所へ向かって車を飛ばすクロフォードは、自分が近づいているのを知られないため、回転灯を消したままにしていた。パット・コナーは露見することを恐れて、びくついているはずだ。神経を尖らせている犯人が、警察を目にして、もうだめだと思えば、むやみやたらに銃を撃ちかねない。今回ばかりは応援を待ったほうがよさそうだった。

だがそんな用心は無用だった。角を曲がってコナーの家の前の道に入ると、あたりは騒然として、五、六台のパトカーの回転灯に照らされていた。

ほとんどパジャマ姿の隣人たちが自分の家の庭先で話をしながら、制服警官たちが犯罪現場を示すテープを荒れ放題の庭に張りめぐらすのを興味津々で眺めていた。

「やられた」

# 第二十五章

クロフォードは質素な家の開いた玄関まで、脇目もふらずに突進した。パトロール警官がひとり見張りに立ち、部外者を入れないようにしている。警官は警戒の目を向けつつクロフォードに名前で呼びかけた。

クロフォードは尋ねた。「コナーは？」

「キッチンの床で死んでました」

クロフォードは長々と息をついて、悪態を吐き散らした。だが、現場臨場しようとすると、警官が横に動いて行く手をさえぎった。「レスターから誰も入れるなと指示されてます」

「おれはレスターといっしょに捜査してる」

「クロフォード、あなたが事件に関与してるといううわさが飛び交ってます」

「うわさは変わったんだ」

「いつ？」

「裁判所の銃撃犯が自宅のキッチンの床で死んで発見されたときからだ」

「パット・コナーが銃撃犯？」

答える代わりに、両方の眉毛を吊りあげた。

警官はあたりを見まわして誰にも見られていないのを確認すると、声を落とした。「あなたを見なかったたってことで」

「助かるよ」

敷居をまたぐと、そこがいきなりわびしいリビングルームになっていた。コーヒーテーブルの上には携行品の拳銃がおさめられたままのガンベルトがある。窓にはくたびれたカーテン。壁掛けの薄型テレビのすぐ前に年代物の安楽椅子がすえられ、サイドテーブルの上にひとり暮らしのがらくたが散らばっていた。

家族写真、本、植物、ペットといったものはどこにも見あたらない。コナーはこの世から消えていなくなったが、この室内を見るかぎり、どのみちたいした人生ではなかったようだ。

ジョージアがいなければ、これが水晶玉に映る自分の未来の姿になるかもしれない。

そんな物思いに不安を覚えながら、リビングからキッチンへと移動した。ニールが死体にかがみこみ、ドクター・アンダーソンと話をしていた。監察医は肥満体ながら、苦労してしゃがみこんでいる。開いた食品貯蔵室のドアの枠のなかに立つニュージェントは、見るからに落ち着きがなかった。クロフォードが入っていくと、彼はびくっとして言った。「あの、ニール」

ニールはクロフォードを見て、ゆっくりと立ちあがった。「どうやって入った？」

「歩いて」

ニールは小癪《こしゃく》な軽口を無視した。「伝言は聞いた。おまえが請求しろと言ったコナーの令状は必要なくなったが」

「発見者はあんたなのか?」

「見てのとおりだ」ニールは脇によけた。

コナーの死体はうつぶせでくずおれるようにして、床に丸まっていた。後頭部を撃たれている。

ニールが言った。「銃弾は二発。至近距離だ。ただ殺すんじゃなく、確実に殺したかったんだろう」

クロフォードは現場周辺を見まわした。開けたコーラの缶がカウンターに置かれ、その隣に液体が半分入ったグラスがあった。死体のそばの床にウィスキーの瓶が横倒しになっている。べたつくビニールの床でこぼれた液体と血液が混じりあっているさまが、とりわけむごたらしさを強調していた。

「飲み物を作っていて、侵入者に気づかなかったんだろう」ニールが言った。「もしくは背中を向けてもだいじょうぶなほど、信頼している相手だったか」

クロフォードは監察医に話しかけた。「死んでどのくらいになる?」

「数時間ってところだろう」監察医が手を伸ばしたので、クロフォードは彼が立ちあがるのに手を貸した。監察医は息を切らしながら、礼を言った。「より正確な時間がわかりしだい連絡するよ」

「こいつの電話か?」クロフォードは、ニールが手袋をはめた手で持っている携帯電話を指さした。

「そのうちのひとつだ」

「複数あったのか?」

「正規の番号の電話はリビングのサイドテーブルに置いてあった。すでに押収してある。これはズボンのポケットにあった」ニールは電話の電源を入れ、画面を呼びだしてクロフォードに見せた。

「ジョージアの動画だ」

「おまえの携帯電話へのメールの発信時刻は――」

「おれが受け取ったんだから、わかってる、ニール」クロフォードはそっけなく言った。

「その場にいたんだからな」

ふたりのあいだの緊迫感を感じ取って、監察医が言った。「失礼。救急車を確認してこよう。運びだせるようになったら声をかけてくれ」

監察医が出ていくと、三人は気まずい静寂のなかに取り残された。敵意すら漂っている。

クロフォードが口火を切った。「家のなかの捜索はしたのか?」

「制服組にやらせてる」ニールが答えた。「到着後、すぐにニュージェントがざっと見てまわった」

ニュージェントが言った。「不審なものは見つかりませんでした」

「だろうな」クロフォードは言った。「裁判所の銃撃事件では証拠を残していった。コナーのDNAをペンキ屋の作業服や仮面から採取されたものと照合できるだろう」

「なぜコナーが裁判所の銃撃犯だと思った？」ニールが尋ねた。「さっさとやれと電話でユージェントに脅しをかけたときは、詳しい話をしなかっただろ」

クロフォードは自分の携帯を開いて、自分宛に送ったeメールを呼びだすと、パット・コナーがオッターマンといっしょに写っている写真をニールに見せた。「今夜の早い時間に撮られた写真だ。これを見るなり、パットが銃撃犯だとわかった」

「コナーは、判事の記者会見のとき警護していた警官のなかにいたんだぞ」

「さっきそれを思いだした」

「あのときは閃かなかったということか」

「コナーは帽子をかぶってなかった」

「帽子ひとつで大ちがいだったわけか？」

「おれをあざけってるんだろうが、事実、そのとおりだ」ホリーもそうだった。だが、ニールにそれを言うわけにはいかない。

ニールは続けた。「昨夜、おまえがスペンサー判事と執務室で会っていたという話のでどころは、パット・コナーだった。おまえが、頭から湯気を立てながら出てきた、と」

それでクロフォードは、ホリーの部屋を出たとき、暗い廊下に警官がひそんでいたことを思いだした。「ひょっとして、おれを尾行し、写真を撮っていたのはコナーなのか？」

「いいや」

「ならば、あんな時間にやつはあそこでなにをしてた？」

「それを言うなら、おまえこそなにをしていた？」

クロフォードはそれには答えなかった。「パット・コナーは月曜以来、おれたち――おれや判事の行く先々に現れた。なにかあると思わないか？　それまでの五年間でおれがコナーと顔を合わせたのは、数える程度だ。おれたちを監視してたんだ。やつが銃撃犯だ、ニール。髪が同じだ。体形も。左の膝を見てみろ。おそらくまだあざが残ってる」

「その件はすでにドクター・アンダーソンに頼んである。だが、コナーが犯人だとしたら、その動機は？」

「誰かにやらされたんだ」

「同感だ。誰だ？」

「もっとも有力な人物か？」クロフォードは自分の携帯電話の画面を叩いて、写真をまた呼びだした。「コナーは今夜の早い時間に、オッターマンといっしょだった。〈ティックルド・ピンク〉というクラブで」

「どうやってその写真を撮った？」

「いまその質問か？　おまえは死んだ警官と十センチと離れていないところに立っていて、その警官はよりによって今日、犯罪現場を立ち去ったと告白したやつと内密に会っていた。それなのにいまそれを問うのか？」

ニールは動じなかった。「おまえはそうやってまたもや偶然のできごとを犯罪にしようとする。さっさとつぎの行動に走って、われわれの目をくらませるためだ」

「そう思いたければ、思えばいい。おまえは不正警官が大物としゃべっていたなどという、いかにも厄介ごとの種になりそうなことで自分の手を汚したくないんだろ？　だったらおれに任せてくれ。おれは誰を怒らせようと知ったこっちゃない。チェットが殺された事件の裏にいるろくでなしを捕まえたい。そのうぬぼれたろくでなしは、おれとロドリゲスのことで嘘をついたやつと同一人物のはずだ。オッターマンが署に出頭してきたら、やつの取調室におれを入れてくれ。あの太い首を締めあげて――」

「彼は町にはいない」

「なんだと？」

「週末は釣りに出かけて、秘書も居場所を知らないそうだ。ルイジアナのどこかだろうと言っていた。月曜日に戻る。連絡があったら、わたしに電話するように伝えてくれと秘書に頼んだが、たぶん連絡はないだろうとのことだった」

耳を疑ったクロフォードがニュージェントを見ると、彼はどぎまぎした様子で肩をすくめた。ふたたびニールに顔を戻し、当惑を隠さずに見つめた。「のんびり手をこまぬいて月曜まで待つつもりか？」

「いやいや、まさか。おまえの人生をひっくり返すので手いっぱいになりそうだ。じつは捜索令状は取ったが、対象はおまえの家だ。これで送達されたとみなしてくれ」ニールはポケットから令状を取りだし、クロフォードに突きつけた。

死体を見おろしてニールは続けた。「コナーはおまえに娘の動画を送りつけた。警告のつもりだか、それとなく脅したのか知らないが、おまえが娘に対していだいている思いは重々承知している。それが動機になったのは明らかだ。おまえの今夜の行動を説明できるか？」

「できる。だがそれにはコンラッドやホリーを巻きこまなければならない。そこで、ニールの心にも響くであろう方法で説得することにした。「おまえはいま自分のキャリアを棒に振る選択をしてるんだぞ、ニール。進むと決める前によく考えてみろ」

「すでに決めている」

「おれを逮捕するのか？」

「まだだ。署まで同行させて、取り調べをする」

「こんどは弁護士を呼ぶぞ」

「賢明だな。後ろを向いてもらおう」

ニールがなにをするつもりかわかった。クロフォードは回れ右をして、両手を上げた。ニールはクロフォードの腰の背側のホルスターから拳銃を抜いた。「嗅げよ。ここのところ発砲されてないのがわかる」

「おまえはそれほどばかじゃない。この殺人で使われた拳銃でないことぐらい承知してる」

「じゃあ、いちおうの用心か」

「そのとおり」

着したら、わたしも向かう」

「もちろん」ニールはニュージェントに命じた。「クロフォードの車に同乗しろ。鑑識が到着したら、わたしも向かう」

クロフォードは最後にもう一度、身の毛のよだつ床の光景をちらりと見てから、リビングへ向かい、それを追うようにしてニュージェントが続いた。玄関にいたパトロール警官が言った。「問題ありませんか?」

答える気にもなれなかった。


クロフォードはSUVに乗りこむと、ウィリアム・ムーアに電話をかけた。助手席にはニュージェントがおさまっている。「起こしたか?」

「かまわんよ」弁護士はいつもどおりそっけなく答えた。「時間外料金を請求させてもらう」

「十五分後に警察署で会えるか?」

「どうした?」

「プレンティス警察の警官が後頭部を二発撃たれた。いまのところ言えるのはそれだけだ。ひとりじゃないんでね」

「逮捕されたのか?」

「そこまでの材料はないさ。来てもらえるか?」

「あいにくわたしは刑事事件の弁護士じゃないからな、クロフォード。きみに必要なのは刑事事件専門の弁護士だ。ベン・ノッツを推薦する」

「あいつかよ。よしてくれ。やつの弁護は法廷で見たことがある。おれが逮捕した事件で、ノッツは、闘犬の試合のじゃまをした恋人を撃った最低野郎の弁護をしたんだぞ」

「その最低野郎は無罪になったのか？」

クロフォードはため息をつき、しぶしぶ答えた。「至急、ベン・ノッツにおれに電話するように伝えてくれ」

クロフォードは電話を切った。それまで黙っていたニュージェントが言った。「こんなこと話しちゃいけないんでしょうけど……つまり、ほんとならニールが話すべきことなんでしょうけど」

「なんだ？」

「今日の午後、ロドリゲスの身元がわかったんです」クロフォードから鋭い目で見られ、ニュージェントはあわてて続けた。「ラフキンの造園業者が、数週間前にやむなく彼を解雇したそうなんです。ロドリゲスがお定まりの交通違反切符をくらって、そのあと自動車局があれやこれやのお役所仕事をした結果、彼の書類が偽物だと発覚したとかで。ロドリゲスのことが気に入ってた雇い主は、彼を手放すのがいやだった。もう何年も働いていて、信頼してたから。けど、身元が確かでない人間は雇わない方針だったんで――」

「なぜいまになって名乗り出た？」

「休暇でコロラドに行ってて、昨夜、戻ったとか。今朝になって、地元のニュースを知ったそうです。偽のグリーンカードのコピーをeメールで送ってきました。名義はジョルジ・ロドリゲス。本名かどうかはいま現在不明ですけど。でも、写真は……彼でした」

「家族はいるのか？」

「同居している女性がいました。子どもがふたり。結婚しているかどうか造園業者は知らないと言ってましたが、たぶんしてないんでしょう。埋葬費は造園業者が出すそうです。残念がってました」

本当に残念だった。クロフォードの心は深い悲しみでいっぱいになった。「話してくれてありがとう、マット。恩に着る」

ニュージェントは爪のささくれを嚙みちぎった。「もしニールがコナーの家で発見するものをあなたが知ってたんなら、なんでコナーのことを連絡してきて、コナーの家で落ちあうなんて言いますかね？」

「筋が通らないだろう？」

「みんなが言ってることが正しくないかぎり」

「みんなとは？」

「誰も彼も」

「なんと言ってる？」

「ニールは色眼鏡で見てると」

クロフォードはコメントを控え、庁舎の駐車スペースに車を停めた。携帯電話が鳴った。

「たぶん弁護士だ」電話に出て、相手を待たせてから、ニュージェントに言った。「少し時間をもらえるか？」

「ぼくはそこにいますから。それと、あの、キーを預からせてもらったほうがいいかな」

クロフォードはイグニッションからキーを抜いて渡した。ニュージェントは車を降りて、建物の脇にある入り口の浅いひさしの下に身を寄せた。小雨がぱらつきだしていた。

クロフォードは電話に出た。「クロフォード・ハントだ」

「いまの気分は？」

「なんだと？」

「おまえの世界は粉々に砕け散りつつある」

押し殺した声ながら、悪意に満ちている。聞くなり、誰の声かわかった。「くそ野郎……」

クロフォードの耳に、胸が悪くなるような上機嫌の笑い声が響き渡った。「おまえの身の上には、つぎつぎと悪いことが降りかかる。さあて、これからどうなるかな？　さらなる不運がお待ちかねだぞ」

電話は切れた。

急いで着信記録を確認したが、案の定、発信者の名前や電話番号は〝非通知〟扱いだった。

座ったまま、怒りと恐れのあいだを行き来した。養育権の審判が行われたあの日から、クロフォードの人生を破滅させようとする周到な計画があったのだ。パット・コナー殺しの被疑者にされたのは、入念に用意されたその一連の破壊活動による最新の災難だった。

さらなる不運がお待ちかねだぞ。

ただの脅しでないことは、骨身に染みてわかっている。

雨粒が跡を引きずるフロントガラスの向こうにそびえる庁舎を見つめた。上のほうの階は暗いが、警察署のある一階はすべての窓に明かりがついていた。

クロフォードはニュージェントを見た。激しさを増した雨のなか、肩をすぼめて両手をポケットに突っこみ、バスを待つ人のように小銭をじゃらじゃらいわせている。

携帯電話が鳴った。画面を見ると、紹介された刑事事件専門の弁護士、ベン・ノッツだった。クロフォードは電話に出ることなく、留守番電話に切り替わらせた。

そのあと数秒考えると、自分のすべきことがわかった。車の天井をこぶしで殴りつけた。


ニールは空いている駐車スペースに車を停めると、外に出て警察関係者の通用口となっている脇の入り口まできびきびと歩いた。驚いたことに、ドアのすぐ外に所在なげなニュージェントの姿があった。

「こんなところでなにをしてる？　クロフォードはどこだ？」

ニュージェントは駐車場の二列めに停めてある見慣れたSUVを指さした。「弁護士と話してます。ここにくる途中で電話を入れたんです」

「もう十五分も前だぞ」

ニュージェントは腕時計を見た。「そろそろ二十分になります」

ニールはSUVを見た。黒いスモークガラスの内側は見えず、雨に濡れた窓に庁舎が映っている。「あの野郎!」ニールは車に向かって走りだした。

「どこにも行けるはずないのに」ニュージェントが叫んだ。「キーはここにあるんです」

ニールは運転席のドアを勢いよく開けた。座席には携帯電話といっしょに、天井の室内灯とバックミラー両脇のマップランプの電球が転がっていた。あとはもぬけの殻だった。

# 第二十六章

ホリーはベッドには入ったものの、寝てはいなかった。一回めの呼び出し音で電話に出た。

「きみはこっそり抜けだす技を見せてくれた」クロフォードは息を切らしているようだった。

「またできるか？　こんどは車で」

「この番号はどの電話？」

「プリペイド携帯だ」

「なにがあったの？　パット・コナーは逮捕された？」

「計画どおりにいかなかった。迎えにきてもらわなきゃならない」

「どこにいるの？　自分の車はどうしたの？」

「庁舎の駐車場に無人のまま放置してある。おれが乗ってないことに気づいたら、激怒したニールが広域緊急手配をかけ、それで捕まったら、ぶちこまれる。それは困る。まだ今夜はぶちこまれるわけにいかない。来てくれるか？」

ホリーは、クロフォードの早口に負けじと、内容の理解につとめた。「どうしてニールがあなたを広域緊急手配するの？」

ホリーがもらす驚きの声を聞きながら、彼はなおも一定の早口で話しつづけた。「コナーを逮捕するつもりで行ったら、ニュージェントに監視されるはめになった。最初はおとなしくついていってひととおりの取り調べに協力的に応じるつもりだった。だがそこへ電話がかかってきた」

「誰から？」

「ここに来てくれたら話す」

ホリーがためらっていると、心の内を見透かしたように彼が言った。「犯罪を幇助《ほうじょ》してくれと頼むつもりはないんだ、ホリー。重要なのはタイミングで、いまこの瞬間のおれは罪に問われていないし、きみに罪を犯してくれとも頼んでいない。ただ、おれにはある計画があって、それに立ち会ってくれる公正で偏見のない証人がいる。おれがなぜそういうことをしたか、のちに証言してもらえる信頼できる誠実な人物が」

「なにをするつもりなの？」

クロフォードはしばらく無言だった。やがて言った。「おれがコナーを殺したと思うか？」

「あなたじゃないわ」

「裁判所での銃撃事件の裏におれがいると思うか？」

「いいえ」

「ジャクソン・ストリート橋の下、東方面の側にいる。十分で来てくれ。それで来なければ、きみは来ないものと考える」

ホリーの車の助手席に乗るなり、クロフォードは言った。「十二分かかった。不安になってきたところだった」ふり返ってリアウインドウを確かめる。濡れた通りは闇に沈み、ほかに車は見えなかった。それだけに雨のなかを歩いている男がいれば、どんなパトロール警官であろうと見落とすことはできない。

しかも、目的地は徒歩で行くには遠すぎた。無駄にしている時間はない。

ホリーが車を車線に戻した。「どこへ行くのかわからないんだけど」

「できるところでUターンしてくれ。ダウンタウンの反対側まで行かなきゃならないんだが、裏道を頼む。どうやって監視の目をかいくぐってきたんだ？」

「裏庭を車で突っ切って、母屋の私道を抜けたわ。そこからつぎの通りに出たの」

「たいしたもんだ。つぎを左折するとフェア・アベニューに入るから、そこを南へ向かってくれ。曲がる場所が来たら言う」

「一時間前、うちを警護してくれてる警官に、今日はもう寝ると伝えたの。でも、裏にわたしの車が停まってないのがわかれば、やはりニールが広域緊急手配するかもしれない」

「たぶんな。だがなんの役にも立たない。きみのナンバープレートを取り替えておいた」

ホリーはぎょっとして彼を見た。「なんですって？　いつ？」

「火曜の夜。実際にやったのはセッションズだ。おれが頼んだ」

「きみは警護の必要性を真剣に受けとめてなかった。きみが警護をまいた場合、おれはきみの新しいナンバーを知ってる。被疑者は——たとえ警官だろうと——ナンバーを知らない」

「でも、結局わたしは、危険じゃなかったのよ」

「そのときはまだわかってなかった。ロドリゲスが銃撃犯じゃないとわかった直後というだけで。そういえば、彼の身元が判明したぞ」ニュージェントから聞いた話を伝えた。「おそらく法律関係の書類をもらいに庁舎に来たが、強制送還されるのが怖くて、屋上でタバコを吸いながらじっくり考えたかったんだろう」

「事件には関与してなかったのね」

「銃を手にするまでは」クロフォードはこの先一生、その若者の運命を悼むことになるだろう。だがいまは、悲しみを棚上げしておかなければならない。先延ばしにできないことがいくつもある。「二番めの信号を左折だ。そこから一キロ半ほどまっすぐ進んでくれ」

「どうやってニュージェントをふり切ったの？」

「車の室内灯がつかないようにして、テールゲートから這いでた。あいつをだますのは気が重かったよ。悪いやつじゃないからな。ただ、警官向きじゃない」

「どうしてニールはあなたが被疑者だと言い張るのかしら？」

「事情聴取されたら聞いてみるといい」

「わたしを聴取するかしら？」

「ああ、する。するはずだ。三ブロックくらい進んだら、ペカンへ右折してくれ。ニールになんと話す?」

「なにを訊かれるかによるけど、真実をゆがめることはできないわ」

「違法なことはしていない」

「そうね。無分別なこと、かもしれないけど」ホリーはちらりと笑顔を見せた。

「スミッティには釘を刺してある。死ぬほど痛いめに遭うと脅されてるから、きみがクラブへ行ったことは明かさないはずだ。コンラッドもな。運がよければ、きみは車がないと気づかれる前に家に戻れる。抜けだしたことがばれても——正直に——友人から助けを求められて、その友人の信頼を裏切るわけにいかなかったと言えばいい。すべて事実だ」

「いともたやすく言ってくれるわね。わたしたちが会ったあの夜に言ったとおり、危機的状況について、あなたはわたしより経験豊富よ。わたしは素人なの。グレッグ・サンダーズからは、さっさと逃げないとずたずたにしてやると忠告されたわ」

ホリーがサンダーズと交わしたばかりの会話の要点を話して聞かせると、クロフォードはとびきりの罵倒の言葉をつぶやいた。「ただの脅しだ。きみを追いつめて、反応をうかがってる」

「たぶんね。でもサンダーズの知りあいが警察署にいて、新しい情報を流してるみたいよ。あなたが裁判所の銃撃事件で疑われていることを知っていたもの。コナーのこともう耳にしてるんじゃないかしら。きっと大喜びしてるわ」

「すまない、ホリー、こんなことになって。これ以上きみを巻きこみたくなかったんだが、今夜は別の手を用意する時間がなかった」

「こんな緊急事態の原因になった電話のこと、まだ話してくれてないわね」

「目的地に着いたら話す」

「わたしたち、どこへ向かっているの？」

「おれの義父の家だ」

ホリーは道のまん中で急ブレーキを踏み、動揺と怒りのこもった目でクロフォードを見た。

「どうりでいままで話さなかったわけよ！」

「話をするために行くんだ」

ジョー・ギルロイを叩きのめしに行くと聞かされたかのように、ホリーはブレーキを踏んだまま断固として首を振った。「なにを考えてるか知らないけど、わたしは加担できない」

「おれは丸腰だ。ニールに拳銃を奪われた」クロフォードは前方を指した。「さあ、行こう」

「絶対に行かない」

「そうか。乗せてもらって助かったよ」

言うが早いかクロフォードは車を降り、カウボーイブーツにもかかわらず、全速力で残りの数ブロックを走った。ギルロイ家は、大きな敷地に手入れの行き届いた芝生と大きな木が植えられた、定評のあるむかしながらの住宅街にあった。ホリーも車であとを追ってくるが、私道や庭を斜めに突っ切って進めるクロフォードに対して、彼女のほうは直角に角を曲がらなければならない。

ギルロイ家に着くと、クロフォードは建物の脇を抜けて裏へまわった。ホリーの車のブレーキの音に続いて、ドアが閉まる音、そして彼女が私道の濡れた舗道を走ってくる足音が聞こえた。

クロフォードが裏口のドアにたどり着くと、その直後にホリーが駆けつけ、ノックしようとしていた彼の腕を後ろから両手でつかんだ。息を切らしながら、彼女は言った。「クロフォード、なにを考えてるか知らないけど、お願いだから思いとどまって」

突然、ドアが開いた。「なんのまねだ?」網戸の奥に立つジョー・ギルロイは、一目で状況を把握したようだった。ジョーはホリーに言った。「それ見たことか。警察に通報するぞ」

「おれが警察だ」クロフォードが言った。

「おまえは危険物だ。こんどこそ刑務所送りにしてやる」ジョーが背中を向けた。

クロフォードは、ホリーがバランスを崩すのを感じながらも、つかまれていた腕を振りほどいた。網戸の向こうでジョーが電話に近づくのが見える。なんとしても引き留めなければならない。

クロフォードはドアの取っ手を引いた。鍵がかかっていたので、何度も乱暴に引っぱって古い金具を壊し、ドアを開けて急いでなかに入った。

わずか二歩でキッチンを横切り、ジョーの手からコードレスホンをむしり取って、床に投げつけた。

グレイスが現れた。つかみかかるふたりに驚き、片手で喉元を押さえて悲鳴をあげた。ジョーがこぶしを繰りだしたが、弱くて反応の鈍い相手ならともかく、クロフォードはそのパンチをすばやくかわしつつ、狙いすましたパンチを何発かみまった。

ホリーが叫んだ。「クロフォード！　やめて！　そこまでよ！」

ジョーがへばっていると見るや、すかさず肩をジョーの上腹部に押しあて、カウンターまで後退させた。彼の胸の中央を片手で押さえつけ、両脚のあいだに自分の膝をかませる。

ジョーは怒りに赤く顔を染め、くいしばった歯の隙間から声を押しだした。「殺してやる」

「それもありだな」クロフォードの息も上がっていた。「ただし、あとにしてくれ。いまはジョージアを連れて――」

「冗談じゃない」

ジョーが押さえつける手から逃れようともがく。クロフォードは彼の睾丸の真下に膝をねじこんだ。「ジョージアを起こして服を着せ……家を出るんだ。ここからジョージアを連れだしてくれ、ジョー。頼む」声が割れた。「ジョージアをおれから遠ざけてくれ」

スミッティはこれを見ると、決まって怖くなった。チャック・オッターマンが五十セントのコインを動かす、この遊びのことだ。催眠術にかけるような動きなのに、スミッティには反対に作用した。眠くなるどころか、教会のミサに出る娼婦のように不安になってしまう。

この場所に来るたびにその恐怖はいや増し、自分の意思で自分の車に乗って帰れる段になると、五体満足のまま、心臓がほぼいつもどおりに鼓動する状態でいられる自分はなんと幸運なのだろうと思うのがつねだった。

危険を冒してまでここに来る理由はただひとつ、オッターマンとの取引がべらぼうに儲かるからだった。とはいえ、取引のために、日が沈めば明かりひとつ見えない薄気味悪い沼地を何キロも運転しなければならず、目的地の釣り小屋ときたら、のりと画鋲を使って組み立てたかのようなしろものだった。

一度、オッターマンにここはどこの州なのか尋ねたことがある。テキサスとルイジアナのどちらなんです？

「地理に関心があるのか？」

「いや、べつに」

「だったら、どちらだろうと関係なかろう？」

いや、どちらかによって、〝州際取引〟といった言葉を含む連邦犯罪の数々が関係してくる。だが、スミッティは不安をみずからの胸の内に留めて、このなにもない不気味な場所にぽつんと立つ古い釣り小屋詣でを周期的に行ってきた。

波型のトタン屋根は雨もりしている。床には土砂降りによってもれた雨水を受けるべくバケツが置かれ、不気味な雰囲気をさらに盛りあげていた。バケツに雨水が落ちるたび、スミッティは気になってしかたがないが、オッターマンはどこ吹く風でコインを脇に置いて百ドル札を数えだし、五十枚ずつ束にしては、ふたりのあいだのテーブルに几帳面に置いていく。

束が十個できると、オッターマンはひと束ずつ差しだし、スミッティはそれを受け取ってポーチにしまった。

スミッティはこれ見よがしにファスナーを閉めて、オッターマンに笑顔を見せた。「連中の商品は折り紙つきです。拳銃に関してなにか問題があったら、遠慮なく言ってください」

「もちろんそうする」

オッターマンの口調は期待したような友好的なものではなかった。むしろ、奥底に脅しの響きがあって、思わず小便をちびりそうになった。スミッティは虚勢を張った。「さらにご入り用のときは、いつでもお知らせを」そこでウィンク。「まいどありがとうございます、ミスター・オッターマン」そして立ちあがった。

「座れ」

スミッティはどすりと腰をおろした。絶え間ない雨もりの音と、雨が弾丸のように金属の屋根に打ちつける音と、遠い雷鳴。永遠とも思えるほど、そんな音だけが部屋に響いていた。

ついにオッターマンが口を開いた。「パット・コナー。名前は知ってるな？」

「知らないと思いますけど」

「プレンティス警察の警官だ」

「ああ、なるほど」スミッティは背後に立つふたりの男をふり向いて笑った。「法の執行官には、あんま、ダチがいないもんで」

「今夜、早い時間に、コナーはおまえの安っぽいナイトクラブでおれと会ってた」

「それがなにか？」

「そいつはその数時間後に自宅のキッチンで死んだ」

「心臓でも止まったんですか？」

「自分の酒を作ってる最中に撃ち殺された」

スミッティはそれこそちびりそうになった。「ほんとに？　へえ、知らなかったなあ。午前二時まで店をやってるんで、夜のニュースはめったに観ねえんです」

「遅い時間に発見されたために、今夜のニュースには間に合わなかった」オッターマンはスミッティの右肩の後ろの男に目をやった。「だが、その筋から聞いたところによれば、コナーは後頭部に二発の銃弾を撃ちこまれていたそうだ」

スミッティは口笛を吹いた。いや、吹こうとした。唇がゴムのように硬くなっていて、口がすぼまらなかったのだ。「そりゃ、ひとたまりもねえなあ。まったく」

「そんな形で処刑されたということは、誰かを失望させたということだろう。金。物品。情報。そういった価値のあるなにかが届けられるのをあてにしていた誰かを」

突然、オッターマンが前かがみになってテーブルの向こうから身を乗りだしてきたので、スミッティは実際にびくりとした。「クロフォード・ハントを知ってるか？」

一生懸命考えているふりをして、顔をゆがめる。「クロフォード・ハント、クロフォード・ハントねえ。聞き覚えはあるんですが、思いだせませんねえ」

オッターマンが穏やかに言った。「じっくり、考えるといい」

数秒後、スミッティは突然に思いだしたふりをした。「ああ、そうだ。そういえば、そいつは――」

「テキサス・レンジャー」

「そう、そう」彼は指を鳴らした。「今週、銃撃があったとき、裁判所にいたやつじゃねえですか？　そいつのことですよね？」

オッターマンはつまみあげたコインをこぶしで握りしめ、さらにスミッティに詰め寄った。

「おまえはちんけで卑劣な詐欺師だ。おまえとのつきあいを我慢している理由はひとつしかない。驚くほど上等な拳銃を供給してくれるこの界隈の田舎ウジ虫どもと直接取引せずにすむからだ。

だが、あと一度でも嘘をついてみろ。おまえの儲かる副業がなくなるだけではすまんぞ。しみったれたクラブを跡形残らず燃やして、あのポンプ・アクション式の銃の銃口をおまえのケツの穴に突っこんで引き金を引いてやる」

スミッティはごくりと唾を飲み、深々とうなずいた。

オッターマンは椅子の背にもたれて、またもや悠然と指の関節の上でコインを動かしはじめた。「さて、腹を割って話そうじゃないか。まずはこちらから。今夜、おれがおまえの店を出たあと、店でクロフォード・ハントが目撃された。おまえといっしょにいるところをだぞ、スミッティ。やつは女連れだった。そして誰かを運びだしていった」

「やつの親父ですよ。哀れな酔っぱらいでしてね。あなたがこのあたりの出なら、事情は知ってるんでしょうけど。今夜はいつもより悪酔いしてたんで、クロフォードを迎えにこさせて、代金を払ってもらったんですよ」

「それだけか？」

「それだけです」

「ほかにクロフォード・ハントと取引はしてないのか？」

「まさか。いやな野郎ですよ。数年前、おれのことを猥褻罪《わいせつ》で逮捕しやがった。自分の車のなかでフェラチオされちゃいけねえんですかね？」

「女は誰だ？」

「なんていったっけなあ。でも、ムスコをぴったり包みこんでくれましたよ」

「ばか者、ハントといっしょだった女だ」

「ああ、判事ですよ」

「ホリー・スペンサーか？」

「いままでいろんな判事と会ったけど、ありゃ別格ですね。ぷりっとしたおっぱいに、いいケツしてやがる」

オッターマンからはなんの反応もなかったが、何秒かすると、にやりと笑った。スミッティの背筋に冷たい震えが走った。「おまえの得意分野だな」

スミッティは無理に笑い声をたてた。「まあ、誰しも得手不得手はあるもんで」

オッターマンの笑顔が薄れて、最後には消えた。「そこのふたりに送らせよう」

それを合図に、〝そこのふたり〟は歯がガチガチ鳴るほど強引にスミッティを引っぱりあげ、両脇から支えて、ドアまで引きずっていった。

その瞬間、目がくらむほどはっきりと、スミッティは金を入れたポーチを忘れてきたこと、そして今回は自分の意思ではなくこの釣り小屋を離れることに気づいた。

義父に頼みこむクロフォードの言葉をきっかけに、四人は一種異様な空白状態に陥った。最初に動いたのはクロフォードだった。ホリーをふり返り、しわがれ声で尋ねた。「どこか痛めたか？」

いきなり話題が変わったことに驚いて、ホリーは困惑のていで彼を見返した。「痛めた？」

「階段でバランスを崩してた」

「ああ、いいえ……だ、だいじょうぶよ」

ホリーの視線を受けとめたまま、クロフォードは言った。「なぜきみに同行を求め、見て、聞いてもらいたがったか、これでわかっただろ？」

「ええ、たぶん」

「いまでもジョージアの養育権は手に入れたい。今回のことでそれが変わるわけじゃないんだ」クロフォードは義父に顔を戻して、話を続けた。「これからも闘いは続くぞ、ジョー。これがすべて終わったとき、あんたがそれを望むなら、そっちの最後のパンチから続きをやろう。だが今夜はひとまず、ジョージアをここから連れだしてもらわなきゃならない。いますぐに」

クロフォードはジョーの股間にあった自分の膝を外し、彼の胸から手を離した。ジョー・ギルロイのクロフォードに対する憎悪の強さを知っているだけに、ホリーはジョーがまた肉体的危害を加えようとするのではないかと案じた。実際に手を出すことはなかったけれど、ジョーは表情を硬くしたまま、険しい目でにらんでいた。

ジョーが言った。「事情を説明しないうちは、どこへも行かん。なにがあったんだ?」

雨のせいでクロフォードの髪は額に張りついているが、本人は髪が濡れようが服が濡れようがおかまいなしだった。「法廷での銃撃犯が誰だかわかった。ホリーにもだ」

ジョーはさっとホリーを見た。「事実です」ホリーは言った。「プレンティス警察の警官が銃撃犯だと確認できました」

「どうしてわかった?」

「詳しく話してる暇はない」クロフォードが言った。「だが、それがわかって一時間とせずに、そいつが変死体になって発見された。自宅で殺されてたんだ。無惨だった」

グレイスが痛ましげにうめいた。「さあ、全員座りましょう。コーヒーを淹れますよ」

「コーヒーを飲んでる時間はないんだ、グレイス」クロフォードは言った。「必要最低限のものだけをまとめて、荷造りしてくれ」

「何日分くらい?」

「わからない。おそらく数日」

「待ちなさい、グレイス」グレイスが指示に従おうとしているのを見て、ジョーが言った。「家族を引きつれて、夜逃げのようにこっそり町を出ていかなければならない理由は、まだなにも聞かされていない」

「いつも司令官面してないで、一度くらい、黙って聞けないのか？」

ホリーはクロフォードのシャツをつかんで後ろに引くと、彼とジョーのあいだに割りこんだ。「ギルロイご夫妻」ホリーはグレイスを会話に呼び入れるため、そちらを見た。「法廷で狙われたのはわたしではなかったという結論に達しました。クロフォードだったんです」

ジョーがホリーの背後のクロフォードを見た。「さもありなんだな。だが、具体的にはどういうことだ？」

「チャック・オッターマンという男を知ってるか？」クロフォードが尋ねた。

「もちろん、名前は知ってる。掘削会社の男だろう？　その男がこのことになんの関係がある？」

ホリーはなるべく簡潔に状況を説明した。「クロフォードはヒューストン事務所のテキサス・レンジャーに頼んで、オッターマンと彼のあいだにどんなつながりがあるのか、なぜオッターマンが彼を殺そうとたくらんでいるのかを調べてもらっています」

クロフォードがあとを引き継いだ。「そのあいだに、やつから電話があった」

それにはホリーも不意を衝かれた。「それがあなたの言っていた電話ね。チャック・オッターマンからだったの？」

「声に聞き覚えがあった」クロフォードは短いやりとりを再現した。「これで終わりじゃないと言われた。あの脅しは口先じゃない。これまでのあれこれはすべてたちの悪い警告だったんだ。公園の動画も、ジョージアの部屋が荒らされたことも――」

「部屋が荒らされただと？」

「ジョー、いますべてを説明してる時間はない」クロフォードはもどかしげに言った。「つまり、ニール・レスターは罪をおれにおっかぶせようとしてる。彼なりの理由があるうえに、あんたが焚きつけたせいで」

「わたしはただ調べてみろと――」

「なにを言ったかはわかってるし、くだらない話だ。だが、ニールはそれを真に受けた。今夜はこうして抜けだしてきたが、ニールに見つかれば、四十八時間拘束されて、悪くすれば起訴されるかもしれない。留置されていたらジョージアは守れず、オッターマンがあの子に近寄るかもしれない、そして触れるかもしれないと思うと、頭がおかしくなりそうだ」

「オッターマンに脅されたというおまえの話だが――」

「話じゃない。事実、脅されたんだ」

「いいだろう。だがジョージアのことはなにも言ってない」

「おい、ジョー、おれとの口論に勝ちたいがために、孫の命を危険にさらすつもりか？」

「わたしのせいにするな」ジョーがどなり返した。「おまえが自分で蒔いた種だ」

クロフォードは一瞬、目を閉じた。ふたたび開いたとき、その目には強い思いが光となってあふれていた。「ここに来てあなたに頭を下げるのがどれほど苦痛か、あなたにならわかるだろう。だが、ここはひとまず喧嘩を棚上げして、ジョージアを連れだしてくれないか」口を開いてなにかを言いかけたジョーをクロフォードは制した。「一刻の猶予もない」

ホリーはいがみあうふたりを交互に見やった。どちらもいまだ強情ににらみあっている。この状況を打開すべく、ホリーはグレイスに近づいた。「なにがどこにあるか教えていただければ、荷造りを手伝います」


グレイスとジョーとホリーが大急ぎで必要最低限のものを集めて荷造りしているあいだに、クロフォードは部屋から部屋へと移動して表側の通りや敷地の裏手に目を光らせた。警官なりパトカーなりがひそかに近づいてきているかもしれない。ニールがここのことを思いだすのは時間の問題だった。

同じことがオッターマンとその手下にもあてはまる。

さっきグレイスが渡してくれたタオルで体を拭くあいだも、クロフォードは警戒を怠らなかった。

「パパ？」

クロフォードはその声で通りが見える窓からふり返り、ジョージアの姿に胸を締めつけられた。すでにジョージアの荷物はホリーがそっと引き出しから出してスーツケースに詰めてあるが、ジョージアを起こして着替えをさせるのは直前まで待つことにしてあった。

ジョージアはぼんやりした眠そうな顔でクロフォードを見あげた。胸にミスター・バニーを抱きしめている。

「おばあちゃんがみんなでりょこうに行くって。あたし、行きたくない」

「いや、行きたいはずだぞ」クロフォードはジョージアを抱きあげて、胸に抱えた。ジョージアが首にしがみつき、腰に足を巻きつけてくる。

「パパのうちに行けるの？」

「今回はちがうよ」

ジョージアが頭をクロフォードの肩に預けて、顔を首にくっつけてくる。胸が押しつぶされそうだが、ここは大人として、果敢に切り抜けなければならない。クロフォードはわざと嬉しそうな声で言った。「ものすごく楽しいぞ」

「ホリーもそう言ってた」

「だろ？　おばあちゃんとおじいちゃんが楽しい計画をたっぷり立ててくれてる。でも、いい子にして言うことを聞かなきゃだめだぞ。いいな？」

「なんでパパは来れないの？」

「仕事があるからさ。でもずっとおまえのことを思ってるよ。いっしょに行ければいいんだけどな」ジョージアの胸がひくつき、涙の前触れとなる小さなしゃっくりが聞こえた。クロフォードは、泣くのは眠気のせいだ、起こされてびっくりして、ふだんとはちがう状況を理解できないからだ、と自分に言い聞かせた。だが、どんな理由でも、泣いているジョージアと別れるのは耐えがたい。

背中をゆったりとなでながら、ジョージアの髪にささやいた。「さあ、行こう。だいじょうぶ。車に乗ろうな」

「だっこで？」

クロフォードは目を閉じて自分の涙をこらえた。「いいよ」

しっかりとジョージアを抱いて明かりを消した暗い家のなかを歩き、家と続きのガレージへ行った。ジョーが最後の荷物であるジョージアのスーツケースをトランクに入れている。目の前を無言で通りすぎようとするジョーを、クロフォードは呼びとめた。

義父が足を止め、こちらを向いた。

「安心してこういうことを任せられるのはあなただけです、ジョー。あなたならおれと同じように体を張ってジョージアを守ってくれる」

ジョーはクロフォードと目を合わせて、そっけなくうなずくと、運転席に乗りこんだ。

これ以上ぐずぐずしてはいられない。クロフォードがジョージアを後部座席まで運ぶと、ホリーがドアを開けて押さえていてくれた。クロフォードがジョージアをチャイルドシートに座らせ、シートのベルトをつかもうとする彼女にクロフォードは言った。「今日はパパに締めさせてくれ」

「ミスター・バニーもだよ」

「もちろんだとも」クロフォードは締め具を留め、しっかり留まっているのを確認してから、両手をジョージアの頬にあてて、額と額を突きあわせた。「パパのためにいい子にしてろよ」

「うん」

「愛してるよ」

「なによりも？」ジョージアがクロフォードの口癖をまねした。

「なによりも」ジョージアの額、頭、頬、そして最後に唇にキスをした。

だが、離れようとすると、ジョージアが手を伸ばした。「パパ？　あしたになったら、これから行くとこに、パパも来る？」

「たぶん明日は行けない」

「いつ？」

「行けるようになったらすぐに」

離れる必要はないのかもしれないと、ジョージアの寂しそうな表情に心変わりをしそうになる。クロフォードはもう一度キスをして、すばやく体を引き、車のドアを閉めた。ジョージアが窓ガラスにぴったり手のひらをつける。クロフォードは車の外からその手のひらにキスをし、大きな手を小さな手に重ねて、ジョーがバックで車を出すまでそうしていた。

# 第二十七章

「ジョーたちはどこへ行くのかしら？」クロフォードに急かされて車に乗りながら、ホリーは尋ねた。

通りはがらんとしていた。近隣の家の窓は暗く、あたりを見るかぎりでは、ふたりによるつかの間のギルロイ家訪問に気づいている人はいそうにない。それでもクロフォードはあたりを見まわし、動く木の葉や跳ねかかる雨しぶきのひとつひとつに目を配った。

「グレイスの妹は長年のひとり暮らしを脱して、最近、再婚したんだ。オースティン郊外にある高齢者向けの住宅街で新しい夫と暮らしてる」

「長いドライブになるわね」

「五時間前後だな。雨のせいでスピードが落ちるかもしれない。そのあいだジョージアが寝ててくれるといいんだが」

「よく取り乱さずにジョージアにお別れを言ったわね」

「自分でも感心するよ」クロフォードはしばらく虚空を見つめていたが、咳払いすると、イグニッションを指さした。「行こう。ニールが探しにくる前にここを離れないと」

「ニールから電話があったのよ」ホリーは左手でハンドル操作しつつ、右手でジーンズの前のポケットから携帯電話を取りだしてクロフォードに渡した。「さっきから振動していたけど無視して、グレイスがジョージアを着替えさせているあいだに確認したの。伝言は聞いてないわ」

「ニールからの伝言が二件、入ってる」クロフォードが言った。「それにメールが一通。マリリンからだ」

「どうしてメールしてきたのかしら？」

「読もうか？」

「お願い」

クロフォードはメールを呼びだした。「〝ちょっと、なんなのよ？〟と書いてある。言葉遣いからして、仲直りしようとしてるようには思えないが」

「彼女に電話してくれる？」

クロフォードが電話をかけると、車のブルートゥースのスピーカーにつながった。マリリンは電話に出るなり、がなり立てた。「ホリー、ああ、よかった、連絡してくれて。心配で具合が悪くなるかと思ったわよ」

「どうして？」

「刑事から連絡があったのよ。ほら、あの堅物レスター？　とにかく、その刑事があなたの家にいて――」

「わたしの家？　いつのことなの？」

「ウォッカ一杯とタバコ三本前。あなたから連絡があったかと訊かれたから、ないと言っといた。あなたはもうあたしのクライアントじゃないからって。そうしたらあなたが消えて、犯罪に巻きこまれてるかもしれないって言うじゃないの。そんな言い方だったわよ。警官が殺されたとかなんとか。それでこっちはやきもきして頭がおかしくなりそうになったってわけ。いまどこ？　だいじょうぶなの？」

「ええ、だいじょうぶよ」

「そう言えって、脅されてるんじゃないでしょうね？」

「いいえ。でもいまは話せないの。ええと、その……事情があってとりこんでて。びっくりさせてごめんなさい。心配してくれてありがとう。本当に」

ハンドルについているボタンで通話を切ろうとしたとき、マリリンが言った。「ええと、その……その事情とやらには、彼もからんでるのよね？　誰か、なんてやぼなこと訊きっこなしよ。銃撃事件はあなたにとって最初のショックにすぎなかった。で、ミスター・のっぽで金髪のいい男がもうひとつのショック」

この会話のあいだ道路から目を離さなかったホリーだが、ちらりとクロフォードを見た。隣に座る彼は石のようにおとなしく、ホリーに視線をすえたまま、一言一句を聞きもらすまいとしているようだった。

「沈黙が返事になってるわよ、ホリー」マリリンが続けた。「あたしに聞こえるのは、利害の対立、警戒と欲望、道徳と倫理のジレンマ。あたしには打ってつけだわよ！」彼女は得意げに言った。「仕事に取りかかるのが待ち遠しい！」

「あなたはクビになったのよ。忘れたの？」

「ええ。でも、いまになって理由がわかっちゃった。彼を守るためだったのよ」

「あなたから」

「そう。今後はその点を手控えるわ」

「ねえ、聞いて、マリリン――」

「いいえ、聞くのはあなた。あなたはすばらしい判事よ、ホリー。献身的だし、理想もある。そして自分の仕事に確固たる信念を持ってる。それにあなたを呼び戻そうとしてるのはあたしだけじゃない。あなたはその仕事をしなきゃいけない人なの」

「今週こんなことになったから、ハッチンズ知事が承認を考え直すんじゃないかと思って、心配してるの。グレッグ・サンダーズからは、しずしずと退場すれば面目をつぶさずにすむとご忠告いただいたわ」

「ばか言わないで。知事の承認はどんなときでも有用な武器ではあるけど、あたしならそんなものなくたってあなたを当選させられる。そうよ、政治の世界でかつてないくらい革命的なことをしてやろうじゃないの。真実で有権者を圧倒するのよ。

実際、それが最善の策になることがあってね。木は森に隠せのたとえどおり。戦略を組み立ててみる。とりあえずあなたは、そのテキサス・レンジャーとの〝事情〟とやらに専念してて。感じの悪い無礼者だけど、魅力があるのは確か。あたしが必要になったら、待ってるから、いつでも声をかけてよ」

電話が切れると、いやでもクロフォードのにやけ顔が目に入った。「のっぽで金髪のいい男かよ？」

「わたしじゃなくてマリリンが言ったのよ」

「マリリンを呼び戻すのか？」

「わからない。それより、ニールがわたしの家にいたという話を聞いたでしょう？」

「ああ」笑顔が消え、彼はため息をついた。「きみを巻きこむべきじゃなかったのに、グレイスじゃ加勢として心許なかった。ジョーに威嚇されたら、おれが一時的にではなく無条件にジョージアを祖父母に引き渡したと証言しかねない。

だから、きみにいてもらわなければならなかったんだが、ジョーがいみじくも言ったとおり、おれが蒔いた種にこれ以上きみをつきあわせたくない。おれがいったいなにをしてオッターマンを怒らせたかわかればいいんだが、やつが警察署に入ってくるのを見たのがはじめてで、それまで会ったこともないんだ」

クロフォードはヘッドレストに頭をもたせかけて目を閉じた。彼の横顔を見たホリーは、疲労の色の濃いことに胸を痛めた。目の下にはくまができ、頬骨の下がいつにも増して窪んでいる。

ホリーは尋ねた。「最後に眠ったのはいつ？」

ちばんこたえた」


「いつだっけな」

「ひどいやつれようよ」

「手ごわいジョーと今日は二度もやりあったうえに、親父のあの一件だ。親父とのいざこざはいつだって容易じゃない。だが、ジョージアに別れを告げなければならなかったことがいちばんこたえた」

「それも今日は二度あったわね」

「どちらも胸が締めつけられた。しかも、今夜はいつもとはちがう。あの子は異常を察知してた。あの子を不安にさせるぐらい、いやなことはない。それに、いつまた会えるか約束できなかった。実際……」

「実際？」

「オッターマンの好き勝手にさせたら、二度と会えない」

クロフォードはふいに体を起こして、目を開いた。黒ずんだ眼窩のなかで、決意に満ちた瞳がひときわ輝いているようだった。彼はひと言ごとにこぶしを腿に打ちつけた。「そうはさせない。たとえジョージアの養育権を取り戻すことができなくとも、あの子の無事を見届けるまでは、地獄に墜ちても戻ってくる」

「なにをするつもり？」

「生き抜く。身をひそめ、オッターマンに見つかる前にやっつける」

「どうしたらそんなことができるの？」

「そこが難問なんだ。いま考えてる」

「ニールのところに出頭するのも手よ。彼の協力を求めるの」

「だめだ。ニールはオッターマンにへつらってる」

「ニールだって気が変わらないともかぎらないわ」

「そんな賭けはできない。いま持ってる力を放棄することになる」

「わたしがなにを言ってもあなたの決意は変わらないの？」

「悪いな、ホリー、変わらない」

ホリーは路肩に車を停めると、クロフォードを見て言った。「だったら降りて」

クロフォードはホリーの車のテールライトが見えなくなるのを待って、歩きだした。暗がりに溶けこんで、人目につかないことを祈りつつ、早足で進んだ。まずは雨宿りできる場所を探さなければならない。数ブロック行くと、庭に〝売り家〟の看板が立つ空き家が見つかった。

扉のないカーポートの奥の壁を背にしてかがみ、ハリー・ロングボウに電話をかけて、彼を叩き起こした。

「悪いな」ハリーがあくびをしながら言った。「まだなにも見つからない。オッターマンとおまえのあいだの毛ほどのつながりもな。おまえの身近な人ともだ。とはいえ、多少は目を閉じなきゃな。休憩すると伝えておこうと電話したんだが、留守番電話になってた」

クロフォードは手短に経緯を説明した。「ジョージアを町から出した。それが最優先だった」

　ハリーはうなった。「ひと眠りもこれまでか」

「パット・コナーが死んでた。しかもオッターマンがおれを脅してきた」

「おおっと、悪い予感がするぞ」

「おれの電話は置いてきた」

「おまえと判事はいまどこだ？」

「判事は自宅に戻る途中だ」

「おまえは？」

「知らないことは話せない。おれから連絡がなかったかどうか、たぶんニールから訊かれる。というか、まだやつからそっちに連絡がいってないのが不思議なぐらいだ。知らなければ問い合わせがあっても、おれがいまどこにいてどこへ行くつもりなのか知らないと正直に答えられる」

「セッションズにもすぐに知らせておく。不意打ちをくらわないようにな」

「助かる」

「あのシラミ野郎におまえの身柄を拘束してもらったらどうだ？　留置されてりゃ、少なくとも身の安全は保障される」

「反面、動きがとれなくなる」

「まあな」

「副隊長はおれが殺人事件に巻きこまれてるのをどう思ってる？」

「いままで経験したなかでもっともばかばかしい話だと言ってるぜ。まだ会ってもいないのに、ニール・レスターをぼろくそにこきおろしてる」

ほかのときなら笑える話だが、こんな状況ではそうもいかない。「チェット、ロドリゲス、そしてこんどはコナー。すべてオッターマンのしわざだ。死者が今週だけで三人だぞ。あのろくでなしを捕まえたいんだ、ハリー」

「すぐ仕事に戻るよ」

「いや、ひと眠りしてくれ。オッターマンも今夜は態勢の立て直しをはかるだろう。大忙しの一日だったからな。公園で動画を撮り、しけたクラブで人と会って」

「処刑もしたしな」

「オッターマン本人が録画したり、コナーを撃ったりしたわけじゃない。やつは自分の手を汚さない。そのためのフリックとフラックだ」

「何者だ、それ？」

「ふたり組のボディーガードだ。それにパット・コナーみたいなやつらもいる」

「愚かすぎて、オッターマンにノーと言えない手先？」

「びびりすぎて、かもな。おぼろに全容が見えてきたろ？　組織的犯罪ってやつだ」

「まったく、そのくそったれが嫌いになる一方だ」ハリーが言った。

「おれもだ」

「頭を引っこめてろよ」

クロフォードはハリーにプリペイド携帯の番号を教えた。そのあとさらにもう一本、電話をかけた。じりじりしながら呼び出し音を数えているうちに、伝言を残せというスミッティの鼻声が聞こえた。

クロフォードは簡潔に述べた。「誰からの電話かわかってるな。かけ直してこい。さもないと、おまえのしぼんだタマふたつが過去のものになるぞ」

電話を切り、時間を確認する。そしてウインドブレーカーの襟を立て、雨のなかに飛びだしていった。

# 第二十八章

「あなたから車を降りろと言われて、彼は反論しなかったんですか？」

「最初はしましたが」ホリーはニールに答えた。「でも、これ以上は連れていけないと突っぱねたんです。彼は車を降り、わたしは帰宅した」

ホリーが自宅に帰り着くと、私道の奥に停めた覆面パトカーのなかでニール・レスターとマット・ニュージェントが待っていた。ホリーは裏にまわって勝手口から家に入り、玄関でふたりを出迎えた。

ふたりをなかに招き入れながらホリーは言った。「あなた方が待っているとマリリンから聞きました」

コーヒーを淹れようかと尋ねたが、ふたりは断った。それから二十分間、ふたりはリビングに陣取り、ホリーはクロフォードから電話がかかってきてからのできごとを話して聞かせている。

「クロフォードは今後どうするか話さなかったんですか？」

「〝生き抜く〟と、そういう言い方をしていました。ジョージアのために、とにかく生き抜きたいと。無事に娘を旅立たせたことで、ようやく落ち着いたんです。その一時間前の、電話で助けを求めてきたときは、切羽詰まっていました」

ニールが言った。「それはそうだ。警察の拘束を逃れてきた直後だったわけだから」

「自分で庁舎まで運転し、協力するつもりだったと言っていました。手錠はかけられていなかったし、逮捕されたわけでも、逮捕執行にあたって権利を読みあげられたわけでもないと」ホリーはひと息ついて、答えを待つようにふたりの刑事を見た。「彼が嘘をついたのなら別ですが」

「嘘じゃありませんよ。そういうことはしてないです」口出ししたニュージェントは、ニールに威圧的な目でにらみつけられながらも、つけ加えた。「だからひとりにして、弁護士と話させてもいいと思ったんです」

ニールが言った。「娘を安全なところに移動させるためだけなら、なぜニュージェントをだまして、車を置いていったんです？　そういう電話があったから思い切った手段を取らなきゃならないと、わたしに言えばよかった」

「あなたが信じないと思ったのでは？　実際、そうだったんじゃないかしら」ホリーは間を置いて、その言葉を相手にのみこませた。「話を通すことに時間をかければ、その分、娘さんの命が危険にさらされると思ったんでしょう」

ニールは弁解がましい口調になった。「ほかにその謎の電話とやらを聞いた人はいないんですね？」

「電話がかかってきたときは、自分がそばにいました」ニュージェントが言った。

「だがやつは弁護士からだと言ったんだろう?」

「弁護士とは話したんですか?」ホリーが尋ねた。

待ってましたとばかりにニュージェントが答えた。「クロフォードは弁護士を推薦してもらってました。ベン・ノッツがクロフォードにかけた電話は留守番電話につながってた。発信者不明の電話の数分後です」

ホリーはニールを見た。「彼が弁護士を頼んだのは、事情聴取を受けるつもりだったからでは? チャック・オッターマンから脅しの電話がこなければ受けていたはずです」

「それがオッターマンからの電話だった証拠はありませんよ」ニールが反論した。「発信者不明の電話は幇助の電話だったかもしれない。やつはそれを利用してニュージェントをだました」

ホリーは言った。「その電話がごまかしで、脅しはでっちあげだとすれば、なぜわざわざ義父に娘を連れてすぐ町を離れるように頼んだんです? その件については彼らから裏づけが取れます」

「すでにミスター・ギルロイから証言が取れてます」

ニュージェントのこの発言で、ニールは話すしかなくなった。それでもしぶしぶだった。

「ギルロイ家にパトカーを派遣したところ、誰もいないと報告がありましてね。そこでジョー・ギルロイの携帯電話にかけたんです。銃撃事件のあと番号を聞いておいたので」

「わたしが言ったとおりのことを証言してくれたでしょう？」

「完全に一致しています。いまだにクロフォードとの仲は険悪ながら、彼に説得されて、ジョージアをすぐに移すことにしたと言っていました」

「わたしもやはり説得されました」ホリーは言った。「あなたとちがって、わたしはとがめられるべきはミスター・オッターマンだと信じています」

「あの写真があるんだから、決まりですよ」ニュージェントが賛意を表明した。

「黙ってろ、マット」ニールがぴしゃりと言った。「あれではなにも決まらない」

ホリーは、ニュージェントが言っている写真のでどころや内容を知っていることを明かさずに、問いかけるようにニールに向かって眉を吊りあげた。ニールは観念したように口元をこわばらせて話しだした。「パット・コナーがチャック・オッターマンと会っている写真をクロフォードが持ってましてね。今日の夜の早い時間に、地元のナイトクラブで撮られたものだと言っています」

「だからクロフォードは携帯電話を残してったんですよ」ニュージェントが言った。「うちらが写真を押収できるように」

「携帯電話を使って追跡されるのを恐れたんだ」ニールはあくまで懐疑的だった。

ホリーは尋ねた。「ミスター・オッターマンからは、殺された被害者となにを話していたか聞いたんですか？」

「町におられないんです。いま居場所を探してるところで」

ホリーは自宅のリビングを見まわした。「失礼ですけど、あなたはテキサス・レンジャーのハントの居場所を突きとめることのほうにはるかに気を取られているようですね」

「殺人事件の捜査中に逃げたんですよ。たとえ無実だとしても、クロフォードは危険でなにをしでかすかわからない男です。ま、わたしが言うまでもないでしょうがね。ご自分の目で彼の行動を見られたわけですから」

「ええ、わたしは彼が人命を救い、人を守るのを見てきました。あなたの判断には偏りがあるんじゃないかしら。彼のやり方に対する反感と個人的な嫌悪のせいで」

「あなたこそ、ホルモンのせいで判断が偏ってるんじゃないですか？」

ニュージェントが首を絞められたような音をたてた。

ニールはホリーをにらみつけて、目をそらさなかった。「あなたがクロフォードの肩をもつのは、少しばかり彼に惹かれているからじゃないですかね、スペンサー判事」

「あら、それはちがいます、レスター巡査部長。わたしが彼を擁護しているのは、彼が正しいと信じているからです。それに、彼には少しばかりじゃなくて、とても惹かれています。確かにこの感情は不適当でしょう。養育権の担当を辞退するまでは、倫理に反してもいた。思いがけずクロフォード・ハントが自分の人生の厄介な問題になったことで、わたしは面目をつぶすかもしれず、仕事を失う恐れもある。だからといって彼が殺人犯なわけではないんです。真犯人ではなく、彼を追うことで、あなたが物笑いの種にならなければいいのですが」ホリーは立ちあがった。「ほかになにか？」

ホリーがふたりについて玄関まで行ったときも、ニールはまだ腹を立てているようだった。ふたりの車が遠ざかる。それを見送ってから、玄関のドアを閉め、部屋をまわって明かりを消した。念入りに戸締まりを確認して、寝室に入ってドアを閉め、力なくドアにもたれて冷ややかな板に額を押しあてた。

背後からたくましい腕が伸びてきて、腰に巻きつく。お尻のほうから、まぎれもなく高ぶった男性の象徴を押しあてられた。彼はホリーの髪をつかんで脇に押しやり、首筋に熱いキスを浴びせた。「さあて、裁判長、きみがやつにどう言ったか、当ててやろうか」

# 第二十九章

クロフォードがトップスの下に手を忍びこませてきて、ブラジャーのホックを外した。そのまま前にまわった手が、カップのなかに潜りこみ、乳房を覆って、胸の先端をもてあそぶ。ホリーは快感にうめきつつ、鼻にかかった声でもっととねだった。

クロフォードのほうを向かされた。ブラジャーともどもトップスを脱がされ、持ちあがった髪が肩に戻るより先に、彼が乳房に吸いついてきた。電気ショックによる火花が散るような衝撃が走る。ホリーは彼の頭をつかみ、ひしと抱き寄せた。

このまま続けてほしいけれど、彼の濡れた衣類がどちらにとってもいらだちの種になっている。彼は体を引いてウインドブレーカーを脱ぎ、シャツのボタンを外しだした。だが、貴重な時間の無駄だとばかりに、最後まで外さずに頭から脱ぎ捨てた。

明かりをつければ、警護員に彼を見られるかもしれない。その危険を冒すつもりはないけれど、彼のことを知りたい。両手を彼の胸にあてがってまばらな胸毛に触れ、そこに鼻をすりつけた。彼の乳首が硬くなっている。その片方に円を描くように舌を這わせると、彼は罰当たりな言葉をつぶやきながら、ズボンのボタンを外した。

ホリーはV字型に開かれていく部分に手を伸ばし、硬い毛に指を潜りこませて、高ぶったものをつかんだ。彼の頭ががっくり前に落ち、ホリーの肩に乗った。

触れていると、彼の息がはずんできて、熱く湿った吐息がホリーの素肌にかかった。

信じられないほどの硬さだった。皮膚がぴんと張りつめ、先端はなめらかで、いまにも爆発しそうなほど充ち満ちていた。親指の腹で精の一滴をなぞり、器用に円を描いてそれを広げる。やがて冒瀆的な言葉とともに、彼が手を払った。

彼はホリーのヒップを両腕で抱えあげて、ベッドへ運び、あお向けに寝かせて、ジーンズと下着をいっきに引きおろした。じゃまものがなくなると自分もベッドに乗り、ホリーの腿のあいだに膝をついて、両方の腿を胸のほうへ押しやった。

ふたりは微動だにしなかった。室内には、世界には、ふたりの乱れた呼吸の音だけが聞こえていた。と、彼が動いた。ホリーがその動きを察知するや、彼の両手がふくらはぎに触れた。形に手をなじませるように、ふくらはぎをもんでいる。続いて膝の裏へと移動した。膝頭を親指でなぞってから、手のひらで包みこんだ。

ホリーは息を呑んだ。ふたたび手が動きだした。こんどは腿の内側を這いあがってくる。そしてゆっくりと、けれども迷いなく腿を押し開き、彼女自身をあらわにして、そこに上体をかぶせた。彼の肩が、頭が、口が近づいてきた。

彼の唇の熱に包みこまれた。そのためだけにある、貴重なひととき。彼はただそこに、そうしている。そっと吸いあげられたホリーは動くことを忘れ、果てしない親密さにくるまれていた。やがて、彼はゆるゆると動きだした。

彼の唇が陰部をかすめ、舌が動くたびに、ホリーの全身がわななないた。唇が離れて、腿の内側を甘く噛まれたり、下腹のふくらみにキスされたりすると、体を弓なりにして、夢中で腰を突きあげた。そこだけ取り残されて、いまだ触れられていないその場所を彼にかまってもらいたかった。

うめくように彼の名を呼ぶと、やっと応じてくれた。それでもごく軽く、じらすような舌遣いに、息が切れて、悲しげなうめき声がもれた。体が緊張にこわばる。そんなホリーに呼応するように、彼は愛撫を中央へと集め、延々と螺旋を描きだした。積もり積もった感覚がついに爆発して、痛烈な快感と混じりあい、そのあまりの激しさにもはや持ちこたえることはできなかった。

彼が体を起こして、ひと突きでなかに入ってくる。押し広げられ埋められたいという欲望が満たされ、絶頂の叫びは彼のキスによって封じこまれた。そして余韻に浸るホリーの耳たぶに、まぶたに、唇に、キスの雨が降りそそいだ。

唇を開いて彼の口を受け入れる。甘かったキスが刺激的なそれに変わってゆく。彼の舌は唇を攻めたて、腰は官能のリズムを刻んだ。突きだしては引く、そのなめらかな動きに、ホリーの息は奪われた。

貫かれるたびに、つぎのピークへと追いたてられていく。そして間際までくると、彼は片手を腰の下に差し入れて角度をつけ、狙いすましたすばやい動きで絶頂へと導き、彼自身を深々と沈めた。

彼は破壊的なほどに長く激しく精を放った。

やがてひと心地つき、彼が離れようとした。だがホリーが言葉にならない声で不満げにうめくと、ふたたび重い体がのしかかってきた。

首元で彼が低い声でささやく。「そんなテクニックをどこで学んだ？ ロースクールでか？」

「いいえ。今夜、ここで」

首元に彼のほほ笑みを感じる。彼は体を起こして、ホリーの顔をじっと見おろした。「あの夜、銃撃のあと、警察署の廊下で話しただろう？」

ホリーはうなずいた。

「あのとき考えていたのはこのことだった」彼は言い、肘でそっと突いた。

「嘘ばっかり！」

彼は悪びれたふうもなくあっけらかんと肩をすくめる。「きみはきっちりグレーのパンツスーツに青いシャツを着て、きちきちに締まってた。話をしようと思いながら、そのあいだずっと〝彼女の締まり具合はどうだろう〟と考えてた。そんな想像で頭がおかしくなりそうだったよ」

「わたしを嫌ってたんでしょう？」

「そうだ。だからといってきみとやりたいという思いは抑えられなかった」彼はショックに開かれたホリーの口に、唇をすりつけた。「反面、実現するとも思ってなかった。何万年たとうと、絶対に」

「それが何万年どころか数時間だったんだもの、簡単に落ちたものよね」

彼はホリーを持ちあげ、あお向けになって言った。「きみに関しては簡単なことなどひとつもないよ、ホリー」顔を上げて、自分の長身を見おろした。「自分の服を先に脱ぐこともできないありさまだ」

彼はその状態を正そうと、ブーツと靴下をむしり取り、濡れたジーンズを脱いだ。そしてウエストバンドに留めつけられたホルスターから拳銃を外し、床に投げた。

「銃は持ってないと言ってたのに」

「あのときは持ってなかったさ。ジョーから拝借したんだ。ジョーは寝室のサイドテーブルに拳銃を置いてた」

「拝借？」

「ジョーがないことに気づいたら、許しを請うよ」クロフォードは横になり、ホリーを引き寄せた。はじめて触れあわせるふたりの素肌だった。彼はホリーの尻に片手を伸ばし、満足げにうめいた。「このほうがいいな」

「うんと」ホリーは彼の胸毛を引っぱった。「胸にこんなのが生えてるなんて知らなかった」

「いやかい？」

答える代わりに彼女はそこに頬をすり寄せ、その下の熱い肌にキスをした。「いつから家のなかにいたの？」

「ニールとニュージェントが立ち去った時点でか？　十分ぐらいだ」

「十分！」

クロフォードはホリーの胸を愛撫しながら、思案げに尋ねた。「これを明かりのもとで見られる日が来るんだろうか？　このすばらしい感触。見た目はどんななんだろう？」

「家に入るのは、あのふたりが立ち去ってからの約束だったのに」

「びしょ濡れだったたし、ニールたちの言い分を聞きたかった」

あのとき、いきなり車を停めたホリーに降りろと言われて、彼は驚いていた。そこで彼女は計画を話した。ひと晩かくまうという考えに、ホリーが刑事たちに話したとおり、最初クロフォードは反対した。しかし最後には説き伏せられた。ほかの場所はことごとく監視されている――雨のなかをあてどなくさまようわけにはいかず、いまの彼には休養とエネルギーの補給が必要だった。

ホリーの家まで一キロ半を残して、ふたりは合意に達した。そこから先、クロフォードは徒歩で進み、ホリーは家に戻って、刑事たちと対面したのだ。

「途中休んで、何本か電話をかけた」クロフォードは続けた。「だが、ここに来てなかに入り――」

「わたしが忘れてたら、その窓の鍵をかけろと注意してね」

「ここに入ってきたら、ちょうど、きみがおれにとても惹かれてると言ってた」

「警察に嘘はつかないと言ったでしょう」

「じゃあ、真実なのか？」

「そうよ」その答えを気に入った証拠に、彼が笑顔になった。「木は森に隠せと教えてくれたのはマリリンよ」

「頼む」クロフォードがうめいた。「彼女の話はかんべんしてくれ。ここで起きていることを台無しにしたくない」ホリーの手をつかみ、親指を口に含んでしっとりと濡らしてから、それを下に導いて、ペニスの先端にあてがった。「あのみだらな魔法をもう一度頼む」彼は目を閉じ、ホリーがふたたびやさしく円を描いて愛撫しはじめると、大きく息をついた。

ホリーはささやき声で尋ねた。「誰に電話したの？」

「うん？」クロフォードが乳房をつかんだ。だが、求めているのは安らぎのようだ。

「途中、電話をかけたと言ったじゃない」

「ハリー」彼は枕に顔をつけてつぶやいた。

「なんて言ってた？」

「いい気持ちだ。やめないでくれ」

ホリーはほほ笑んだ。「ハリーがそう言ったんじゃないわよね。一本めは誰にかけたの？」

「スミッティ。明日になったら、見つけだして殺してやる」

「やめて。刑務所に入れられちゃう。刑務所じゃブーツを履かせてもらえないのよ。そのブーツはわたしのお気に入りなの。味わいがあるから。ぴかぴかでも新品でもないけれど、よく履きこまれてる。それにたぶん刑務所だと髪をすごく短くさせられるわ。その手に負えない髪がすっかりなくなったら残念すぎる」ホリーは彼のふさふさした髪を指で梳いた。「正直に言うと――わたしが真実を語ることを大切にしているのは知っているわよね――あなたにはひとつとして嫌いなところがないの」

クロフォードの答えは静かな寝息だった。


チャック・オッターマンがこの釣り小屋に泊まることは、めったになかった。身体的な快適さでいったら、掘削現場の宿舎にある自分のトレーラーにも劣るしまつだ。とはいえ、合板の壁の向こう側にはダブルベッドがあり、ときにはそこでうたた寝することもある。いずれにしろ、ひと晩の睡眠は四、五時間がせいぜいだった。

ナイトクラブのオーナーと話をつけてから横になり、夜明け前には起きだした。コーヒーを淹れていると、掘削現場のオフィスにニール・レスターから連絡があったとのメールが代理の監督から届いた。大至急、話がしたいとのこと。

土砂降りの雨を眺めながらコーヒーを飲み、気をもんでいる刑事をなだめてやるべきかもしれないと思った。オッターマンは足のつかない携帯電話を使って電話をかけた。

「はい？」

「レスター巡査部長？　チャック・オッターマンだ。電話するには早すぎたかな？　わたしと連絡を取りたがっていると聞いてね」

「どちらにおられるんですか、オッターマンさん？」

「それがわかればいいんだが」盗み聞きされるのを恐れるように、声をひそめた。「この週末、ルイジアナ州の同僚から釣りに招かれた。チャールズ湖で落ちあったんだが、そこから何時間も車を走らせて、挙句わたしはどこともわからない、人里離れた辺鄙な場所に連れてこられた。まだ暗いというのに、みんなは早くも水の上だ。きみのおかげで残る言い訳ができて助かったよ」

「昨日、チャールズ湖で同僚と会ったのは何時ですか？」

「なんだね？」

レスターが質問をくり返した。

「遅い時間だ。夕食どきを過ぎてたな。なぜだね？」

「プレンティス警察のパット・コナーという警官が昨夜、死にましてね」

オッターマンは理解が追いつかないふりをして、しばらく黙った。そしてため息をついた。

「なるほど、どうりでわたしに連絡したがったわけだ。町を出る直前にその男に会った」

「〈ティックルド・ピンク〉という紳士向けのクラブですね」

「なんだ、すでに知っていたか。スミッティとかいうオーナーから話を聞いたんだな？　ゴキブリのような男だ。わたしがいるあいだじゅう、いかがですか、お気に召しましたかと、そのへんをちょこまかしていた」

「その男に話を聞きたいんですが、居場所がわからずにいます」

オッターマンは含み笑いをした。「それは困るな」

「どういう意味でしょう？」

「わたしの理解では、あの男は法の網に捕らわれないようにしている。たぶん犬の後ろ脚のように、ゆがんだ男なんだろう」

「彼のクラブへはどういったご用件で？」

「人との待ち合わせ場所によく使うんだ」

レスターが咳払いした。「あなたのような方が打ち合わせをするのにふさわしい場所とは思えませんが、オッターマンさん」

「石油、ガス業界には、有力政治家から変人奇人まで、ありとあらゆる敵がいる。開発を支えてくれる地元のビジネスマンや役人も多いとはいえ、なかにはその事実をおおやけにしたがらない人もいてね。そういう人たちは掘削現場のわたしのオフィスには来ないし、わたしが向こうのオフィスに招かれることも絶対にない。それで、みすぼらしいクラブで会うことになる」

「まだ、どうもぴんとこないのですが」

「用心のためだよ。ああいう店なら、なにを目撃されても、目撃するほうも姿を見られずにはいられないだろう？」

刑事はよくよく考えているようだった。少しして言った。「パット・コナーは警官で、ビジネスマンではありません」

「コナーは——おそらく署内のうわさでだろうが——わたしがクロフォード・ハントとロドリゲスとかいう男が会っていたのを目撃したという話を聞いたそうだ」

「それがパット・コナーになんの関係があるんですか？」

「さあね。ふたりだけで話がしたいと言ってきた。会うのを承諾したのは、彼が月曜日に裁判所で勤務していたと聞いたからだ。そのことでなにかわたしに尋ねるなり、または教えてくれるなりするのかと思った。だがクラブへ行ってみると、話ができるような状態ではなかった。すでに泥酔してたんだよ。意味不明のことをつぶやき、汗まみれになっていた」

「汗を？」

「制服姿ではなかった。カウボーイハットをかぶっていたが、何度も脱いで額の汗を拭いていた。不安だったんだろう。ひどく怯えていた。十分もつきあうと、うんざりした。時間の無駄だ。そこで彼に、要点を話すか、さもなければ失せろと言ってやった。彼は失せた」

「帰ったんですか？」

「運転するには深酒をしすぎていたから、部下に送らせると言ったんだが、断られた。いまにして思えば、もっと強く勧めるべきだった。ハンドルを握らせちゃいけなかったんだ。誰かほかにケガ人は出たのかね？」

「交通事故ではありませんよ、オッターマンさん。自宅で殺されたのです」

「なんと！　死んだというから、てっきり……なんとまあ」

「ひどく怯えて、とりとめのない話をしたときに、敵がいるようなことを言っていませんでしたか？」

「いや。だが、少なくともひとりはいたわけだ」彼は余韻を響かせてから、続けた。「家族はいたのか？」

「独身で、ひとり暮らしでした」

オッターマンはその件についてとくにコメントしなかった。目撃者がいたのかとか、現場で証拠が見つかったのか、とは尋ねなかった。その犯罪が自分に結びつけられる心配はなかったからだ。彼がこの手の仕事に使う男たちは失敗をしない。もし失敗すればそれが彼らの最後の失敗になる。その最たる例がパット・コナーだ。

しばらく沈黙が続いたのち、レスターが言った。「月曜には戻られるんですね」

「正午ごろになる」

「あなたはコナーと最後に話をした人のうちのひとりです。正式な調書を作るために署までご足労願えますか？」

「もちろん」そして、「すまないが、レスター巡査部長。切る前に尋ねたいことがある」彼は手の甲でコインを動かした。「その警官が裁判所の銃撃事件のもうひとりの犠牲者だと考えられる理由はあるかな？　つまり、その警官がなにかを知るなり見るなりしたために黙らされたという可能性は？」

レスターが堅苦しく答えた。「捜査中なのでお話しできません」

「それはそうだな」

「では月曜日にお会いしましょう、オッターマンさん。それまでになにかあったら連絡できる電話番号はありますか？」

「掘削現場の番号に頼む。そこの人間ならわたしに連絡する方法を知っている」

オッターマンは刑事からなにかを言われる前に電話を切った。そしてコインを握りしめ、テーブルの上に音をたてて置いた。「これでとどめだ」笑顔とともに宣言した。ここまで来れば、あとは時間の問題だった。


クロフォードが目覚めると、ホリーが隣で丸まっていた。枕の上のすぐそばにこちらを向いた顔があり、彼女の片腿が自分の腿のあいだにおさまっている。ふたりはいまだ掛け布団の上に横になっていたが、眠りに落ちたあとのいつか、ホリーがふたりにカバーをかけた。

そのとき目を覚ましたクロフォードは、彼女の腿を自分の腰にかけて、なかに入った。彼女にくるまれているうちに、ぼんやりしていた自分のものが抜き差しならない状態になった。そして彼女も、誘うように腰を動かして、奥深くへと導いた。官能のままに緩やかな動きをくり返して、ともにその時を迎えた。打ちあげ花火ではなく、温かな風呂のような心地よい愛の交歓だった。

クロフォードは目すら開けていなかった。言葉もなかった。それでいて濃密な親密さがあり、性的な快感というものを超えて、心が満たされるのを感じた。空っぽのベッドで眠り、ひとりで目覚めた何年ものあいだ、ずっと見失ってきた感覚だった。

いまホリーの顔を眺め、信頼しきって安らかに眠る彼女を見ていると、彼女に対する愛情が湧きあがると同時に、自分のものにしたいという本能的な欲求が高まった。この女が欲しい。自分のものだと言いたい。自分のそばに置きたい。無理だけれど。

それでもいまはここにいる。

クロフォードはカバーをはいだ。窓の鎧戸を縁取る日の光はまだ弱々しく淡いが、彼にはそれでじゅうぶんだった。闇の中で思い描き、感じたどの部分も、実物のほうがずっと美しかった。

ホリーの胸に顔をうずめ、淡いピンク色の先端を口に含んだ。舌ざわりを楽しんでいるうちに、彼女が寝返りを打って彼の名前をつぶやき、片手を彼の頭に乗せた。

「ついにきみの裸を明るいところで見た」

「それで?」

「きみが眠ってるあいだに服を燃やしとけばよかった」

ホリーは小さく笑った。「あなたの見てくれも、そう悪くないわよ」

彼女はクロフォードにもたれて、胸の中央とへそにキスをした。それからすばやく彼の腿に両手を走らせ、ふくらはぎに弾が貫通した際の出入り口となったふたつの傷を見つけると、そこにキスをして、この程度のケガですんでよかったとささやいた。

「あの日、あなたが死んでいたら?」ホリーが潤んだ緑の目で彼を見あげた。「わたしはあなたに会えなかった」

感極まった彼女の声がクロフォードを深く揺さぶった。「おいで」彼女の脇の下に手を入れて、自分の上に引きあげ、餓《かつ》えたように唇を重ねる。互いに唇をむさぼりながら、彼女をあお向けに横たえて、両腕を頭上に伸ばさせた。

その両腕の内側に沿ってキスをしつつ、片手で胸をもみしだき、胸郭から腹部までの曲線をたどった。切れ切れになったホリーの吐息を唇で受けとめながら、指を腰骨のあいだのくぼみで前後させ、秘められた部分の毛をかき分けて進んだ。やわらかな金髪の下は、シルクのようになめらかで湿っていた。

熱く濡れそぼったなかに指を差し入れ、口を胸に戻した。バラ色の擦《す》り傷に気づいて尋ねた。「ひげで擦れたのかい？　言ってくれればよかった」

「気にならなかったもの」

「いまは？」

「気にならないわ」

「やさしくしなきゃな」

わずかな舌の動きで反応を誘いだした。「いいかい？」

「ええ」彼女は息を切らしている。

「もう一度？」

「ええ」

欲望のままに指で探っていくと、すぐに彼女が悩ましげに身をよじりだし、早くも淵に追いやられているのがわかった。クロフォードは彼女の上に体を伸ばし、目と目を合わせた。

「きみが解き放たれる瞬間を見せてくれ」

彼はほんのわずかだけ外側の親指に力を込めて喜びを長引かせ、彼女が低く泣きそうな声をもらしだすと、中に入れた指を前に曲げ、内と外の両方からそっと力を加えた。

ホリーが下唇を嚙む。背中を反らして腰を持ちあげ、手に押しつけてきた。クロフォードはその耳に言葉を注ぎこんだ。愛の言葉を、官能的な言葉を、みだらな言葉を。ようやく地上におりてきた彼女は、まぶたを震わせながら眠たげに目を開いた。

彼女の唇にそっと口づけした。「きれいだ」

「あなたこそ」彼女が手を伸ばして、髪に指を差し入れてくる。「それに見せかけよりずっとやさしい」

「おれが、やさしい？」

「ええ。娘さんといるとき。そしてわたしといるときも」クロフォードの唇を指先でなぞる。

「あなたの厳しさは、なりをひそめる」

「そんなことを言われると、評判が落ちる」

「もう一度キスしてくれたら、ばらさないであげる」

「やっと言ってくれた」ホリーの望みどおり、彼女の口深くに舌を差し入れ、知るほどに求めずにいられない味わいをむさぼった。

顔を離すと、彼女はいきり立ったものにもたれて体を揺らした。「お腹にあざが残りそう」

「腹からなにから全部きれいなんだから、そんなことになったら一大事だ。いい方法はあるかい？」

ホリーが指で合図して彼に頭を下げさせ、頭のなかにある考えをささやく。クロフォードは驚きに目を丸くした。「おれのいやらしい夢をのぞいたのか？」そう言って、ホリーの口を見つめた。ぷっくりした下唇。親指の腹をその中央に押しあてると、彼女が舌でその指を舐めた。

興奮にしわがれた声で彼は言った。「まずシャワーを浴びないと」

ふたりでいっしょにシャワーを浴び、石鹸にまみれながら、お互いを隅々まで熱心に探索した。最後にはシャワーに背をつけ、タイルの壁とガラスのドアに手をついて、貪欲な彼女の口の動きに息も絶え絶えになっていた。

ホリーが先に出て体を拭き、見慣れたバスローブに身を包んだ。「朝食を作るわ」キッチンへ去った。

クロフォードはタオルで体を拭いて、寝室へ行き、服をかき集めて身につけた。湿っていて不快だが、いたしかたない。ジョーの拳銃をホルスターにおさめていると、ホリーがコーヒーのカップを持って戻ってきた。

「これを飲んだら――」ホリーは彼を見て、だまりこんだ。服を着こんで、あとはウインドブレーカーをはおるばかりだった。「なにをしているの？」

「行かないと。これ以上はぐずぐずしていられない」

「行くって、どこへ？」

「まだわからない」

「車がないでしょう」

「まずはその問題から片づけなきゃな」

「クロフォード！」ホリーが大声で言った。

彼はウインドブレーカーを着た。「なんだ？」

「ここから歩きで、どこへ行こうというの？」

「来るときも歩きだった」

「なにをするつもりなの？」

「昨晩言ったとおりだ。生き抜く。できることなら」

「オッターマンをやるつもりね。あなたがやられる前に」

「あるいはジョージアが」口にすると、それが不吉な予兆になりそうで、苦しくなった。「おれをやるつもりなら、必然的にジョージアを追うことになる。そして、あの子を守るもっとも確実な方法はこの地上からやつを退場させることだ」

「彼を殺すつもり？」

クロフォードは黙ってホリーを見つめ、やがて目をそらした。「まずは見つけないことには、どうしようもない」

「見つけたら？」

「時機を待つ」

ホリーが勢いよくコーヒーカップを化粧台に置いた。「なにをするつもり？」強調するように、一語ずつに力を込めた。

「訊かないでくれ、ホリー」ホリーに見あった、刺々しい口調。「答えたくない」

「合法的なことなの？」

「ほぼ」

ホリーは心配と湧きあがる怒りとで、眉をひそめた。「わたしを信頼していないの？」

「全面的に信頼してる。きみはつねに真実を語る。そういう人だと信じているからこそ、きみにはすべてを知らせないことがおれのためになる。なにごとにつけても。それでなにか問題があれば――」

「わたしにしてみたら問題があるわ。あなたがひとりでオッターマンと対決するなんて」

「それがおれのやり方だ」

「傲慢とうぬぼれの極みよ」

「そうかよ、わかった、エゴとでもなんとでも呼んでくれ。こうするにはおれなりの理由がある。おれは行かなきゃならない」

クロフォードが窓へ向かって歩きだすと、ホリーが行く手をさえぎった。「法を破れば、あなたはジョージアを手に入れるチャンスをつぶすのよ」

「きみがジョーと取引したせいで、チャンスはつぶされた」

「翌朝大あわてで出ていくのは、そういうこと？　怒っているの？」

「いいや、怒っちゃいないさ」だがわめくようないまの声では怒っていると思われてもおかしくない。彼は声を抑えた。「怒っていたら、きみとあんなセックスするか？」

「昨晩、あなたはわたしを嫌いながら、その一方で求めていたと言ったわ」

「だが、あのときはきみといっしょに目覚めたいとは思ってなかった。もちろん、セックスはすばらしかった。だが、おれはそれと同じくらい、きみの隣で目覚めることが気に入った。もし事情がちがっていれば――」

「どういう事情なの、クロフォード？」

「さまざまな事情だ」

「具体的に言ってよ。オッターマン？」

「それがもっとも差し迫った事情だな」

「それはそうだけど、だったらどうしてニール・レスターに電話をしないの？　あなたをかくまっていたとわたしが打ち明けるから、彼と話して。警官同士として、話して彼を説得するの。法律に従い、協力してオッターマンを追うのよ」

「いいだろう。仮に夜までに運よくやつを捕まえて、拘束できたとしよう。彼は悪事をすべて並べあげた供述書に署名する。で、どうなる？　おれたちの問題は相変わらず残ったままだ」

「具体的に言わなかったさっきの事情に戻ったわね」

「わかった、ひとつ挙げよう。きみはおれと一線を越えた」ベッドを指さす。「きみの職、キャリア、いちばん大切にしていたもの。おれがいなければそうしたものが危険にさらされずにすむ」

「わたしたちのことは誰にも知られていないのよ」

「いまのところは。だがこの手の秘密はもれるもんだ、ホリー。きみだって、蓋をしておけると考えるほど世間知らずじゃないだろ？」彼女の沈黙が答えだった。「たとえおれたちが寝たことはばれないとしても、きみが選挙で負けるようなことになったら、ふたりの関係のせいだったんじゃないかという思いをずっと引きずる。きみが裁判官の職を失ったら、おれは生きていけない。きみは生きていけるのか？」彼は首を振った。「おれたちにはどうしても切り抜けられない問題がある」

「最大の障壁は、あなたがジョージアを取り返すのをわたしがじゃましていることね」

クロフォードは〝ほら〟とでも言いたげに、両手を広げた。「おれたちは互いに最悪の敵なんだ」

「昨夜のあなたはまったくそんなこと気にしていないようだったけど」

「気にしてたさ。ただ、そんなことにこだわっていられないほど、きみが欲しかった」ホリーが言い返すより先に、静かに言った。「きみだって同じだろ？」

ホリーは反論する気力を失った。「そうね。わたしは、きっとそんな障害を乗り越えられると思いはじめていた。そう願いはじめていたの」

「いくつかは乗り越えられるかもしれない。すべては無理だ」

ホリーは彼の目の奥をじっとのぞきこんだ。「ベスね？」

予想外の言葉だった。心臓に一撃を受け、心拍が乱れた。「ベスがどうした？」

「教えて」ホリーは傷ついた表情で乱れたベッドを見た。「ベスもここにいたの？」

「いや、まさか」彼は髪をかきあげ、乱れた息を吐きだした「頼むよ、そんなことを考えないでくれ。そんなことはまったくない」

「ほんとなの？」

「ああ、誓うよ」

だが、ホリーは驚くほどの直感力を発揮して、聞き取れないほどの小声で言った。「でもほんとのほんとではないのよね」

そのとおり。ほんとのほんとではない。それを口にすれば自分の運命は決してしまう。

彼はゆっくりとホリーに近づき、両手を肩に置くと、背中を向かせて、やさしく押した。彼女はうつぶせにベッドに倒れた。

「クロフォード？」

「しいっ。聞いてくれ」

ホリーの上にかがみこみ、両手で腿の裏をなであげた。臀部《でんぶ》を越えて、背中へ進み、親指で背骨のカーブをたどっていく。そして彼女の両手を自分の手で包み、指を絡ませて、髪に鼻をすりつけた。髪は甘く香り、いまだふたりで浴びたシャワーの湿り気を帯びていた。

「ホリー、できることなら、全身全霊できみを愛したい。きみにはおれの人生のなかにいてもらいたい。おれの家にも、ベッドにも、心のなかにも」あお向けになろうとするホリーを、さらにしっかりと押さえつけた。「できることならそうしたい。だが、それはできない」

やがて彼はゆっくりと手を離し、体を起こすと、ベッドから離れた。「あいつらにはおれが寝室の窓から入ってきて、力ずくで車を奪っていったと言えばいい。すべて本当のことだ」

# 第三十章

　クロフォードは、ベッド脇の床に脱ぎ捨てられたままになっていたホリーのジーンズのポケットから、車のキーを失敬してきていた。そして、彼女がどうやって表側にいる警護員に気づかれることなく車を出したかを思い起こした。彼女は裏庭を横切り、母屋の私道を使ってつぎの通りに出たと言っていた。

　ホリーに異常を察知して通報する暇を与えることなく、老婦人宅の私道から公道に出て、大通りを避けて裏道を進んでいた。捕まるのは時間の問題だった。

　だが、簡単には捕まりたくない。

　ハンドルを握りながら、ジョー・ギルロイの携帯に電話した。グレイスが出た。「ジョーはどこです？」クロフォードは尋ねた。

「シャワーを浴びてるわ。電話番をしていろと言われて」

「なにも問題はないですか？」

「睡眠は足りていないけれど、みんな無事ですよ」

「ジョージアは？」

「まだ眠っているわ。昨晩はどうしてここにいるのかわからなくて、興奮してね。わたしたちの居場所があなたにわかるのかって、何度も尋ねられたのよ」

クロフォードは喉をふさぐ塊を感じながら声を出した。「また訊かれたら、ジョージアの居場所ならいつでも見つけられると言ってください」

「なんなら起こしてきましょうか？　話したいでしょう？」

話したいのは山々だったが、それでは身勝手にすぎる。こちらの気持ちは多少晴れるにしろ、ジョージアはよけいにパパを恋しがり、ふだんとちがう状況に対する不安がいっそう強まってしまう。

「ありがとうございます」クロフォードは姑に心から感謝した。「あなたがいればジョージアはだいじょうぶです。信頼してますから」

グレイスからあなたの身が心配だと言われ、言葉を濁しつつ適当に答えた。「この騒動がきれいに片づいて、早く自宅に戻れるといいんですが。無理なお願いにつきあってもらって、なんとお礼を言ったらいいか」

「気をつけてちょうだいね、クロフォード」

「あなた方も」答えに窮する質問をグレイスから投げかけられる前に、電話を切った。

だがスミッティならその答えを知っているかもしれない。

スミッティは昨夜クロフォードが残した伝言に返答をよこさなかった。こちらに知らせたくないことを知っている証拠だ。とはいえスミッティから情報を聞きだそうにも、本人が見つからないことには話にならない。

早朝のナイトクラブはうらぶれて見える。とりわけ今日のように、雨のしたたる陰鬱な朝は。最初に行ったのはスミッティが所有する店舗のなかでいちばん町に近い一軒だったが、けばけばしいネオンサインが点滅していない暗い店は、人を寄せつけない雰囲気で、駐車場には一台の車もなかった。〈ティックルド・ピンク〉も同様だった。つぎにまわった店も、やはりひとけがなかった。

四軒めはクロフォードがはじめて行く店だった。ほかの三軒に輪をかけてみすぼらしい。社会の最底辺に落ちた人間のための店だ。汚れて曇った窓。低い屋根。未舗装の駐車場には、ところどころに泥水の水たまりができている。どれも娯楽を求める人たちの気を惹くものではない。

建物の裏手に車をまわすと、すぐそこに森が接していた。平たい建物に忍び寄る木々や下生えが、いつの日か建物全体にはびこり、そのみじめな存在を消し去ろうとしているようだった。

通用口のドア近くに汚らしいグレーの車が停まっていた。クロフォードはホリーの車を停め、外に出て車のなかをのぞいた。大量のゴミとシミだらけのシートが見えるだけで、ほかにはなにもなかった。

そこでジョーの銃をホルスターから取りだした。すでに弾倉をチェックして、五つの仕切りそれぞれに三八口径の銃弾が込められていることは確認してある。メタル製のドアにこっそりと近づいた。がたつくドアノブに、よくある錠がついている。クレジットカードを使って苦もなく開けることができた。

ドアは外開きだった。クロフォードはドアを細く開いて滑りこみ、すばやくドアを閉めた。いくら雨天のどんよりした日差しであっても、黒く浮かびあがる人影は標的になりやすい。なかの空気はロッカールームのようにじめつき、酒やタバコの煙の饐《す》えたにおいがした。まっ暗なので、目が慣れるのに時間がかかる。クロフォードは身じろぎせずに耳を澄ました。雨が外のひさしに落ちる音が聞こえる。それだけだった。

「スミッティ?」

その声が闇に吸いこまれていく。まるで建物にのみこまれるようだ。もう一度、少し声を張って呼んだが、返事はなかった。危険ではあるものの、携帯電話の明かりを使うしかない。明かりがなければどちらが建物の奥かさえわからなかった。

画面の薄明かりで、いまいる場所の周辺だけはどうにか見えるようになった。真正面のコンクリートブロックの壁際に酒の木箱が積んである。左隅には業務用のモップバケツがひとつ。乾いたモップに蜘蛛の巣が張っていた。右手に狭い通路があった。クロフォードはそこを進んだ。

最初にたどり着いたドアは半開きだった。そのドアに差しかかったちょうどそのとき、携帯の画面が消えた。心臓をどきどきさせながら、暗闇のなかでしばらく待ち、なにも起こらないことを確認して、また携帯の明かりをつけた。三八口径の短い銃身でドアを押し開ける。

部屋の幅に合わせて作られた化粧台の鏡には、自分の姿だけが映っていた。クロフォードは部屋から出て、廊下に沿って二番めのドアへ進んだ。そこは公衆電話ボックスくらいの広さの化粧室で、汚いトイレとシミだらけの洗面台があった。

三番めのドアが事務室だった。これまでのスミッティとのつきあいのなかで、クロフォードが奇襲をかけてきたほかの部屋にそっくりだ。散らかった机、傷んだファイルキャビネット、いっぱいになったゴミ箱。そんなものが狭苦しい空間に押しこめられ、壁にはポルノ写真がところ狭しと貼られている。

スミッティはそこにいた。床の上に。

クロフォードは小声でののしった。「このクソ野郎が！」

さっきと同じ光景だった。ホリーは自宅のリビングでニール・レスターとマット・ニュージェントから問いただされていた。ふたりを見送ったあと寝室でクロフォードと落ちあったわずか数時間後には刑事たちが舞い戻り、またしてもクロフォードの居場所が問題になっている。

ニールが尋ねた。「どこへ行ったかはわからないんですか？」

「もう二度、訊かれてるんですけど」ホリーは答えた。「行き先がわかっていれば、電話したときに言っています」

勝手口まで行き、自分の車がなくなっているのを確認するとすぐに、ニールに連絡を入れた。「母屋の私道を左折するテールライトが一瞬見えました。わたしにわかるのはそれだけです」

「クロフォードがあなたの車を盗むつもりでいたことを知らなかったんですか？」

「彼がいなくなる間際まで知りませんでした。その前にわたしのジーンズのポケットから鍵を取ったんだと思います」

「どうしたら気づかれずにそんな芸当ができるんです？」

　ホリーはニュージェントを見た。「わたしはそのジーンズをはいてなかったので」

「ああ」

　クロフォードのことを警察に通報するのは裏切りのようで苦しかった。とくにニールには。けれどクロフォードを阻止しなければならない。手遅れにならないうちに。

　それ以上のことは考えてはならない。彼の身に起きそうなことも、彼がオッターマンにしそうなことも。心はクロフォードに対する怒りと、彼を案ずる気持ちのあいだで引き裂かれていた。彼を追う犬を呼んだ自分をクロフォードは許さないかもしれない。それでも、彼に死なれるよりは、生きて恨まれるほうがましだった。

　刑事ふたりは、もっと有益なことを言わないかと期待するように、ホリーを見ていた。

「なぜ彼を探しにいかないんですか？」動かないふたりにいらだち、ふたりを追い立てるべく、ホリーは椅子を立った。「彼はわたしの車を運転しています。彼が取り替えたナンバーはわからなくても、車種や型式はわかるでしょう？」

「広域指名手配しました」ニールが答えた。「ですがクロフォードがここにいると、昨晩のうちに話してくれていれば、こんなことにはならなかった」

「あなた方は彼がここにいるかと尋ねませんでした。わたしは質問にはすべて正直に答えました」

「それは屁理屈ですよ、判事。真実に口をつぐむのは一種の嘘です。あなたは意図的にわれわれをあやまった方向に導いた」

「あなた方がほかの手がかりを追おうとせず、彼を拘束したがっていたからです。たとえばクロフォードの電話にあったナイトクラブの写真です。彼が残していったあの写真は、事実上、チャック・オッターマンがあの警官を殺したことを示しています」

「あの写真に関しては、いまデル・レイ・スミスという男を探しています」

クロフォードがスミッティと呼んでいた男だが、ホリーはそれを知っているのを黙っていた。

ニールは、出番を待ちかまえるニュージェントに発言権を譲った。「その男は、コナーとオッターマンが会ってたクラブのオーナーなんです。昨日の夜、そのクラブに行ったんですが、従業員の話によると、スミッティは十時ごろ店を出たきりでした。行き先は誰も知らなくて、しかも閉店時間にも戻らなかったそうで。というわけで居場所を探してます」

「いまだ見つかっていませんが」ニールが言った。

「クラブへは今朝も行ったんですか？」

「閉まってました。自宅アパートも留守で、車もない。保安官助手に見張らせてます」

どうやらスミッティは、ホリーとクロフォードが〈ティックルド・ピンク〉を立ち去った直後に店を出たようだ。だがスミッティにこだわっている場合ではない。重要なのはオッターマンだとふたりに叩きこまなければ。「パット・コナーがチャック・オッターマンと会っていた理由は？」

「それについてはオッターマンさんから説明がありましてね」

自分の耳が信じられず、ホリーはニールをまじまじと見た。「オッターマンと話したの？」

「今朝の夜明け前に。監督代理に連絡を取って、わたしが話したがっていると聞かされたそうです。それでわたしに電話してきた」

「いまも都合よく町から離れているわけね？」

「ルイジアナ州のどこかで釣りだそうです。それ以上はわからない。友だちの車で移動したとかで、正確な場所はわからないそうです」

「わからない？　彼が？」ホリーは大声を出した。「あんなに管理能力の高い人が自分の居場所がわからない？　そんなことほんとに信じたの、レスター巡査部長？」

あきれたと言わんばかりの彼女の口ぶりに、刑事は言い訳がましくなった。「わたしが尋ねる前にコナーと会ったことを自分から打ち明けたんですよ。コナーから会いたいと頼まれ、オッターマンは裁判所の銃撃事件と関係があるのではないかと思ったそうです。しかし、会ってみると、コナーは要領を得なかった。びくついて、不安げだったそうです」

そして、思案顔でつけ加えた。「警察バッジをつけている全員がコナーの殺人事件を――処刑を――重く受けとめています。まずはチェット。数日後にパット・コナー。もし彼が裁判所の銃撃事件の犯人だという証拠が出れば、捜査関係機関全体に腐敗が浸透していることになる」

「クロフォードは腐敗していません」ホリーは言った。

ニールは寝室に続く廊下を見やったが、そのずるそうな顔がほのめかす内容を口に出す前にホリーの携帯電話が鳴った。ホリーは急いで電話に出た。「はい？」

「スペンサー判事？　ハリー・ロングボウです」

安堵で体の力が抜けるようだった。ホリーは口だけ動かしてレスターとニュージェントに、ハリー・ロングボウからだと伝えた。「クロフォードから連絡があったの？」

「昨日の夜が最後だ。だから連絡した。もしかしたらあなたと……いっしょじゃないんだな？」

がっくり気落ちしながら、ホリーは状況を説明した。

事情を聞かされてハリーは深いため息をついた。「レスターとニュージェントは捜査してるのか？」

「いまもここにいるわ。でも指名手配したそうよ」

「クロフォードは夜明けにそこを出た？」

「夜が明けると、すぐに」

「オッターマンを必死で追ってるんだな」

「ええ」言葉に絶望がにじむ。「ひとりで行く決意を固めてた。彼が心配で」

「自分の身は自分で守れるやつさ。とはいえ、頼りになる援護があったほうがいいのはまちがいない。レスターはすでにオッターマンを広域指名手配してるんだな？」

「クロフォードをよ」

「クロフォードを？」そのあとのハリーのつぶやきは聞き取れなかったが、口吻《こうふん》には軽蔑が込められていた。「追うべきはオッターマンだろ」

「まったくよ。でも今朝、レスター巡査部長がオッターマンと話したら、ナイトクラブでパット・コナーと会ったいきさつについて説明があったとかで」ホリーは詳しく聞かせたが、経験豊かなテキサス・レンジャーは、ホリー同様、オッターマンが無実だとは微塵も思わなかった。

ハリーが言った。「口のうまいやつだ。だが、おれはだまされない。まだ証拠はないんだが、少しずつ見えてきてる」

「なにが？」

「ハルコンだよ。クロフォードに知らせなきゃならない。なるべく早く。やつに聞いた新しい番号にずっとかけてるんだが、出ないんだ」

ホリーはさっきまで座っていた椅子の端に腰かけ、額をこすった。「なぜ出ないの？」

「理由はいろいろ考えられる」

安心させたいのだろうが、気休めにもならない。ハリーも同じくらい心配している。

「いいかい」ハリーは言った。「もし、おれより先に彼と話ができたら、おれかセッションズにすぐに連絡するように伝えてくれ」

「ええ、もちろんよ。そうするわ」

「それと、万が一……脅すつもりはないんだが、判事、もしオッターマンがあなたとクロフォードのあいだになにかあると気づいたら、あなたの身も安全とは言えない」

「気をつけます」

「頼むよ」

電話を切るとニールが言った。「それで？ なんと言ってましたか？」

ホリーは非難の目で彼を見た。「クロフォードに頼りになる援護があればいいが、と」


「おれの人生をめちゃめちゃにすんな！」

「銃を置け、スミッティ」

「あんたを殺してやりてえ」

「こっちもおまえを殺してやりたいよ」クロフォードは背後を手探りして照明のスイッチを押した。スミッティはデスクの下に潜りこみ、クロフォードの腹に銃を向けている。

クロフォードはジョーのリボルバーの撃鉄をそっと戻した。「おれがお前を殺せば、倫理にもとづいて社会の膿《うみ》を出すことになり、法と秩序がおれの味方についてくれる。町の広場にはおれの銅像が立つだろう。おまえがおれを殺せば、おまえは警官殺しとして注射を打たれてあの世送りだ。

それも死刑囚監房までたどり着ければの話だがな」クロフォードは世間話でもするように続けた。「ところが実際はそうは問屋が卸さない。テキサス・レンジャーは仲間を殺されると、誰が相手でもすんなりとは受け入れない。それがポン引きや密売者となったら、本気で腹を立てる。なかにはためらうことなく、おまえが裁判を受けるのを妨害するやつも出てくるだろう。〝逃亡〟しようとするおまえをブーツでぺちゃんこにして、犬の糞みたいにこすり落とすんだ。州にしてみれば死刑執行用の注射費用が節約できる」

スミッティは涙を流してすすり泣いていた。

「最後の警告だ。銃を置け」

スミッティはそれほどしっかりと拳銃を握っていなかった。手放そうとすると、拳銃が床に落ちた。クロフォードは近づいて手の届かないところへ蹴とばしてから、かがみこんでスミッティのシャツをつかんだ。デスクの下から引きずり出して立たせ、乱暴に押して椅子に座らせた。

「おまえの人生のどこに誇れる部分があるんだ、スミッティ？　それをどうやってめちゃめちゃにする？」

「ジンを飲ませてくれよ」

「いやだね」

「頼むよ。震えがとまらねえ」

事実だった。強風にあおられる木の葉のようだ。あろうことか、スミッティのようなクズでも、さらにぼろぼろになる余地があったようだ。わずかに残ったまばらな髪はおかしな方向に流れ、服は乱れていた。どうやら長くてつらいひと晩を過ごしたらしい。

クロフォードは情けをかけた。スミッティを気の毒に思ったのではなく、無駄にできる時間がなかったからだ。スミッティがいつまでもめそめそしていては、永遠に片がつかない恐れがある。

デスクにあった使い捨てのカップには、二センチばかりコーヒーの飲み残しが入っていた。クロフォードはそれを床に捨て、ファイルキャビネットの上にあったボトルから安物のジンを注いで手渡した。スミッティはごくりと飲んだ。もうひと口飲む前に、クロフォードはカップを取りあげた。

「後生だから」スミッティが訴えた。「これが飲まずにいられるか」

「おれには答えがいる。なぜ電話をかけ直してこなかった？」

「忙しかったんだよ」

「話すまで酒は飲めないぞ。なぜ弾を込めた銃を持って、怯えたウサギみたいに暗い部屋のデスクの下に隠れてたんだ？」

「べつに」

「おれから隠れてたのか？」

「いいや」

「だったら誰からだ？」

「あんたの電話が鳴ってるんじゃねえか？」

「あとで出る。オッターマンに関する情報を渡す約束だったよな」

「忘れたね」

「忘れただと？」

「ほかにやらなきゃならないことがあってさ。なにもかもあんたにしゃべるってわけじゃねえんだ。あ、待てよ」スミッティは指を鳴らした。「そうだ、しゃべったじゃねえか！　つい昨晩、知ってることをすべてあんたに話した。親父さんが――」

「写真を撮った」

「え？　写真？　クラブの規則違反だぞ」

「チャック・オッターマンが人と会ってる様子を撮ったんだ。相手は警官――いまは死亡した警官だ」スミッティに驚いたふうはなかった。「なるほど。もう知ってたか」

「で？」スミッティは座ったまま身じろぎし、かろうじて残った毛髪の向きを直し、ジンの入ったカップをものほしげに見つめた。「警官が殺されたって、どこで聞いたんだっけな。また電話が鳴ってるぞ。出たほうがいいんじゃねえか。きっと大事な用だ」

クロフォードは電話をそのまま鳴らしておいた。「昨日の夜、おれがコンラッドを連れにきたとき、おまえはオッターマンが午後〈ティックルド・ピンク〉で人と会っていたことを言わなかった。会っていた相手のひとりが死亡した警官だった」

　スミッティは椅子の上でもぞもぞと体を動かした。

「五秒やる、スミッティ」

「なんの時間だよ？」尋ねる声がうわずっている。

「チャック・オッターマンについて知ってることをしゃべる時間だ」

「なんも知らないって！」

「五」

「ほんとだって。た、確かにいろんなやつと会ってしゃべってるのは見たよ。それは話したろ」

「四」

　スミッティは声をあげて泣きだした。「殺されちまう」

「だからデスクの下に隠れてたのか？　おまえがオッターマンの殺害対象リストに載ってるから？」

「いいや！　おれ、そ……そんなこと言ってねえぞ」

「なぜオッターマンを恐れてる？」

「殺されちまうって、ただの冗談で言ったんだって！」

「三」

「もう一杯、頼むよ」

クロフォードはカップを渡した。スミッティはふたたびクロフォードに取りあげられるまで、飲めるだけ飲んだ。「なぜオッターマンを恐れていることを隠してた？」

スミッティはまた泣きだした。「あんたのことを訊かれたんだ」

クロフォードは無表情を保った。「おれ？」

「訊き返すまでもねえだろ？」

「訊かれたのはいつだ？」

「昨晩」

「どこで？」

スミッティは口を閉じ、首を振った。

クロフォードはさしあたりその質問は棚上げにすることにした。「おれについてどんなことを話した？」

「つまんねえことだって」

「嘘をつくな」

スミッティはため息をついて認めた。「あんたのことを知ってるかと訊かれた。すっとぼけてたら――」

「知ってることを全部吐いたんだろ？　そうとも、おまえは根が臆病だからな。それはおまえにもおれにもわかってる。さあ、なにを話したか言え」

「たいしたことはなんも。ほんとだって。あんたと、その、取引してるのかと訊かれて、してねえと答えたよ。あんたが嫌いだからってね。神にかけて事実だからさ」スミッティは不機嫌な顔で最後につけ加えた。

「ほかになにを知りたがった？」

「そんだけさ」

「スミッティ」

「クロフォード、もういいだろ」スミッティは訴えた。「あんただって、あんな男とごたつきたかねえだろ？」

「おまえはおれとごたつきたくないはずだぜ。ほかになにを話した？」

「もう一杯飲めるか？」

「答えによる」

スミッティはためらったのち、言った。「あんたが昨日の夜、クラブでなにしてたかとか、女は誰かとか。そんなことだよ」

「ホリー・スペンサーだと話したのか？」

「あいつらにワニの餌にされそうで怖かったんだよ。ひと口大にちぎられてさ」

なんならおれがそうしてやる。「オッターマンは週末で釣りに出かけたことになってる。ルイジアナにいるのか？　やつとの打ち合わせはそこでやるのか？」

「聞いてねえのかよ？　あんたに手を貸せば、殺されちまうんだって！」スミッティは悲鳴をあげた。「五、四、三、二。千からカウントダウンされたって同じだ。これ以上、なんも話さねえ」

クロフォードはゆっくりと身を引いて、肩をすくめた。「いいだろう。それ以上、なにも話すなよ。児童に対する猥褻罪、売春の強要、法定強姦罪で刑務所に放りこんでやる。三十日以上続いてるようなら、児童に対する継続的性的虐待も足せるな。さて、ほかに忘れてる罪はないか？　ああ、そうそう」クロフォードは壁の猥褻な写真を指さした。「もしその子の写真を撮ってたら――」

「こいつは十六だ！」

「未成年だ。裸で踊ってる。ラップダンスもしてるか？」クロフォードは舌打ちした。「犯罪行為だな、スミッティ。最低記録更新だ」

「採用面接のとき、こいつが嘘をついてたんだ。ほんとの年齢を知って、クビにしたよ」

「彼女と何度やった？」

「やってねえって！」

クロフォードはただ黙って見つめた。

するとスミッティは仏頂面で反抗的になった。「実際にそんな娘がいたかどうか、あんたははっきり知ってるわけじゃねえ。当てずっぽうで言ったら、当たっただけだ」

「経験にもとづく推測だ」

「証拠はあるのか？」

「証拠を探すあいだ、店を営業停止にしてやる」クロフォードは応じた。「だが、このところ忙しいから、証拠を集めてその子を探すには、べらぼうに時間がかかるかもしれない」

「ふん、なにがその子なもんか」

「いずれ見つけるとして、見つかるまで、おまえはみじめなプレンティス郡監獄暮らし、上履きをひきずって、兄貴たちのご機嫌うかがいだ。そういう兄貴にはたいてい妹分がいる」

スミッティは頑として応じなかった。「脅したきゃ、脅せばいいだろ。オッターマンのことはもうしゃべらねえぞ。とくに、いまの居場所は」

クロフォードの電話がまた鳴った。こんどは電話に出た。

「どこにいる？」

ハリーからだった。「オッターマンについてなにかわかったのか？」

「懸念すべきことがな」

「なんだ？」

「オッターマンは、テキサス州北部で実入りのいい仕事に就いてたが、それをやめて、いま働いてる会社に入った。賃金は大幅にダウンした」

「移ったのはいつだ？」

「数カ月は行ったり来たりしてたが、ハルコン事件が起きたころに完全に移った。それを知ってセッションズとおれはいやな予感がした」

クロフォードもだった。実際、胸が悪くなった。「その仕事というのは、本部がヒューストンにあるんだな？」

「そうだ。セッションズは閃きに従っていま探りを入れてる」ハリーが言った。「なにが心配かって？　これがハルコンと関係してておまえに対する復讐だとしたら、やつはずいぶんな時間をかけたことになる。つまり、A、やつは計画的である。B、辛抱強い。C――」

「決着をつける準備ができてる」

「今週、起きたことからして、そのようだな。やつの居場所はわかったのか？」

「イタチ野郎を締めあげてるところだ。あとで連絡する」

「待て」ハリーが言った。「まだあるんだ」

「くそっ」

「そうとも、おもしろいのはここからだぞ。おまえが判事の車を盗んだあと、彼女はニール・レスターに通報した」ハリーはクロフォードがそれを咀嚼《そしやく》するのを待ち、反応がないので先を続けた。「おれがそれを知ってるのは、おまえの居場所を尋ねようと判事に連絡したからだ。レスターと腰ぎんちゃくが判事の家にいた」

「彼女はだいじょうぶなのか？」

「動揺してた。彼女が通報したのは、おまえが傷つくか、殺されるか、もしくはばかなことをしでかすのを案ずればこそだ。しかも最悪なことに、レスターはいまだにおまえにすべての罪を着せようと熱心に任務を遂行してる」

「いくらやつだって、そこまでばかじゃないだろ。コナーとオッターマンの写真で考えを変えたはずだ」

「ああ、そのことだが。オッターマンのほうが上手だった」ハリーは、ニールが早朝にオッターマンと交わした電話の内容を伝えた。「会ったことを認める一方で、コナーが死んだことについては知らないふりをした」

クロフォードは毒づいた。「オッターマンのやつ、ニールを手玉に取ってやがる」

「しかもまんまとな。レスターはおまえと判事の車を広域指名手配したぞ」

「ほかにいい知らせは、ハリー?」

「いまのところはこんなもんだ」

「まあ、ニールがおれにご執心なのも、まったく役に立たないわけじゃない。おかげでホリーのそばにはつねに警官がいる」

「まったくだ。おっと、セッションズが来たぞ。興奮してるようだが、壁紙の話じゃなさそうだ。おまえはイタチ野郎とのすったもんだを続けてくれ。また電話する。電話したらちゃんと出ろよ」電話は切れた。

スミッティが尋ねた。「誰からだ?」

「レンジャー仲間だ。そいつから助言されたよ。時間の無駄遣いはやめろ、質屋で仕入れた拳銃を使っておれを襲った罪でおまえを殺しちまえ、いい厄介払いになるぞ、とな」

「あんたを襲っちゃい——」

「おれはおまえを殺したくない、スミッティ。第一級の重罪もろもろで、刑務所に送ったほうが楽しめる」スミッティにのしかかるように、腰をかがめた。「だが、おれはいいやつだから、その女の子が職を探しててオーディションで嘘をついたことを考慮してやってくれと、地方検事補に口添えしてやってもいいぜ。だが、それにはそこがルイジアナのどこにあるか話してもらわないとな」

「誰がルイジアナにあるなんて言ったよ」スミッティがジンの入ったカップに手を伸ばした。

クロフォードは手の甲でカップを払い落として、身を乗りだした。「あくまでしらを切るつもりか？　この先、九十九年間、ハンツビル刑務所の性的倒錯者全員とデートができるようにお膳立てしてやってもいいんだぞ」

スミッティは嘆き節になった。「なあ、クロフォード。神に誓って、おれがやってんのは現金を受け取って、行ったり来たりするだけなんだ」

オッターマンと取引をしているのかと尋ねるまでもなかった。現金と口を滑らせて、スミッティは口をつぐんだ。「やつはどこにいる？」

「その前に紙に書いてくれよ。その……未成年の女の子のことをさ」

「その前にブーツでケツを蹴とばしてやるよ。オッターマンはどこだ？　町の名前を言え」

「あそこが町なもんか」

「じゃもよりの町だ」

「二十二に見えたんだ。いや、二十五だ！　ひと目でもあの子を見たら、どんな陪審員だっておれを有罪にはしねえって」

「スミッティ」

「保証が欲しい」

「ボーイスカウトの名誉にかけて誓ってやる」

「そんなんで足りるかよ」

「こういうボーイスカウトの誓いはどうだ。オッターマンを見つけたら――いずれかならず見つけるが――そのとき、おまえが居場所を教えてくれたと忘れずにやつに知らせてやる」

スミッティはうめき、小便をこらえるように股ぐらをつかんだ。「プレンティス」

「なんだ？」

「プレンティスだよ。もよりの町は」

「ルイジアナ州じゃないのか？」

スミッティは悲痛な顔で首を振った。「州境のこっち側だ。ぎりぎりのとこだけどな」

「だがテキサス州なんだな？」

スミッティはうなずきながら、袖で洟をぬぐった。

クロフォードはにやりとした。「言うことなしだ」

# 第三十一章

クロフォードはニールに電話した。話したいのはホリーだが、この際しかたがなかった。

ニールは不機嫌な声で電話に出た。「誰だ?」

「チャック・オッターマンの逮捕状を取らないとな。そのために誰を吹き飛ばすことになったって、知ったこっちゃない」

「罪状は?」

「まずは殺人の共謀から入って、追い追い空白を埋めろ。パット・コナーの件がもっとも手っ取り早いだろう。うまく取引をもちかければオッターマンに対する検察側の証人になりそうな人物もいる」

「デル・レイ・スミスか?」ニールが冷笑した。「こっちの方が早かったな、クロフォード」

くそっ!

「保安官助手がやつのクラブのひとつで発見したのさ。椅子にダクトテープで縛りつけられていた。警察の横暴だ、車を盗んでいったと、おまえを責め立てていたそうだ。スペンサー判事の車が乗り捨てられて、やつの車がなくなっていたところを見ると、事実のようだな。

いま保安官助手が締めあげてるが、おまえがなぜ暴力に訴えて、どこへ向かっているのかについては、頑として口を割ろうとしない」

いずれスミッティは屈する。そういう男なのだ。騎兵隊を差し向けられる前にオッターマンを発見したいが、そのための時間はさらに短くなった。

クロフォードは言った。「スミッティには時間をかけるだけ無駄だ。オッターマンとコナーの写真があるだろ」

「ただ会話をしていたというだけで、なんの証拠にもならんぞ。そんなものに野心を賭けたがる地方検事補はいない」

「取っかかりにはなる。引っぱるにはあれでじゅうぶんだ。やつを追いつめ、会話していた理由を説明させろ」

「説明ならすでに受けた。今朝の早い時間に尋ねたんだ」

「ああ、そのことなら聞いてる。市民の義務を果たすことに熱心なチャックは、おまえから尋ねられもしないのに白状したんだってな。巧みな情報操作だとは思わないか、ニール？」

「この電話こそ情報操作だ」

心のなかで悪態をつきながら、ニールに揺さぶりをかける方法はないかと頭をひねった。そしてスミッティが現金取引で密売していたと認めたのを思いだした。「オッターマンは不正行為に手を染めてる。石油掘削以外のことにかかわってるんだ」

「たとえば？」

「まだわからない」

ニールが不審げにうなった。「それじゃ足りないな、クロフォード」

「どういう意味だ？」

「スペンサー判事によると、ヒューストンにいるおまえのお仲間は、オッターマンとハルコンのつながりをつかみつつあるそうだ。不正行為をはたらいたのはオッターマンじゃなくて、おまえじゃないか」

「オッターマンはそう思ってるのかもしれない」

「なぜだ？」

「おれにもわからない」

「いや、言うつもりがないんだろう」

クロフォードはかっとして反論した。「いいか、これだけは言っておくぞ。裁判所の銃撃事件からこの方、その影響をもろにかぶったのはおれだ。オッターマンとおれ――だが、はじめたのは向こうだぞ。やつがぶらりと現れたあの日まで、おれはやつを見たこともなかった。だから向こうがおれを選びだしたんで、その逆じゃない。たとえおまえが信じたくないからと鼻であしらったところで、あのなれなれしげな表向きの態度の奥には、とてつもないものが隠されてる。

もしおまえが、おれを犯人だと信じたいがために時間を無駄にしてなければ、やつがなにをしようとしてるか、そしてパット・コナーになにをさせて最後には命を失わせたか、とうにわかってたはずだ。そしてあの悪党を刑務所に放りこめてたろう。

おまえの失敗をいまさらとやかく言ってもしかたがないがな、ニール、今後については話は別だ。ジョージアやホリー・スペンサーに少しでも害があったら、おれはおまえが子どものころのおれに対する恨みのせいでひどい失敗をしでかしたと言いふらして、その堂々たるキャリアプランを木っ端微塵にしてやる。そのうえで、肩から頭を引っこ抜く。たとえおれが死んだって、〝ヒューストンのお仲間〟がおれの代わりを買って出てくれるだろう」

ニールの沈黙から怒りが伝わってきた。

クロフォードは続けた。「ジョージアはオッターマンの手の届かないところにやったが、ホリーには警護をつけて、つねに目を光らせてろ。あとはおれがオッターマンを見つけるだけだ。それですべてが整うから、令状の準備をしとけ」

「それまでおまえはなにをするつもりだ？」

「釣りに行く」

クロフォードは電話を切り、スミッティの車の助手席に携帯電話を投げた。スミッティの九ミリ銃もそこにあった。銃器が増えてありがたいが、手元にあるのはそれとジョーのリボルバーだけだ。たどり着いた目的地の状況しだいだが、その二丁ではとうてい足りないかもしれない。少なくともオッターマンには屈強なふたり組がついている。あいつらにワニの餌にされそうで怖かったんだよ、とスミッティは言っていた。あいつら、と。ワニの餌づけをするのはフリックとフラックなのだろう。

さらに何杯かのジンで元気づけつつ、椅子に縛りつけてやると脅してやると、スミッティは大雑把《おおざっぱ》な地図を描きあげた。「州道を五、六キロ行くと、剝製屋の看板があってな。アルマジロが描いてある。そこを左。看板を見落としたら、万事休す。あれがなかったら曲がる場所なんか絶対にわからねえ。そこを曲がったら、その先、道に名前や番号がついてるかどうかおれは知らねえ」

地図を手に入れたクロフォードは、結局のところスミッティを椅子にテープで縛りつけた。遅かれ早かれ、誰かしらがパット・コナーが殺される数時間前に〈ティックルド・ピンク〉にいたことについて事情聴取に来るのは確実だった。

その前に立ち去れた幸運に感謝しつつ、スミッティが発見されるまでに多少なりとも時間がかかることを祈った。いまとなれば、スミッティが取り調べで口を割らないことを祈るしかない。今回ばかりは、スミッティの泣き言や取引工作が時間稼ぎの役に立ってくれる。

スミッティが言っていたとおり行き先は僻地《へきち》で、そこに嘘はなかった。八キロほど州道を走ると、脇道の目印である剝製屋の看板が見えた。この先になにかがあるとは思えない道だった。

狭い道の両側に広大な未開の沼地が広がっていた。一帯は水浸しで、つる植物がはびこり、森を形づくる木々の枝は塊になってぶら下がったスパニッシュモスのせいで、息も絶え絶えに見えた。湿地に根づくイトスギが、粘つく地面からこぶだらけの曲がった根をのぞかせている。

道とも呼べない曲がりくねった道は、同じように走りにくそうな何十本もの道と交差していた。もし地図がなければ、何日もあたりをへめぐった挙句、撤退を余儀なくされていただろう。あとは記憶力が優れていたとしてスミッティを褒めてやるか、さもなくば骨折り損をさせた罰として死を授けるか。

その答えはまもなくわかる。

スミッティの地図のなかの大きな点で記された地点まであと一キロ半ほどと思われる場所で、路肩に車を停めた。野生の低木でそこそこ車体を隠しつつ、ぬかるんだ地面に車輪をとられないように気をつけた。急いで立ち去る必要が生じるかもしれない。

スミッティの拳銃を腰の背側のホルスターにおさめると、ジョーの拳銃を手に持って歩きはじめた。

スミッティはテキサス州境のこちら側だと言い、ここまで州境を踏み越えた気配はなかった。最終的に銃撃戦となったときは、バッジによって公的な身分が保証される場所のほうが格段に都合がいい。

とはいえ、ここまできたら、管轄権といった些末な問題で足踏みするつもりはない。勝手に自分を敵視している相手のところまで誰よりも先にたどり着くと決めていた。これはオッターマンからしかけられた個人的な闘いだからだ。オッターマンの憎しみをかった理由を知ることに不安がないと言えば嘘になるが、誰よりも先にそれを知る必要があった。

たとえそのせいで自分が死ぬことになろうとも。

道は黄土色でぬかるんでいた。クロフォードは姿を見られたり、ブーツの足跡がつくのを嫌って、道を避けた。沼地や下生えのあいだに分け入ると、すぐに汗で服がぐしょ濡れになった。雨はやんでいるが、雲は低く垂れこめ、ただでさえ重い外気にいまにも土砂降りの雨が加わりそうだった。ときおり水の跳ねる音、かさかさという葉擦れの音、それに気まぐれな鳥の鳴き声がするだけで、沼地は静かで蒸し暑かった。だがここには姿こそ見えないが恐ろしい生き物がうごめいている。

やはり戻ってスミッティを殺してやらねばならないと思いかけたとき、錆《さ》びたトタン屋根が見えた。クロフォードはしゃがんでしばらく様子をうかがった。近づいてくる自分に気づいて、監視しているかもしれない。五分待って歩きだし、よく見えるところまで近づいた。スミッティが〝崩れかけ〟と表現していた建物は、確かに雨風に痛めつけられ、腐った杭がぐらついていて、ゆったり流れる小川のなかへいまにも倒れこみそうだった。

崩れ落ちていれば、チャック・オッターマンも道連れになっていたのだが。

オッターマンはポーチの深いひさしのもとで、背もたれがはしご状になった椅子に座っていた。片足を乗せているポーチの手すりは傾き、垂直に立っている柵は半分ほどしかないにもかかわらず、彼はまるで金ぴかの王座におさまる王のように傲慢に体を傾け、煙の輪を吹きだしていた。きれいな円を描いた煙が、湿っぽい空気に浮かんでは消えてゆく。

クロフォードは葉巻のにおいが嗅げる距離にいた。

コンラッドの写真に写っていたふたり組が建物の両端にいた。ひとりは小川に目を向け、ナイフで爪を削っていた。もうひとりは漫然と外壁にもたれ、もみあげをいじりながら道を見張っていた。壁の手の届く場所にショットガンがもたせかけてある。

オッターマンは葉巻を吸い終えると、手すりから足をおろして立ちあがった。そして伸びをして、小川を見張る男に声をかけたが、距離があるのでなにを言っているかまではわからなかった。網戸の蝶番《ちょうつがい》がきしる音とともに、オッターマンがドアを開けてなかに入った。音をたててドアが閉まる。見張りのふたりはその場に留まった。

クロフォードは最小限の動きで慎重に後ろにさがった。

百メートルほど離れてようやくひと息ついた。スミッティの車に戻るころには汗がしたたっていた。

だが疲れよりも、高揚感のほうが強い。アドレナリンがロケット燃料のように全身をめぐっている。つらいのは、夜になるまでその高ぶりを抑制しておかなければならないことだ。クロフォードはよく人から衝動的で向こう見ずだと言われる。確かに、それを認めるのはやぶさかでないが、かといって、自殺行為も趣味ではなかった。

ハリーとセッションズを呼ぼうか？　なにを置いても駆けつけてくれるだろう。だが、管轄権のあいまいな場所での対決にふたりを巻きこみたくなかった。セッションズが勘に従って追っている線で結果が出たかどうかも知りたいけれど、連絡をすれば、ふたりからいまどこにいてなにをするつもりか教えろと迫られるのは目に見えている。

それにセッションズの勘がたどり着いた先の結果を聞くのが怖くもあった。

ニールに連絡して逮捕状について尋ねようか。そんなことも考えたが、令状があろうがなかろうが、オッターマンに対して行動に出ることは決めている。のちに自分の行動の正当性を主張しなければならなくなったとき、最後に捜査担当者と話した内容から逮捕状が出ているものと考えて行動した、と正直に言えるようにしておきたい。

ジョージアと話をしないという決意にも、迷いが生じた。ジョージアの声が聞きたい。きっと愛していると言ってくれるし、その言葉が掛け値なしの本心なのを自分も感じるだろう。ジョージアの愛情には偏りも条件もない。またあの愛らしい口から出る言葉を聞きたかった。だが、電話をすれば、つぎの約束をせがまれる。守れないかもしれない約束はできない。

時間を巻き戻して、目を覚ました直後に戻りたかった。ホリーの吐息が顔にかかり、やわらかな体のぬくもりが隣にあった。あのつかの間の、満たされていた時間をもう一度、味わいたい。ホリーは、ソファで交わした電光石火のセックスのことを〝こういうことを楽しみにできる関係ならどんなによかったか〟と言った。いまもそう思っているだろうか。

もちろん、彼女はそんなことを思ってはいけない。なにからあやまったらいいかわからないけれど、ホリーにはあやまらなければならないことがたくさんある。もし自分がいなければ、銃撃事件は起きなかった。ホリーは命の危険にさらされることなく、強固な基盤の上にキャリアを築いていただろう。面倒な後始末をホリーに押しつけてきてしまったけれど、ふたりで過ごした至福の時間がその埋めあわせになるだろうか？　それに答えられるのはホリーだけであり、答えがノーであっても、自分には彼女を責める資格などなかった。

やはり電話は誰にもしない。そう腹をくくり、プリペイド携帯のバッテリーを抜いた。あとは暗くなるのを待つだけだった。

ふたりの刑事が帰ると、自宅でひとりになったホリーは、これから自分のすべきことや今後の見とおしを求めて、部屋から部屋へとさまよった。車は発見されて戻ってきたが、クロフォードの行方は杳《よう》として知れず、その時間が長引くにつれて、無力感と彼になにかあったのではという不安はつのるばかりだった。

正午になると、テレビのスイッチを入れた。ニュース報道の中身が気になった。トップがパット・コナーの殺人事件だった。コナー家の外の映像が流れ、ラベルつきの袋を持つ鑑識員の姿が映った。

「今週に入って殺されたプレンティスの法の執行官は、これでふたりめです」リポーターがしかつめらしい表情で言っていた。「ふたつの事件に関連性はありませんが、関係者の悲しみ――」

「関連がない？」あまりの腹立たしさに、家じゅうに響き渡る大声が出た。

急いで仕事着に着替え、警護のパトカーを引き連れて、車で庁舎に出勤した。動きの緩慢なエレベーターを避け、中央の階段を使った。すぐ後ろから警官たちがついてきた。

ミセス・ブリッグズは、突然のホリーの登場に驚き、彼女から指示されたことにさらに驚いた。「タイラーのテレビ局に電話をして、チャック・オッターマンについて報道したリポーターにつないでもらって。リポーターが出たら、一時間後にここでわたしの単独インタビューを撮る気があるかどうか尋ねてちょうだい」ホリーはひと息ついて、続けた。「それと、知事と話ができるか確かめてもらえるかしら」

「いつですか？」

「いまよ」

ホリーが自分の執務室に入り、室内を行きつ戻りつしていると、デスクの電話が鳴った。

「ハッチンズ知事とつながりました」ミセス・ブリッグズが言った。

ホリーは深呼吸して点灯するボタンを押した。「ハッチンズ知事、会議からお戻りになったばかりですのに電話に出ていただき、ありがとうございます」

法廷で起きた恐ろしい事件について知事は遺憾の意を示し、ホリーの身を案じた。ホリーが元気だと答えると、彼は言いにくそうに〝不愉快な事件の影響〟について話しだした。

「その件でお電話いたしました、知事。これからテレビのインタビューを受けます。まちがいなく、そちらにまで影響がおよびますので、事前にお知らせしようと思いまして」

ホリーはさえぎられることなく五分間話した。話し終わると、知事が言った。「要は、捜査関係者が見当ちがいの捜査を行っているということだな」

「はい、知事。インタビューが放映されれば、わたしの判断力が俎上にのぼるでしょう。レンジャーのハントと個人的にかかわりすぎたことですでに非難を受けています」

「事実なのかね？」

「気持ちのうえで強く惹かれているかということなら、はい、事実です」ホリーは、その言葉が届くのを待ち、解釈を相手に任せた。「ですが、目は曇っていません。それよりも明らかなのは、レンジャーのハントに対する同じように強い偏見が捜査の妨害になっていることです。そうした個人的な軋轢《あつれき》が、殺されたチェット・バーカーと、警察官のパット・コナーに正義をもたらす妨げになることをわたしは恐れています。ですから、わたしやわたしのキャリアにいかなる影響があろうとも、わたしにはそれについて話す義務があります」

続く沈黙のあいだ、ホリーは息を殺していた。ついに知事が言った。「表現のしかたにはくれぐれも気を配ってくれよ」

ミセス・ブリッグズの電話から四十五分でテレビクルーが到着し、その二十分後には、リポーターによる単独インタビューがすんだ。クルーが機材を片づけてホリーの執務室を去った十分後、ニール・レスターが執務室に駆けこんできた。いまにも爆発しそうだった。

「すみません、判事。刑事さんが——」

「いいのよ、ミセス・ブリッグズ」

秘書は引きさがりつつ、ドアを開けたままにした。

ニールが言った。「前もってお知らせいただくのがフェアというものじゃありませんか。ニュース班が下に来て、あなたのインタビューの補足発言を求めてきました」

「それでじゅうぶんフェアだと思いますけど。なにを怒っていらっしゃるの？」

「そもそもどうしてインタビューなど、持ちかけたんです？」

「グレッグ・サンダーズは、わたしが一連の悲惨なできごとのすべてに関係しているとほのめかし、わたしが立候補をとりやめて彼に裁判官の席を譲るのが世のためだと言っています。そのつもりがないことを世間に伝えたかったのです」

「あなたやあなたの選挙のことなど、二の次です。チャック・オッターマンについてなんと言ったんですか？」

「リポーターから、法廷の銃撃でチェット・バーカーが亡くなったこととオッターマンになんらかの関係があると思うかと訊かれ、捜査中だからコメントできないと答えました。そのあと、月曜の悲劇と、昨夜コナーが殺された事件については、あなたから話を聞くように言っておきました」

「そうやって巧みにふたつの事件を結びつけ、さらにそれをオッターマンに関連づけたわけだ」シャンデリアが揺れるほどの大声だった。

　ホリーは言い返さなかった。

「リポーターから訊かれませんでしたか？　なぜあなたの恋人が、コナーの殺人について事情を聴かれる前に逃げだしたのか、と」

　ホリーはかろうじて怒りを抑えこんだ。「クロフォード・ハントはコナー殺害の被疑者かと訊かれたので、わたしはそうは聞いていないと答えた。実際、聞いていませんからね」

「それもいまのところはです。だが、あなたの手引きでやつが警察の手をのがれたのは事実だ。しかもあなたはやつにいいようにあしらわれて、車を盗まれた」

「そういうことです」

「彼の居場所を教えてください」

「知りません」

「わたしの知性を侮らないでもらいたい」

「あなたの知性を疑いはじめているところです、刑事さん」

「どこにいるんだ？」

「知るもんですか！」

突然、刑事の背後に顔なじみのテキサス・レンジャーふたりが現れた。ハリー・ロングボウが礼を失することなくミセス・ブリッグズに声をかけていた。「判事に話がある」ハリーとセッションズがニールの脇をかすめて執務室に入ってきた。ハリーは刑事をドアから外へ押しやり、鼻先でドアを閉めた。ふたりの深刻な顔つきから、恐ろしいことが起きたのだと察知して、ホリーは弱々しい声で尋ねた。「クロフォードになにか？」

「いま言ったことはほんとか？　ほんとにクロフォードの居場所を知らないのか？」

「誓って知らないわ」

「ずっと連絡がないんだね？」

「夜明けからずっと。話がしたくて頭がおかしくなりそう」

「ああ、おれたちもだ」

「別の電話番号を聞いてるると言ってたわよね」

「何時間も前からかけてるんだが、反応がないんだ。ＧＰＳで場所を特定しようとしたんだが、携帯電話の基地局の近くにいないか、あるいはバッテリーを抜いてるか。両方かもしれない。クロフォードが厄介なことになって援護を求めてるといけないんで、なにはさておきここへ来てみた」

「判事」セッションズがはじめて口を開いた。「いいかい。あなたたちふたりがうまくやってるのは知ってるし、おれたちはよかったと思ってる。だが、知ってることを隠したらクロフォードのためにならない。もしやつが今朝、どこへ行ったか知ってるなら、話してくれ」

「知っているのは、彼がわたしの車を放置した場所だけよ」

「どこだ？」

ホリーはスミッティについて話した。

「そいつがクロフォードが言ってたイタチ野郎だな」ハリーが執務室の外を頭で指した。

「あいつも呼び入れたほうがいい」セッションズがドアを開き、ニールに入るように合図した。ニールが敷居をまたぐや、ハリーが言った。「スミッティについて話してくれ」

ニールはスミッティに関する基本的な情報を伝え、憤慨もあらわにつけ加えた。「徹底的に締めあげてるんだが、頑として口を割らない。そんなことをしたらクロフォードに殺される、それより先にオッターマンに殺されるかもしれないと言って」

「確かにそれは言えてる」ハリーだった。「オッターマンに関してだぞ」

セッションズが言った。「おれたちにやらせてくれ」

「人が変わったところで」ニールが言った。「うまくいくはずがない」

「だとしても、やるだけやらせてくれ」ハリーが言った。

深刻な口調を耳にして、ホリーの心臓は締めつけられた。

「オッターマンがクロフォードに恨みをいだいている理由がわかったぞ」テキサス・レンジャーは言った。「あいつは自分でもそれと知らずに、深みにはまりこんでたんだ」

# 第三十二章

クロフォードは動くのは完全に暗くなってからと決めていた。だが、釣り小屋の方向からヘッドライトの明かりが湿地を切り裂いて近づいてきたために、行動開始のタイミングを選ぶことができなくなった。

逡巡している時間はなかった。スミッティの車の室内灯を叩きつぶし、コンソールを越えて助手席側から外に出てドアを閉めた。車が視界に入ったのと、すぐ近くの木の幹に体を押しつけて、暗闇のなかで木と一体化したのは、ほぼ同時だった。

車はいったん通りすぎ、そこではじめてスミッティの車に気づいたように、ブレーキランプがついた。クロフォードはジョーのリボルバーを握り直し、息を殺して待った。運転手はこのまま走り去るだろうか？　それとも降りてきて調べるだろうか？

アイドリング中の車は新型の高級なセダンの外車で、車内の人数はわからなかった。窓には濃いスモークガラスが使われているうえ、それでなくともどんよりしていた一日が暗い夜に変わってきている。顔の前に出した自分の手すらろくに見えなかった。

そのとき室内灯がついて運転席のドアが開いた。運転席にいたのは爪を削っていたボディーガード、フリックだった。車を降りて開けたドアの前に立ち、あたりを警戒の目でじっくり眺めた。

「おい！　ここは私有地だぞ」

フリックは返事がないとわかると、エンジンをかけたまま道路中央に停めた車を離れ、ゆっくりとスミッティの車に近づいた。クロフォードは彼が右手を腿のあたりにつけていることに注目した。武器はあそこにある。

フリックは車の後ろから運転席に近づいた。じりじりと前に進みながらゆっくりと右手を持ちあげ、その手を前に突きだしたまま、勢いよく運転席のドアを開いた。なにも起こらない。それがわかると頭を車内に入れて、のぞきこんだ。これこそがクロフォードの待っていた瞬間だった。

フリックには葉擦れの音に反応する暇さえ与えられなかった。クロフォードは彼に飛びかかって、押し倒した。首根っこをつかんで顔を運転席のシートに押しつけ、肩甲骨のあいだを膝で固定して、ジョーの三八口径の銃身を耳の後ろに突きつけた。「死にたくなければ、ナイフを捨てろ」

思ったとおり、彼が持っていたのはナイフだった。ナイフで爪を研ぐのは、ナイフの好きな男だ。

フリックはためらい、飛び出しナイフの柄を握ったままだった。

「なんならやってみるがいい」クロフォードは小声で挑発した。「だが、おまえの脳みそは千分の一秒でぐちゃぐちゃになるぞ。それをしのぐ自信はあるのか？」鼓動二拍分、考える時間を与えた。「さあ、ナイフを床に捨てろ」

　彼は従った。「あんたがハントか？」

「会えて嬉しいよ」

　不快な笑い声が耳をつく。「オッターマンがお待ちかねだ。あんた、殺されるぜ」

「そうか？　残念だな、おまえはその場面が見られなくて」


「なにごとだ？」

　肉汁たっぷりのぶ厚いステーキを切っていたチャック・オッターマンは、突如響き渡った車のクラクションを耳にして、手を止めた。ブリキの皿にナイフとフォークを置き、拳銃をつかんで、足音高く網戸に向かった。

　近づいてくるのは、さっき用事を言いつけて送りだした自分の車だった。激しく左右に尻を振ってぬかるむ泥道を横滑りしながら、クラクションの音とともにまっすぐ小屋に向かってくる。

　もうひとりのボディーガードがポーチの階段の最上段で身構えていた。片手に二連発のショットガンを持ち、もう片方でまぶしいヘッドライトの強い光をさえぎっている。「あいつ、なにやってんだ？」

　車は小屋から約三十メートルまでの距離でいきなり急ブレーキをかけ、大きく右に進路を変えて、コントロールを失ったように小川に突っこみ、さらに数メートル滑ってから車体を震わせて停まった。クラクションがぴたりとやんだ。

それきりなにも起こらない。

不吉な静けさが続いた。ボディーガードが指示を求めてオッターマンを見た。

「おい、なにをぼけっと突っ立ってる」オッターマンはいらだたしげに手ぶりで行けと合図をした。

ボディーガードはポーチの階段をおり、まっすぐ車に向かいながら、仲間の名前を呼んだ。だが車に近づくにつれて歩が緩み、足取りに迷いが生じた。

ボディーガードはまた目に入る光をさえぎった。「運転席には誰もいねえみたいです」

「寝ぼけてるのか？」オッターマンが言った。「いったいなにを言ってるんだ？」

ボディーガードはさらに近づき、慎重に距離をとって運転席のドアを開いた。そしてオッターマンをふり返り、間抜け面をさらして言った。「ここは空っぽです」

「車が勝手に動くか！」オッターマンはどなった。「そのくそったれなヘッドライトを消せ」

ボディーガードが指示に従うと、あたりはふたたび闇に包まれた。周囲数キロで唯一の光源は、釣り小屋の天井からテーブルで冷めつつあるTボーンステーキを照らしている裸電球の明かりだけだった。

オッターマンはボディーガードを呼んだ。「懐中電灯を持ってるか？」

「はい、だんな」

「見まわってこい」

オッターマンは小屋に入ってテーブルに戻り、汚れた紐を引っぱって頭上の裸電球の明かりを消した。これであたりはまっ暗になり、ときおり懐中電灯の光が木々のあいだを左右に動いているのが見えるだけになった。

手探りでさっき座っていた椅子に戻って腰かけた。かろうじて確認できる網戸の輪郭をにらみつけ、暗さに目を慣らしながら待った。もう動く懐中電灯の明かりは見えない。自分の腕時計が秒を刻む音以外、なにも聞こえなかった。

すると小川の方角から立てつづけに二発、銃声が聞こえた。うちショットガンの音は一発だった。

オッターマンはその場に留まり、身動きせず、ただ漠然と、網戸から入ってくるのは誰だろうかと考えていた。だが、時間がたつにつれて、来るのはボディーガードではなさそうだという思いが強まった。ボディーガードなら懐中電灯で照らしながら戻ってくる。

十分たったころ、オッターマンは空気の変化を察知した。誰かがドア以外のところから小屋のなかに入ったしるしだ。おそらく仕切りの向こうのベッドが置かれたスペースにある窓だろう。これにはオッターマンも感心した――やるじゃないか。このわたしにも忍びこんできた物音が聞こえないとは。

オッターマンは頭上の紐を引っぱった。明かりがつくと、オッターマンと、手つかずのステーキと、そして隣の席に座る男が照らしだされた。縛られてさるぐつわを噛まされた男は、オッターマンの357マグナムをこめかみに突きつけられていた。

その男を見て、クロフォードは立ち止まった。

オッターマンが言った。「ふん、ようやく来たか。親父さんとふたりで心配してたんだぞ。なあ、コンラッド？」


テキサス・レンジャーふたりには、取調室でスミッティと話す時間が与えられた。三分半後、部屋から出てきたセッションズが、通りがけにニールに言った。「やつが床を汚しちまった。モップがいる」

「クロフォードの居場所を話したの？」ホリーはセッションズのあとから出てきたハリーに尋ねた。セッションズは早くも携帯電話に番号を打ちこみだしていた。

「地図を描かせた」

ニュージェントが尋ねた。「どうしたらそんなことができたんです？」

「またぞろ、オッターマンに殺される、そうでなければクロフォードに殺《や》られるとうるさかったんで、それは可能性でしかない、こっちは確実だぞと言って、六連発拳銃をやつの耳に突っこんでやった」

ニールが言った。「そのやり方は承服しかねる」

「知るかよ」

「州警察が出動した」セッションズが短い通話を終えて言った。「おおよその場所を伝えた。

剥製屋の看板の場所を知ってる警官がいたんで、そこで落ちあうことになった。州警察からプレンティスと近隣の保安官事務所に連絡を入れてもらう。あのあたりは管轄があいまいで、その場所が正確にどちらに含まれるかわからないそうだ。万が一ルイジアナ州だったときに備えて、向こうの捜査当局にも知らせると言ってた」

ハリーがニールを見た。「プレンティス警察の管轄外だが、いっしょに乗りこみたいんなら、遅れるなよ」

「指紋のこと、伝えたらどうですか？」ニュージェントが、庁舎の横の出口に向かう一行に遅れまいと小走りになりながら言った。

ニールが言った。「コナーのキッチンにあったダイニングチェアの背から採取した指紋が、オッターマンが雇っている男のものだと判明した。前科が複数あったんで、すぐに照合できた。火器の不法所持。暴行。二件の処刑スタイルの殺人事件で被疑者に挙げられながら、不起訴になってる」

ハリーはニールを見てにやにやした。「クロフォードがここにいて〝それ見たことか〟と言えなくて残念だよ。ま、あいつなら言わないが。あんたならいかにも言いそうだな」

セッションズが最初に出口に着き、ドアを開けて、後続が出るまで支えていた。しんがりがハリーだった。彼は足を止めると、ついてきたホリーと向きあった。

ハリーは彼女の両肩に手を置いた。「判事さん、あなたはここまでだ。携帯の番号はわかってる。事情がわかりしだい連絡する」

彼の重い手の下で、ホリーはがっくりと肩を落とした。「どうか気をつけて。すぐに知らせて……どんなことでも」最後には震え声になっていた。

「了解した。ああ、それと、下品な言葉を使ってすまなかった。あの男があんまり気にさわるもんだから」ハリーはホリーを放し、急いでセッションズに追いついた。そしてクロフォードの車に似たＳＵＶに乗りこみ、猛スピードで走り去った。ニールとニュージェントがそのあとから勢いよく走りだす。

ホリーは十秒数えたのち、走りだした。そして自分の車であとを追った。

父親の姿を目の当たりにして、クロフォードの心臓は跳ねた。

コンラッドは釣り糸らしきもので足を椅子の前脚に縛りつけられていた。両手は背中側で縛《いまし》められている。ハンカチを巻いたものを馬のはみのように口に噛まされ、頭の後ろで結ばれていた。

だがいちばんこたえたのは、コンラッドの目だった。恥辱、絶望、後悔をたたえてこちらを見つめていた。

オッターマンが言った。「説明は不要だろうな？」

クロフォードはジョーのリボルバーを床に落とした。「自由にしてやってくれ」

「銃ひとつでここに乗りこんできたわけじゃあるまい」

クロフォードは腰の背側に手をまわした。

「ゆっくりだ」オッターマンが警告した。

クロフォードはスミッティの九ミリ拳銃をホルスターから抜き、さっきの拳銃ともども床に落とした。

「ふたつとも向こうに蹴り飛ばせ」

そうした。

「どうも」

「もうさるぐつわは必要ないだろ。外してくれ」

「その前にいくつかおまえと話したいことがある」オッターマンはテーブルの下から、クロフォードのほうに椅子を押しやった。「座って、両手のひらをテーブルにつけ」

クロフォードは言われたとおりにした。「その拳銃をこっちに向けたらどうだ」

オッターマンはにやりとしたが、コンラッドのこめかみから銃口を離さなかった。「おまえの親父は臆病者だ」

「なにをいまさら」

「今朝、連れてこさせたんだが、情けない抵抗ぶりだったそうだぞ。ねずみの穴のような家だったと報告を受けた」

「そんな上等なもんかよ」

「ほお、無関心なふりか」オッターマンは大笑いした。「通用すると思うのか？　父親を案じていなければ、昨日の夜、大あわてで助けには行くまい」

クロフォードはなおも無関心を装った。「自分のためだ、こいつのためじゃない。父親が無益な酔っぱらいだと世間に知られたくなかったんでね」

「だがすでに知られている」

「おれが背負わなきゃならない十字架さ」

オッターマンがコンラッドを軽蔑のまなざしで見た。「いまだって、さるぐつわを嚙まされていようと音をたてておまえに警告することはできた。だが、それをすれば脳みそを吹っ飛ばされる。だから、自分の息子が殺されに来るというのに、切り株のようにだまりこんでいた」

「おれはまだ死んじゃいないぞ」

クロフォードの言葉には不吉な含みがあったが、オッターマンは動じなかった。彼は頭を動かして小川のほうを示した。「ボディーガードは?」

「逮捕に抵抗したもんでね」

「死んだか?」

「おれの言葉をまともに取りあわなかったからな」

「もうひとりは?」

「残念ながら参加できません、だとよ」

オッターマンがほほ笑んだ。実際は笑みではないにしろ。「生意気な口をきくとは聞いていたが」

「誰から？」

「わたしの友人から」こんどはゆっくりと顔に笑みが広がった。我慢できずにほくそ笑んだのだ。「おまえをよく知る親友がいてな」

悦に入ったオッタ－マンの笑みを見ていると、心のなかの陰鬱な悲しみが全身に広がるようだった。だがオッタ－マンを優位に立たせる材料を与えまいと、クロフォードは精いっぱい虚勢を張った。

オッターマンからなにを——どんな内容だろうと——言われても、その発言に対して反応すれば、自分とコンラッドは死んだも同然だ。ふたりが生き延びられるかどうかは、冷静な計算ができるかどうかにかかっており、反射的な行動は慎まなければならない。オッターマン以上の役者としてこの場を切り抜けるのだ。

「しかもおまえは驚くほど先の読みやすい男だ」オッターマンが続けた。

「どういうことだ？」

「うちのボディーガードが持っていたショットガンは、こっそり窓から忍びこむにはかさばる。だが、もうひとりの飛び出しナイフは持ってきてるはずだ。わたしが忘れたと思ったんだろうが、忘れちゃおらんぞ。ずっと注意していた。さっさと使わなくて、残念だったな。わたしが思うに、おまえはこのコンラッドのことを気にかけていないふりをしているが、おまえがナイフを使わない理由はただひとつ、この拳銃がまだこいつの頭に突きつけられているからだ。

さて、隠し持ってるナイフを出してもらおうか。ブーツのなかだろう？　刃先を自分に向けてテーブルに置いたら、元どおり両手のひらをテーブルにつけろ」

心のなかで悪態を唱えつつも、平静を保ってブーツに手を伸ばし、ナイフを取りだしてオッターマンの指示に従った。オッターマンは飛び出しナイフを取りあげて、手の届かないところへ投げ、自分が使っていたステーキナイフも投げ捨てた。

クロフォードは顔を動かし、ナイフが落ちた遠くの壁際を確認した。あそこではとても手が届かない。オッターマンに顔を戻しながら、一瞬コンラッドと目を合わせた。「コンラッドをここに連れてくるとは、ずいぶんと無駄なことをしたもんだ」クロフォードはオッターマンに言った。「こいつにはなんの関係もない」

「そうかな？」

「そうだ」

「昨日、わたしと同じナイトクラブに居合わせたのはただの偶然か？」

「飲んだくれだからな。どこであろうとたまたま近くにいればそこで飲む」

「偶然だろうとなかろうと、そんなことはどうでもいい。おまえを待つあいだ、いい時間つぶしの相手になってくれたぞ。どうだ、行動を見越せるとはこういうことを言うんだ。パット・コナーがジョージアを撮った動画を見せれば、おまえを探す必要がないことはわかっていた。メールを受け取ったときは、さぞかしショックだったろうな」

クロフォードは石のような表情を崩さなかった。

「それに」オッターマンが続けた。「あのポン引きが脅しに屈してここへの道を教えることも織りこみずみだった。わたしは座って待つだけでよかった。おまえが現れ、わたしに闘いを挑むとわかっていたからだ。果たしておまえはやってきた」

オッターマンのうぬぼれぶりは耐えがたいほどだが、クロフォードは動きだしたい衝動を抑えて、世間話のように応じた。「スミッティとはどんな取引をしてたんだ？」

オッターマンは鼻で笑った。「あれはただの使い走りだ」

「おまえと誰のあいだの？」

「歯の本数よりいとこがたくさんいるような無教養なやつらのだ。字が読めるかどうかあやしいやからも多いが、驚くほど質のいい武器を供給してくれる」

銃器か？　オッターマンは銃器と関係があるのか？　クロフォードは頭をフル回転させながら、さも知っていたようなふりをした。「ＦＢＩがおまえを追ってるぞ、チャッキー。アルコール・タバコ・火器および爆発物取締局が――」

「そのはったりにしろ、無関心なふりにしろ、説得力というものがまるでない」オッターマンは邪悪な笑みを浮かべ、皿の横に置いてあったコインを取りあげて左手の指の背を転がしはじめた。右手は相変わらず３５７マグナムをつかんでいる。

「わたしは誰からも追われてなどいないぞ、レンジャー・ハント。いずれはこの儲かる副業もおまえに気づかれていたかもしれない。どんなに巧妙に隠しても、足跡は残るものだ。だからわたしは仕事をはじめてまもないうちから、転々と居場所を移してきた。おまえはそうした足跡を見つけるのが得意だ。デスクのコンピュータの前でも、撃ちあいの場と同じくらい、高い能力を発揮した。

だが最近のおまえは、ジョージアのことにかまけていた。ジョージア。かわいい名だな。かわいいお嬢ちゃんだ。また、ホリー・スペンサーにもくっついていた。あのべっぴんの女判事は、テレビでおまえを褒め称えた。なにがどうなってるのか聞かされるまでもない。ちょっと考えればわかることだ」彼は皮肉っぽく眉を上下させた。「いずれにせよ、ここのところのおまえは、仕事をなおざりにしてたんじゃないか？」

ジョージアとホリーの名前を出されて、クロフォードの血が凍った。それでもぐっと堪えて、表情を崩さなかった。「教えてくれ。スミッティはおまえのために銃器を買い入れ、それを運んできて分け前を受け取ってたのか？」

オッターマンは笑った。「あんな嘘つきのげす野郎に市場価値の高い貴重な銃器を預けられると思うか？」

「もっともな疑問だ」

「ほかには思いつかないか？」

「スミッティは銃器にはいっさい触れず、クラブを通して現金の洗浄を担当してた」

「わたしも商品にはいっさい触れていない」

「なるほど」クロフォードは言った。だが、実際はわかりかけてきたばかりだった。「あんたはただの指揮者で、実際の演奏はほかの連中がするわけだ。忙しく銃器の不法取引をするかたわらで、フルタイムの仕事に就き、しかも時間を割いてコミュニティの柱となる人物たちに経済発展について講演までしている」

「わたしがいかにうまく立ちまわっているか、これでわかっただろう？」

「コインの表裏というわけか」

　オッターマンは左手を見おろしてほほ笑んだ。「深読みしすぎだ。これはただの癖で、とくに意味があるわけじゃない」

「誰に銃器を売ってる？」

「そうだな。四年前までは、申し分のない顧客がいた。おまえをよく知っていた人物だ」

　クロフォードの頭のなかで回転していた歯車がかちりとはまり、いきなり、すべてのつじつまがあった。「ほんとかよ」クロフォードは小声でつぶやいた。「フェンテスの件なのか？」

「おまえが彼に取りつかれていたように、彼もおまえに取りつかれていた」あ然とするクロフォードに、オッターマンは低く笑った。「なんだ知らなかったのか？　どうやらさほどのおつむじゃなかったようだな。フェンテスは賢かったぞ。だが、おまえを見つけるのにそれほどのおつむは必要なかったろう。おまえはおよそ飼料屋の店員らしくなかった。

　おまえがハルコンに乗りこんだ直後から、彼はおまえに目をつけていた。おまえに魅了されていたんだ。そうだ、わが友《アミーゴ》マニュエルは、おまえにむかしながらの西部のテキサス・レンジャーのイメージを重ねていた。彼は神話や伝説が大好きだった。おまえが馬にまたがらず、ピックアップトラックを乗りまわしてたのは、彼にとってはいささか期待外れだったようだが。

それはともかく、おまえがなにかしかけてくることは、彼にもわかっていた。だがよもや、姪のパーティに乗りこむなどという野暮なことはしないと思っていた。結果として、その思いこみが致命傷になった。おまえはそれほど趣味のいい男ではなかった」

「おれは蛇の頭を切り落とした」

「すべてを台無しにしたんだ」それまで穏やかだった口調が一変し、こぶしでテーブルを叩いた。ブリキの皿がはずむ。「おまえはわたしの大切なものを奪った」

「これはその仕返しか」

「まだはじまったばかりだ。まず、こいつが死ぬのを見てもらう」オッターマンは首をコンラッドのほうへ動かした。「さらに」ウィンクする。「ほかにもお楽しみを用意してる。おまえがあの女ふたりを大切にしているのは、ちゃんとわかってるんだぞ」

憎悪と恐怖で腹がよじれたが、クロフォードは冷静にゲームを続けた。まもなく自分かオッターマンのどちらかが死ぬ。運よくそれがオッターマンなら、彼のことやその犯罪行為をできるだけ知っておきたかった。

クロフォードは話題を変えた。「おれがフエンテスを地獄へ送ったあと、おまえはヒューストンの会社に入ったんだな」

「近くからおまえを見張るために。おまえは子どもの近くにいようとプレンティスに引っ越した。そこでわたしもここへ移ることにした。以来、チャンスを狙ってきた」

「なぜすぐにおれを殺さなかった？　車から発砲するなり、コナーのときのように、家で待ち伏せするなり。なぜあんな芝居じみたことをしたんだ？」

「おまえは自分の人気がわかっていない。なぜ苦痛も与えずにふつうに射殺しなきゃならんのだ？　わたしはおまえが派手派手しく死ぬのを見物したかったんだ。養育権の審判があると聞いて、パット・コナーを使って計画を立てた。わたしは頃合いよく地方検事補と会う約束をし、弾でハチの巣になったおまえの死体が死体袋に入れられるところをこの目で見るつもりだった」

「だが、思ったようにはいかなかった」

「そうだ。あのばかがしくじった。びびって、逃げだしおった」激しい怒りの表情はすぐに消えた。「だが」軽い口調でオッターマンは言った。「結果オーライだった。この一週間、おまえがもがき、怯える姿を見て楽しませてもらった」

　変更された計略がどれほど効果的だったか知られても、満足感を与えるだけだ。クロフォードはその愚を避けた。「コナーが捕まったらどうするつもりだった？」

「そうだな。理想としては、やつには庁舎で死んでもらいたかった。ただ警察関係者がひしめくあの建物なら、誰かがやつを捕まえるだろうと思っていた。たとえばコナーが殺した廷吏とかな。だが、捕まったときのことは心配していなかった。たとえやつがわたしを指さそうとも、誰がわたしが関与しているなどという話を信じるだろう？　おまえも身を持って体験したはずだぞ。いくらわたしだと言っても、誰も信じなかっただろう？」

クロフォードは答えなかった。「なぜ、コナーだった?」

「こういうときは、誰もが見ているのに目に留まらない人物を選べばいい。あの男は漫然と生きていた。決まりきった退屈な日常にわずかばかりの興奮剤を提供してやるだけでいい」

「買収のしかたを教えてもらえて嬉しいが、それにしたって、どうやって人殺しをすることに同意させた?」

「やつには一時期、例の田舎者との銃取引の連絡係をやらせていた。しばらくはうまくいっていたんだが、そのうちあれがパイのつまみ食いをはじめてな。わたしに気づかれないとでも思ったのか、愚かなあやまちをしたものだ。だが、わたしは殺さなかった。地元警察にスパイがいればなにかと便利がいい。そのスパイに命にかかわるほどの貸しがあればなおさらだ」オッターマンは肩をすくめた。「その利用価値もなくなった」

「どれも驚くほどの話じゃない」クロフォードは言った。「あんたがこんなことをしたのはフエンテスの報復だったということをのぞいて」

「なんだと思ってた?」

「おれは……」言いかけてやめた。もっとも恐れていたことを口に出したくなかった。オッターマンの報復の中心にベスがいるのではないかと疑っていたことを。

あらためてオッターマンに意識を向けた。「おまえの報復の裏には、なにかしらの大義があると思ってた。それがゆがんだものにしろ、多少なりとも心意気と呼べるようなものがあると。ハルコンで殺された招待客の誰かか、死んだ警官の報復だと思っていたんだ」

「わたしがそんなやつらにかまうと思うか？」

　クロフォードはオッタ―マンの目の奥深くを見透かした。いや、見透かそうとしたが、なにも見えなかった。死んでいる。目の奥にはなにもなかった。どうして会った瞬間に嫌悪を覚えたのか、いまならわかる。彼の目は魂を宿していない。彼の復讐の背後には、失った愛する女も、友も、血縁者もいなかった。たんなる金銭欲、権力欲だった。オッターマンを心底酔わせるのは――人の命をもてあそぶという行為。「おれがまちがっていた」クロフォードは言った。「おまえにとってはどうでもいいことだった。おれはおまえを人間だと思っていたが、根っからの犯罪者でしかないおまえは、取引相手を撃ち殺された腹いせにおれを苦しめた」

「あのくそったれの気取り屋の信頼を得るのに、何年かかったと思う？　さらに年月をかけて専売権を獲得した。そこにおまえがやってきて、五分の銃撃戦でそれをパーにした」

「正確に言えば七分だ」

　オッターマンはコインを握りしめ、テーブルに叩きつけた。「その七分間には、何百万ドルもの金がかかっていた」

「それはご愁傷さまだったな」

　そのひと言を発すると同時に、クロフォードはオッターマンの椅子の脚の横桟を思いきり後ろに蹴った。不意を衝かれたオッターマンは、３５７マグナムの引き金にかけていた人さし指に力を入れた。まるで大砲のように銃声が轟き、屋根に穴が開いた。

クロフォードはテーブルの上に身を乗りだしてブリキの皿からフォークを奪うと、オッターマンもろとも倒れこんで、その首の横に切っ先を突き刺した。狙うは頸動脈だが、うまく刺さった自信がなかったので、いったん抜き取って、もう一度刺した。さらにもう一度。動脈から血が噴きだすと、オッターマンを押しのけて、彼の右手の拳銃に取りついた。

結局、オッターマンの目にもいくらかは心の内が映しだされることがわかった。いまは目をパニックに血走らせて、あのいまいましいコインを取り落とし、噴きでる血を止めようと、両手を首にあてがっている。落ちたコインは立ったまま転がっていき、不揃いな床板の隙間に引っかかった。

クロフォードは拳銃でオッターマンに狙いをつけた。「こうすれば死ぬまでどこへも行けない」膝頭を撃ち抜く。「保安官助手のチェット・バーカーからだ」

クロフォードはオッターマンの断末魔の叫びに耳を貸すことなく、歩いていって床から飛び出しナイフを拾い、それでコンラッドの顔に巻かれたさるぐつわの結び目を切った。

「でかしたぞ、わが息子」コンラッドは荒い息をつき、ハンカチを吐きだした。

「だいじょうぶか？」

「多少手荒に扱われたが、おおむねだいじょうぶだ。手首から血が出てるようだな」

釣り糸がくいこんで、皮膚が切れていた。クロフォードはできるかぎりそっと縛めを切り、椅子の脚に縛りつけられた足を解いて、立ちあがるのに手を貸した。

感覚を取り戻そうと手を振りながらコンラッドが言った。「昨夜のつまらん芝居が役に立ったろう？」

「ああ、ものすごく役に立った」

自嘲ぎみに鼻を鳴らすコンラッドの目が誇らしげに光った。「さらわれはしたが、やつが言ってたよりは抵抗したんだぞ。あいつの言ったことには一理あるがな。おまえが歩いてきたときに、音をたてて教えてやれればよかったんだが――」

「やつはまばたきひとつせずあんたを殺してたろうよ」

コンラッドが笑い声をたてた。「だとしてもたいした損失じゃないさ。おとなしくしてたのは、おまえが外にいたろくでなしのひとりに殺されてないかどうか知りたかったからだ。おまえの無事を確かめたかった。ほんの短いあいだでも……」コンラッドはいきなり抱きついて、クロフォードを驚かせた。どちらにとってもぎこちない抱擁ながら、意味のあるものだった。ふたりは背中を叩きあった。

体を離すと、コンラッドは笑顔を見せ、クロフォードはその目に光るものを見た。

突然、コンラッドの視線がクロフォードの右側へ動いた。とっさにその意味を読み取ったクロフォードは、銃を持ちあげてふり向いた。銃声が一発、響いた。

オッターマンが自分にとってとどめの一発となった銃弾を感じることはなかった。

クロフォードの悲痛な叫びを聞くことも。「親父！」

# 第三十三章

ホリーは公用車の車列のあとを追って、行けるところまで行った。すっかり有名になった看板のある分かれ道までたどり着いたときには、道路が封鎖されて、立ち入りが許されるのは公務のある者だけになっていた。

法の執行官といえどもとくに理由がなければ入れてもらえず、そういう警官が、集まってきた車両によって引き起こされた渋滞の解消につとめていた。救急車両が通るのもむずかしいほどの混雑ぶりだった。呼ばれた救急車を必要としている負傷者の数や被害状況を知りたかったけれど、ホリーが尋ねた人は誰も知らなかった。

ホリーの車も緊急事態に興味を惹かれて集まってきた野次馬の車も、森林地帯を走る州道の両脇に停めてあった。ホリーはその道を行きつ戻りつしながら、握りしめた携帯電話に鳴れと念じていた。ハリーとセッションズとニールへ順番に電話をかけ、留守番電話に伝言を残した。

もちろん、誰よりも聞きたいのはクロフォードの声だけれど、プリペイド携帯の番号は知らなかった。彼がハリーとの連絡に使っていた携帯……だが、その連絡も途絶えていた。

ついに携帯が鳴り、ＬＥＤの画面にニール・レスターの名前が表示された。ホリーは息せき切って電話に出た。

ニールが言った。「クロフォードの代理でかけました」

「無事なの？」

「無事です、手が離せないだけで」

安堵のあまり嗚咽《おえつ》がもれ、その激しさに胸骨が痛くなった。「本当ね？　無事なのね？」

「ええ。みんなになにがあったのかことこまかに説明しています。こっちはしっちゃかめっちゃかですよ」

「そうね。わたしもここにいるの」

「どこに？」

「ここよ。分かれ道のすぐ西側の路肩に車を停めてるわ」

ニールは一瞬、押し黙った。「規制線のところで落ちあいましょう。五分で行きます」

徒歩でもホリーのほうが先に着いた。ニールは規制線の向こう側にセダンを停めて車を降りると、監視に立つ警官に誰も近づけるなと命じてから、規制線をくぐってやって来た。

「こんなところでなにをしてるんですか？」

「家でおとなしく待っていられると思う？　なにがあったか教えて。オッターマンは逮捕されたの？」

「死にました。頭を撃たれて。膝も撃ち抜かれていた。おぞましいので、詳しい説明は省きますが」

「クロフォードが……？」

「そうです」

ホリーはニールの状況説明の一言一句に耳をそばだてた。彼が息継ぎのために口を閉じると、口をはさんだ。「テキサス・レンジャーのふたりが、オッターマンとマニュエル・フエンテスにつながりがあるのを突きとめたのよ。だからふたりはなにがなんでもクロフォードに連絡を取りたがっていたの」

ニールがうなずいた。「オッターマンはクロフォードに銃器の不法取引をしていたと語ったそうです。クロフォードがスミッティの車のトランクに閉じこめたボディーガードは、ダクトテープでぐるぐる巻きにされて激怒してましたがね、それでももう一方に比べたらうんとましだ。もう一方は半身が水に浸かった状態で発見されましたからね。死んでました。相棒のなれの果てや釣り小屋内の惨殺について聞かされると、生き残ったほうは銃取引について進んでしゃべりだしましたよ」

〝惨殺〟と聞いて体が震えた。「でもクロフォードはだいじょうぶなのね？」何度、確認しても確認し足りない。

ニールは視線をそらした。「だいじょうぶです。ですが、あの、彼の父親が殺《や》られて」

ホリーは後ろに一歩さがった。「ええ？　コンラッドがここにいたの？」

「彼を知ってるんですか？」

「どういうことなの？」

ニールがコンラッドが拉致されたことを話した。「トランクに閉じこめられていた男によると、今日の早い時間にふたりでミスター・ハントをここに連れてきたそうです。手首と足首に縛られた跡がくっきり残っていました。殺したのはオッターマンです。クロフォードは……」ニールは目をそらして首を振った。

ホリーは手で口を覆った。「クロフォードのところへ連れていってもらえますか？」

「いえ。仮にできてもしません。いまの彼には会わないほうがいい。悪いことは言わない。彼はあなたが近くにいると聞いて、錯乱しかけていた。彼は――」なにを言おうとしたにせよ、ニールは口を閉ざすことにしたらしい。「家に帰ってください、スペンサー判事。あなたにできることはない。クロフォードはしばらく動きがとれない。向こうから連絡があるまで待つんです」

クロフォードから電話をしてこない以上、反論の余地はほぼなかった。立ち去ろうとするニールを、ホリーは呼びとめた。「わざわざ話しにきてくれて、ありがとう。電話では納得できなかったと思います」

「クロフォードには借りがある」ニールは気まずそうだった。「あなた方ふたりに」彼はそっけなくうなずき、規制線の下をくぐった。

ホリーは車に戻りながら、周囲の喧騒に腹を立てていた。不快な回転灯を明滅させるたくさんの緊急車両を見ていると、にぎにぎしい催し物会場を思いだす。野次馬が何人かずつ顔を寄せあっては、死体の数や死者の身元や死因を、うわさ話のネタにしている。ホリーはその全員に向かって、黙れ、と叫びたくなった。

車にたどり着くと、運転席に乗りこんで、額をハンドルに押しあてた。

「車を出すんだ、判事」

飛びあがらんばかりに驚き、背後をふり向いた。血を吸った服を見て、あえぎながら彼の名を小さくつぶやいた。

大きな赤いシミはできたばかりらしく、青白赤のフランスの三色旗のような周囲の明かりを受けててらてらと煌めいていた。暗い眼窩《がんか》の奥で目がぎらついている。玉の汗が浮かんだ額に、髪がへばりついていた。

彼は後部座席の角にもたれ、シートに左脚を投げだして、血のついたカウボーイブーツの爪先を車の天井に向けていた。曲げた右膝に置いた右手には、まがまがしい拳銃がある。

彼が言った。「おれの血じゃない」

「らしいわね」

彼は長身だった。その体を見おろして苦々しげにかすれた笑いをもらした。「やつは床に倒れる前に死んでたが、念を入れておきたかった。ばかなことをしたもんだ。シャツをだめにしてしまった。気に入ってたんだが」

前方では警官たちが、野次馬の車列沿いに歩いて、その場を離れろと呼びかけている。彼の言うとおりにしなければ、彼を車に乗せた状態で見つかってしまう。

「レスター巡査部長があなた――」

「あのろくでなしを撃ったと言ってたか？　ああ。やつは死んだ。さあ、車を出してくれ」

ありがたいことにホリーは素直に従ってくれた。黙って車を動かし、車線に入った。

「車を離れるときは忘れずドアをロックしろよ」彼は言った。「だが忘れてくれていて助かった」

「どこへ連れていけばいいの？」

「プレンティス方面へ向かってくれ。そこからの道は指示する」

混雑を抜けると、彼は体を起こして、拳銃を床に置いた。「ジョーはもうこれがないことに気づいているだろうか」

「よかったら、なにがあったか話して」

「オッターマンがコンラッドを殺した。おれがオッターマンを殺した。おれはオッターマンはもう死んだと思ってた……やつはおれが銃器を余分に持っているのに気づいたのに、なぜおれのほうはやつが余分に持っていないかどうか確かめなかったんだ？」彼は溜まった涙で染みる目に両手のつけ根を押しあてた。「なんでジョージアに会わせてやらなかったんだ？」

「コンラッドのことね」

「意地が悪かった。恨みがましかった。ずっと親父に腹を立ててた。だから――」もはや続けられず、クロフォードは口を閉じた。

ホリーが静かに言った。「コンラッドは理解してくれてたわ、クロフォード」

クロフォードは目から両手を離し、バックミラーのなかのホリーと目を合わせた。「あなたが決めたことを理解して、それでいいと思っていた。いつかコンラッドから聞いた話をするわね。いまはそのときではないけど。戻らなくていいの?」

「今夜のうちに必要なことは話してきた。続きは明日の朝だ。コンラッドにはなにもしてやれなかった。すでに病院の外にマスコミが押しかけて、救急車が到着するのを待ってると救命士が言ってた。いまのおれにはそんなことに立ち向かう気力がない」

「みんながあなたを探してるわ。せめてニールに連絡して」答えずにいると、ホリーが代わりにかけようかと申し出た。

クロフォードはしぶしぶうなずいた。「しなきゃな。おれの捜索のために大勢の警官たちに無駄な時間を使わせたくない」

ホリーは番号を入力し、クロフォードにも聞こえるようにスピーカーフォンに切り替えた。ニールは電話に出るなり言った。「クロフォードが消えました。誰も立ち去るのを見ていない。誰にも言わずに——」

「ここにいます」

「驚きがないのはなぜですかね」ニールがぼそっと言った。「どこにいるんです?」

「続きは明日の朝になってからと彼に聞きましたが」

「七時半に」

「ではそのときに」ホリーは電話を切った。「あなたを心配してたみたい」

クロフォードはあざ笑った。「失敗して厄介なことになるのがいやなんだろ。とにかく、電話してくれてありがとう」

「お礼なんていらない」

驚いたことに、ホリーはいきなり急ハンドルを切って路肩に車を寄せると、車から降りて、後部座席のドアを開けた。そして文字どおりクロフォードにのしかかり、彼の顔を両手でつかんで引き寄せた。

「ホリー、おれはひどいありさまだ」

「それがなによ。これ以上あなたに触れずにいられないわ」

ふたりは唇を開いて、むさぼるようにキスをした。ようやく顔を離しても、ホリーが顔じゅうをなでまわしてくる。クロフォードがそこにいることを確かめずにいられないようだ。

高ぶったかすれ声で彼女は言った。「あなたが死ぬかもしれないと思った」

「正直言って、自分でもそう思った」

クロフォードは彼女のうなじに手をあてがうと、彼女の顔を傾けてもう一度キスをし、またその気になる前に切りあげた。「立ち去った理由が聞きたいか？　今回の捜査でおれは何時間も、何日も、何週間も、自由に動けなくなる。だがジョージアに会わなきゃならない。きみが運んでくれなければ、ほかの手段を探す。なんとしてもジョージアに会う」

「今夜、車でオースティンまで行きたいの？」

「三人はオースティンにはいない。そもそもグレイスに妹なんかいないんだ」

そのしゃれたログハウスはギルロイ家が通う教会の友人の持ち物で、週末の別荘として使われていた。プレンティスから南に三十キロほどの位置にある湖のほとりの、ところどころに松の木が植えられた土地にあった。ここなら隠れ家になるとジョーから聞かされ、クロフォードもうってつけだと判断したのだ。

三人の行き先を偽ったのは、そこがプレンティスに近いからだった。つまりオッターマンにも近い。ホリーに嘘を教えたのは、彼女が誰からか無理やり三人の居場所をしゃべらされる場合に備えてだった。

ふたり並んで玄関まで歩いた。クロフォードが静かにノックをした。しばらくすると、ドアの上の明かりがついた。ドアを開けたグレイスは、クロフォードを見て悲鳴をあげた。

「おれの血じゃありません」それでグレイスがほっとするわけもなかった。グレイスはクロフォードとホリーがなかに入ると、彼の泥まみれのブーツ、ジーンズ、脇に垂らした手に握られた拳銃を見た。「ジョージアに会いたいんです。でもまずは体をきれいにしないと」

「こちらよ」

グレイスに導かれて廊下を進み、かなりの広さのある居間に入った。居心地よくしつらえられ、壁一面の窓から湖が見渡せる。ジョーは倒した革製のリクライニングチェアに横たわっていた。ヘッドホンをつけて、テレビを観ている。

グレイスがテレビの音量を上まわる声でジョーを呼んだ。彼はグレイスのほうにふり向き、クロフォードを見て、目をみはった。椅子から勢いよく立ちあがり、ヘッドホンをむしり取った。「なんだ、きさま！」

クロフォードがこう言うのはすでに三度めだった。「おれの血じゃない、父の血だ。父は死んだ」とっさに理解しかねている義父に向かって、クロフォードは続けた。「だが、父を殺したくそ野郎も死んだ」

「オッターマンか？」

クロフォードはうなずいた。「だが、やつを殺すのに使ったのは、この拳銃じゃない、やつのだ。これはこの前、拝借した。一度も使ってない」クロフォードは拳銃をサイドテーブルに置いた。「シャツを借してもらえませんか？」

いまだ驚きさめやらぬグレイスが居間を出ていき、すぐにジョーが年間を通じて肌着にしているシンプルな白いTシャツを持ってきた。そしてクロフォードに化粧室の場所を教えた。ドアを閉めたクロフォードは、洗面台の上の鏡に映る自分の姿を眺めた。ぞくりとするほど、恐ろしげだった。

だがやつれた自分の姿にこだわっている時間はない。血のついたシャツを脱ぎ、胸と手を洗った。水道の水が父の血と混ざって赤い渦を作り、やがてピンク色に変わった。排水口へと流れていく液体を眺めているうちに、目から涙がしたたった。クロフォードは冷たい水で顔を洗い、汗に濡れた髪をかきあげた。

白いTシャツ姿で化粧室を出ると、グレイスに言った。「もうひとつ頼まれてもらえますか。紙袋がいるんです。証拠として必要になるかもしれないのでこのシャツを入れておきたい」無事シャツを袋に入れ終わると、クロフォードは尋ねた。「ジョージアはどこで寝てるんですか?」

ジョーが胸を突きだし、例によって闘争姿勢をあらわにした。「あの接近禁止命令はいまだ有効なんだぞ」

グレイスがなだめるようにジョーを見た。「ジョー、お願いよ」

グレイスはクロフォードを連れてメインルームから奥の廊下を通り、閉まったドアの外で立ち止まった。「お父さまのこと、本当に悲しいわね」

「ありがとう」

クロフォードは寝室に入り、ドアを閉めた。常夜灯のおかげで、横を向いて眠っているジョージアが見えた。ミスター・バニーを抱いている。ジョージアを起こしたくなかった。自分を見れば喜ぶだろうが、そのあとまた離れなくてはならない。それに自分の汚れでベッドを穢したくなかった。

それでもベッドサイドに膝をつかずにいられなかった。小指でジョージアの巻き毛を持ちあげて、口づけをした。この子を守るためならオッターマンだろうが誰だろうが、千回だって殺してやる。

眠るジョージアを見守り、笑みをたたえて静かないびきを聞いた。このいびきなら世界のどこにいても、聞き分けることができる。ジョージアの愛らしさ、純真さは、穴の開いた心の痛みをやわらげてくれる。それからおよそ十分後、クロフォードは愛してるよとささやき、もう一度、髪の房にキスをし、そっと部屋を出て、ドアを閉めた。

ほかの三人は気詰まりな静寂のうちに待っていた。ホリーはとくに彼の精神状態を案じているようだった。グレイスは材木のように動かず、緊張でこわばった表情をしていた。

ジョーがそれまで抑えていた怒りを解き放った。「そんな死体置き場から這いだしてきたようななりで、よくもここへ来られたものだな」

「今夜のおれにはあなたと闘う気力がないんだ、ジョー」クロフォードはホリーを見て、ドアの方へうなずきかけた。

「悪い男をやっつけて、めでたいことだ」ジョーが言った。

「それはどうも。おやすみなさい、グレイス」

「その男を倒すために、いくつ規則を破った？」

クロフォードは立ち止まってふり向き、疲れがずっしりとのしかかるのを感じながら、義父と顔を合わせた。「破った規則はごくわずかだ。曲げた規則もある。だが、あやまる気はさらさらない。とくにあんたには。オッターマンは四年がかりでこの策略を練った。おれを、もしくはおれの周囲の人間を殺すまでやめなかったろう」

「オッターマンがジョージアの脅威になると思ったから、わたしも二度にわたって接近禁止命令で譲歩をした」

「それについては嘘偽りなく、心から感謝してる。だが、だったらなぜ、いまこんな話をもちだす？　行こう、ホリー」クロフォードはホリーの腕を取った。

だがジョーはまだお開きにするつもりがなかった。「明日になれば、またぞろおまえは英雄扱いだ」

「それが癪にさわるのはわかる。おれだって嬉しいわけじゃない」

「そんなことを信じられると思うか？」

「最低最悪の夜だっていうのに、あんたには愚か者だっていうこと以外に、なんの期待もできないな」

「これだけは言っておく。孫をめぐる闘いから手を引くつもりはないぞ」

「法廷で会おう」

「彼女はおまえの側にはつかん」

自分が引きあいに出されたので、ホリーが前に出た。「わたしがこの場にいないかのように話すのはやめてください、ミスター・ギルロイ。言いたいことがあるなら、わたしはここにいます」

「あんたはわたしと取引した。それを忘れてもらっては困る」

「忘れてはいません。クロフォードにも話しました。証言台に立ったら、わたしは真実を述べます」

「あんたはそうだろうな。こいつはちがうが」

「クロフォードは宣誓をしたうえで嘘をつくような人ではありません」

「いや、こいつはごたごたのはじまりから一貫して、宣誓のうえで嘘をついてきた。こいつは嘘の人生を生きてる」

　義父の目が勝ち誇ったように輝いている。そのことに気づいた瞬間、クロフォードは雷に打たれたように、あることを知った。「そうだったのか」顎が胸につくほど深くうなだれ、両手をこめかみに押しつけた。

「クロフォード？」ホリーはいかにも心配そうに名を呼んで、彼の背中の中央に手を置いた。

「なに？　どういうこと？」

　クロフォードは手を下ろし、顔を上げて、ゆっくりとジョーに近づいた。彼の目をのぞきこみ、そのなかに真実を読み取った。「あんたは知ってた」屈することのないジョーの瞳を、なおも深くのぞきこんだ。「ずっと知ってたんだな？　それがあんたが隠し持ってた切り札だったんだ」

　自己満足の影が薄れ、ジョーの口調に怒りがにじんだ。「おまえがなにを言っているのか、わたしにはわからん」

「いや、わかってる」クロフォードは静かに言った。「いつ使うつもりだったんだ、ジョー？　ほかの選択肢がなくなったときか？」

「あなたたちふたり、いったいなんの話をしているの？」グレイスが尋ねた。

　クロフォードは言った。「グレイスに話すのか、ジョー？」

ジョーは手ぶりで拒否した。「こいつがわけのわからんことを言っているだけだ」

「いや、ちゃんと意味をなしてる」クロフォードは言った。「たったいままであんたはおれが知ってるのを知らなかった。おれにそれをぶつける絶好のタイミングを狙ってたんだ」

「なんのことなの?」いらだちをつのらせてグレイスが尋ねた。

ジョーがグレイスを見て、こわばらせていた顎を緩めた。目のなかの炎が薄れだした。いまのジョーは司令官ではあっても、自分でしかけた巧妙な罠にかかった司令官のようだった。

グレイスが言った。「ジョー、なんなんです?」

だが彼女の夫は無言だった。クロフォードは悲しげにグレイスにほほ笑みかけ、そしてホリーの目を見た。「おれはジョージアの父親じゃない」

# 第三十四章

ホリーはあまりのことに口をぽかんと開けた。

グレイスは殴られたように、頬に手をあてた。

ジョーはリクライニングチェアまで歩き、どすんと腰をおろした。

クロフォードはホリーに言った。「おれは宣誓したうえで、ジョージアのことを娘と言ったことはない。記録をひっくり返してみればわかる。人との会話でもそう呼んだことはないんだ。ほかの人がそう言うのを、訂正はしなかったから、厳密に言えば、それも嘘ということになるんだろう。おれはジョージアをこの世に生みだしていない」

「いつから知っていたの？」

「ジョージアが一歳のときだ。ハルコンへ最後に出かけた朝、ベスから聞かされた。ベスはおれを引き留めようとした。おれは行かなければならない、終わらせなければならない仕事があると、強固に言い張った。ひどい喧嘩になった。ベスは最悪の方法でおれを傷つけたくなったんだろう。そして、実際にそうした」

グレイスは人目をはばからずに泣きだし、口を押さえて嗚咽をこらえていた。

「誰が父親なの？」ホリーが尋ねた。

「ジョージアが生まれる九カ月ほど前の週末、おれは家に帰る約束をしてたのに、直前になって問題が起きて、テキサス西部に足留めされた。ベスは逆上した。それで女友だち数人と連れだって出かけた。羽目を外したんだ。バーで男と出会い、おれに対するあてつけでそいつと寝た。それから二週間後、おれは家に帰った。そのときさんざん仲直りのセックスをしたんで、おれには赤ん坊が自分の子じゃないと疑う理由がなかった。ベスもその日までは黙っていた」

「だから尋ねたのよ」ホリーは言った。「ベスの作り話だったかもしれないわ。あなたがフエンテスを追うのを止めたくて」

クロフォードは義父を見た。その視線の重みを感じてジョーが言った。「本当だ」

「あなた、そんなことをわたしに隠していたの？」グレイスが責めた。

「ベスはこっそりわたしに打ち明けにきた」ジョーは言い訳がましい口調になった。「胎児の発育が予定より早いのがわかって、そのことに気づき、パニックを起こしていた。それでどうしたらいいか相談にきたんだ。ベスは自分に腹を立てていた。屈辱を感じていたと言ってもいい。そのせいで結婚生活が壊れるのを恐れていた。おまえを失いたくなかったんだ」ジョーはクロフォードに言った。「だからおまえには黙っていろとアドバイスした。ベスがおまえに打ち明けていたとは、いまのいままで知らなかった」

クロフォードは言った。「その男とは一夜かぎりで、あとにも先にも会ったことがないと言っていた。名前さえ覚えていないと。本当なのか？」

ジョーはそっけなくうなずいた。「よくある行きずりの関係だ」

その答えで、この数日クロフォードをとらえていた緊張がほぐれた。「そこに嘘がないことを願ってた。この一週間、オッターマンがその相手だった可能性が何度も頭をよぎった」

「ああ、クロフォード」ホリーが彼の手を取り、ぎゅっと握った。

「実際、それが最大の恐怖だった。そして最大の安堵は、あの男の死を見届けたことではなくて、ベスと関係がなかったと知ったことだ。つまりはジョージアとも」その名前を口にしてクロフォードの声が割れた。「オッターマンについてはありとあらゆる想像をしたが、それが最悪だった。もし事実だとわかったら、耐えられるかどうか……だが、これで気にしなくてよくなった」

クロフォードは座っているグレイスの前へ行き、しゃがんで、固く握りしめられた姑の手を握った。「ベスのことを悪く思わないでください。おれが彼女を不幸せにしたんです。ベスは一度のあやまちを犯した。でもジョージアを愛していた。おれを愛していた。それはよくわかってます。

喧嘩の数日後に、ベスはおれがケガをしたという連絡を受けた。きっと自分のせいでおれに災難が降りかかった、だから撃たれたんだと、そんなふうに思ったんでしょう。だから、必死であの晩、おれのところに来ようとした。おれとの仲を修復するために」

「あなたはもうベスを許しているの？」

「ええ、許してます。おれもベスを愛していたから。ジョージアについては、生まれてすぐに医者に抱かせてもらったときから、おれのものです。もし実際の父親だったとしても、これ以上は愛せない」

ジョーが立ちあがった。「だが、おまえは父親ではない。ジョージアの血縁者はわたしたちで、おまえとはつながっていない。何度この事実をおまえにぶつけてやろうと思ったことか。その喜びをおまえに奪われて無念だ」

「奪ったのはおれじゃない」クロフォードは立ちあがり、ジョーを見た。「ベスだ」

「それをおまえは自分の秘密として隠してきた」

「ベスを守ったんだ。あんたや、グレイスや、ほかの誰かからさげすまれないように」

「わたしにそんな言い草が通ると思うか？」ジョーはあざけった。「おまえがその事実を伏せていたのは、そのことがこちらにジョージアの養育権を強く主張する根拠を与えるからだ」

クロフォードはお互いが自分を見失うような議論はしないと決めていた。それに、疲労困憊しているので、これ以上の闘いは無理だった。声を荒らげることなく、けれどしっかりとした口調で言った。「あんたがそう信じたいんなら、それはそれでいいさ、ジョー。おれがベスの秘密を守ったのは、その事実によってベスの体面が傷つくのを恐れたからだ。それに、世間のむごい反感からジョージアを守りたかった」ひと息ついて、つけ加えた。「この件をどう処理するかは、あんたしだいだ」

老人はなおも頑固な表情と身構えを崩さなかった。

クロフォードは自分のシャツを入れた紙袋を持ち、ホリーの手をつかんだ。ふたりはいっしょに部屋を出て、廊下を進み、玄関から外に出た。そこでクロフォードは立ち止まり、ホリーに向きあった。

「なぜおれがきみを自分のものにできないと言ったのか、これでわかっただろ？　ベスとジョージアを守りたかったという、さっきの言葉に嘘はない。だが、ジョーの指摘は正しい。もしジョージアの出自が明るみに出たら、おれに勝ち目がないこともわかっていた。だから、そうだ、おれは嘘の人生を生きた。それでちっともかまわなかった――きみに会うまでは。きみは真実の申し子だ。きみの人生の課題は真実を探求することにある。だから、嘘の人生を生きてきたことがいきなり問題になった。とてつもない大問題に」

真摯に耳を傾けていたホリーは、クロフォードが話し終わると言った。「あなたが直面しているジレンマはよくわかるわ。でも今夜はここまでにしましょう。いまはただあなたを抱きしめていたい」両腕を彼の腰に巻きつけた。だが、びくりとして身を引くと、片手を彼の背中から持ちあげた。その手は赤く染まっていた。「クロフォード、この血は新しいわ！」

クロフォードはばつが悪そうに肩をすくめた。「いくらかは自分の血が混じってたな」

「準備はいいか？」

「うん、パパ」

「いいと言うまで、目をふさいでろよ」

クロフォードはジョージアの手を引いて廊下を進み、ドアを開けたままにしてある子ども部屋まで行くと、その前に立たせた。「さあいいぞ、目を開けてごらん！」

ジョージアは両手をおろし、歓喜の悲鳴をあげながら、ぴょんぴょん跳ねた。「あれがあたしのベッド？」

「全部おまえのものだよ。今日からここがおまえの部屋だ」

ジョージアがふり返って、クロフォードの膝にかじりついた。「ありがと、パパ！　こんなすごいびっくり、はじめて！」

クロフォードはジョージアを抱きしめ返し、部屋へ押しやった。「じっくり見ておいで」

ジョージアはまっ先にバレエシューズとチュチュに駆け寄った。

壊されたものをすべて元どおりにしてもらった。破壊行為の犯人はパット・コナーだった。生き残ったボディーガードから司法取引で得られた有用な情報のひとつだが、ごく一部にすぎない。

同じくボディーガードの供述で、チャック・オッターマンが長年にわたり数多くの会社で働き、いくつもの手を渡る複雑な武器密輸のシステムを作りだしていたことがわかった。その供述がなければ、事実が判明するのに何年もかかり、一味を解明して起訴に持ちこむためにはさらに長い年月を要しただろう。また、このボディーガードのおかげで、副業で重要な役割を果たしていた労働者たちが特定され、無関係な者の容疑が晴れた。

この地域でオッターマンに銃器を供給してきた多くの関係者が、州や連邦など複数の捜査機関の共同捜査により検挙された。ヒューストン事務所所属のハリーとセッションズ、プレンティス事務所所属のクロフォードも捜査に加わった。その結果、結束の固い血縁集団のいとこ同士までが、互いに足を引っぱりあうまでになった。重罪とハリーの六連発拳銃を目の前にちらつかされた悪党がどれほど協力的になるか、その威力たるや驚くばかりだった。

ホリーがジョージアの部屋の前に立つクロフォードのそばに来て、ピンク色をしたジョージアのスーツケースを部屋のなかに置いた。「気に入ったみたいね」

「どうしてわかるんだ？」宝物を見つけるたび、わあとか、きゃあとか、感嘆の声をあげているジョージアを笑顔で見ながら、クロフォードは尋ねた。

「わたしの車のトランクがものでいっぱいなんだけど。あれ全部をどこに置くつもり？」

「場所を作るよ。ジョージアがいくつか選びだすかもしれない」クロフォードはホリーの肩を抱き、額にキスをした。「それより、今日はありがとう」

ホリーの申し出に乗って、彼女にギルロイ家までジョージアの迎えを頼み、ジョージアと持ち物を自宅まで運んでもらったのだ。「たいしたことなかったわよ」

「ジョーは？」

「冷淡だけど礼儀正しかった。グレイスは目を潤ませつつも笑顔だったたし、ジョージアのためだからと前向きだった。毎日、放課後にジョージアを預かれるおかげね」

クロフォードは義理の父母に、学校へは毎朝自分が連れていくが、彼女を迎えにいって自分が仕事から帰るまで預かってくれる人が必要だと話した。その役割を引き受けてくれるつもりはあるかと尋ねられたグレイスは、涙を流して喜んだ。

「いい取り決めだよな」クロフォードはいまホリーに話している。

「あなたはやさしいわ」

「おれにはジョージアを手放すふたりのつらさがわかる。毎日、祖父母に会えれば、ジョージアも変化に対応しやすい」

接近禁止命令は撤回され、審尋は行われなかった。養育権の審判は、日程を再調整したうえで別の判事が担当した。ジョーは切り札を使わなかった。おそらくグレイスが禁じたのだろう。それに、あの事実をクロフォードに突きつける機会はいくらでもあっただろうに、ジョーがそれをしなかったのは、ジョーもまた、スキャンダルからベスとジョージアを遠ざけておきたかったからではないか、とクロフォードは思った。

とはいえ、ジョーは宣言どおり、闘わずしてあきらめなかった。ジョージアの養育能力の面でクロフォードは自分たち夫婦に劣る、とジョーは訴えた。

審判にはホリーも召喚され、クロフォードが短気を起こして義父に危害を加えたことをありのままに証言した。だが、ウィリアム・ムーアは反対尋問において巧みにホリーの証言を引きだし、あの日の公園におけるクロフォードの行動には酌量すべき正当な理由があったと判事に印象づけることに成功した。

判事はそうした事情すべてを考慮に入れた。そして拷問のような三日間が過ぎ、クロフォードのもとにウィリアム・ムーアから電話が入った。「彼女はきみのものだ。おめでとう。

この成果を台無しにしてくれるなよ」

胸を高鳴らせてクロフォードは言った。「この電話には、二倍の料金を請求していいぞ」

「言われるまでもない」

いま飛び跳ねてベッドを確かめているジョージアを見ながら、クロフォードはホリーに言った。「なぜあの判事はおれに有利な裁定をしたんだろう？」

「父親とパパには大きなちがいがあるというあなたの説明に納得したのよ。あなたには父親はいた。あなたはジョージアのパパになりたかった」ホリーは一瞬口ごもってから、静かに続けた。「昨日、お墓に行って花を手向けてきたわ」

「どうやって墓の場所を知った？」

「墓地の事務所で訊いたの」

ホリーは埋葬に立ち会いたがったが、彼女が参列すれば、眉をひそめる人もいるし、説明も求められると言って、クロフォードは聞き入れなかった。

墓地での埋葬式に参加したのは、ほんのひと握りの人たちだった。クロフォードはカリフォルニアの母に連絡した。母はお悔やみの言葉と貧相な花束を送ってきた。製材所から数人と、コンラッドの検事時代の同僚がひとり列席した。ハリーとセッションズがヒューストンからわざわざやってきたのには驚いた。ニールとニュージェントも来た。ニュージェントは相変わらず落ち着きがなかった。

喉元に込みあげるものを感じながら、クロフォードは言った。「意外かもしれないが、おれは親父がいなくなって寂しい。そばにはいなかったが、いつもいることはわかってた。親父が死んで悲しい。これも人生最後のあの数秒があったおかげだ。おれを抱きしめてくれた。笑みを交わした。おれがジョージアのいまの年齢くらいのころを最後に、そんなことはずっとなかった」

「コンラッドはあなたのためになることをして亡くなった。彼にとってはそれが大切だったのよ。この前の夜、コンラッドから聞いた話を、あなたに伝えておかないとね」

ホリーはコンラッドとの会話を伝えた。「彼は最後にこう言っていた。ジョージアに自分の全盛期の姿を知ってもらえれば誇らしい、と」

クロフォードは感に堪えないしわがれ声で言った。「ジョージアがもっと大きくなって理解できるようになったら、コンラッドのことを話すよ。そのころには、おれにもなにをどう伝えたらいいかわかるだろう。そういうのは得意じゃないんだ」

「そうかしら。チェットへの弔辞はすばらしかったけど」

クロフォードはミセス・バーカーの求めに応じて葬儀では棺に付き添い、短いながらも心のこもった弔辞を述べた。

「ジョージアには出自について話すつもり？」

彼はためらいなく答えた。「もちろんだ。少なくとも、医学的、遺伝子的に片方の親しかわからないということを本人に伝えておかないとな。その意味がわかる年齢になったら話すよ」

「なにより大切なのは、あなたがどれほどジョージアを愛しているかよ。ベスからあなたの子ではないと言われたとき、ジョージアを拒絶していてもおかしくなかったんだから」

「ありえないね。親から関係を断たれた子どもの気持ちは痛いほどわかる。おれはあのとき、ジョージアに決して見捨てられたと感じるような思いをさせないと心に誓った」

「だからジョージアはあなたを深く愛しているのね」

「ジョージアはきみに夢中だ」

「そう？」

「ホリーがこう言った、ホリーがああ言った、ホリーの家はどこなの、ホリーもいっしょなの？」クロフォードはホリーを見た。「正直言って、少し妬《や》ける」

養育権の審判までの数週間は、クロフォードが予期したとおり、オッターマン事件の後始末にかかりきりだった。クロフォードとホリーは毎日言葉を交わし、ときにはそれが日に数回になることもあったが、会うことは慎んでいた。どちらも世間の好奇の目にさらされていたからだ。クロフォードには、自分のことよりホリーのことのほうがはるかに心配だった。

「おれと関係したせいできみを落選させるわけにいかない」

だが養育権の結果が出てしまえば、もはや制約はない。ふたりはそろって人前に出るようになった。グレッグ・サンダーズがそのことについて陰険な発言をすると、マリリンが万一に備えて用意していた声明を出した。〝ともに体験して生き抜いた危機的状況がもたらしてくれた喜ばしい副産物〟として、ふたりの〝友情が深まった〟という内容だった。

マリリンは選挙期間中、ホリーの参謀として雇われている。それにはクロフォードとジョージアを世間の目にさらさないという条件がつけられ、いまのところマリリンもその取り決めに従っていた。

「今日、知事と話をしたわ」ホリーがクロフォードに言った。

「なんと言ってた？」

「わたしについてはなにも。あなたの話ばかり。会いたいそうよ」

クロフォードは疑いの目でホリーを見た。

「真面目に言ってるの。あなたのことを人気者のテキサスの息子と呼んでたわ。銃で撃たれた傷を見せてもらえるかどうか尋ねて――」ホリーは口を閉じ、クロフォードをにらんだ。

「傷だとわかってたんだ」

「いいえ、わかっていなかったわ」

「あの夜は、病院に行く前にやらなきゃならないことがあった」

いまもホリーはクロフォードが勝手に診断をくだしていたことに怒っている。そのせいで彼は失血し、ひどい感染症にかかりかけた。彼女は言った。「ハッチンズ知事はあなたと握手したいのよ。わたしを指名したことに責任を持ちたいみたい」

「きみは当選確実だからな」

「サンダーズに負かされたら、わたしはここプレンティスで事務所を開くわ」

「きみが勝つさ。きみには警察がついてる」

ふたりはニール・レスターと和解していた。ある日、ニールがクロフォードを庁舎の廊下の隅に呼び、個人的感情を捜査に持ちこんだことを男らしく謝罪したのだ。「わたしの大失態だった」

「仕事を続けろよ、ニール」クロフォードは彼と握手をした。「組織には、おれみたいな警官がいる分、おまえみたいな警官がいないと、バランスが取れない」

いま、クロフォードは言いながら、ホリーを近くに引き寄せた。「プレンティス郡の犯罪分子にまで、きみの支援者がいる。スミッティから今日、電話があった。きみがいつあのクーポンを使うか知りたいとさ」

「信じられないわ。メイソン判事がスミッティの保釈を許可したなんて」

「あいつは雑魚《ざこ》だ。当局は大物狙いで、それはスミッティにもわかってる。長期刑をのがれるために司法取引をするだろう。正直言えば、やつの刑期が長くないことを願ってるよ。あいつは使える。くそったれで、いやなやつではあっても」

「しいっ。言葉に気をつけて」

「悪い。ふつうのいやなやつだ」

ホリーは笑った。ふたたびジョージアに目を向けると、チュチュを着ようと体をくねらせていた。「近いうちに、彼女を庁舎に連れてきて。裁判所を案内して、わたしの執務室にも招待するわ」

「喜ぶよ。何日か前に、きみがテレビのジュディ判事みたいな法服を着るのかって訊かれたんで、そうだ、と答えておいた。もちろん、法服を脱がすというおれの妄想は話さなかったけれど」

「あら」

クロフォードはジョージアの見えないところにホリーを引っぱり、自分と壁のあいだに彼女を閉じこめた。以前、いまよりもうんと絶望的な状況でキスしたときと同じ壁だった。

「おれの妄想だと」クロフォードは言った。「法服の下にはなにも着てない」

「どうしてそれがわかったの？」

「実演するときがきたら教えるよ」ふたりの笑顔がぶつかり、唇が重なりあって、彼がホリーの腿のあいだに体を割りこませるにつれて、キスが熱を帯びた。

「パパ？」

クロフォードはあわてて離れようとするホリーを抱き寄せ、腰に両腕をかけたままにした。

「慣れさせたほうがいい」ホリーにささやきかけ、ジョージアに言った。「なんだい、スイートハート？」

ジョージアがチュチュとティアラとバレエシューズを身に着け、新しい人形を持って廊下に出てきた。ふたりの様子を見て、ホリーに言った。「パパにぎゅっとしちゃいけないんだよ。おなかにおっきなばんそうこうをはってるからね」

「気をつけるわ。約束する」

「うん。いまからサンデーつくっていい、パパ？」

「約束したもんな。おれは約束を破ったことないぞ」

「ホリーはとまれるの？」

クロフォードはホリーの目をひたと見た。「ホリーは泊まれるのかな？」

ホリーは答えた。「ホリーは泊まれるわよ」

# 謝辞

テキサス州タラント郡地方裁判所の第二三三番法廷を担当されるダイアン・ハドック陪席判事に感謝いたします。

まずはわたしのファンになってくださったことに。そして友人となってくれたダイアンは、この本を書くにあたって、貴重な情報を提供してくれました。あやまりがあればわたしの責任、彼女のせいではありません。

そしてわたしを含む家族一同より、十二年間の長きにわたってわたしの個人秘書をつとめてくれたパリー・ジェイン・キャロルに心からの感謝を捧げます。家族など、わたしよりも彼女を頼っているようでした！　彼女は驚くべき忍耐力と冷静さと優雅さを発揮して、はたから見ればいともたやすく、扱いにくさにかけては自信のあるわたしたち家族を相手に、その生活の秩序を保ってくれました。わたしたちにとっては寂しいかぎりですが、彼女には心穏やかな隠退生活を満喫してもらいましょう。

# 解　説

穂井田直美

立ち寄った書店の陳列台にサンドラ・ブラウンの新作が平積みされているのを見つけると、もう一年になるのだと感慨が湧き、年末年始のひとときにその作品を読みふけるのが、ここ数年の愉しみになっている。こうやって『偽りの襲撃者』の解説を書くことになったおかげで、最新作をいちはやく読む幸運に恵まれた特権から、最初に、断言してしまおう。本書は、人気・実力ともにロマンティック・サスペンス作家としてトップの座を確立している彼女が、その地位に甘んじることなく、ミステリとしての更なる高みを目指して野心的な挑戦を行い、見事な成功を収めた作品である。

犯罪現場は騒然としていた。規制線の外側で、顔見知りの巡査部長にここから離れるようにと言われ、自分の車に戻ったホリー・スペンサー判事は、突然、後部座席から、血に汚れた服を着、拳銃を握り、目をぎらつかせた男に、車を出すようにと命じられ、飛び上がらんばかりに驚く。サンドラ・ブラウンは、のっけから読者の心をつかみ、作者の描く世界へとグイグイと引き込んで行く巧みさには定評があり、数多くの作品で様々な試みを見せてくれているが、本書も例外ではない。

そしてストーリーは、一気に四日前に遡る。

テキサス・レンジャー（テキサス州公安局の法執行部門の一つ。州警察と同等に位置づけられている）に属するクロフォード・ハントは、娘の養育権を取り戻すために、亡き妻の両親と争っていた。その審判の最中、ホリー・スペンサー判事の裁定が下されようとしたとき、全身白ずくめでプラスティックの仮面をかぶり、銃を構えた男が法廷に乱入してくる。一発目は、クロフォードとホリーの間を抜け、証言台の後ろの壁に当ったが、二発目はあと数カ月で引退することになっていた廷吏の胸を撃ち、彼の命をうばってしまった。混乱の中、即座に反撃に出たクロフォードは、法廷から逃走した犯人を屋上まで追いつめるが、男は説得に応じず、警察側の狙撃手に射殺されてしまう。

この事件を担当することになったのは、クロフォードと小学生の頃からの知り合いながら何かとそりが合わず、お互いに反感を抱いているニール・レスター巡査部長だった。クロフォードの捜査能力を高く評価している人々や、殺害された廷吏の妻のたっての頼みもあり、彼は、襲撃事件の真相を探るために、署長命令の下、組織を超えてニールに協力することになった。

と、ここまではまだ序盤。クロフォードとホリーは、遺体安置所で、屋上で狙撃された男のある身体的な特徴を見つけ、とても重大なことに気がつく。いったい真犯人は誰なのか、その狙いは何なのか、ストーリーは二転三転どころか、どんでん返しの連続となり、読者は、事件の真相に向かって、作者の企みに存分に翻弄されることになる。

サンドラ・ブラウンは、一九八一年、レイチェル・ライアンのペンネームでストレートなロマンス小説を書き始めて以降、ローラ・ジョーダン、エリン・セント・クレア、そして本名のサンドラ・ブラウンの名前を使い、サスペンス要素を加味したロマンス小説を精力的に世に出している作家である。彼女のホームページによれば、これまでに七〇作以上が出版され、六七作がニューヨークタイムズのベストセラー・リストにランクインし、三四カ国で翻訳され、世界で八〇〇〇万部あまりが売上げられているそうだ。もちろん、日本でも多くの読者から強く支持されている人気作家である。

しかし彼女の読者は、『偽りの襲撃者』を、今までの作品とはどこか違うと思われるかもしれない。

まず、主人公が男性だという点である。一昨年に翻訳出版された『死線の向こうに』では、アフガニスタン戻りの男性新聞記者が主人公だったので、男性目線を中心に描かれることがなかったわけではないが、『偽りの襲撃者』は、もっと、男性主人公の行動と心理を主軸においた作品になっている。

クロフォードは、背が高くたくましく、自信に満ちた仕事ぶりを見せてくれる有能なテキサス・レンジャーである。だが、そんな外見だけではない。心の奥底には、妻の死と過去の事件による癒《いや》しがたいトラウマがある。その深い傷のために、最愛の娘に惜しみない愛情を注ぎながらも、養育権が得られないことに苦悩し、敵対する義理の父との間には根深い確執があり、酒に溺れ人生の敗残者になった実の父親には息子として複雑な思いを感じている。そして、裁く者と裁かれる者として絶対にあってはいけないことだと承知していても、抑えることのできないホリーへの恋情など、彼の心の動きが様々な面から描かれ、人としての強さと弱さ、男としての深みや優しさも生き生きと伝わってくるので、より広い読者に強く共感していただけるのではないだろうか。

もちろん、判事としてハードな職務をこなしながら、クロフォードへの想いを募らせるホリーの細やかな愛情も、ほどよいバランスを保ちながら描かれているので、ヒロインに感情移入しながら、ロマンス小説としての魅力を充分に愉しめるはずである。

そして、スリラー的な要素が強くなっていることもあげたい。

前作『さまよう記憶』での大矢博子さんの解説によれば、ロマンティック・サスペンスは、サスペンス／ミステリとロマンスを融合させたロマンス小説のサブジャンルの一つと定義され、三大女王として、ノーラ・ロバーツ、リンダ・ハワード、サンドラ・ブラウンがあげられている。まったく同感だが、三人の中でも、最もサスペンス色の濃い作品を書いているのが、サンドラ・ブラウンではないだろうか。

謎めいた苦境に陥った主人公が、じわじわと迫ってくる不安や緊張を感じるさまを描き、読者にそれをひしひしと伝えるのがサスペンスの真骨頂である。一九九〇年、『私でない私』がニューヨークタイムズのベストセラー・リストに初めてランクインし、広く注目を集めるようになって以降、彼女は、一作一作、様々なかたちで作品にサスペンス要素を取り込み、その巧みさは、作を重ねるたびに高く評価されてきている。二〇一二年に、MWA（アメリカ探偵作家クラブ）の会長を務めたのも、彼女の実力が、ジャンルを超えてミステリ分野でもしっかりと認められているからにちがいない。

しかし本書は、これまでの作品とは異なり、サスペンスにスリラー的な色合いが濃く出て来ているように思える。例えば、法廷の襲撃シーンでは、次々とふりかかってくる危機に身体をはって立ち向かう主人公に、ハラハラ・ドキドキしながら、どうなるのだろうと、ひたすらページを繰っていくことになるはずだ。本書にはそんな場面が随所に盛り込まれている。

併せて、お互いに不本意ながらも協力して捜査にあたることになった、横紙破りなクロフォードと杓子定規なニールのかみ合わない関係は、スピーディに展開する緊張感の中で、ニヤリとする息抜きになることも付け加えておきたい。

『偽りの襲撃者』は、サンドラ・ブラウンの小説を読んでこられたファンの方々には、トップの座に安住しない作家の心意気を感じていただける一冊になるにちがいない。また、これまで彼女の作品に触れる機会のなかった方々には、新しいエンターテイメント小説の面白さを知る機会になるはずである。是非、それを実感していただければと思う。

（ほいだ・なおみ　ミステリー書評家）

集英社文庫

偽《いつわ》りの襲撃者《しゅうげきしゃ》

2016年12月25日　第1刷　　　　定価はカバーに表示してあります。

著　者　サンドラ・ブラウン
訳　者　林《はやし》　啓《ひろ》恵《え》
発行者　村田登志江
発行所　株式会社　集英社
東京都千代田区一ツ橋2-5-10　〒101-8050
電話　【編集部】03-3230-6095
【読者係】03-3230-6080
【販売部】03-3230-6393（書店専用）
印　刷　中央精版印刷株式会社　株式会社美松堂
製　本　中央精版印刷株式会社

フォーマットデザイン　アリヤマデザインストア　　　マークデザイン　居山浩二


ISBN978-4-08-760729-1 C0197